宫本武藏

剑与禅【四】 经典珍藏版

[日]吉川英治◎著

冯莹莹 杨田 范楠楠◎译

哈尔滨出版社
HARBIN PUBLISHING HOUSE

四贤一灯

一

这时，远远传来神乐笛的声音。可能是有什么夜间祭祀，篝火的火花映得森林的一角微微发红。

就是骑马都要费些时间，牵着马一路跟到牛込地区的北条新藏一定走得很疲惫。

"就是这里。"

赤城坡下。

坡的一边是宏大的赤城神社，隔着坡道的另一边便是丝毫不逊于神社的被土墙围起的府邸。

武藏在土豪式的门口下了马。

"辛苦你了。"

武藏将缰绳交给新藏。

门是打开的。

马蹄声一响起，早已等在院内的侍卫赶紧秉烛迎来。

"回来啦！"

侍卫将马接过来，对武藏说：

"我给您领路。"

然后，带着武藏和新藏绕过一棵棵树木来到大玄关。

左右两边的台阶板上已经摆上了蜡烛，安房守的仆人们低头行礼。

"恭候多时了，您快请。"

"——打扰了。"

武藏跟着侍卫走上阶梯。

这座宅子的建造风格很独特。从阶梯到阶梯，一直向上。应该是依附着

赤城坡的山崖，层层叠加搭建的房屋吧。

"您稍候——"

将武藏引到房间内的侍卫退了出去。武藏注意到这个房间所处的地势已经很高了。向下可以看到江户城北边的护城河及包围城墙的丘陵、森林。想必白天一定能够眺望到更多景色。

"……"

灯旁的隔扇被悄悄拉开了。

美丽的年轻女仆，盈盈上前，奉上点心、茶、烟草等款待物品后，又无声退出去了。

那艳丽的裙带如同从墙壁里来，又被墙壁吸了进去一般，剩下的只有淡淡的香气。这使得武藏想起了被自己忘记了的"女人"。

过了一会儿，带着侍童的主人过来了。是新藏的父亲安房守氏胜。见到武藏，显得非常亲昵，熟不拘礼的样子——可能因为见武藏和自己的孩子是同辈人，也就将他看作孩子对待了。

"呀——来了啊！"

略去客套的礼节，安房守武将般地盘腿坐在了侍童准备的草席上，

"——听说你救了我这个混小子新藏。本来想过去向你道谢，现在反而请你到这里来了，抱歉啊！"

说着，安房守将双手叠放在扇子上，稍稍低了低头。

"哪里哪里！"

武藏也轻轻点头示意。安房守的前边三颗牙齿已经掉了，皮肤却散发着不似老人的光泽。两鬓斑白，左右生着浓密的胡须，这胡须刚好巧妙地将因缺少牙齿而显得干瘪起皱的嘴唇挡住了。

看起来该是位多子多福的老人，让年轻人有种很亲切的感觉。

武藏自己也不再那么拘束。

"从您儿子那里听说，我的一位旧相识在贵府做客。是谁呢？"

二

"马上就让你见见——"

安房守徐徐地说——

"是你非常熟悉的朋友——碰巧他们两个也互相认识。"

"这么说来，是有两位客人吗？"

"都是跟我关系非常好的朋友，昨天在城内偶然遇到的。他们来我这里小坐时，刚好碰上新藏要出门拜访你——一位客人突然说，许久未见到你了，想见见你。另一位也跟着说想见你一面。"

安房守只顾着说事情的始末了，最后也未言明客人到底有几人。

可是，武藏却已大体了然于心了。笑着试探着问。

"我知道了。是宗彭泽庵大人吧？"

"呀，猜对了。"

安房守拍着膝盖说道：

"还真猜对了。昨天我在城内遇到的正是泽庵。很怀念他吧？"

"确实是很久没见到他了！"

就是根据这一点，猜到其中一位客人是泽庵的。可是另外一位是谁呢，还没有头绪。

安房守起身带路。

"这边请——"

到了外面以后，来到一座短阶梯前，向上攀登便是很长的迂回长廊。

走着走着原本在前面带路的安房守突然不见了。不论是迂回曲折的长廊还是阶梯，都非常暗，可能是不熟悉这里的武藏一时没跟上——纵然是这样，这个老人也太急脾气了。

"……"

武藏停住了脚步，对面有间房亮着灯，安房守在里边叫着武藏。

"这里——"

"嗯——"

武藏虽然回答了他，却依旧没有向前迈出一步。

从武藏现在站的地方到亮着灯的房间，要经过约九尺的黑暗地带，武藏总感觉那黑暗地带里有什么让人不快的东西。

"怎么还在那里？——武藏，在这里呢，快点过来。"

安房守又叫道。

"……好的。"

武藏不得不这样回答。不过，他还是止步不前。

悄悄地掉转脚步退回十几步后，看到有一个通向庭院边的洗涮处。那里的放鞋石板上放着木屐，武藏穿上了那木屐，然后沿着庭院边走到安房守所在的那间房内。

"……啊，从那儿过来了。"

安房守一副被人抢了先机的面孔，向房间门口扭头望去。武藏毫不在意的样子。

"……嘿！"

武藏看到房间内迎面坐着的泽庵，满心欢喜。

"嘿——"

泽庵也惊喜地睁大眼睛，起身相迎。

"武藏吗？"

泽庵激动地不停地说，"好久不见，真想念你啊。"

三

久未见面的两个人，一时像看不够对方一样，相对良久。

而且，没想到会在这里见面。

武藏感觉恍若在梦中一般。

"——我先来说一下在那之后的事情吧！"

泽庵先开了口。

这个泽庵一直都是只穿粗布僧衣，从未见织花锦缎、珠宝配饰上身。这次相见，他的穿着打扮也不例外，只是总觉得他言谈举止上仿佛与从前不太一样，温润多了。

武藏原本生于旷野之上，就是一个乡下人，经过多年的磨炼已经温厚许多。泽庵也是，感觉他风采更胜当年，对禅学的领悟似乎也更深了。

泽庵已年近四十，与武藏相差十一岁。

"之前，是在京都分别的吧——以后似乎就再没能见面。那时，我母亲病笃，我回但马了。"

接着，泽庵讲述了自己的经历：

"我为母亲服丧一年后，就出门云游了。先寄身于泉州的南宗寺，然后参拜了大德寺，还和光广卿不问世事地赋歌、品茶，过了些逍遥日子。不知不觉几年光景就过去了，近来，与下行的岸和田的城主、小出右京进同行至江户，来看一下江户的开发状况！"

"喔，那么，最近才来的江户吗？"

"我曾在大德寺见过两次右大臣家（秀忠），也经常去拜谒大御所。不过，这次到江户还是第一次——你是什么时候来的呢？"

"我也是这个夏初才来的——"

"不过，你在关东也很有名了啊！"

武藏陡然感觉羞愧难当，低下了头，

"都是些坏名声。"

泽庵盯着武藏看，想起了他更名为宫本武藏前的样子。

"在你这个年纪，就早早地享有美名，未必是件好事……恶名也没关系。只要不是不忠、不义、叛徒——这样的恶名就行。"

泽庵说道：

"讲讲你之后的习武修行——现在的状况吧？"

武藏大致说了一下近年来的经历：

"现在依旧觉得自己不成熟、未达悟道，真不知道什么时候能够真正进入境界——甚至觉得愈走愈远，仿佛进了绵绵无尽头的深山。"

"嗯——谁都是在这样的经历中成长的。"

泽庵叹息着，同时也欣慰地说：

"若是还未到三十，就放言自己已经知道何谓'道'的话，那他的人生也将止步不前了。即使是早生十年的拙僧，现在也还不能游刃有余地与人论禅说道。——世间的人却喜欢抓住我这个烦恼大师听法、求教。你没被世人纠缠，比我好多了。法门之人最怕的就是，别人动不动就把你当作活佛般拜着。"

正当两个人说得热火朝天的时候，饭食、酒水等已经被端上来了。

"……哦，对了对了。安房守大人，你是主人。还不把另一位客人介绍给武藏！"

泽庵想起了另一位客人。

饭食是四人份的。而现在只有泽庵、安房守、武藏三个人。

另一位客人到底是谁？

武藏其实已经明白了，不过他不露声色。

四

泽庵一催促，安房守稍有些慌了，犹犹豫豫地说道：

"要去叫吗？"

然后，望着武藏，别有意味地解释道：

"我们的谋划似乎被你看破了——我出的这个点子，看来不太高明啊，真是没面子。"

泽庵笑道，

"正因为被戳穿了，才更要打开天窗说亮话——这只是一个助兴的小插曲，不能因为是北条流的宗家，就连这点面子都放不下。"

"我已经输了！"

安房守咕哝着，心里还是有些疑惑，他望着武藏问道：

"我从犬子新藏和泽庵大人那里，了解到你的为人，邀你来此一聚。不过，很是失礼啊，我还想了解了解你的习武水平，觉得与其谈话时聊起这个，还不如先来个试探——与刚好来这里做客的另一位客人商量了一下——最后决定让他躲在那个黑暗长廊的空地附近，拿刀等你。"

安房守终于面带愧色地将试探武藏的原委讲了出来，同时表达了歉意——

"……可是，我特意多次诱你从这边过来——你那个时候为什么后退了几步，沿庭院的墙边绕了过来？……很不明白。"

安房守盯着武藏的脸，似乎要看出答案一般。

"……"

武藏只是唇边溢着笑容，什么都没说。

泽庵道：

"哎呀，安房守大人。这就是兵学家的你和剑客武藏的差别。"

"哦？那差别是……"

"以智为本的兵学和以心为髓的剑法之道，是不同的——从兵学之理来看，一般这样引诱对方，对方是会过来的——可是剑法的心机是，在肉眼、肌体感知前，预先洞悉，防患于未然——"

"所谓心机是……"

"禅机。"

"……那么，泽庵也了解此事吧？"

"不是太清楚。"

"不管怎么说，真是抱歉啊。常人感觉到杀气的话，不是慌神，就是想凭借自己那颇有自信的技艺一探究竟——没想到你会返回几步在庭院口换上木屐。"

"……"

武藏认为这么做是理所当然的，并没有把他的赞许放在心上。反倒是觉得因为主人的谋划，一直等在外面，不得而进的人比较可怜，便对着外面说道。

"快请但马守大人入席吧！"

"咦？"

不只是安房守，连泽庵都大吃一惊。

"你怎么知道是但马守大人？"

武藏一边给但马守让出上座，一边说：

"虽然那儿比较暗，可是从墙壁阴暗处传来明晃晃的剑气，通过那剑气和这里的在座人员，我推测出定是但马守大人。"

五

"嗯，真是明察啊！"

安房守点头感叹，泽庵向外面喊道：

"不错，就是但马守大人。那个躲在暗处的人，你已经暴露了。过来吧！"

那边传来了爽朗的笑声。柳生宗矩走了过来，他和武藏是初次见面。

武藏虽然在此之前已经让出壁龛处的上座，退居下座，可是但马守却没有过去坐，而是径直走到武藏面前，向他打招呼。

"我是右卫门宗矩，很高兴相识！"

武藏道：

"初次见面。我是作州的流浪武士，宫本武藏。今后拜托多指教了！"

"前段时间，家臣木村助九郎曾向我提过你，只是不凑巧，恰逢家乡父亲病重。"

"石舟斋大人现在怎么样了？"

"也是到年纪了，总是……"

但马守不再说下去，转而说：

"我通过父亲的信，还有泽庵先生了解了许多关于你的事——特别是对你刚刚的判断力深感钦佩。虽然有些不成体统，可以说，这次算是一场你所期待已久的比试了。请你不要介意！"

但马守温厚地礼遇穿着上稍显穷酸的武藏。武藏动容，但马守果然名不虚传，是个聪明的高手。

"真是不敢当，在下诚惶诚恐。"

武藏低下身子答道。

但马守纵然领饷一万石，也位列诸侯。从家世上来说，自天庆年间便是闻名于世的柳生庄的豪族了，而且又是将军家的老师。武藏则只是一介草民。

因此，在当时的观念中，武藏与他身份地位相差悬殊，是无法与他同席而语的。不过，还好有旗本兵学家安房守、僧人泽庵在场，大家都没有过多顾忌所谓的阶层，气氛融洽，武藏也就稍许安心了。

觥筹交错。

谈笑风生。

这里没有阶级、年龄之分。

武藏认为这并不是因为对自己的特殊待遇，而是"道"之德使然，因为大家的交往是尊崇"道"义的，所以才没那些世间所谓的差别。

"对了——"

泽庵想起了什么，放下杯子，问武藏：

"阿通怎么样了？……最近？"

面对这突如其来的问题，武藏登时红了脸，

"是啊，怎么样了呢，在那之后完全……"

"完全杳无音信吗？"

"是啊！"

"真是可怜啊。也不能总这样，你也……"

但马守突然道，

"阿通是那个在柳生谷的父亲那里待过的女子吗？"

"是的。"泽庵代为回答。

"要是这样的话，现在正和侄子兵库一同往家乡赶呢。她去帮忙护理石舟斋——宗矩说。"

"她和武藏是旧相识吗？"

但马守感到有些吃惊。

泽庵笑道：

"不仅仅是旧相识啊。哈哈哈哈——"

六

虽有兵学家在，却不说兵学之事。有禅僧在，却不提禅理。而但马守、武藏虽都是剑道之人，更是只字不提御剑之术。

"武藏有些难为情了。"

泽庵戏谑道。借着大家提到阿通的机会，泽庵讲起了阿通的出身、与武藏的关系之类的事情，

"这两个人的事情总有一天是要有个了结的，拙僧是心有余而力不足了。拜托两位多多帮忙啊！"

泽庵的口气就像是在和但马守、安房守拐弯抹角地商量武藏的终身大事一样。

聊到其他事情的时候，但马守也借机说：

"武藏也到成家的年纪了。"

安房守附和着：

"习武修行是一方面，也该成家了。况且你的技艺已经磨炼得够精湛了——"

并委婉地劝武藏以后考虑长久留居江户。

按但马守的考虑，等事情过去了，要将阿通从柳生谷接回来，这样武藏就可以有个家了，再加上柳生、小野两家，以后可以形成一个三足鼎立的剑宗，让剑道在这个新都府迎来隆盛期。

泽庵和安房守的想法也大致和但马守相同。

特别是安房守，为报武藏对儿子新藏的救助之恩，想着一定推举武藏大人，让他获得将军家的教师职。

在让新藏接武藏之前，安房守就和但马守商量过这件事了。

虽然当时没能定下来这件事，不过试探过武藏的但马守心里应该已经有数，再加上泽庵对武藏出身、秉性、武艺的担保，应该是问题不大。

可是，向将军家推举的教师，必须位列旗本。这是三河以来的规矩，德川家如今虽也有了新规，但按新规招进来的人，总是受人歧视，最近因此引发了不少问题——这是武藏目前要面临的最大难关。

不过，好在有泽庵的称赞、两人的推举，应该没问题。

还有一个可想而知的难题就是家世。

虽然有说法说武藏的远祖是赤松一族、平田将监的末裔，却无确凿证据，和德川家也没什么渊源——有的话，恐怕也是武藏作为一名无名武士，在关原之战中手持长枪与德川为敌的渊源。

但是关原之战以后，地方的流浪武士也有不少被聘用的。论家世，像小野治郎右卫门，原本只是隐居于伊势松坂的北田家的一名流浪武士，因出类

拔萃，最终当选为将军家的教师。因此，上面的这些顾虑也可能不会构成什么威胁。

"——不管怎么说，推举一下试试看。最关键的是你的意思。"

泽庵最后问武藏道。

"我的事情真是让大家费心了——我还是觉得自己尚未成熟到可担当大任。"

听武藏这么一说，泽庵直率地说：

"哪里哪里，我们认为你可以才推举你的。你难道不想成家，不想给阿通一个归宿吗？"

七

阿通怎么办呢？被这样一问，武藏不禁有些自责。

她对武藏和泽庵都说过：

纵然是不幸，我也坚持自己的心意。

可是一个男人的责任心怎能任她不幸。

女人动心后，不论结果好坏，似乎世间都认为起主导作用的是男人。

武藏决不想推脱责任，他心中有着强烈的责任感。她深爱着武藏，武藏也深知，恋情的罪孽是要两个人承担的。

如今面临着"她怎么办？"的问题，武藏实在是还没有确切的答案。

根本在于武藏内心里还认为现在组建家庭，为时尚早。

他还不想有什么事情来破坏他对剑道愈来愈深的真挚追求。

武藏自法典之原的开垦以来，对剑的看法发生了很大的改变，甚至在背离传统，探求新的剑术之道。

武藏认为与其在将军家执教，不如引领百姓开拓治国之道。

以前人们将征服之剑、杀人之剑发挥到了极致。

武藏自从热衷开垦土地以来，一直在追求剑道的更高境界。

研习、守护、磨炼——如果这是人终生抱有的剑道的话——能否在此基础上悟出治世安民的道理呢？

从今以后——武藏将不再只单纯追求剑术。

他让伊织拿着信拜访但马守，并不是因为曾经的那种为了证明自己能够打败柳生的大宗，而向石舟斋挑战的肤浅霸气。

现在——比起在将军家做教师，武藏更希望参与政事，哪怕只在一个小藩也行。希望能够布施更加合理的政令。

会被嘲笑的吧？

大体上，剑术者听到他的抱负后，都会说：

真是妄想啊！

或是说：

二天之卷

天真的家伙！

一笑置之。熟悉他的人则会惋惜地说——与政治有染的人，大体都会堕落。纯洁的剑术追求也会被污染。

武藏知道，如果对面前这三个人说出自己的真正理想的话，他们应该也会说出类似的话。

于是——武藏以尚未成熟为由，几度拒绝了他们的好意。

"行了，就这样决定了。"

泽庵轻松地说道，安房守也说，

"总之，我们会尽力的，就交给我们吧！"

夜深了——

酒兴还没尽，烛光却摇曳不定了。北条新藏进来剪灯芯时，听到了大概意思，也跟着附和道：

"这确实是件好事。如果大家的推举顺利通过的话，对武道、对武藏大人都是件好事。到时我们再设宴，举杯同庆。"

槐之门

一

——今天早晨起来一看，找不到人了。

"朱实——"

又八从厨房探出头，叫了一声。

"……不在吗？"

又八疑虑重重。

怕是之前的预料成为事实了。打开橱柜，她的新衣也不在里面了。

又八的脸变了颜色，赶紧穿上草鞋追了出去。

向隔壁挖井老板运平家也窥看了一眼，并没有发现朱实的影子。

又八有些慌了。

"有没有看见我家的朱实……"

从房子里出来，又八边走边问。

"看到了，今天早晨。"

有人说。

"啊。木炭店的老板娘，在哪儿看到的？"

"她今天打扮得格外漂亮，问她去哪儿，她说去品川的亲戚家。"

"啊。去品川？"

"那边是有亲人吗？"

这一带的人都将又八当作朱实的丈夫，又八也做出一副丈夫的样子。

"咦……那，可能是去品川了。"

倒不是非追不可。就是总觉得心中苦涩难堪，可气、难过得慌。

"……随便她折腾吧……"

又八咽了口唾沫咕哝道。

稍稍稳定了下情绪，又八朝海边走去。过了芝浦街道便是海边了。

这里零零散散地有几个渔家。以前又八总是在朱实做早饭的时候，来到这里捡几条漏网之鱼，回去让朱实做。

今天早晨在沙滩上也同样躺着两条鱼，还在挣扎着跳跃。可是，又八已经没有心情去捡它们了。

"怎么了，又八？"

又八的背被人拍了一下，回头看见一个五十四五岁的肥肥胖胖的町人，长得很是有福相，笑起来眼角堆满细纹。

"啊，这不是当铺老板吗？"

"清晨感觉真好啊，多清新的空气。"

"是啊！"

"好像你每天早晨都会在早饭前来海边散步。这对身体很好的。"

"哪里，老板您这样的身份才谈得上散步养生呢！"

"好像脸色不太好。"

"嗯。"

"发生什么事了吗？"

"……"

二天之卷

又八抓起一把沙子，扬撒在风中。

以往拮据时，又八和朱实经常光顾这个老板的当铺。

"对了，总想着找机会约你出来聚聚，一直没有合适的时间。又八你今天也去做生意吗？"

"什么做生意啊。也就是卖卖西瓜、梨，勉强维持生计，还解不了燃眉之急。"

"去不去钓鱼？"

"老板——"

又八像做错了事理亏一样，搔着头。

"我不太喜欢钓鱼。"

"不喜欢的话，不钓也行啊——我家的船就在那边，你就跟着我出海看看，保你心情大好。会划桨吧？"

"会。"

"行了，走吧。我顺便跟你商量一个可以赚钱的营生——怎么样？"

二

从芝浦出海已经划出近五町的距离了，水还是很浅，船桨依然能够碰到水下的浅滩。

"老板，不是说要告诉我一个生钱的好点子吗，是什么啊！"

"别急。"

当铺老板沉稳地坐在了小船中央。

"又八，把那边的钓鱼竿伸出去吧！"

"怎么弄？"

"装出钓鱼的样子——虽说是海上，还是有耳目的。两个人没什么事，在船上交头接耳，会让人起疑的。"

"这样吗？"

"嗯、嗯，就那样。"

老板说着往陶质烟枪中装上上好的烟叶，抽了起来。

"在表明我的心迹前，我想先问下又八你，你附近的邻居都是怎么评价奈良井屋的？"

"你府上吗？"

"是的。"

"说到当铺，定是会剥削百姓的，不过奈良井屋却会借给大家很多钱。穷苦的人都说老板大藏先生您……"

"不是，无关当铺的事，大家是怎么说奈良井的大藏的？"

"是个好人，很有慈悲之心。这可不是恭维。"

"难道没有人说我很有信仰吗？"

"当然有，大家都称赞你如此庇佑穷人，定是虔诚的信徒。"

"奉行所的那些差人没有调查我什么事吧？"

"怎么会？当然没有。"

"哈哈哈哈，你一定在想我怎么净问些无聊的事。可是，说实话，我大藏不是从事典当行业的。"

"什么……？"

"又八——"

"啊？"

"有一个赚大钱的机会，这样的机会估计你不会碰到第二次了。"

"……赚大钱的机会不好碰呢！"

"那你想不想把握这一次？"

"什么？"

"赚大钱的藤蔓。"

"我该怎么做？"

"跟着我干就行。"

"嗯……嗯。"

"怎么样?"

"行啊!"

"若是中途食言的话,可是会掉脑袋的。你可要考虑清楚了再回答我。"

"什么——到底——做什么?"

"挖井。不费事的。"

"是江户城里的吗?"

大藏环视了下四周的大海。

各种装载着木材、伊豆石、城墙建筑工程用料的船只,像被绳子穿起来了一样,挂着各自的藩旗,排在江户湾上。

有藤堂、有马、加藤、伊达的——也有细川家的船旗。

"……你的悟性不错,又八。"

大藏又装了些烟草到烟枪里。

"正是——正好你隔壁住着挖井老板运平,运平不是总劝你去做挖井工吗?这正中下怀。"

"就这些吗……光是挖井的话,我怎么能赚大钱?"

"哎呀……别急,下面要说的才是重头戏。"

三

"晚上悄悄过来,我会先凑给你黄金三十枚作为定金。"

大藏与又八做了这样的约定后便分开了。

又八的头脑里反复闪现出大藏说的话。

条件是……

"想不想做?"

又八漠然地接受道:

"想做!"

这两个字现在占满了整个脑袋,仿佛其他什么都不记得了,还有就是回答"想做"时,颤抖的唇的微微发麻的感觉一直持续到现在。

对于又八来说,金钱是极具魅力的东西。这次的数目是又八做梦也不曾想到过的。

这几年一直不走运,现在若有了这笔钱便能清偿债务,保证生活了。

不过,比起这些,又八更希望借这个机会对那些所有小看他的人说一声:

怎么样?

下了船,回到家中,又八的整个身心都还处于一种着魔的状态,着了金钱的魔。

"对了，有件事得拜托运平。"

又八跑到外面朝邻居家望了望，运平老板不在。

"那，晚上再说吧！"

又八又回到屋里，心里惴惴不安，就像发了热病一样。

这时，他突然想起在海上，当铺的大藏让他做的事情。赶紧再次哆哆嗦嗦地出去张望了一下房后的草丛、房前的空地，确定没人。

"到底，他是谁？这个人……"

他努力使自己静下心来思索，仔细回想在船上大藏所说的每句话。

就连挖井工会驻进江户城中的西之丸里御新城——这件事大藏都知道。

伺机枪击新将军秀忠。

还有——

说让先将短枪埋到城内，在红叶山下的西之丸里御门内，有一棵有数百年树龄的参天槐树，就将枪、火绳藏在这棵树下。

当然，挖井现场肯定会有严密的监视。不禁奉行、目付等的警戒比平日要严格，年轻豪爽的秀忠将军还经常会在侍卫的陪伴下来到施工现场。到时，正好趁机使用射击工具结果了秀忠。

然后趁乱逃跑，逃到西之丸里御门的外侧护城河附近，在那儿有我们的同伴接应，定会万无一失——

直愣愣地躺着盯着天花板的又八耳边反复响起大藏的密语。

感觉汗毛倒立，他惶惶不安地跳了起来。

"这是什么混账事情。不能干！"

又八回过神来——这时，大藏的另一番话又浮现出来：

——话我都已经告诉你了，如果你觉得不妥，不好意思，我们的人会在三天之内取你人头。

大藏当时那令人恐惧的眼神，仿佛此时又瞪了过来。

四

从西久保的路拐向高轮街道方向，便可看见小巷尽头的夜晚的海洋了。

又八仰头看了看经常光顾的这家典当仓的墙壁，叩响了屋后的栅栏门。

"门没锁。"

里面传来了回应之声。

"哦……老板！"

"是又八吗，来得正好，到仓房这边来。"

又八进了防雨门，沿着走廊，来到仓房。

"来，坐下吧！"

主人大藏将蜡烛立在了盛衣箱上，手也搭在上面问道：

"去过邻居运平老板那里了吗？"

"嗯——"

"那——怎么样？"

"答应我了。"

"什么时候入城？"

"后天，说是因为还有十人左右的新添人手，到时一起入城。"

"那么，这件事应该是定下来了。"

"再让町名主和町内五人团给我盖个章，就没问题了。"

"是吗？哈哈哈哈。在町名主的推荐下，我从今年春天开始也要加入五人团了……这方面你不用担心。"

"啊——老板也……"

"怎么，你很吃惊吗？"

"没有，没什么。"

"哈哈哈哈，对了，你是觉得像我这样的人，都能加入五人团，在町名主手下办事，很不可思议吗——只要有钱，像我这样的人，也会被认为是奇人、善人，即使我不喜欢，也能轻而易举地撞上这样的机会——又八，你也多赚些钱吧！"

"嗯、嗯。"

又八浑身颤抖，话都讲不好了。

"做……做的！所……所以把定金给我吧！"

"等一下。"

大藏拿着手烛走到仓房里面，从架子上的文卷匣里拿了三十枚黄金。

"有拿着袋子什么的吗？"

"没有。"

"用这个把钱包上，系在腰间吧！"

说着将放置在一旁的印花布破衣服扔给了又八。

——又八数也没数就将钱包了起来。

"我来写个收据什么的吧！"

"收据？"

大藏不由得笑了，

"真是个可爱的老实人。你啊……写收据也可以，可是要写明拿你的项上人头做抵押。"

"那，老板，你忙吧……"

"等等，别拿到了钱就忘了昨天我们在海上说的话。"

"记着呢！"

"别忘了是御城内的西之丸里御门内——那棵大槐树下。"

"枪的事情吗？"

"是的。这几天就要把枪埋到那里。"

"哦。谁去埋？"

又八一副困惑的表情，睁大了眼睛。

五

就算有运平老板的介绍，拿到町名主、五人团的盖章证件，进御城内也绝非易事。又要怎样才能同时将枪支弹药带进去呢？

而且半个月后还要将这些枪支弹药埋在西之丸里御门内的槐树下，如不借助神力，怕是很难完成这项任务。

又八想到这些，盯着大藏，希望这事不要落在自己的身上。

"行了，你不用为这事担心，你就做好自己分内的事就行了。"

大藏没再深说下去，

"你现在是不是还是惴惴不安的？进城内工作上半个月，自然而然就会安定了。"

"我也这么想。"

"只要你稳住了心神，下定了决心，就一定会成功的。"

"嗯。"

"还有，你要将给你的钱藏好，在事成之前不要拿出来用……有很多事都是因为钱的问题提前暴露了。"

"这个我考虑到了，不用担心……可是，老板，这件事若是办成了，可不要不给我剩下的钱啊！"

"哼、哼……又八，不是我夸口，奈良井的大藏这里，装有千两黄金的箱子可不止一两个。不如我来让你饱饱眼福。"

大藏举起手烛照亮了仓房的一角。

有膳食箱、铠甲柜……总之，杂七杂八的箱子堆了一堆。又八也没仔细看，之后，又八又与大藏进行了片刻密谈，最后终于心情爽朗了许多，从来时的后门回去了。

他前脚一走，大藏便向挑着灯的隔扇内探头叫道：

"喂，朱实——"

浴室口那儿传来向外走的脚步声，

"他这会儿可能藏金子去了。要不要跟上去看看？"

出来的正是从又八家消失的朱实。她对附近邻居们说：

"去品川的亲戚家。"

这自然是她随口说的胡话。

之前，朱实曾数次抱着典当物品来找大藏，而大藏也在不知不觉中看上了朱实，了解了她现在的境遇和内心所想。

其实，他们俩在很早以前就见过面。她和一群沿中山道去江户的女郎一起来到八王子的客栈投宿时,碰到过与城太郎一起在同一家客栈投宿的大藏。大藏还依稀记得他从二楼望着与他人坐在一起欢闹的朱实的情景。

"家里没有个女主人,真是不好过啊!"

大藏出谜般隐晦地对朱实诉苦,朱实得到暗示后,立马收拾东西搬了过来。

从那一天起,朱实和又八对于大藏来讲,都有了各自的价值。之前就说过要收拾又八,现在看来,今天做到第一步了。

对内情一无所知的又八走在前面,朱实尾随其后,只见又八回家取了铁锹,在浓密的夜色中,沿着屋后的草丛,向西久保山走去,将金子埋在了那里。

朱实记在心里,回来禀报了大藏,大藏赶紧出去找金子——他回来已经是第二天早晨了,一回来就赶紧进仓房清点挖回来的金子,结果发现少了两枚,急得大藏频频侧首。

皂荚坡

一

心中的凄怆,身为人母的忧伤迷惘,虽不是一个多解风情的老奶奶,置身于——秋虫唧唧、芒草浩浩、大川缓缓这样一个环境中,她也不禁一阵多愁善感。

"在吗?"

"谁啊?"

"我是半瓦屋的。从葛饰过来很多蔬菜,老大让给婆婆你也送来些。"

"难得他总是这么有心,代我跟弥次兵卫带个好。"

"放在哪儿?"

"放在汲水口附近吧。待会儿我再收拾。"

小桌旁灯光摇曳,她今夜仍是伏案书写经文。

依旧是父母恩重经。

阿杉婆在滨町这边租了一间房,白天为病人针灸,解人所需也聊以糊口,晚上则静写经文。她已经适应了这一个人的从容生活,老毛病也许久没有发作,甚至感觉这个秋天,自己明显年轻了许多。

"啊。婆婆——"

"怎么了?"

"傍晚的时候,有没有一个挺年轻的男的来过?"

"是来针灸的吗?"

"嗯，好像不是来针灸的，应该是有什么事情，他到木匠町的房子来了，我告诉他婆婆你现在的住址了。"

"大概多大年纪？"

"这个，二十七八吧！"

"长什么样？"

"长得圆圆胖胖的，个儿不高。"

"哦……"

"那个人没来吗？"

"没来……"

"他说话的口音和婆婆你的很像，是不是老乡啊。……好了，早点休息。"

来送菜的男人回去了。

他的脚步声远去后，虫鸣声又像下雨般充斥着安静了片刻的房子。

婆婆放下笔，望着灯的光晕。

她突然想起了灯火占卜。

在她还是小女孩的时候，战事频发，那时的人为了占卜自己的明天，自己那出征的丈夫、孩子、兄弟是否安好，常用一种"灯火占"。

就是每到晚上，观察灯火的光晕，若是光晕绚烂则是有喜事，而若泛着紫色，则是有死讯。当灯火呈松叶形时，表示期盼之人要来了……

就这样，当时的人随着灯火的变化忽喜忽忧。

因为是很久以前的事情了，她都有些记不太清如何占卜了。不过，今天晚上的灯火似乎在向她通知喜讯般，微微摇曳闪亮。越看越感觉那彩虹色的光晕越发美丽。

"难道是又八？"

这样一想，已经无法持笔了。恍惚间自己那逆子的形象浮现在了眼前，一时失神。

咔嚓——后门处传来声响，婆婆回过神来。估计又是鼬鼠在厨房捣乱，婆婆持灯出去查看。

在厨房无意间发现刚刚被放在汲水口旁边的菜上好像夹着一封信。婆婆打开一看，里面包着两枚黄金，信上写道：

　　我已经没脸见您了，近半年来，没能尽到孝道，请您务必原谅。刚刚我悄悄地在窗外递进信纸，跟您告个别。

　　　　又八

二

有个武士杀气腾腾地踏草来到河边。

"滨田,错了吗?"

这个侍卫气喘吁吁地问。

在河边有两名环视河滩的武士,其中比较年轻的一个叫作滨田。

"嗯……不是他。"

滨田边警觉地四下张望,边低沉地说。

"看起来确实像那个人啊!"

"不是,是船夫。"

"船夫啊!"

"我们追过来的时候,看到那个人进了船。"

"可是,光凭这一点,我们不能断定他是谁啊?"

"调查了,不是他。"

"奇怪了。"

后跑来的那个武士也开始跟着从河滩到原野地张望。

"傍晚那会儿,我确实看到他从木匠町向这边跑了,一路追赶过来,居然不见了人影——逃得真快。"

"跑哪儿去了呢?"

河川的流水声不绝于耳。

三个人伫立在那里,留意着黑暗中的动静。

——这时。

"又八……又八……"

停了一会儿,原野处又传来同样的声音。

"又八呀……又八……"

开始三个人还以为是听错了。屏住呼吸仔细听了一会儿。

"呀,是叫的又八。"

"是个老太婆的声音。"

"又八,是不是他?"

"对——"

滨田先冲出一步,那两个人紧随其后。

顺着声音传来的方向,他们轻而易举地追上了阿杉婆。毕竟她只是个老婆婆。而且,当阿杉婆听到有脚步声朝自己这边跑来时,也迎着脚步声走了过去。

"是不是又八啊?"

这三个人跑到阿杉婆的身边,牢牢地抓住了她的双手、衣襟。

"你喊的又八,正是我们到处找的人,你是谁?"

"干什么？"

婆婆像条竖起了刺的发怒的鱼，反拧着他们的手。

"你们是什么人？"

"我们啊，我们是小野家的门人。这位是滨田寅之助。"

"什么小野？"

"不知道将军秀忠公的指导老师、小野派一刀流的小野治郎右卫门吗？"

"不知道。"

"你这老太婆。"

"别说了，先听听这个老太婆和又八到底什么关系。"

"我是又八的母亲，怎么了？"

"你就是那个西瓜贩又八的母亲？"

"胡说什么。不要小看外乡人，说什么西瓜贩。我们本位田家曾经出仕于美作国吉野乡竹山城的主人新免宗贯，堂堂正正地享有百贯乡地。"

这三个人听得很是不耐烦，其中一人说道：

"哎，真是麻烦。"

"怎么办？"

"带走她。"

"人质吗？"

"如果你是他老娘的话，你不得不先跟我们走了。"

一听这个，婆婆挣着骨瘦如柴的身子，虾蛄一般地反抗。

三

最近不痛快的事太多了。佐佐木小次郎满腹不平。

他依旧住在月之岬。最近总是该睡觉时睡不着，其他时间又异常嗜睡。

"晒衣竿也在哭吧？"

小次郎抱着他的这把剑，辗转反侧，一个人自言自语道。

"拥有这样的名剑、这样的武艺，却难以得到五百石的禄米，难道要做食客做到死？"

手一用力，晒衣竿的剑柄锵锵作响。

"瞎子！"

小次郎躺着挥剑横扫空中。一串画了大大的弧线的光芒，像活物一般又迅速钻进了鞘内。

"真是厉害呀！"

窗外檐下传来岩间家仆役长的声音——

"是在练习神速拔剑法吗？"

"说什么傻话。"

小次郎翻了个身趴在榻榻米上，上面落了一个小虫的尸体，小次郎伸手将它弹了出去。

"这家伙,奔着亮飞来了,真是烦人,我把它给收拾了。"

"啊,虫子啊!"

仆役长弯腰看了一眼,这一看不要紧,惊得他瞪大了眼睛。

这是只类似于飞蛾的虫子。柔软的翅膀和腹部被均等地一分为二了。

"是来铺床的吗?"

"不是……差点忘了正事。不是的。"

"什么事?"

"木匠町的人送来一封信。"

"信……谁的?"

是半瓦弥次兵卫的信。

这个时候真没心情接他的信,甚至觉得有些烦。小次郎横卧着展开了信纸。

看着看着脸变了颜色——昨晚阿杉婆失踪了。今天整屋的人出动找了一整天,终于查到了婆婆的下落,可是却无能为力,救不出婆婆,想请您帮帮我们。

您之前在屯食屋的挂帘那儿写的字,已经被涂改成了:

佐佐木殿
又八的母亲在我们这儿,
小野家的滨田寅之助

——弥次兵卫的信上,就连这件事都写到了。小次郎读后,仰望天花板,自语道:

"……终于来了。"

昨天还在想,这小野家怎么毫无音信呢。在屯食屋旁的空地上斩杀那两名武士后,特意光明正大地留下了自己的名字——就等着这一天呢。

——终于来了。

他们终于有反应了,小次郎阴阴地笑了。他起身走到檐下,向远处夜空望去——有云,但不像能下雨的样子。

没过多久,小次郎便坐着马车出现在了高轮街道上。到达木匠町的半瓦家时,已经是深夜了。他从弥次兵卫那儿仔细听了事情的原委,做好了决断。当晚,就住在了弥次兵卫那里。

四

小野治郎右卫门忠明原本叫作神子上典膳,关原之战结束后,曾在秀忠将军的阵营中讲授剑法,以此为契机,晋升为幕士,得到江户神田山的宅地,并与柳生家共同位列教师一职。小野治郎右卫门忠明这个名字便是那时改的。

这便是神田山小野家的一些过往。可以从神田山看到富士山。近年来，不断有骏河的人移居过来，所以神田山这一带，现在又被称作骏河台。

"……咦，这是皂荚坡吗？"

小次郎沿坡登上山顶后，停住了脚步。

今天看不到富士山。

从山崖边向下面的深谷望去，可以看到在绿树掩映间潺潺流动的谷间小溪，这溪流便是茶之水。

"先生，您稍等，我去打听一下。"

前来带路的这个半瓦屋内的年轻人说罢，便向着有人家的地方跑去了。

不一会儿，跑回来说：

"知道了。"

"在哪儿？"

"就在我们刚刚上山时走的那个坡道上。"

"那个坡道上有什么大人家的宅邸吗？"

"听说他们家是将军家的指导教师，以为该有一栋像柳生家那样的大宅子呢，谁知道就是刚刚我们看到的，坡右侧的那个陈旧的、带土墙的宅子——我还以为那里是以前的马奉行住的地方呢！"

"也不奇怪。柳生的俸禄是一万一千五百石。小野家只有三百石。"

"有这么大差别？"

"虽然本领差别不大，可是家世背景不同——柳生有七成俸禄是靠祖先取得的。"

"就是这儿……"

小次郎停住脚步，沿指的方向望去。

"原来是这儿啊！"

马奉行时代的旧土墙一直围到后山的草丛处，里面应该是相当宽阔。从没有门板的门望进去，主屋后面应该就是习武场了，还能看到一栋刚刚添盖好的房屋。

"你可以回去了。"小次郎对带路的男子说。

"跟弥次兵卫说——若是到了晚上我还没有带着阿杉婆回去，就是我已经死了。"

"是。"

这个男人一步三回头地下山去了。

打柳生的主意是徒劳的，即使打败对方，让自己名声大作，世人也会以柳生是不能与他流比试的止流，是将军家流为借口，不让自己这个无主剑士有取代之机。

相反，不管是无俸禄的人，还是豪强，小野家都接受挑战。反正不管得利还是失利俸禄都是三百石。而且，和柳生的大名剑法不同，小野家是以实战训练为宗旨的。

——不过，话说回来，还没听说过谁赢了小野派一刀流。

世人虽然尊重柳生家，但都认为若论本事，小野更胜一筹。

小次郎来到江户，了解到这些情况后，一直都在盼着能有机会和小野家较量。

——现在，机会就在眼前。

忠明发疯始末

一

滨田寅之助是三河出身——家世很好，虽然现在俸禄不高，在江户也是有头有脸的一位武士。

这会儿——

同门的沼田荷十郎正在练武场旁的休息室休息，无意之中朝窗外一看，不由得吃了一惊，赶紧边小声、急速地说：

"来了，来了。"

边向练武场中央的滨田身边奔去，

"滨田，来了——他来了。"

滨田没有吭声。

他此时正背对着沼田荷十郎，举着木剑指导一名后辈练习剑法。

"准备好了吗？"

滨田向这位后辈发出进攻信号，将木剑向上一提，紧接着哒哒哒——伴随着手举手落时木剑碰击地板的声音，滨田步步紧逼。

这位后辈连连向练武场北侧的角落里退去，突然，翻了个筋斗，与此同时剑被滨田击落了。

滨田这才回过头来，

"沼田。谁来了，是佐佐木小次郎吗？"

"是的。他已经闯进来了……朝这边冲来了。"

"他比我想象的来得要早。看来是人质起到作用了。"

"可是，现在怎么办呢？"

"什么怎么办？"

"谁出面，怎么应付他呢？我们没有做好充分的准备啊，这样一个胆敢只身前来的家伙——说不定会做出怎样的事情。"

"让他来练武场坐会儿吧,我来招呼他。你们侍立在我身旁就行,不用作声。"

"哦。有我们这些人的话……"

沼田环视了一下在场的各位。

有龟井兵助、根来八九郎、伊藤孙兵卫等人,看到他们,沼田感觉底气更足了些。另外,还有将近二十人的同辈在场。

这些同辈都十分清楚事情的来龙去脉。在屯食屋的空地上被杀的两人中,有一人还是滨田寅之助的哥哥。

滨田的这个哥哥也不是什么省油的灯,练武场的各位几乎没什么人说他好话的,可是,纵然这样,佐佐木小次郎惹到的是小野派的人,大家都愤愤地觉得:

不能就这样算了。

特别是滨田寅之助,是小野治郎右卫门精心培养的部下,与前面提到的龟井、根来、伊藤等,并称为皂荚坡的骁将——小次郎在屯食屋的帘子上写的那些不逊文字,等于是公之于众的——如果滨田这边毫无反应的话,小野派一刀流的名誉就要受损,所以滨田一直注意着事情的动向,暗中鼓劲。

就在昨晚。

滨田、沼田他们押回来一个老太婆,当大家弄明白是怎么回事后,都拍手称好:

这可是个好人质。可以诱使小次郎主动前来,堪称兵法上策——等他来了,我们把他胖揍一顿,然后削掉他的鼻子,绑在神田川的树上示众。

可是这个小次郎究竟会不会来呢,直到今天早晨,大家还都议论纷纷。

二

大部分人都猜他不会来了。不承想,沼田来报,佐佐木小次郎
——进来了。

"什么,来了?"

在场的人脸同白板般僵硬。

滨田寅之助手下的人,沿练武场散开于两边,紧张地静观其变。

不知小次郎会在练武场的门口喧叫,还是会径直进来。

"……喂,沼田!"

"嗯?"

"确实看见他进来了吗?"

"是的。"

"那这会儿应该出现在咱们这儿了吧?"

"是进来了啊!"

"……不会这么久没动静吧?"

"咦……"

"是不是认错人了？"

"绝对不会的。"

大家都坐在地板上，绷着弦等着，却迟迟等不到人。慢慢地大家都觉得紧张得有些筋疲力尽。这时，休息室外面传来吧嗒吧嗒的草履的声音。

"各位——"

是一个同辈踮脚立在了外面窗口处。

"嗯，怎么了？"

"就是不见佐佐木小次郎过来。"

"奇怪啊。可是，刚刚沼田明明看见他进门了。"

"他去了居所那边，不知怎么向里面传的话，现在大先生已经接待他了。"

"什么，大先生？"

滨田寅之助首先大吃一惊。

若是追究起哥哥被杀的原因，一向口碑不好的哥哥的不端行为也必然会暴露——滨田在向师傅小野治郎右卫门等人禀报此事时，极尽委婉，掩饰了一些真相，昨夜从滨町押老太婆回来做人质一事也没有提。

"喂，是真的吗？"

"我怎么会骗你——不相信的话，你可以自己去后山庭院那边看看，就在大先生书斋旁的会客间。"

"不妙啊！"

其他人见滨田叹息，不免更加心烦。

"不管小次郎是直接找师傅了——还是使什么诡计拉拢师傅——我们都堂堂正正地拉他过来和他对决，让他为自己做过的恶事负责不就行了？"

"有什么不妙的。我们去看看状况。"

龟井兵助和根来八九郎两人穿好鞋，刚要走出练武场，就见一个姑娘花容尽失，手足无措地跑了过来，看起来似乎是居所那边出什么事了。

"阿光！"两个人都停住了脚步，练武场内的其他人也都蜂拥而出，不安地听她上气不接下气地惊慌地说：

"大家快过去。伯父和客人在庭院里拔刀相向了。"

三

这个阿光是小野治郎右卫门忠明的侄女。也有人暗中说——阿光是一刀流师傅弥五郎一刀斋郎的妾侍生的，为小野治郎右卫门忠明所收养。真假难辨。

暂且不管她是何种身世，这位阿光姑娘生得娇嫩欲滴，很是惹人怜爱。

阿光还是惴惴不安的样子，接着说：

"我听见伯父和客人在争吵，便跑过去看个究竟，结果发现他们在院子

二天之卷

里打起来了——伯父应该不会出什么事吧?"

龟井、滨田、根来、伊藤这些比较核心的武士,等不及听阿光再讲些什么,也不再询问什么,赶紧向居所那边跑去。

练武场和居所还有一段距离,中间隔着院墙和竹门。一个大院落中套上带墙、有独栋房屋的小院落,这是城郭生活中常见的宅邸结构,因为一般较大的武士家中还会有一些食客等人居住。

"呀,门被关上了。"

"什么,打不开吗?"

后面跟随而来的众人一起上前用力将竹门给撞破了。可以看见在这环抱后山的、约四百坪的院子里,小野治郎右卫门拔出了平日里用惯了的行平刀,摆出比中段还要高些的架势,正对着佐佐木小次郎。在几步开外的距离处,佐佐木小次郎也沉稳傲然地高举晒衣竿过头顶,目光如炬。

——此种气势令竹门门口的这些人一怔。这四百坪的绿茵茵的大院子里面的紧张气息,仿佛都被凝结了一般,令他人无法靠近。

"……"

慌慌张张地跑来了,结果却都只竖起汗毛、呆呆地立在了远处。

对峙的两个人给人一种断然不允许旁人插手的森严的感觉。无知蒙昧的人此时可能会在一旁动以口舌、抛以石子之类,可但凡出生于武士家庭,从小受过相关教育的人都会被这种庄严的氛围所打动,一时忘了爱憎,只凝神观看。

不过,这样的失神最终还是被涌上心头的强烈的感情击败了。

"哼——"

"我们去助大先生一臂之力。"

有两三个人冲到了小次郎身后。

忠明大喝一声,

"不许过来!"

声音与平日不同。带了冰冷的凛然之气。

"……啊!"

他们只好边紧握鞘口,边后退。

——他们互递眼色,约好一旦发现忠明处于劣势了,便不管三七二十一,群起而上,斩杀小次郎。

四

小野治郎右卫门忠明有五十四五岁,还算健壮,头发乌黑,看起来也就四十岁左右的样子。

虽然不算高,可是腰板有力,四肢修长,看起来很灵活,也不显矮。

小次郎依旧举着刀,还未出招。不,应该说还无从下手。

忠明将剑锋对向小次郎的瞬间也感觉到一股不可小觑的力量，不由得绷紧神经。

这家伙，是善鬼的重生吗？

这个所谓的善鬼是他还叫作神子上典膳，跟随师傅伊藤弥五郎一刀斋学习武艺时的一个同门师兄。

善鬼是桑名的船夫之子，没受过什么良好的教育，可天性暴戾强悍。最后，就连一刀斋都拿善鬼的剑无可奈何。

师傅年迈后，善鬼便不再将师傅放在眼里，宣称一刀流是自己的独创。一刀斋看透了善鬼这样的人，剑术愈是高明，愈是于世无益，不由得哀叹：

我这辈子最大的错误便是收善鬼为徒。

甚至还诉肠说：

看到善鬼，就感觉他是我体内最恶毒的东西所幻化成的妖怪——一看到他，我就会憎恶起自己来。

可是，对于典膳来讲，这个善鬼倒是一个再好不过的、激励自己向上的典范。最终，在下总的小金之原上，典膳与善鬼比武，并杀了善鬼。也因此从一刀斋那里获得了一刀流的出师秘籍。

——现在。

看着佐佐木小次郎，忠明想起了善鬼。善鬼虽强，没有教养。可从小次郎的剑势上，可以感觉得到，他不但强，还兼具这个时代所需的睿智及修养。

忠明望着他想，"我不是他的对手，我决心放弃这场比试。"

即便是面对柳生，他都从没渺视过自己。也从没对但马守那强大的实力低过头——今天——面对佐佐木小次郎这样的对手，他不得不承认自己的剑法已随着自己的年龄老去。

我快被时代淘汰了吧？

是谁说过的——

　　追前人易，

　　越后辈难。

现在算是切身体会到了。原本以为一刀流已与柳生齐名，全盛天下，自己可以安度晚年了，没想到后起之秀中竟有如此麒麟儿。

双方都一动不动地对立着。

小次郎、忠明都感觉体内的生命力在以可怕的速度被消耗着。

这种被消耗掉的生命力，转换成鬓角的汗珠、鼻腔的喘息、苍白的脸色显现了出来。看似打斗一触即发，却又都按兵不动。

"——我输了。"

忠明喊道——同时保持着姿势，向后退去。

可是，小次郎就像将这句话错听成了"你等着"一般，一跃而起。手中的晒衣竿势必将忠明一劈为二般地卷起一阵旋风，挥舞而下。忠明那被剑气带着飘起来的发髻上的头发，被瞬时沿根切下。

——忠明在躲闪的同时也将小次郎的袖口切去五寸大小。

"真是岂有此理。"

门人们无比愤怒。

忠明刚刚明明说了：

我输了。

这就证明刚刚双方的对峙并不是因为争吵，而是为比试武艺。

小次郎却仿佛因此得到了时机，砍杀过来。

他既然如此不道德，也就不必再对他以礼相待了——大家不约而同地决定采取行动。

"别……"

"别动——"

大家像雪崩般向小次郎冲去。小次郎则如鸬鹚低飞般轻轻一跃，跃到了院落一角的一棵巨大的枣树下。在树干绿荫间，小次郎半露着身体，目露炯炯凶光地大喝道：

"怎么样，明白胜负了吗？"

——一副要向天下昭告我胜利了的姿态。忠明在原处答道：

"明白了。"

同时向门人们斥道：

"退下。"

收刀入鞘，回到书斋坐下后，忠明唤来了侄女。

"阿光，替我结好发髻吧！"

说着用手向上抚散乱的头发。

让阿光整理发髻的时候，忠明才算是喘了口气，他的胸口浸满了汗水。

"大致结一下就行了。"

从阿光的肩膀上方可以看见小次郎。

"给那边那位年轻的客人端上水，请他到会客间内坐。"

"是。"

可是忠明并没有去会客间。他穿上草履，看了一下门人们，命令道：

"去练武场集合。"

然后自己率先走了出去。

五

怎么回事？

门人们不明就里。首先对师傅小野治郎右卫门忠明如此轻率地投降于小次郎这件事，感觉到很不解。

有门人脸色难看地盯着忠明，吞着近似于喷怒的泪水。

觉得忠明这一声是玷污了一向无敌的小野派一刀流的清誉。

听到——在练武场集合这一声命令，大概二十人赶紧赶到练武场那边排成三列，沿地板缝整齐坐下。

忠明则在上座，静静地凝望着下面在座的各位。

"哎，我年事已高了。世事变迁啊，怕是已经不再适应这个时代了。"

良久，忠明终于说出这句话。

"回顾一下自己走过来的这些路，拜伊藤弥五郎一刀斋为师，打败善鬼，是我剑术的最高峰时期，随后借着高明的剑术，我得以在江户立足、成立门户，位列将军家的教师职，被世人称为无敌一刀流、皂荚坡的小野派，而在此之后，我的剑术就在走下坡路了。"

"……"

门人们还揣测不透师傅到底想说什么。

所以虽然还是一片肃穆之气，不平、疑惑，诸种思虑却已涌上心头，流露于面。

"想来……"

忠明突然提高了声音，原本微弱的目光一闪，

"——这是人的通性。在平静的生活中，我们都在不断地老去。时代也在不断地进步。长江后浪推前浪。新时代的年轻人开辟着新的道路——这是个好的现象。世间本就该是在这样的更新变化中不停地前进的——可是，想想剑法也该这样日新月异地变化吗，不是的，我们必须追求经久不衰的剑之道。"

"……"

"比如，伊藤弥五郎先生。现在毫无音信，不知是否还健在。我在小金之原斩杀善鬼时，先生当即传予我一刀流的印绶，然后自己便潜心修道，归隐山中，继续探讨剑、禅、生、死之路了，祈求登上大悟之峰——而我治郎右卫门忠明却早早出现衰老征兆，出现了今天这样的败北，我还有何颜面见弥五郎先生……想想自己迄今为止的生活，真是惭愧难当。"

根来八九郎再也听不下去了——

"先，先生，您说您输了，可我们都认为那个年轻小儿根本不是您的对手。今天这事，先生您是不是有什么难言之隐啊？"

"难言之隐？"

忠明一笑，摇了摇头。

"真剑对峙，能有什么难言之隐——我并不是觉得输给那个年轻人了，而是觉得输给这个变幻莫测的时代了。"

"您，您怎么这么说？"

"好了。"

忠明示意根来不要再说下去。

"长话短说。小次郎还在那边等着呢。——我简单和各位说一下我的打算。"

六

——今天，我要从练武场隐退，和弥五郎入道一刀斋一样入山求道，期待晚年能有所大悟。

"这是我的第一个想法。"

忠明对弟子们说。

——拜托弟子，也是自己的外甥伊藤孙兵卫监护幼子忠也。并向幕府陈情，表明自己出家遁世的愿望。

"这是要拜托的事情。"

"还有一点就是，你们不要因为我这次输给小次郎了，就怨恨于他。像他这样的后起之秀，相信还有很多的。可是看看小野的这位年轻俊杰，再想想自己的门人，我真是觉得不堪——我们门下很多世袭的幕士，动不动就觉得自己很威风，稍学些武艺，便自夸是无敌一刀流，如今这般落后，也有你们太易自满的缘故。"

"哎呀，先生。恕我说一句，我们绝对没有像您说的那样每天傲慢怠惰地混日子。"

龟井兵助在下面用颤抖的声音说。

"住嘴——"

忠明瞪着他，厉色道：

"弟子的懈怠便是为师的懈怠。我是在为自己感到羞愧，在反省自己——不能说你们都很骄惰。可是，确实有人是这样的，我看得很清楚。若这个恶风不能一扫的话，小野练武场就不能算是顺应这个时代的，充满朝气的苗田——那么，我忠明的隐退、改革，这些都将毫无意义。"

忠明痛心疾首的诚意，总算是渗入了弟子们的肺腑。

下面在座的，都开始低着头回味师傅的话，反省自己。

"滨田——"

忠明唤道。

滨田寅之助听到自己突然被指名，赶紧望向师傅。

"是。"

忠明看着他不语。

滨田被看得俯身低头。

"站起来!"

"是。"

"站起来。"

"唉……"

"滨田,不站起来吗?"

忠明提高了声音。

三列在座的弟子中,只有滨田笔直地站了起来。他们的朋友、后辈都不太清楚忠明的用意,一时鸦雀无声。

"滨田,今天你被逐出师门了——若是今后你能端正态度、潜心习武、了解了兵法的精髓,到那时再来与同门师兄弟们相聚吧——去吧!"

"先、先生——这是为什么?不知您为什么将我逐出师门?"

"你误解了兵法之道,还不自觉吗——他日,你若好好思索,定会有所领悟的。"

"请您告诉我吧!请您告诉我理由吧!不然,我是不会离去的。"

由于过于激动,滨田脸上的青筋历历在目。

<h2 style="text-align:center">七</h2>

"——既然这样,我就告诉你。"

忠明并没有让滨田坐下,就这样将逐出滨田的缘由解释给大家。

"卑劣——这是最让人看不起的武士行为,也是兵法上的大忌。若有谁做了卑劣的事,必定会被逐出师门,这是我们练武场的铁则——滨田寅之助,你的兄长被杀了,你还悠闲度日。而且,想到报仇,也不直接找佐佐木小次郎,反而以又八这个不三不四的卖瓜贩子为对象,绑了他的老母来——这是一名武士的行为吗?"

"不,这是我诱小次郎上钩的手段。"

滨田急了,为自己争辩道。

"是吗?这就叫卑劣。你若想讨伐小次郎的话,大可堂堂正正地去找他,下挑战书。"

"……这,这我也不是没考虑过。"

"考虑过?那你为什么这样做——还不是想把他引诱到这里来后,仰仗众人的力量收拾他。你刚才的话已经承认了你的这种卑劣的想法——相反的,你再看看佐佐木小次郎,他是怎样处理事情的,着实令人佩服。"

"……"

"——他只身来到我面前,认为你们这些卑劣的弟子不足以成为他的对手,师傅要对弟子的不良行为负责,并向我发起挑战。

在座各位弟子终于明白刚刚那一幕是怎么回事了。

忠明继续说道：

"刚刚我在与小次郎真剑对峙之时，醒悟发觉到我自身的许多让人羞愧的错处。最终慎重地服输了。"

"……"

"滨田，如此，你还觉得自己是个合格的兵法者吗？"

"……对不起。"

"去吧——"

"拜别了。"

滨田垂首后退十几步，跪地俯身道：

"先生也要保重。"

"嗯……"

"在座各位也保重。"

声音渐趋微弱，一一告别后，悄然离开了。

"——我也要就此告别了。"

忠明也站了起来。弟子中响起呜咽之声，也有人号啕大哭起来。

忠明怅然地望了望这些弟子，

"你们加油啊！"

他最后的——为师之言中充满了爱意。

"有什么好忧愁悲伤的。你们要在这个练武场奋发努力，迎接属于你们的时代。从明天开始，要谦虚恭谨，提起精神再接再厉。"

八

忠明从练武场回到居所的会客室。

"真是失礼了。"

边向久等了的小次郎道歉，边静静坐下。

面容上看不出一丝不寻常。

"刚刚——"

忠明开口道，

"我已将门人滨田寅之助逐出师门了，并训诫他以后要潜心修行——被他绑来的那位婆婆，当然我们会交出来的。是阁下现在带回去，还是随后我们送回去呢？"

小次郎站了起来。

"我很满意您的处置。在下现在就将婆婆带回去吧！"

"若是这样的话——就让我们不计前嫌，喝杯酒再走吧——阿光、阿光！"

忠明拍手唤道：

"准备酒来。"

真刀真枪的对峙过后,小次郎感觉自己已经被消磨得没什么精神头儿了。刚刚又独自在这里等待了那么久,这会儿着实想尽早回去了。可是又怕对方以为他怕了,便又坐下道:

"那我就恭敬不如从命了。"

拿起了杯子。

其实小次郎已经很不把忠明放在眼里了。嘴上却貌似赞扬般地说道——今天自己终于碰到高人了,其实自己应该是不及贵公的。不愧是响当当的一刀流小野——其实这些话也是在有意提高自己的优越感。

这个人年轻、强大、霸气十足。饮酒之际,忠明更加深感不是他的对手。

可是,忠明以长者的眼光来看他的话,总觉得,他的强大、年轻气盛中隐藏着危险的因子。

若是能向好的方向,加以修炼的话,定能所向披靡——若是走错了路,恐怕又是第二个善鬼。

忠明不禁感慨:

若是我弟子的话……

最终忠明还是什么都没说出口。

对于小次郎的话,忠明都谦虚而笑,一一作答。

杂谈之时,也谈到了关于武藏的传闻。

——近来,忠明听闻,在北条安房守和僧人泽庵的举荐下,有名叫作宫本武藏的无名剑士可能会被选拔为兵法教师。

"……哦?"

小次郎没有多说,不过已明显露出不安的神色。

见夕阳西下了,他起身道:

"我要回去了。"

忠明吩咐侄女阿光,

"去领婆婆过来,将客人送到坡下。"

如此恬淡、直率,不像柳生般来往于政客间的,质朴武士治郎右卫门忠明,没过多久便在江户不见了踪影。

他已经是将军家的座上宾了——

若是干得好的话,明明可以前程无量的

世人对他的遁世感到很讶异。最后,忠明败给佐佐木小次郎一事被夸大其词地宣扬了出去,大家都传言——

听说小野治郎右卫门忠明发疯了。

二天之卷

 物哀

一

真是可怕。昨夜的狂风。

那样的暴风雨，就连武藏都说第一次见到。

二百一十日、二百二十日。

比武藏细心、善于处理自然事件的伊织，早在昨夜暴风雨来袭前就登上屋顶，铺上竹压条、石头等。可是，尽管这样，屋顶还是在半夜被风掀开，吹得不见了踪影。

"啊，已经不能读书了。"

望着贴在山崖壁上、草丛中的这些四散的黏糊糊的书页，伊织无比遗憾地咕哝着。

受害的不仅仅是书，就连他和武藏住的房子，都被蹂躏得不成样子，连修缮都无从下手。

武藏没管这些，丢下一句：烧下火，就出去了，现在还没回来。

"——真是悠闲。去看什么稻田的受灾状况。"

伊织开始烧火。就拿房屋的地板、壁板当柴火。

"这可是今晚睡觉的屋子啊！"

想到这时，烟已经呛到了眼睛里。火烧起来了。

武藏还不回来。

向远处不经意地一看，发现了一些完好的栗子，和死于暴风雨中的小鸟的残骸。

早饭，伊织就烤了这些东西吃。

中午的时候，武藏回来了。过了片刻，后面来了一群穿蓑戴笠的村民。他们见了武藏，不断地表达谢意，什么多亏了您，我们才那么快引退了洪水，病人也能安心养病了之类。——也有村民说，以前出了这样的状况，我们都是各顾各的，还难免出现纷争，这次多亏了您的引导，大家不分彼此、齐心合力，少受了不少损失。

"啊。是去帮助村民了啊！"

伊织终于知道武藏为什么天没亮就出门了。

村民们看到了伊织为武藏烤的死鸟肉，便说：

"我们那儿有很多食物。"

随即运来了很多，有甜的、辣的，还有伊织非常喜欢吃的饼。

死鸟肉很难吃。伊织对自己不顾其他,只晓得匆匆忙忙地用死鸟肉填饱肚子的行为感到后悔——现在终于明白了,若是能舍掉自我,为大家考虑,食物自然是会有的。

"我们会帮你们重建个结实的小屋的,你们今晚就来我们这儿睡吧!"

一个年长的村民说。

这位老村民的房子是近村年头最久的房子。武藏和伊织在老村民家里烤干了衣物,然后,晚上便在那里投宿了。

"哎呀?"

躺下以后,伊织感觉听到了什么声音,他向武藏那边翻了个身,小声叫道:

"先生——"

"……嗯?"

"远方好像传来了神乐伴奏的乐声——听起来像是离这儿挺远的。"

"似有似无的声音。"

"真是奇怪啊。这样的狂风暴雨过后,居然有人奏神乐?"

"……"

武藏传来了酣睡声,没有再理会伊织,伊织也不知不觉地睡着了。

二

到了早晨。

"先生。秩父的三峰神社离这儿不是太远吧?"

"也有段距离呢吧!"

"带我去吧——想去参拜!"

不知想起了什么,伊织突然要去神社。

武藏问起来才明白,原来,伊织一直没忘记昨晚听到的神乐的声音,起床后特意向这里的村民打听,了解到邻村阿佐之谷村里有一个演奏传统的阿佐之谷神乐的乐师世家,每到三峰神社月祭之时,这家的乐师便会在家调好乐器,前往秩父演奏,伊织听到的可能就是这个乐声。

音乐、舞蹈都是很宏大、广为人知的东西,伊织却只知道神乐。况且听说这三峰神社的古典神乐当数日本三大神乐之一,这更让伊织不可抑制地想去秩父。

"哎呀,哎呀,先生——"

伊织死乞白赖地撒着娇。

"反正草庵也不能这五六日就建成。"

伊织这么一撒娇,武藏突然想起了分别已久的城太郎。

带着城太郎的时候,他经常这样子。要么要这要那,要么缠磨人,要么任性得让你束手无策——

可是伊织很少这样——甚至有时武藏会觉得伊织跟他是不是太过疏离，一点儿也不像小孩子，真是让人寂寞。

其实城太郎与伊织如此不同，除了他的成长经历和性格的原因，也是武藏纵容的结果。对于伊织，武藏明显表现出了老师的威严。——鉴于之前对城太郎培养不足的地方，武藏有意识地做到师徒分明。

伊织很少见地这么一撒娇，武藏含含糊糊地答道：

"……嗯。"

稍稍考虑了一下，

"好的，我带你去。"

伊织听了，雀跃道：

"天气又这么好！"

看样子是完全忘了前天晚上的当空长怨了，片刻不等地向这家村民告了别，带上食物和草鞋，催促武藏：

"快走吧！"

老村民将他们送出门外告诉他们村民们会在他们回来之前建好草庵的。

狂风过后，积水形成的一个个小湖依然存在。不过，天明水澈，伯劳低飞，让人感觉前天的那场风暴恍若梦境。

三峰神社的月祭会持续三天，这样出来以后，伊织也不那么急了。因为不用担心赶不上。

当晚，他们在田无的客栈早早地休息了，第二天早晨依旧走在武藏野的原野上。

入间川的水比平日里涨了三倍。土桥被淹没于水中。附近的居民忙着撑船、打桩，准备重新搭建木桥。

在等着木桥搭建时，伊织不安分地四处玩耍。

"啊呀啊呀，这儿有很多箭，还有铠甲、头盔——先生，这里从前是战场吧，一定是。"

挖着被洪水冲刷过的川沙，伊织一会儿发现锈刀片，一会儿又发现不明所以的破铜烂铁，兴奋得像寻宝一样。

"啊……？人的骨头。"

伊织被吓了一跳，嗖地收回了手。

三

武藏看到后，叫伊织。

"伊织。把白骨拿到这儿来。"

已经不小心碰到一下了，伊织不想再碰第二下。

"先生，拿到那边干什么？"

"把它埋到人踩不到的地方。"

"可是，这白骨可不止一两具呢！"

"就当是木桥修缮期间我们的工作了。把它们收集一下——"

武藏环顾了一下河滩后面。

"就埋到那个龙胆花附近吧！"

"连铁锹都没有。"

"用那把断刀挖吧！"

"是。"

伊织首先在龙胆花附近挖了一个坑。

然后将捡到的长箭、铠甲、破铜烂铁、白骨都埋在了那里。

"好了。"

"再在上面放块石头——这样的话，这些白骨的主人也可以被供养了。"

"先生，这附近什么时候发生的战争？"

"忘记了吗？你读的书上写着呢。"

"忘了。"

"《太平记》上记载的，发生在元弘三年和正平七年的两次战役——新田义贞、义宗、义兴等一族和足利氏大军曾在小手指原激烈交锋，这附近便是小手指原。"

"啊，这里是小手指原战役的发生地啊。我听先生讲过几次这个战役。"

"那么……"

武藏决定考考伊织。

"当时，宗良亲王——长久以来一直坐镇东方，秉承武士之道，他在收到征东将军的宣旨后，有感而发吟咏了一首歌，伊织还记得是什么歌吗？"

"记得。"

伊织仰望着碧蓝的天空、划过天际的一只飞鸟，吟道：

"——不曾料想，原本生疏的弓箭、武器，如今却于起卧间携于身侧，情何以堪。"

武藏微微一笑。

"对。那——在同一时期，打败武藏之国后，这位亲王在小手指原写下了一首和歌，是哪一首？"

"……？"

"忘了吗？"

伊织一副不服输的表情摇了摇头。

"等等，等等。"

过了片刻想起来后，自己加了节拍，吟咏起来。

"为了君主，

为了世人，

有何不能舍弃的呢？

若是值得，

奉以性命。"

"……是，先生？"

"什么意思？"

"我明白的。"

"是吗？明白吗？"

"当然明白，否则就不算武士、不算日本人了。"

"嗯。……可是伊织。那你刚刚还如此忌惮手持白骨，像是怕脏似的。"

"可是，那是白骨啊。先生您见了也不会很舒服吧？"

"这个古战场上的白骨，全都是为宗良亲王的和歌所感动、拼死奋战的战士的——虽然现在看不到这些战士的——埋在土中的白骨，可是正因为有了他们，这个国家才如此和平，百姓才安居乐业。"

"啊，是啊。"

"偶尔的战乱就如前天的暴风雨般，不会给这个国家带来太大的变化。在国家的建设上，虽然现在活着的人们的贡献也非常大，我们却是不能忘记他们的恩情的。"

四

对于武藏的一言一语，伊织点头表示理解。

"明白了。我去采些花来，祭奠一下这些英勇的战士吧！"

"不用祭奠什么。只要你把刚刚我说过的话记在心里就行了。"

"可是……"

伊织一副不甘心的样子。最终还是跑去采了许多秋草花朵放在石前，双手合十打算拜祭。行礼前伊织想了想，突然地扭头唤了声：

"先生！"

一副很踌躇的样子道：

"——这些土中的白骨真的是先生所说的忠臣吗，如果是足利氏一方的人，我们这样做就太不值了。我还拜祭他们——"

被伊织这么一说，武藏一时也不知该怎么回答他。伊织则放开了双手，满怀期待地盯着武藏。

——耳边传来蝈蝈的叫声。仰望天空，白天的那淡薄的月亮似有似无地映入眼帘。该如何回答伊织呢，武藏思索着。

"就是十恶不赦之徒，佛道上也有相应的对他们的救赎之路。在佛祖的眼中，逆徒也是可以被原谅的——更何况他们已经是一堆白骨了。"

良久，武藏对伊织说道。

"那么，忠臣、逆贼死后都一样喽？"

"不一样。"

为了强调，武藏特意顿了顿。

"不要这样想也不想地随便说。武士是要重视自己的名誉的。若是名誉受损，生前死后都将是个耻辱。"

"若是这样的话，为什么佛祖将逆贼、忠臣一视同仁？"

"人之初，性本善。可是，有些人后天受名利、欲望的蒙蔽，成为了乱臣贼子。——佛祖怀着宽仁之心，通过千万经文试图拯救这些偏离了轨道的人。可若是他们有生之年没能被拯救过来的话——死了虽说就万物皆空了，却终究是有罪之身的死去。"

伊织明白些了，不过还是有话要说，

"——武士不同吧。即使死了也不是一切都是空了吧？"

"为什么？"

"因为武士会留名的。"

"嗯——"

"或是恶名，或是好名，——终究会有名声留下的。"

"哦——"

"即使变成白骨。"

"不过……"

武藏怕他那纯真的求知欲令他走上偏执的道路，便又做了些补充。

"不过武士还应该有种被称作物哀的情怀。不知物哀的武士，便如同没有月光、没有花朵的荒野一般。而失去了物哀的强大，只是这荒野之上的一阵暴风雨——剑、剑、剑固然重要，物哀——这种悲悯之心不可无。"

伊织默然。

静静地——将花供上，虔诚地合掌而拜。

鼓槌

一

从秩父的山麓起，蚂蚁般络绎不绝的人群在山道上排成了串，源源不断地向山间密云中走去。

最后，所有人都聚在了山顶三峰权现。再抬头望天，天空高处竟然晴朗碧澈。

这里是横跨坂东四个区域，通往云取、白石、妙法之岳这三山的天上之町。与神社佛阁相连的有僧官、神职的房屋，土特产店、参拜茶室、门前町等——附近还有七十多户神领百姓的住宅。

"啊。太鼓的乐声响起来了！"

昨晚与武藏一起住在观音院的伊织——赶紧扒几口红小豆糯米饭，

"先生，已经开始了。"

说着啪地撇下筷子。

"神乐吗？"

"去看看吧！"

"昨晚都看过了，我就不去了。你自己去吧！"

"可是，昨晚只演出了两场。"

"行了，你快点去吧。今晚可能会彻夜进行的。"

武藏的木盘子里还剩有红小豆糯米饭。伊织觉得待会儿武藏吃完饭后，肯定会去的。又灵机一转道：

"今夜夜空上也有很多星星啊！"

"是吗？"

"算上昨天登山的人，现在山上该有几千人了，要是下雨，这些人就可怜喽！"

武藏明白伊织的小算盘，露出爱怜的表情。

"行了，去看看吧！"

"嗯，走吧！"

伊织打头飞奔出大门，穿上稻草做的草鞋，并为武藏摆好鞋。

在观音院的前面、山门的两边，都熊熊燃烧着巨大的篝火堆。门前町的住户们也都在自家门前插上了松明，几千尺高的山似白昼般明亮。

夜空深蓝如湖水，银河璀璨如梦幻。在这美丽的天景、闪烁的火光之下，人们全然不觉山上的寒冷，都围绕着神乐殿，好不热闹。

"……哎呀？"

挤在人群中的伊织四下张望。

"先生去哪儿了。刚刚还在这儿呢！"

伴随着回响山间的笛子、太鼓的乐声，人们已经渐渐地聚拢过来了，可是神乐殿内还是不见舞者，只有灯影、帷帐摇曳。

"先生——"

伊织在人群间钻来钻去，终于发现了武藏的身影。

武藏正在前方不远的佛堂前，仰望着被挂在那里的，为数众多的捐赠牌。伊织跑过去拉着武藏的衣袖叫道：

"先生！"

武藏没有理会他。

与其他捐赠牌不同,有一块牌子格外大,上面写的金额也不是小数目,武藏特意仔细看了一下。

  武州芝浦村
  奈良井屋大藏

"……?"

几年前,由于听说失散的城太郎被奈良井的大藏带着旅行去了,从木曾到诹访,武藏曾四处打听他们的下落。

"武州的芝浦?"

这地方不就在前不久自己也待过的江户吗?看到大藏的名字,武藏陷入一片茫然——想起了那些与自己分别了的人。

二

武藏经常触景生情地想起城太郎。

尤其是伊织的成长,总让武藏不由得想起他——

"已经三年多了,真像是一场梦。"

武藏在心里默默地算城太郎该有多大了。

这时,神乐殿的鼓声突然更加响亮,将武藏从对城太郎的回忆中拉了回来。

"啊,已经开始跳了。"

伊织的心早已飞了过去。

"先生,在看什么?"

"没什么——伊织,你先去看神乐吧,我想起了点要紧的事,随后再去。"

武藏说罢便自己向神职处走去。

"想打听一些关于捐赠者的事情。"

"我这里不负责这些,我带你去僧官那里吧。"

一个有些耳背的老神职引导武藏向前走去。

不一会儿,来到一个写着"总僧官高云寺平等坊"几个大字的庄严的入口处。可以看到里面白玉似的墙壁。这里应该就是神佛不分地处理一切事务的总务所。

老神职在大门处冗长地进行了通报。

一个执事僧非常郑重地走过来。

"请——"

带武藏向里面走去。

武藏坐下后,有人奉上茶水、点心等。接着,有漂亮的童仆端来长把酒壶。

过了片刻,一个僧正走了过来。

"真是欢迎您。请您尝尝这里的山菜,没什么好的酒食,不周之处还请见谅。"

僧正恭恭敬敬地说道。

"嗯?"

武藏觉得有些不对劲。

"其实,我是想请您帮忙查一位捐赠者的情况的。"

武藏的话出乎了这位看起来五十岁左右,有些发福的僧正的意料。

"啊?"

僧正瞪大了眼睛,不再那么拘谨了,直盯着武藏。

"调查什么?"

武藏将想了解的一一讲了出来——捐赠牌上写的武州芝浦村奈良井大藏是什么时候来的这里,他是不是经常过来,有没有带着随从,若是有带的话,带的是什么样的随从……僧正露出了极不耐烦的神色,

"什么?你不是来捐赠的,是来查捐赠者的来历的啊?"

也不知是老神职听差了,还是这位僧正误解了——一副这下可糟了的面孔。

"传达不周,抱歉。鄙人不是来捐赠的,是想打听一下奈良井的大藏。"

"这样的话,怎么不早说明白——看样子,你好像是个流浪武士,我怎么能随便将捐赠者的事情透漏给一个身份不明的人?"

"绝不是您想的那样。"

"行了,去看看执事僧怎么说吧!"

僧正就像遭遇了什么损失一样,不容武藏再说什么,拂袖而去。

三

执事僧将捐赠者的台账抽了出来,敷衍了事地查了一下。

"这里也没有什么详细记录,好像是会常来寺院斋戒祈祷的。至于他的随从多大什么的,我不太清楚。"

执事僧态度很是冷淡。

不过武藏还是有礼地说了句:

"麻烦了。"

来到神乐殿前,看见伊织爬上了人群后的一棵树,正坐在树梢上远远地欣赏着神乐。

他并不知道武藏向树下走来了,只是一味地沉醉在神乐殿的表演中。

黑扁柏的舞台上挂着五色的帷幕。山风轻轻地吹拂围在神道仪式场所周

围的界绳，篝火的火星就像要点燃界绳般，时不时地飘飘悠悠地擦过界绳。

"……"

武藏也和伊织一起望向舞台。

他想起了自己曾经的儿时岁月。那时，他也和伊织一样，喜欢去看祭祀神乐。记得故乡赞甘神社的夜祭和这里的差不多。当时人群中有阿通粉白的面容，又八边吃东西边看的身影，还有权叔父在其中逛来逛去——母亲则总是不安地在家等待晚归的自己——这一切的一切，如今仿佛就像是发生在昨天的事情。

拿着笛子、鼓槌的山神乐师们坐在舞台上演绎着古雅的近卫舍人的风俗，庭院的篝火将他们那奇特的衣裳、金线织花葛丝映照得熠熠生辉，让人仿佛置身于神治时代。

和缓的大鼓之音，回荡在附近的杉树林中。笛子和太鼓的乐声也随之流动，舞台上的神乐司长戴上神治人的面具——面具的脸蛋和下颚部的涂漆已经剥落，可是这并不影响他起舞的兴致——他同时还哼唱上"神游"的歌谣。

　　神社垣内的，三室山的
　　树木枝叶，
　　在神的面前，枝繁叶茂，
　　枝繁叶茂。

神乐司长唱完这段歌词后，舍人们开始加快奏乐，使歌、乐、舞以更快的节奏融为一体。

　　土地神啊，请用您那山之权杖，
　　保佑山中人们的千岁延年。
　　法力无边的权杖啊，
　　法力无边的权杖啊！

接着——

　　这把长枪，是何处之矛？
　　想是天上，
　　丰冈姬宫中之矛，
　　宫中之矛。

有几首神乐歌是武藏小时候曾听过的。记得那时自己也曾戴着面具，在家乡的赞甘神社神乐堂上跳舞。

> *保佑世人的，*
> *那把大刀啊！*
> *是否被供奉在神前，*
> *供奉在神前。*

听到这段歌词时，武藏的目光落到了在太鼓座上敲太鼓的那位舍人的手上。

"啊，就是这样！……二刀流。"

武藏忘我地大声感叹。

四

伊织听到武藏的声音，吓了一跳，赶紧向下看。

"啊，先生，您在这里啊！"

"……"

武藏没理伊织，继续盯着神乐殿的舞台方向看，他并没有像周围人一样陶醉于舞乐。

"……哦，二刀、二刀，这也是二刀的原理。弹拨两下，声音只有一个。"

武藏凝神地抱着肩膀，眉头的松动却体现出了他此时的一种豁然开朗的心境。

这就是二刀流的技巧所在。

人生来就有两只手。可是拿剑时，人通常只用一只手。

若是敌人也如此，大家的习性都是一样的也就罢了，如果遇到用两只手拿两把剑的对手，结果会怎么样呢？

武藏便有切身体会。在一乘寺松下的那场大战中，吉冈方人多势众，而自己只是孤军奋战。待到大战结束时，才发现自己的双手都拿上了剑——右手大剑、左手小刀。

这是出于一种无意识的本能，在生死关头，两只手竟然都变得灵活有力。

在兵法中，大军与大军交战时，需注意驱使好两翼之兵。单个的人也是如此。

日常生活的习性是可以在不知不觉间进行培养的。

真的可以做到二刀。或者可以说，二刀也没什么不正常的。

武藏自那以后，对此深信不疑。

人的一生遇不到几次生死关头。——终极剑术就是要将这生死之境日常化。

不是无意识，是有意识的行为——

可是，要像无意识那样自由行动——

二刀必须做好这一点。武藏经常在内心琢磨这些。他在自己的信念上加以理念，试图掌握二刀的真正原理。

他现在终于有所领悟。望着在神乐殿上敲太鼓的舍人的双手——听着鼓声，武藏悟出了二刀的真理。

虽然是用两个鼓槌敲打太鼓，发出的声音却只有一个。舍人左、右——右、左地有意识地按节奏敲击鼓面，其实已进入了畅行无阻的无意识的境界，一切看起来是那么流畅自然。武藏的心结顿开。

五座的神乐以神乐司长的歌唱开场，舞者在人们如醉的气氛中，神不知鬼不觉地更换着。其中还响起了粗犷的岩户神乐，快节奏的笛声和铃声也随荒尊的长枪之舞响起。

"伊织，还在看吗？"

武藏仰头望向树梢。

"嗯，是呀！"

伊织在上面回答道。他已经被神乐舞迷得神魂颠倒，仿佛他自己就是舞者一般。

"明天我们还要翻越大岳山，到后山的寺院，早点回去休息。"

武藏叮嘱完伊织，便自己先回观音院了。

——回观音院的路上有一个牵着一只大黑狗的男子，一直偷偷摸摸地跟在武藏后边。见武藏进入院内了，这个男子向后方黑暗处招了招手，小声叫道：

"喂、喂——"

恶魔的眷属

一

狗被认为是三峰的使者，因此，在山中，狗也被称作权现大人的眷属。

山狗的牌子、山狗的木雕、山狗的陶器——很多参拜者下山时会顺便虔诚地买上这些东西。

在这座山中也有很多真正的狗。

其中，被人敬仰的狗占极少数，一般都是些山中野狗，它们野性十足，尖嘴獠牙。

据说它们是千余年前，随着漂洋过海迁居至武藏野的高丽民族一同过来的狗，同秩父山纯种坂东山狗结合而成的混血猛犬。

却说，

——尾随武藏的男子手中就牵着一只这样的狗。他向暗处一招手，壮得如同一头小牛的黑狗也一起望向黑暗中，低吠着。

它可能是感觉到了迎面而来的熟人的气味。

"嘘——"

狗主人收了收牵狗的麻绳，拍了一下摆着尾巴的狗屁股。

这个狗主人也是一副狰狞勇猛的面容，一点儿也不输于这只狗。尽管脸上深深的皱纹，让他看起来有五十多岁，强壮的身体却让他具备年轻人都少有的精悍。身高五尺左右，四肢充满弹力与斗志——他就如同他身边的狗一般，给人一种有些野性未脱的感觉——像是正处于野兽向家禽过渡的过渡期——他是一名山野武士。

不过，因为他在寺中工作，衣物穿着还算整洁。在看起来不知是胴服，还是礼服、外褂的衣服上系着腰带，下身穿麻裙裤，脚踩纸鞋带的祭祀用草鞋。

"梅轩——"

悄悄从暗处走来的女子叫道。

狗闹着想向女子的衣角扑去——这名女子不敢再靠近。

"这家伙。"

梅轩用绳子头儿抽打了两下狗的脑袋。

"阿甲……你看得不错。"

"果然是他。"

"嗯。是武藏。"

"……"

"……"

两个人不再作声。星星在云层间隐约可见。神乐殿的音乐依旧回荡在黝黑的杉树林深处。

"怎么办？"

"容我想想。"

"好不容易在这里碰到他了。"

"是啊，就这么放他回去，太便宜他了。"

阿甲不断地用眼神坚定梅轩的决心。可是梅轩似乎还是迟迟拿不定主意。眸子闪烁不定，似乎有什么顾虑。

有种害怕的眼神。

过了一会儿。

"藤次在吗？"

"在。祭祀节喝酒喝多了，天一黑就回店睡觉去了。"

"把他叫起来。"

"你呢？"

"我还有工作。——等我巡视完宝藏库，处理完一些必要事务就过去。"

"那，是到我那里吗？"

"嗯。去你店里。"

两个人又分头消失在了篝火触及不到的黑暗之处。

二

出了山门后，阿甲一路小跑。

门前町有二三十栋房屋。

大多是土特产店、茶水屋。

偶尔也会有散发着煮食和酒水味道的、喧闹的小店出现。

她的住所就是这其中的一家。泥地房间里摆着许多凳子，门口处挂牌写着"休息处"。

"家里人呢？"

回去以后，她叫醒在长凳上打盹的年轻女佣问道。

"睡了吗？"

女佣以为会被骂，一直慌慌张张地摇头。

"不是在说你。我在问家里人。"

"啊。老板的话，他已经睡了。"

"你看好店。"

"祭祀时节，就我们这里冷冷清清、无所事事，真是的。"

阿甲边说边环视了眼这间泥地房间。

在前门处，一名男用人正和他老婆煮明天的红豆糯米饭。不断有火苗从泥炉里蹿出。

里面长凳上，躺着一个熟睡的男人，阿甲走了过去。

"喂，老公！"

"喂，醒醒——你。"

阿甲轻轻地推了推这个男人。

"怎么了？"

男人有些不高兴地坐了起来。

阿甲吓得退后一步。

"哎呀！"

这个圆脸、大眼的乡下年轻人不是她丈夫藤次。因为被陌生女子摇醒，这个男人不悦地瞪着阿甲。

"呵呵呵！"

阿甲尴尬地笑着。

"是客人啊，真是抱歉！"

男人捡起滑下长凳的茭白盖在脸上，没吭声，又躺下了。

木枕前放着盛过饭的盆子和茶碗。从茭白的一角露出的两只脚上穿着沾满泥土的草鞋，靠墙放着的包裹、斗笠和手杖则应该是他的行李。

"是客人吗，这个年轻人？"

阿甲向女佣问道。

"是的。说是睡一觉后，要登山去寺院，让我借给他枕头。"

"那为什么不早告诉我？我还以为是家里人。老板去哪儿了——"

阿甲这么一说，从旁边的破隔扇里伸出一只脚，同时传来了藤次的声音，

"蠢货。不知道我在这儿吗——倒是你，扔下店去哪儿闲逛了？"

他此时正躺在草席上，一副尚未睡醒的烦躁的样子。

没错，这位便是祇园藤次，他已经完全变了。与他恶缘未了的阿甲也不再有过去的风韵，变成了一个男人婆。

阿甲的变化是情有可原的。藤次就是个懒汉，他的女人若不变得强势，估计就没办法维持生活了。过去，在和田岭的采药小屋中，抢劫并杀害往来于中山道的过路人时，日子还算是好过的——

后来由于那个小屋被烧毁，他们不得已遣散了手下的伙计。如今，藤次只在冬天打打猎，阿甲则成了御犬茶店的老板娘。

三

尚未清醒的藤次眼中布满血丝。

他起身走到水缸前，舀了一大瓢水，咕咚咕咚一顿喝，总算是好受了些。

阿甲一只手扶在长凳上，斜着身子看着藤次，

"再怎么有祭祀活动，也不能喝这么多酒啊——都不知大祸临头了，还好没在外面遇到血光之灾。"

"什么？"

"要小心了。"

"怎么了？"

"武藏来参加祭祀了，你知道吗？"

"啊。武藏。"

"是啊！"

"武藏，是那个宫本武藏吗？"

"是的。昨天他就过来住在观音院了。"

"真、真的吗？"

比起那咕咚进肚的一瓢水，武藏这两个字更能让藤次清醒。

"坏了。阿甲，那家伙下山前，你也先别出店门了。"

"那你是打算躲起来了吗？"

"那次在和田岭，太可怕了。那样的事，我可不想遇上第二次。"

"真是个胆小鬼。"

阿甲嘲笑道。

"除了和田岭那件事，你和武藏早在京都就因为吉冈的事结下怨了吧。就连我一个女流之辈都还记得他反绑着我的双手，烧我们的小屋时的情景。"

"可是……那时，我们不管怎么说是有很多手下的。"

藤次很清楚自己的本事有几斤几两。他虽没有参加一乘寺古松下的那场恶斗，但是他从吉冈的残党那里了解到了武藏的厉害——再加上在和田岭的亲身遭遇——他知道自己是毫无胜算的。

"所以——"

阿甲贴了过来。

"你自己一个人肯定是不行的，山里不是还有一个对武藏恨之入骨的人吗？"

"……？"

这么一提，藤次也想起来了。她说的是山上总务所、高云寺平等坊的侍卫——看守总务所宝藏库的宍户梅轩。

能在这里开茶店，也是多亏了梅轩的关照。

被迫离开和田岭，辗转各地，最后在秩父与梅轩相识，不能不说是一种缘分。

熟识后，了解到梅轩原住在伊势铃鹿山的安浓乡，曾召集很多民间武士，趁战乱做过强盗。战争平息后，在伊贺的山里做锻造刀具的生意，过起了平常百姓的日子。可是，随着领主藤堂家藩政的统一，他的这种存在不被允许了。于是便解散了作为时代遗物的民间武士集团，决定自己去江户闯出一番天地——最终碰到了一个在江户都碰不到的好机会——三峰有个熟人介绍他去总务所看管宝藏库。现在一晃儿，梅轩做这份工作已经有好几年了。

在更深的武甲深山中，还有许多拥有武器的，比民间武士更不开化的人——雇用梅轩是为了以毒攻毒——如此可保宝藏库没有闪失。

四

所谓宝藏，并不都是社中的宝物，还有捐赠者捐献的现金。

山里经常会有山贼出没。

宍户梅轩绝对是宝藏库守卫的不二人选。

曾为民间武士的梅轩知晓山贼的习性、袭击方法等，而且他还是宍户八重垣流的带链镰刀的精通者，人称天下无敌的带链镰刀的达人。

如果不是因为他从前的身份，现在应该也是有主君的人了。他的背景实在是不堪一提。他那血脉相承的哥哥叫十风典马，是个一辈子生活在血雨腥风里的强盗头子，从伊吹山到野州川，处处有他的足迹。

十风典马之死是十年前的事了，那时武藏还不叫宫本武藏——世间刚刚经历关原之战——在伊吹山山脚，十风典马因武藏的木剑吐血身亡。

宍户梅轩并不觉得自己的没落是由于时代的推移，而是归咎于兄长之死。

于是，武藏这个名字，从此他铭刻于心。

梅轩和武藏曾在伊势路的旅途中巧遇。他原本打算趁武藏熟睡，设计杀死武藏的。

谁知武藏逃过一劫，不见了踪影。——从此以后，梅轩再也没见过武藏。

——阿甲不止一次听他提起这件事。同时也将自己的遭遇告诉了梅轩。甚至为了和梅轩套近乎，还添油加醋地表达对武藏的怨恨。每当这时，梅轩都会露出肃杀之色。

真想现在就能——此生必报此仇。

如此一座山。——对于武藏来说，恐怕是危险无比的诅咒之山了。武藏在不知情的情况下，随伊织上了山。

在跟踪武藏之前，阿甲曾在店中瞥见过武藏，想再仔细确认一下时，武藏已经消失在人群中了。

无奈当时藤次喝得烂醉如泥，阿甲只好自己先出去看一眼，刚好碰到武藏和伊织向神乐殿方向走。

果真是武藏。

她跑到总务所，叫出梅轩——梅轩牵了一只狗出来，尾随武藏至观音院。

"……哦，是吗？"

藤次听到这些，打起一些精神来。要是有梅轩的话——感觉会多几分胜算。记得在前年的三峰祭祀比赛中，梅轩曾凭八重垣流的带链镰刀之技，横扫坂东的剑客。

"……是吗。梅轩也知道这事了啊！"

"他说办完公事后，就赶过来。"

"是来合计一下怎么办吗？"

"当然是。"

"对手可是武藏啊。这次要想点巧招儿。"

藤次一阵莫名的紧张，说话声音也不知不觉提高了八度。阿甲扭头看了眼睡在泥地房间角落的那个乡下年轻人，他依旧盖着茭白，打着呼噜，睡得很香。

"嘘……"

阿甲提醒藤次小声点儿。

"啊。有外人在吗？"

藤次也警惕起来。

五

"……谁？"

"是客人。"

阿甲并没有在意。

藤次皱起了眉头。

"叫醒他，让他走吧——梅轩快来了。"

"能让他走是再好不过了。"

阿甲叫女佣去叫醒那个人。

女佣来到角落里的长凳旁，将鼾声四起的年轻人摇了起来。毫不客气地说要打烊了，请他离开。

"哇，睡得真香！"

年轻人伸了个懒腰，站了起来。从他的装束和口音来看，他不是近乡人。这个人微笑着，有神的眼睛眨巴眨巴的，一副满足状，随即披上茭白、拿起斗笠、拄上手杖，活力满满地准备上路。

"谢谢了，打扰了。"

告辞过后，转身走了出去。

"他留下茶水钱了吗？真是个怪人。"

阿甲望着女佣吩咐道：

"将长凳收起来吧！"

接着，她和藤次也卷起苇帘，收拾起店面来。

这时，有一只牛犊般的黑狗悄无声息地进来了。梅轩紧随其后。

"啊，您来了。"

"请，里面请。"

梅轩没吭声，脱掉了草鞋。

黑狗则忙着寻找掉在地上的吃食。

梅轩在亮着灯火的一间粗墙烂檐的房间坐下后，开口道：

"……刚刚在神乐殿前，听武藏对他带的那个小孩儿说，明天他们要去后山寺院。我又潜入观音院探了一下虚实，所以才来晚了。"

"那也就是说，武藏明天早晨，去后山寺院……"

阿甲、藤次都紧张得胸口发闷，遥望映入星空的大山黑影。

用通常的手段是无法战胜武藏的，对于这点，梅轩比藤次更清楚。

除了梅轩，宝藏库的守卫中还有两个体格健壮的番僧。另外，还有在这一带建立练武场的吉冈的残党，他们平日主要教村里的年轻人学习武艺。再加上从伊贺跟来的现在转行了的民间武士等，眼下能够纠合十人以上。

藤次准备带上他擅长使用的步枪，梅轩自己依旧带着带链镰刀。——据梅轩说，那两个番僧应该是已经拿上长枪先走一步了。其他那些找来的人都

二天之卷

会在天黑前聚于去往后山途中的小猿泽谷川桥等候碰头。

"千万不要有什么闪失。"梅轩最后嘱咐道。

藤次有些吃惊，狐疑地问道：

"啊，已经布置好了？"

梅轩苦笑。

若是仅将梅轩看作寺僧的话，如此迅速的布置确实是有些意外。但若想想他从前那十风典马之弟的身份，做到这些对他来讲只是小菜一碟。比睡醒了的野猪在胡枝子丛中卷起一阵风还容易。

篱笆红叶

一

雾气尚浓。

一弯残月远远挂在深幽的夜空。

大山已经沉睡。

还在淙淙地躁动着的是奔流于小猿泽谷底的小溪。

谷川桥上有影影绰绰的人影在雾气中若隐若现。

"藤次——"

有人低呼一声。

是梅轩的声音。

藤次在一群人中同样低声应了一声。

"不要把火绳弄湿了。"

梅轩提醒道。

撩起法衣底襟的山法师一般的两个番僧，也同样拿着短矛混在这群充满肃杀之气的人中。

还有在野武士、地痞无赖之流若干人等。他们服饰纷杂，鞋袜倒都是穿得轻便简捷。

"人到齐了吗？"

"到齐了。"

"多少人？"

大家相互数了一下，总共十三人。

"好……"

梅轩带领大家又确认了一下行动事项——确认无误后，顺着梅轩所指，一行人隐遁于雾气之中。

后山寺院

距此三十一町

谷川桥断崖旁路标上的文字在朦胧的月光下依稀可辨。然后便是河流声和风声,似乎在指引着人们路的方向。

人一离开,便有潜伏在暗处的东西跳了出来,使得树木枝叶间多了几分灵动。

是猴群。从这里到后山寺院,有无数的猴子生活在沿途。

经常有猴子伴随着山上的小石子,顺着藤蔓,溜到山下的道路上。

或是在桥的附近奔跑、躲藏,或是飞奔到山谷之间。

雾气缭绕在猴子周围,如同在和猴子嬉戏一般——若仙人降临,定会说——

你们难道就只满足于在这狭窄的山谷间,同云雾嬉戏吗?这云雾不会永远停留于此的,不妨腾云驾雾来西方三千里处,卧看庐山,指点峨眉,浣足于长江,吸取自然之灵气吧。也不枉你们来到这世间。要不要同我们来呢?

然后,经仙人这么一说,可能云会化为猴子,猴子会化成云,飘飘然而去吧。

——猴子的嬉戏玩闹不免让人想到此种场景。在朦胧的月光下,猴子的身影在雾气中似两两相见。

汪!

汪、汪、汪!

突然传来狗吠声。

这声音在山谷间久久回荡。

就像秋风扫落叶般,猴子再次瞬间遁形——响亮的足音跟着响起,梅轩那为看守宝藏而饲养的黑狗挣断绳子,跑了过来。

"大黑、大黑狗!"

阿甲追在后面。

这只狗好像是明白梅轩他们要去爬山,是故意咬断绳子跟来的。

二

她跑过来拉住黑狗脖颈上的绳子。黑狗被拉住后,将硕大的身体拱在她的身上,跳来跳去,并不安生。

"畜生——"

她不喜欢狗,一边后退,一边用绳子抽打着狗。

"回去!"

向着来的方向一拖这狗,这狗又将嘴扯到耳朵附近。

"汪!"

狂叫起来。

虽然还拉着绳子，但她感觉力不从心。硬拖它的话，它便像这样，叫得像山间的狼一样。

"怎么把这畜生带来了？把它拴在宝藏库的狗窝里就好了。"

阿甲很是不耐烦。

如果此时，要离开观音院的武藏——提早出发了，他听见这狗吠声，一定会觉得不对劲。即使狗不叫，只在这路上蹿来蹿去，怕是也足以引起一向机敏的武藏的警觉了。

"嘘，真是没办法。"

阿甲感觉很是棘手。

黑狗依旧叫个不停。

"没办法——过来。到了后山寺院可别再叫了。"

她无可奈何地拽着狗，不，应该说是狗拽着她——气喘吁吁地追在刚刚上山的人群的后面。

黑狗终于不叫了。估计它此时正因为能跟着主人的气味找过去，满心欢喜呢。

飘动了一整夜的雾气，此时像厚厚的白雪般沉淀在谷间，武甲的众山：妙法、白石、云取澄明后，后山的寺院又被笼罩其中，啾啾、啾啾、啾啾……耳畔响起小鸟轻快的叫声。

"先生，怎么回事？"

"什么？"

"明明晴亮了，却不见太阳。"

"你看的那不是西边吗？"

"啊，对了。"

伊织便顺顺看起了月亮。在山峰的那一边，有一弯清浅的月亮。

"伊织！"

"是。"

"这个山上有你很多亲友吧？"

"在哪儿呢？"

"那个，在那儿就有——"

顺着武藏所指，伊织向山谷间的树丛中一望，有一只老猴子身边围了几只小猴子。

"是吧。哈哈哈哈……"

"什么啊……可是先生……我好羡慕猴子啊！"

"为什么？"

"它们有父母双亲啊！"

"……"

这段路是这山中最难走的一段路。武藏默默攀登——走过了这一段，就是比较平缓的山地。

"那个，之前，我给先生的那个革质荷包——父亲的遗物——那个先生还带在身上吗？"

"还在。"

"您打开看了吗？"

"没有。"

"那里面除了消灾符，还有字条，回头我们看一下吧！"

"嗯——"

"当时我还读不出那些字，现在应该能了吧！"

"什么时候，你自己打开看看吧！"

黎明的曙光一点点将夜幕驱散。

武藏望着路上的杂草，一步步踩上去。这些杂草在自己走过之前就已经印上了别人的足迹，草上的露水已被沾污了。

三

山路蜿蜒曲折，终于来到了一块临东的平地。

伊织欢悦起来，指着前方天空，望向武藏。

"啊，日出！"

"嗯！"

武藏的脸庞也被映成了红色。

目光所及之处尽是云海。坂东平原、甲州、上州的山巅，如蓬莱仙岛般，在滚滚云涛中，如梦似幻。

"……"

伊织正襟凝视火红的太阳。

是这极大的壮观、震撼让这位少年哑然了吧。伊织不知该说什么好。

自己身体中奔腾的血液似乎和这日出的红晕融为一体了。

伊织此时觉得自己就是那太阳之子，此刻的感动、兴奋无法言喻。

片刻后，伊织突然大喊道：

"是天照皇大神殿下！"

然后扭头望向武藏。

"是吧，先生！"

"是的。"

伊织高举双手、分开五指。又喊道：

"太阳的血和我的血都是同一颜色。"

接着，拍手俯拜，心里想道：

——猴了有双亲，

——我没有。

——猴子没有神祖，

——我有！

想到这儿，心情好了许多，流下泪来。

这泪水让伊织仿佛听到了昨夜的岩户神乐。

"——喳唪唪、喳、喳、喳。——咚咚、咚……"

伊织捡起细竹跳了起来。

配合着神乐拍子手舞足蹈，还唱起了昨天刚记下的神乐歌。

　　梓弓
　　每当春天来临，
　　诸神的丰明节会，
　　便不再有了，
　　便不再有了。

唱罢一转身，武藏已经走出很远了。伊织赶紧追上去。

道路插入树林内，——离参道不远了。树木被规划得整齐统一。

一些参天大树上覆了一层厚厚的青苔，青苔上长着一簇簇的小白花。估计这些树的树龄有五百、上千年了，伊织对它们也肃然起敬。

身旁的大叶竹逐渐多了起来。火红的地锦红叶很是惹眼。树林深处是还未破晓的黑暗。仰头看天，也只能看到一点点清晨的光亮。

——这时，地面好像有些颤抖。下一个瞬间便是咚的一声巨大的声响。

"啊——"

伊织捂着耳朵伏到了大叶竹中。伴随着树荫处飘荡的薄薄的弹药燃烧过的烟雾，啊——听到一声生命结束那一刹那间、令人毛骨悚然的叫声。

四

"伊织。不要站起来。"

武藏在杉树树荫处对大叶竹中的伊织说。

"——即使被踩到了，也不要站起来。"

"……"

伊织没有回答。

硝烟如同薄雾一般，绕过伊织。——对面的树后、武藏身旁的树后，还有路前方、路后方——所有能藏人的暗处都有人拿着刀枪埋伏在那里。

"……？"

这些埋伏着的人仿佛在疑惑武藏怎么瞬间不见了。——刚才那一枪有没有打中。他们一动不动，观察着动静。

刚刚那一声凄厉的叫声，该是武藏被击中发出的声音吧？可是刚刚武藏站着的那个地方，完全不见了武藏的踪影，连他的尸体都没有。这些人因此不敢轻举妄动。

倒是谁都能看见将头插进大叶竹中，像熊的孩子一样，只将屁股露出来的伊织——伊织刚好处在八方之眼和刀刃的正中间。

"……"

不要站起来——记得有人对他这样说。可是，脊背发凉的恐惧感和震破鼓膜的"砰"的一声之后的死寂，让他无法一动不动。他抬起了头，刚好看到旁边一棵巨大的杉树后，有大蛇般的长矛泛着寒光。

伊织不管不顾地惊叫起来：

"先、先生——有人在那边藏着呢！"

接着跳起来就跑，

"这个小鬼。"

一根长矛从树后闪了出来，恶鬼般向伊织扑来。

说时迟那时快，一把小刀从旁边飞出来，擦匪徒而过。不用说，是武藏为了救伊织扔出的。

"——呜、他、他妈的。"

带长矛出来的是一个番僧，武藏一只手拽住长矛，另一只手刚刚放出小刀，如今只待下一步行动。

不知这亭亭耸立的树后到底藏了多少敌人，这也是刚刚武藏没轻易出手的原因。

——又不知从何处传来。

"哇——"

的一声，就像脸被砸了石头一样。

同时，一场意想不到的格斗展开了，仿佛是与武藏无关的内乱。

"咦？"

当武藏分神向那边看去时，又一个早就盯准武藏的番僧拿着长矛气势汹汹地杀过来。

"啊！"

武藏将长矛夹于两腋之下。拿着长矛，交错站于他身体两侧的两个番僧，叫唤道：

"上啊！"

"干什么！"

武藏更大声音地呵斥道，

"什么人？什么人要杀我武藏，报上名来。——不报名字的话，你们一个都跑不了。这神圣的土地上本不该沾染血污的，你们这是逼我大开杀戒吗？"

二天之卷

说罢，用力一抡两根长矛，那两个番僧也跟着一阵踉跄。武藏跳起来，顺势将其中一人砍倒，一个翻身，向拔刀相向的另外三人迎去。

五

道路比较狭窄。

武藏一步步紧逼向前。

三个手持大刀的人，和两个路旁新冲出的人，都耸着肩、脚擦着地一步步后退。

让人不放心的是，伊织不见了。武藏边与面前的敌人僵持着，边唤道，

"伊织……"

同时余光向杉树林中一扫，看到有一个人被追赶得四处跑。那正是伊织。刚刚漏掉的那个番僧拾起长矛，追赶起伊织来。

"啊，这无耻之徒！"

武藏打算抽身去救伊织，

"上啊！"

面前的这五个人举刀砍来。

疾风卷起，武藏也正面迎了上去。如同怒涛与怒涛相冲，冲溅的却是血液。武藏的身体低于敌人，背部看起来就像一个旋涡。

血的声音、肉的声音、骨头的声音。哀号声接二连三穿插其中。左右两边如枯木般倒下的人都被横砍了腹部——武藏此时右手持大剑，左手持小刀。

"——哇！"

有两个人前倾着逃命。武藏追上去，

"哪里逃？"

左刀正中一人后脑部。

扑哧——红色血浆溅到了武藏的眼睛里。

就在武藏用持刀的左手擦眼睛时，身后又有异样的金属之音夹着风声向武藏袭来。

——啊，武藏下意识地挥右剑挡去。

不，只是单纯地意识到要用剑去挡。护手附近仿佛被什么东西给咬住了。

不好，刀身和细锁像捻绳子一样套在了一起。

"武藏！"

宍户梅轩拿着缠着武藏的剑的镰刀，一边拉刀一边说道：

"——还记得我吗？"

"啊？"

武藏仔细一看：

"——是铃鹿山的梅轩吧！"

"十风典马的弟弟。"

"啊,那你这是?"

"是老天让你不知死活地爬上山。亡兄典马在招呼你下地狱呢!"

武藏无法将剑从那些锁扣中抽出。

梅轩试图将那些锁扣收回。——这是为下一步挥舞锋利的镰刀做准备。

武藏此时左手还握着小刀,若只有右手上的大剑的话,现在就没什么防身之物了。

"哈!"

梅轩的脖子胀得和脸差不多粗,用尽全身力气大喊一声的同时,收紧锁,将武藏的右剑——和身体猛然向前一拽。

同时,梅轩的身体也跟着上前一步。

六

武藏莫非真要于今天败倒了吗?

对于带链镰刀这种特殊的兵器,武藏也不是没有半点了解。

曾经。

宍户梅轩的妻子曾在安浓的锻造小屋当着武藏的面按宍户八重垣流舞动过带链镰刀。

当时武藏看得出了神。

——啊太棒了。

如果连他的妻子都能运用如此的话,他该有多高超的技艺呢,武藏心里有些没底。

而且,这种兵器也不常见——天下没几个人会用,当真是特殊得可怕。

对于带链镰刀的那点了解,到了今天这样的生死关头,完全派不上用场。——武藏发现自己已经完全被它控制了。

他必须使出全力对付梅轩。——若身后再有敌人上来,他将无能为力。

梅轩有些自得。

边收紧锁链,边狰狞地笑着。武藏知道自己不得不放弃手上的剑,可是要静待时机。

梅轩再次出手,这次,他左手的镰刀朝武藏飞来。

"啊!"

武藏丢开了右手的剑。

镰刀从武藏头上擦过,紧接着锤头飞来。——锤头过后,镰刀又飞来。

不是镰刀便是锤头。

不论如何躲闪都是非常危险的。因为不论躲闪哪一种凶器,都会为另一种凶器的袭来创造机会。

武藏不住地变换着位置,还必须是以极其迅速的速度。——后面的敌人

也要防范。

我已经败了吗？

武藏感觉自己的身体逐渐僵硬起来。不是有意的，是生理性的反应。皮肤、筋肉处于拼死抵抗的状态，就连油汗都不曾出。毛发、全身的毛孔都冒着凉气。

对抗镰刀和锤头的最好的方法便是以树做盾牌，可是没有机会靠近树木。——何况树荫处还藏有敌人。

——这时，传来"啊"的一声惨叫。

"啊，伊织？"

武藏没有回头，心里暗叫不好。——镰刀、锤头仍不停地在眼前跳动。

"见鬼去吧！"

这句话不是出自梅轩之口。

当然，也并非武藏所说——是武藏身后的一个人怒喊的。

"武藏、武藏。你怎么跟这么个人费上时间了——后面这些人就交给我了。"

接着这个声音又喊道：

"见鬼去吧，禽兽。"

地表的震动——惨叫——踩踏大叶竹的声音——这个从对方队伍中跑过来帮助武藏的人终于将挡在面前的对手消灭殆尽，向武藏身后靠拢过来。

（谁？）

武藏疑惑着，这是一个意想不到的帮手。不过现在没有精力去确认。

武藏的身后终于没有威胁了。

可以一心对付梅轩了。

可是，现在他的手中只有一把小刀，剑被梅轩的锁链带去了。

武藏上前则梅轩后退。

对于梅轩来说，现在最重要的是保持敌人和自己的距离。这样才能有效利用自己的兵器。

而对于武藏，破坏这个距离是最重要的，或远或近都没关系。梅轩偏不让武藏得逞。

武藏非常惊异于他的绝技，自己也开始有种攻城久攻不破的疲惫感——不过，武藏渐渐发现了他这个战术的门道。这和二刀流的原理是一样的。

虽然连着一根锁链，锤头是右刀，镰刀是左刀。梅轩达到了将两者合二为一的境界。

"明白了！八重垣流。"

武藏大声说道。有了些胜利的信心——武藏向后跳了五尺左右躲开飞来的锤头，同时将左手的小刀向对方抛了出去。

梅轩正要追着武藏跳向前去——突然飞过来的小刀让他措手不及。

不由得一扭身。

小刀飞过去插到了梅轩身后的树上——梅轩的锤头因梅轩的急扭身,带着锁链绕他的身体一周。

"啊——"

梅轩很悲壮地一声叫。

"哈——"

武藏喊了一声,铁球般地撞向梅轩。

武藏的手打在梅轩的前臂上,夺过了梅轩手中的刀。

——可惜了。

武藏心中默想,挥刀将梅轩斩成两半。因为是距刀柄七八寸处的镰刀刀刃,带着点向回抽的力道砍下去的,就像雷劈开树木一般,从梅轩的脑部到肋骨,深深地砍了下去。

"啊!"

后面有人随着武藏的一呼一吸发出了一声深深的叹息。

"直劈——还是第一次见到。"

"……?"

武藏扭过头去。

有一个年轻的乡下人挂着四尺左右的手杖站在那里。他长着圆滚滚的肩部,圆圆的涨红的脸上挂着汗珠,露出了雪白的牙齿朝武藏笑。

"呀?"

"是我——好久不见。"

"这不是木曾的梦想权之助吗?"

"没想到吧?"

"真没想到。"

"我想这是三峰权现显灵,或是亡母引导我来的吧!"

"……你母亲她?"

"去世了。"

两个人不禁有些黯然。

"对了。伊织呢?"

武藏的目光四处搜索起来。权之助指着上面说:

"不用担心。我把他给救了,这会儿在上面趴着呢!"

伊织正在树上疑惑地盯着两个人看,这时,杉树林深处传来狂躁的"汪、汪!"的狗吠声。

"咦?"

七

伊织将手搭在额头,在树上向狗吠的方向望去,在深处——杉树林断开处到小溪间有一片空地,那里有一只黑狗。

黑狗被拴在了树上。

嘴巴里咬着一个女人的衣角。

女人拼命想挣脱,黑狗却死咬不放。

最终,衣服被撕去一角,女人连滚带爬地跑走了。

刚刚在杉树林中追得伊织到处跑的番僧,如今脑袋上流着血,以长矛做拐杖,踉踉跄跄地走在女人的前面,女人赶紧绕过受伤的番僧,向山脚方向跑了下去。

——汪、汪、汪!

可能是刚刚的血雨腥风让这只狗近乎发狂了。叫声和回声此起彼伏,连成了一串。

——狗终于挣脱了绳索,像只黑球般朝女人的方向飞奔而去。踉踉跄跄的负伤番僧以为狗来咬自己了,在狗跑到近处时,扬起长矛朝狗挥舞而去。

黑狗的脸被矛头划破。

——汪!

狗偏离方向,跑入了杉树林。狗吠声、狗的身影都消失了。

"先生!"

伊织在上面叫道。

"女人逃跑了。——那个女人!"

"下来,伊织。"

"杉树林那边还有一个受伤的番僧在逃跑。不用追了吗?"

"算了。"

——伊织从树上爬下来时武藏从梦想权之助那里了解到了事情的大概。

"刚刚说有个女人逃走了——一定是我刚刚说到的阿甲。"

可能是上天保佑,权之助昨晚在她的茶店休息时,刚好听到他们的企图。

武藏深表谢意。

"——那么,杀死在暗处放枪的那位的也是阁下吧?"

"不,不是我。——是这根手杖。"

权之助戏谑地笑了。

"听了他们的谋划,我暗中观察他们的动向。看到有人拿枪,我便在天黑前先到这里,见他们来后,藏在持枪人的后面,瞅准时机,用这根手杖杀了他。"

——随后,两个人察看了尸体,发现被杖杀者七人,被武藏砍死的有五人，被杖杀者居多。

"纵然错不在我们，这里毕竟是神域，我们不能不声不响地走掉。我想去向神域的代官说明事情原委。——然后，我想我们之间还有很多要聊的，不管怎么说，咱们先回观音院吧！"

不过，还没等武藏他们回到观音院，就有一群神域的代官差人等在谷川桥那里了。武藏上前陈述缘由。出乎意料的是，这些差人不分青红皂白，忙不迭地命令手下，

"绑了他！"

——什么？

武藏大吃一惊。竟然认为陈情的人是为非作歹之人，武藏有种哑巴吃黄连的感觉。

"走！"

在武藏发怒之前，这些人已经将武藏当作囚犯给绑了。被他们押着一路走去，武藏吃惊地发现沿途有很多配备整齐的捕吏。

到了门前町，已经有上百人将武藏团团围住了。

下行货物

一

"别哭、别哭。"

权之助将伊织搂入怀中，安慰着伊织。

"别哭了。男儿有泪不轻弹。"

被权之助这么一说，伊织从权之助的怀中挣脱出来，转而仰天大哭。

"不是抓捕了你的师傅，是为了让你师傅好好陈诉原委，带走了他。"

虽然这么说，权之助心里其实也挺不安的。

总觉得谷川桥的差人带着肃杀之气，他们还沿途布置了几组一二十人一组的捕吏，着实令人感到奇怪。

对待主动陈诉情况的人，他们实在无须如此大费周章。

权之助总觉得哪里不妥。

"行了，走吧！"

权之助拉起了伊织的手。

"不——"

伊织哭着摇头，不肯动一步。

"快点走吧！"

"我不，我不。师傅不过来我就不走。"

"武藏一会儿就回去了——要是不走的话，我就把你扔这儿了。"

伊织依旧一动不动，这时，之前见到的那只凶猛的黑狗像在杉树林那边喝足了鲜血一般，从前方不远处飞奔而来。

"啊，叔叔！"

伊织赶紧向权之助靠近。

权之助并不知道这个看起来还小的少年曾在旷野的一间陋室中独居，并为了能将父亲的骸骨运出去掩埋，试图磨刀将父亲的尸体一分为二，不知道这个少年有他无畏的一面，只当他是一个孩子，轻声安慰道：

"累了没，吓到了吧。没什么事了——我来背你吧！"

说着将背部朝向伊织。

伊织停止了哭泣。

"啊——"

撒着娇，贴了上去。

祭祀活动于昨天便结束了。大量的人群如秋风扫落叶般下了山。如今三峰权现处、门前町附近都是一片寂静。

偶尔出现的小小的旋风卷着大伙儿留下的竹子皮、纸屑等飘散而去。权之助背着伊织经过昨晚借凳休息的御犬茶店时，悄悄向里面张望了一下。

伊织轻轻说道，

"叔叔。刚刚在山上见到的那名女子在这里。"

"是在呢！"

权之助停下了脚步。

"这名女子刚刚跑在前面，应该先被捕才对啊！"

跑回家中的阿甲，一进屋就慌慌张张地忙着将金子和各种随身物品打理好，做出门的准备。她此时也看到了站在门口的权之助。

"畜生——"

阿甲在屋中低骂道。

二

站在屋外的权之助向阿甲投去憎恨的眼神，笑着说道：

"是准备逃跑吗？"

阿甲怒上心头地冲了过来。

"你真是费心了——喂，年轻人！"

"喔。怎么了？"

"你今天早晨干得真是漂亮啊，偷听了我们谈话，然后去帮助武藏，还杀了我丈夫藤次。"

"他那是自作自受。我也是没办法。"

"你给我记着。"

"你想怎样?"

权之助背上的伊织忍不住骂了声:

"恶人。"

"……"

阿甲钻进了房内,冷笑道:

"我是恶人,你们还不是偷了平等坊宝物的大盗。不,应该说是那个大盗的手下。"

"什么?"

权之助放下伊织,也走了进去。

"盗贼。"

"可不是。"

"再说一遍。"

"你很快就会知道的。"

"说——"

权之助用力抓住阿甲的一个手腕,阿甲趁机拔出了藏在身上的匕首,向权之助刺去。

权之助虽然左手拿着手杖,但他并没有使用,只是一把夺过了匕首,将阿甲推倒在檐下。

"大家快过来啊。潜入宝藏库的盗贼——"

不知她为何一直这样说,此时的阿甲边喊边跑到了大街上。

权之助甩手将夺到的匕首朝她扔了过去——匕首从背部刺穿了她的肺叶。啊的一声,阿甲倒在了血泊之中。

——那只凶猛的黑狗不知从何处突然蹿了出来,大声地吠着朝阿甲的身体扑来。舔了几口伤口附近的鲜血,阴森森地仰天而吠。

"啊,那只狗的眼睛。"

伊织被吓了一跳。那是种发狂的眼神。

不仅仅是狗,从今天早晨起,这个山上的所有人,似乎都带了和那狗相近的神色,乱作一团。

那是因为大家得到消息说,有人趁大家热闹地迎接祭祀之际,于昨天深夜到今日凌晨这段时间潜入了总务所的平等坊宝藏库。

这明显就是外来者作案。宝藏库内的古刀、镜子之类都没有缺少,但多年积蓄的砂金、元宝、货币被盗走了不少。

刚刚有很多差人、捕吏来过,想来就是为了此案而来的。

而阿甲的那一声大喊,更证实了大家得到的消息的准确性。附近的居民纷纷跑来。

"这儿，就在这里。"

"盗贼逃进这里了。"

他们远远地将茶店围住，或手持武器戒备着，或捡起石头朝茶店内扔来。看来，这山上的居民不是一般的激动。

三

两个人沿着山路跑到了秩父到入间川方向的斜坡，终于将那些喊着"潜入宝藏库的盗贼"并拿着竹矛、猎枪追赶在后的人甩掉了。

权之助和伊织算是安全了，可是武藏怎么样了呢？两个人觉得非常不放心。现在想想，武藏一定是被当作盗取财物的罪魁祸首拉去秩父的大牢了。他们肯定还将武藏主动陈诉与梅轩一伙儿发生冲突的事实的行为误解成了盗取财物的自首行为了。

"叔叔，能远远看到武藏野了。先生现在怎么样了呢。是不是还被差人抓着呢？"

"嗯……估计被送去秩父的大牢了，现在应该是状况不太好。"

"权之助叔叔，能不能救救先生啊？"

"我想能的，原本就是莫须有的罪名。"

"请您想想办法救救先生吧。拜托了！"

"对于我权之助来说，武藏大人就如同我的老师一般。即使你不求我，我也会出手相救的——小伊织。"

"嗯。"

"你还小，跟着只会碍手碍脚，既然已经走到这儿了，就自己先回武藏野的草庵吧！"

"啊。回去倒也行……"

"好了。自己先回去吧！"

"权之助叔叔呢？"

"我回秩父町探听一下消息，若是差人们给先生强加罪名的话，我就劫狱。"

说着，权之助将手中抱着的手杖支到了地上。伊织已经深知这手杖的厉害，放心地点了点头，表示会先回武藏野的草庵的。

"好孩子、好孩子。"

权之助称赞道。

"在我将先生平安救出，一起回草庵之前，你不要乱跑，就等在那里。"

权之助又嘱咐了一句后，重新将手杖支于腋下，向秩父方向走去。

伊织落单了，可是他并不觉得寂寞。原本便是生于旷野、成长于旷野的自然之子。他顺着来三峰时的原路返回，不用担心会迷路。

只是，他觉得这一路上好困。刚刚疲于逃跑，昨晚也没睡上一觉。虽说吃食上没有断，吃了栗子、蘑菇、小鸟肉之类的东西，却忘记了睡觉。

秋阳发着微暖照射着大地，走着走着，只觉得想睡觉，到了坂本后终于抑制不住，躺在路旁的草丛中不管不顾地睡去了。

伊织的身体刚好被一尊佛像给挡住了。夕阳西下之时，有人在石像前窃窃私语。伊织不觉睁开了眼睛，想到自己突然跑出去的话，肯定会把人给吓一跳，便躺着没动。

四

一个人坐在石头上，一个人坐在树桩子上，他们是歇脚的过路人。

在不远处的树上拴了两匹马，应该是两个人的乘坐工具。鞍的两头挂着两个漆桶，其中一个桶上写着：

西九工程御用
　野州漆店

从这个标牌来看，这两名武士应该是参与江户城改建的组子，或是漆奉行方面的人。

可是，伊织从草丛中偷偷瞄了这两个人一眼，觉得他们神情险恶，不太像是沉着从容的差人。

一个是年逾五十的老武士，体魄看起来比年轻人还健壮。因他戴着莎草一字斗笠，斗笠下的脸被遮去了阳光，看不太清他的面容。

另一个是一名十七八岁的清癯武士。年轻的面庞让人一看就知道他还未成年，头上包裹着一块在下巴处打结的深红色布手巾。这会儿正微笑着点头。

"怎么样，老爹，漆桶这个主意不错吧！"

被称作老爹的听他这么一说，接道：

"你小子也算有进步啊。连我大藏都没有想到漆桶。"

"这也多亏您的一步步教导。"

"你这家伙，是不是在讽刺我。再过个四五年，我大藏要听你使唤了。"

"这是自然嘛。年轻人即使再受到压抑，也会成长进步。年迈的人，即使再焦急，也会逐渐年迈的。"

"你也觉得我很焦急吗？"

"您不是觉得已年迈，再不动手就没机会了，才下定决心放手一搏的吗？"

"你什么时候变得如此聪明了，连我的心事都被你看穿了。"

"咱们动身吧。"

"走吧，趁还能看清脚下的路。"

"这话真是不吉利。我们的路还一片光明呢。"

"哈哈哈哈,看你这么血气方刚的,居然还讲迷信。"

"可能因为我入行还不深,还没有足够的登台胆量。遇到个风声,就会慌神。"

"那是因为你还觉得自己的行为等同于盗贼。你若是想想,你这是为了天下之人这么做的,就不会有胆怯退缩之心了。"

"话是这么说,可是仔细想来,偷盗就是偷盗。多少有做了亏心事的感觉。"

"怎么如此不争气?"

戴着一字斗笠的年长者低声咕哝这话时,自己也有些心虚的样子,一脸不快。这句话应该也是说给他自己听的。说罢,默默起身向载着漆桶的马走去。

头裹布手巾的年轻人也跟着翻身上马。追赶上前面老者的马匹提醒道:

"我来开道。前面有什么情况的话,我会给您信号,不要大意。"

路向南边武藏野方向延伸着,一路下坡,马匹、斗笠、布毛巾渐渐消失在夕阳的余晖中。

 漆桶

一

躺在佛像后面的伊织碰巧听到了两个人的谈话,对于谈话内容,伊织只是觉得奇怪和疑惑,还没有完全弄明白他们说的是什么。

那两个人出发后,伊织也赶紧走了出来,跟在后面。

"……?"

骑在马背上的两个人扭头看了伊织两次,可能是见他还小,没有再多留意他。

天很快就黑了,渐渐地伸手不见五指。武藏野方向的这段路,几乎都是下坡道。

"老爹,看到扇町屋的灯光了。"

包裹着头部的年轻的影子,在马鞍上指着前方——路渐渐地平坦了许多,入间川的河流如玉带般在前方原野上蜿蜒。

他们似乎在毫无戒备地前行着,伊织则小心翼翼地跟着,尽量不引起两个人的怀疑。

那两个人一定是盗贼。

——伊织虽小,这点他还是判断得出来的。

盗贼究竟有多可怕——伊织的故乡法典村每隔一年便会受到一次盗贼的侵害，到了后来，竟然到了一个鸡蛋、一升赤豆不剩的地步。还有那些盗贼的滥杀无辜，这些都成了伊织心头不可抹去的伤疤。

伊织此时也非常害怕，怕被他们发现并杀掉。那为什么不找个岔路躲开，还要如此死死地跟下去呢——理由非常简单。

三峰权现的宝藏库被盗了，盗贼就是这两个人。

刚刚在佛像后面觉得他们可疑时，伊织就想到了三峰权现失窃一事。凭着少年的直觉，伊织没有多想其他，认定了就是他们。

最后，他们来到了扇町屋的宿驿区。走在后面的老者向前面的年轻人挥了挥手，

"城太郎、城太郎。我们在这附近填下肚子怎么样。也得给马喂些饲料了，我顺便再抽袋烟。"

两个人在灯光昏暗的饭馆前停了下来，拴好马后，走了进去。年轻的那个坐在门口处，边吃饭边盯着那匹驮着货物的马。吃完后，片刻不歇地出来给两匹马喂干粮。

二

伊织也顺便买了一些吃食。看到两个人又继续骑马前行了，伊织抹抹嘴，边嚼着口中的食物，边跟了上去。

路又变暗了些。到了武藏野的草原了。

那两个人时不时地望向对方，似乎在交谈着什么。

"城太郎。"

"是。"

"有没有让飞脚送信给木曾那边？"

"让了。"

"那木曾那些人今晚该在首冢的松下等我们了。"

"是的。"

"定的什么时间？"

"半夜。我们赶过去的话，刚好是那个时辰。"

年长者称他的这个同伴为城太郎，这个年纪轻的同伴则称年长者为老爹。

难道这两个盗贼是父子？

伊织想着，更觉得不寒而栗。靠自己的力量，不可能抓得住他们。所以，伊织决定先弄明白他们的老窝，再去通知官府。这样，武藏的罪名就可以被洗清了。

事情能不能像想的那样进展顺利，现在还不知道。不过，这两个人似乎正如伊织靠直觉断定的那样，确实是三峰权现宝藏库的盗贼。

两个人以为近旁无人，大声地讲着话。这让伊织进一步掌握了他们那诡异的行动。

河对岸的城镇如池沼之地般陷入一片寂静。望着那熄了灯光的一栋栋的房屋暗影，两个人骑马向首冢的山丘爬去。在山丘脚下有一块路标，上面写着：

> 首冢之松
> 沿途向上

伊织躲进附近的山丘中。

山丘上有一棵巨大的松树，松树上拴着一匹马。树下坐着三个男人——看样子是身着旅装的流浪武士——抱膝等待。见到伊织跟的那两个人上来了，三个人赶紧站起来迎接。

"哦，大藏大人。"

这几个人看起来相互之间非常亲切，见了面后畅谈久别之情，一片欢聚景象。

终于，在大藏的指示下，几个人趁着天未亮，开始有所行动了。他们搬开了松树下的巨石，开始挖坑。

随着一锹锹的土被掘出，深埋于地下的金银渐渐显露了出来。估计都是之前偷盗而来的赃物，数额非常巨大。

头裹布毛巾的城太郎将马背上的漆桶都卸了下来，并打破盖子，将里面的东西都倒了出来。

从漆桶里倒出来的不是油漆，而是三峰权现宝藏库中失窃的那些砂金、元宝。算上刚从土中挖出来的那些，总共有几万两的金银。

他们将这些金银分装了几个袋子，绑在了三匹马的马背上。又将空漆桶之类的已经没有用处的东西踢进坑中，用土盖好。

"行了、行了——离天亮还有一段时间。咱们抽袋烟吧！"

大藏说着在树下坐了下来，其他四人也掸掸身上的土，团团围坐了下来。

三

木曾的草药商大藏，以信仰之旅的名义，离开奈良井本家已有四年了。

他的足迹遍及关东各地，但凡是有神社佛寺的地方，几乎都能看到奈良井大藏的捐赠牌，谁都没有留意过这位让人敬佩不已的有钱人的钱财都是从何而来。

不仅如此，去年他还在江户城下的芝区附近买下了住宅，做起了典当铺的生意，还成为五人团的一员，在町内颇具威望。

将本位田又八邀到芝浦的海上，用钱财诱骗他袭击新将军秀忠的正是这位大藏。他现在又趁着三峰权现的祭典，偷盗了宝藏库的金银，连同从首冢松树下挖出的数年来积攒的赃物一并带走了。

世事复杂，恐怕最难把握的便是人心了。可是若是对任何人都抱有怀疑态度的话，恐怕就无法安居乐业了，最终连自己都不信任了。

若是够聪明，应该学会识人技巧。无奈偏偏就有像又八这样大脑偶尔会缺根弦的人，去上大藏的当，为了金钱，不惜拿性命去冒险。

恐怕又八此时已经在江户城中了，并且按约定在槐树下埋下了枪支弹药，静待秀忠将军的适时出现。

他竟然不能清醒地意识到，那将是他给自己挖的一个坟墓。

像又八之流，落入大藏这样的坏人的圈套，没什么不可思议的。现在朱实也成了侍奉于大藏左右的一名特殊侍女——令人惊讶的是，武藏多年来悉心培养、爱护，已年满十八的少年城太郎竟然恭恭敬敬地喊大藏：

——老爹。

若是知道城太郎被盗贼利用、认贼作父——且不说武藏，阿通该有多难过啊！

且不谈此事。

团坐的五个人就之后的事项商议了有半刻钟的时间。最终一致认为，奈良井的大藏暂时不回江户，先躲在木曾一带会比较安全。

可是，芝区那边，还有典当铺的家财需要处理，一些见不得人的文件需要烧掉，也不能就此将朱实扔得一干二净。派谁回去呢？

"城太郎吧。没有比城太郎再合适的了。"

几个人异口同声地表态。

驮着沉甸甸的袋子的三匹马、大藏和其他三名木曾人起身朝甲州路方向走去。城太郎则一个人向江户方向走去。

山丘上空的繁星依旧星星点点地闪亮。伊织确认人都走了以后，钻了出来。

"我该跟哪一边呢？"

伊织不知该如何是好，向哪一边望去都是一片漆黑，就像被关在了漆桶中一样。

兄弟弟子

一

秋天的天空依旧清澈，强烈的日头散发出的光和热啃噬入肤。这群夜间的盗贼终有一天无法在光天化日之下昂首阔步，城太郎还没有意识到这一点。

看他那意气风发的样子，俨然一个充满理想抱负的新时代青年，仿佛整个武藏野的白昼都归他所有一般。

只是，城太郎会时不时地警觉地向后看看，决不是被自己黑黑的背影吓到了，而是因为他发现有一个奇怪的少年，从自己从川越出发时起，就一直跟在自己的后面。

是迷路的孩子吗？

城太郎想，可从这个少年的脸上看不出一丝迷茫。

是有什么事吧？

城太郎停下了脚步，却发现这个少年又不见了踪影，不像是要靠近自己的样子。

城太郎警觉了起来，特意躲到路旁的芒草丛中，观察少年的一举一动。不多时，刚刚消失的伊织跑前几步，慌慌张张地四处张望，找城太郎的影子。

城太郎像昨天一样，掏出那块深红色的布手巾包住了头和两侧面颊，并在颚下打好结，接着从芒草中嗖的一下跳了出来，大叫一声：

"小家伙——"

在四五年前，城太郎曾被人这样称呼，如今轮到他这样称呼别人了。

"……啊。"

伊织被吓了一跳，潜意识中想赶紧逃跑，可是也知道是逃不掉的，于是，反倒装出一副稀松平常的样子。

"怎么了？"

若无其事地迈着平稳步伐继续向前走。

"喂喂，你要去哪儿。喂，小孩儿，不等等我吗？"

"有什么事？"

"这话该我问你吧。从川越起，你就一直跟着我吧！"

"没有。"

——伊织摇摇头。

"我是回十二社的中野村的。"

"我看不是吧。你肯定是跟踪我的。到底是谁指使你的？"

"我没跟着你呀。"

伊织拔腿就跑，被城太郎上前一步抓住了脖领。

"不说吗？"

"可是……可是……你叫我说什么呢，我没跟着你。"

"你这家伙！"

城太郎又拉紧了些。

"一定是官府那些爪牙派你来的，你是密探吗，不，密探之子吗？"

"那……我看起来像密探之子的话……你就是盗贼吗？"

"什么？"

城太郎一愣，伊织瞅准机会挣脱，头和身体向地面方向一倾，嗖的一下带起一阵风，跑掉了。

"——啊，这家伙！"

城太郎赶紧追了上去。

草地的那边，是如蜂巢般一个挨一个的草顶房屋。那一片是野火止的村庄。

二

这个村庄里似乎有锻铁屋，有悠闲的"当、当"的敲铁声传来。

红色的秋草根部散落着鼹鼠掘出来的土，民房的房檐上搭着晾晒的衣物，可以看到衣物上滴落的水珠。

"小偷、小偷。"

路旁突然响起一个孩子的叫声。

垂着柿饼的檐下也好，黑乎乎的马厩旁也好，人一个接一个地跑了出来。

伊织朝这些人挥了挥手。

"有一个头裹布手巾的男人朝我追来了，他是偷三峰权现宝藏库的盗贼，大家帮忙一起抓住他吧——啊、啊，来了、来了！"

伊织大声地招呼着这些人。

村落的人因他叫得过于唐突，一开始只是感到惊奇，顺着伊织所指一看，果然有一个头上裹着深红色布手巾的年轻武士朝这边飞奔而来。

可是村民们依旧只是观察状况，伊织又叫道：

"他盗取了宝藏库，他盗取了宝藏库。这是真的。他和秩父大盗是一伙儿的。不赶快抓住他的话，他就跑了。"

伊织就像一名指挥缺乏勇气的士兵的将军一样，纵然喊破了嗓子，也没起到什么作用。这些村民一副悠哉地袖手旁观的样子。

眼瞅着城太郎就要到跟前了，伊织没有办法，只好像松鼠般迅速地躲了起来。看不出城太郎知不知道伊织躲在了哪里，他只是恶狠狠地盯着道路两旁的村民，放缓了脚步，就像在说：

有想管闲事的就尽管出来——

迈着四平八稳的步子走了过去。

而村民们则只是大气都不喘地看着他走过去。刚刚大家听到有人叫盗取宝藏库的盗贼，还以为是多凶猛的人呢，结果出来一看，只是个十七八岁的眉清目秀的青年。恐怕这会儿大家都在怨刚刚那个少年瞎叫唤呢。

伊织则因为自己喊破了喉咙也没人伸出正义之手，对这些人的胆小卑

劣鄙视不已。他知道单凭自己奈何不了这盗贼，决定尽早回到中野村的草庵中，向附近那些比较亲近的人讲述自己的经历，并报官，将他们一网打尽。

伊织快速走入野火止村子后的漫漫草丛中。前方是他所熟知的杉树林，再走十町便是上次被暴风雨摧毁的草庵——伊织心跳加速，跑了起来。

这时，有人伸手拦在前方，是从旁边小路杀出来的城太郎。伊织顿时感觉就像被人从头到脚泼了一盆冷水，不过到了这里，伊织感觉是到了自己的地盘，当下稍稍安心，再加上他知道没法逃，索性后退两步，拔出了腰间的刀。

"啊，畜生——"

伊织小兽般地挥舞着刀，骂道。

三

虽然伊织拔出了刀，城太郎并没有把这个小不点儿放在眼里。他徒手纵身一跃，向伊织的衣襟抓去。伊织大喊一声

"——啊！"

擦过城太郎的手臂，向旁跳出十尺远。

"狗崽子。"

城太郎气愤地打算再次出击，却突然发觉有温热的液体从自己的右手指尖滴下，抬肘一看，上臂附近不知何时受了两寸左右的刀伤。

"哎呀，还有两招！"

城太郎开始对伊织另眼相看。伊织按武藏所教，再次摆好刀。

眼睛。

眼睛。

眼睛。

师傅平日那不厌其烦的教导，此时无意中在伊织的眼神中体现了出来。仿佛伊织的整张脸都浓缩成了一双眼睛。

"不能饶了他。"

有些被眼神震慑住的城太郎咕哝着，拔出了超长腰刀。没想到被自己小看的伊织，竟然毫不畏惧地挥舞着大刀冲了上来，估计是刚刚成功的那一击，给了伊织信心。

城太郎使出了看家本事。觉得这个小东西既然摸清了宝藏库被盗真相，为了自己和同伙，不得不除掉他了。

城太郎并没把一跃而起的伊织放在眼里，他提刀迎面杀去。然而，伊织的敏捷远远超出了城太郎的想象。

"这家伙怎么像跳蚤一样。"

城太郎想。

伊织趁城太郎一愣，赶紧掉头就跑。城太郎以为他要逃，谁知伊织突然

停住，转身再次攻来。这次，城太郎鼓足了劲，可这回伊织再次巧妙避过城太郎的招数，又往后逃。

就这样，伊织渐渐地将城太郎这个敌人往村子方向引。已经到了草庵附近的杂树林。

夕阳早就消失得差不多了，林中一片黑暗。拼命追赶伊织的城太郎气喘吁吁地来到林中，却不见了伊织的踪影，

"小东西，藏到哪儿了？"

城太郎环顾左右。

这时，有树皮灰尘从旁边一棵大树的树梢上落下，掉在城太郎的后颈处。

"在那儿啊！"

城太郎向上望去。树木繁茂的枝叶遮住了天空，只能看到一两颗星星在缝隙中闪烁。

四

树梢上没有任何回答，只有水滴滴落。城太郎想了一下，觉得伊织一定是在上面没错，于是抱着硕大的树干小心翼翼地向上攀登。

伊织此时正像猴子一样趴在树顶，已经爬到了能承受他的最顶端。

"小东西。"

"……"

"你要是没翅膀的话，就别想逃了。向我求饶，说不定我能饶了你。"

"……"

伊织像一只小猴一样蜷缩在树梢。

城太郎一点点从下面逼近，试图伸手抓住伊织的脚。

"……"

伊织依旧不吭声，将脚搭在了更高的树枝上。城太郎双手抓住他刚才放脚的那根树枝，

"哼——"

身子一挺，伊织仿佛就在等这一刻，将藏在右手中的刀拿了出来，用力砍那根树枝。

再加上城太郎的重量，啪的一声，树枝终于断了，连同城太郎，一起掉了下去。

"怎么样，盗贼？"

伊织在上面喊道。

因为城太郎在往下掉的过程中，不断伸手抓住枝叶做缓冲，所以几乎没有被摔到。

"做得真不错，挺好！"

这次，城太郎像一只豹一样再次爬上树。

伊织挥刀向下一阵乱砍。城太郎双手几乎没有可放的地方，无法接近伊织。

虽然人小，可是伊织有智慧。城太郎自认为年纪比他大，小看了他。两个人就这么在树上僵持着，小小的伊织处于了有利地位。

这时，杉树林那边出现一个吹尺八的人。看不见是什么样的人，也不确定他的位置，可是声音确确实实传到了两个人的耳朵里，可以判定在这样的夜晚，确实有一个吹尺八的人出现了。

伊织和城太郎听到笛声，一时停止了争斗，屏息留意这黑暗之中的不寻常。

"……小东西。"

城太郎回过神来，再次向伊织的身影靠近，同时带着点说教的口吻说，

"没想到你这么顽固，真是令我感动啊。你到底是受谁的指使跟在我后面的，只要你说出你背后的人，我就饶你一命。"

"做梦——"

"什么？"

"怎么说我三泽伊织也是宫本武藏的弟子，怎能向盗贼求饶，辱没师傅的一世英名。做梦。白痴！"

五

城太郎大吃一惊。比刚刚从大树上掉下去时，受的惊更严重。太意外了，简直怀疑自己的耳朵。

"什、什么。再说一遍，再说一遍！"

城太郎颤抖着声音。伊织得意地再次报名，

"听好了，我是宫本武藏的大弟子三泽伊织。被吓到了吧？"

"真是没想到。"

城太郎出乎意料地投降了，并半疑惑半亲切地问道：

"喂，师傅他还好吗。现在在哪儿？"

"你说什么？"

伊织也很震惊加不快，一边躲闪逼近的城太郎一边说道

"——什么师傅。武藏先生怎么可能有个做盗贼的弟子？"

"听起来'盗贼'这个词是不好听。可我城太郎决不是那么坏的人。"

"啊，城太郎。"

"若你真是武藏先生的弟子的话，应该多少听过一些我的事情吧。我曾在像你这个年纪的时候，跟在武藏先生身边。"

"说谎、你说谎。"

"是真的。"

"你以为我会上当吗?"

"这是真的。"

为了表示见到同门师弟的亲切感,城太郎猛然向上一爬,想抱住伊织的双肩。

伊织还是不信他,觉得其中有诈。见城太郎口口声声"我们是兄弟"地抱过来,伊织拿着尚未收鞘的刀,直刺向城太郎的侧腹部。

"啊,等等!"

城太郎本来在树上就稍显笨拙,这会儿因为手离了枝头,扑了个空,慌乱中拽住了伊织的衣襟,试图踩着树梢再站起来。

结果可想而知,伴随着纷纷落下的树叶和折断的枝条,两个人双双坠下。

和刚刚城太郎坠下时不同,两个人就像两只雏鸟一般,挺着胸脯,以很大的加速度下坠,直到最后失去知觉。

这片杂树林连着杉树林。被暴风雨摧毁的武藏野的草庵还立在这片杉树林的空地上。

不过,武藏去秩父的那天早晨,村里人就已经照约定对被破坏的草庵进行了修葺。

——现在屋顶和柱子已经是新的了。

武藏还没有回来,可是这会儿这个没有墙壁、没有门的草庵里却亮着灯。里面住的是昨天从江户赶来探看灾情的泽庵,他在等武藏的归来。

似乎在这个世上,你是不可能独身一人的。泽庵虽然一个人孤零零地在这里度过了昨晚,今天便有一名旅行中的僧人看见灯光寻来,讨粥喝。

刚刚在杂树林中听到的尺八声估计就是这位上了年纪的僧人吃完橡树叶卷的便当后吹给泽庵听的。

 大事

一

不知是有眼疾还是老花眼,这名茭白僧人找东西时似乎总是摸摸索索的。

他吹尺八并不是泽庵要求的,吹出的曲调就像一个外行人在消遣一样。

不过泽庵从中感受到一种自然流露的诗意与真情。曲调生涩,却是用心在吹的。

要说这位年迈的遁世者到底在通过笛声表达什么,仿佛尽是忏悔之意。

泽庵也在笛声中大致了解到了这位苍白僧人的人生。不管是伟大的人，还是平凡的人，人的内心旅程大致是一样的，都心怀着过往烦恼。

"咦，好像在哪里见过？"

泽庵嘀咕道。苍白僧人眨眨眼。

"这样一说，我也感觉好像在哪里听到过您的声音。莫非您就是但马的宗彭泽庵？曾在美作吉野乡的七宝寺待过很长一段时间……"

话听到一半，泽庵仿佛突然想起了什么，挑了挑角落里的灯芯，凝视着这位斑白胡须、瘦削脸庞的苍白僧人。

"啊……这不是青木丹左卫门吗？"

"嗯，果然是泽庵先生。我真想找个地缝钻进去啊，如今这般样子，太惭愧了。宗彭先生，我已经不再是从前那个青木丹左卫门了。"

"真是意外，没想到我们会在这儿见面——七宝寺一别已经十年了。"

"说起来，真是如冰雹砸心一般难受啊。我现在已经等同于一具行尸走肉了，整日徘徊在黑暗之中，只是一味地思念我那儿子。"

"你的儿子？你的儿子现在身在何处，在做什么？"

"我当年曾追赶武藏——后来的宫本武藏到赞甘的山上，并将他绑在千年杉上受苦。而今听说，我的儿子成了他的弟子，还来到了关东。"

"什么，武藏的弟子？"

"听到这些后，我非常惭愧——无地自容——不知道自己还有什么脸面再去面对那个人，于是索性试图让自己忘了儿子，避免与武藏相见。就这样，在不安中度过了很多时光……如今掐指一算，城太郎该有十八岁了，真想看看他长大成人的样子。于是，也顾不得羞耻，找到关东来了。"

二

"那城太郎是你的儿子？"

泽庵第一次听说这件事。跟武藏如此熟识，却从未听阿通或武藏谈起过城太郎的身世。

苍白僧人青木丹左卫门默默点头。看他现在枯槁的样子，完全想象不出当年他也曾留着络腮胡子，一副武士大将风范。泽庵只是怅然地看着他，说不出一句安慰的话语。对于一个洗尽人间纤尘，来到萧条旷野的暮年之人，一切安慰之语似乎都显多余。

——只是实在不忍看皮包骨头的他一味活在对往昔的忏悔中，迷失了未来的方向。这个人从自己的社会地位上跌落后，一蹶不振，完全忘了还有佛陀的救赎、法悦之境界。虽然有权有势时，滥施权力、为所欲为，而今下台后，却也能良心发现，甚至想扼杀自己的残生来赎罪，可见也不是无可救药之人。

他现在唯一的希望便是能在有生之年——见一见武藏，说上一句道歉的话，看看自己的孩子长大成人的样子，知道孩子会有安稳美好的未来——然后便在那片杂树林中，再无挂念地自缢而死。

泽庵想，在这个男人见他的孩子之前，得先引导他见见佛陀。即使是十恶不赦的恶人，只要放下屠刀潜心向佛，佛也会拯救他的。至于和武藏的见面，也是放在后面比较好，对这个男人来讲是一个悟佛后的忏悔机会，对武藏来讲也是件舒畅的事。

想到这儿，泽庵告诉青木丹左卫门，城内有一个禅寺，只要报上自己的名字，住几天都可以。等自己这边倒出时间，再过去详聊。至于他儿子城太郎，也不是完全没线索，必当竭尽全力安排他们父子相见。不要太过闷闷不乐了，五六十岁后也该有自己的人生乐土，有很多要做的事。在自己去找他前，让他先在禅寺与和尚们聊聊人生，聊聊自己的想法。

——这样劝完后，便让青木丹左卫门赶紧动身了。青木丹左卫门似乎猜到了泽庵的良苦用心一般，不断道谢，然后背上茭白和尺八，靠竹杖探路离开了。

这一片是个小山丘，青木丹左卫门因怕下坡路滑，向树林的方向走去。从杉树林的羊肠小道到杂木林的羊肠小道，青木丹左卫门按照大自然的指引一路走下去。

"……？"

这时，青木丹左卫门的竹杖碰到了什么东西。他并非完全失明，感到异常后，他俯身望去。刚开始什么都没有看见，让眼睛适应了一会儿环境后，借着枝叶间泻下的一点点蓝色星光，他模模糊糊地看到在这被露水濡湿的大地上躺着的是两个人的身体。

三

青木丹左卫门想了想照原路返回，向依旧亮着灯的草庵内看了一眼。

"泽庵先生……我是刚刚打扰您的青木丹左卫门，在前面那片林子中，有两个人从树上掉下来失去了知觉。"

——听到这话，泽庵起身走向草庵外。青木丹左卫门继续说道，

"不巧我这儿也没带什么药，眼睛也不大管用，连口水都不能给他们找来。不知他们是附近乡亲们的儿子，还是来野外游玩的武家兄弟。您救救他们吧！"

泽庵赶紧穿上草履，向丘下茅草屋内大声叫着谁。

有人影从茅草屋内闪出，向丘上草庵走来。那里住的是一位老爷爷。泽庵拜托这位老爷爷准备松明和一竹筒的水。

当老爷爷举着松明上来时，泽庵给青木丹左卫门指了下路——这次青木丹左卫门顺着坡道下行了，刚好与上坡的老爷爷在坡道中央擦身而过。

若是青木丹左卫门走刚刚那条路，必定能随举松明的老爷爷认出城太

郎，可是阴差阳错，他又跟泽庵打听了一下去江户的路，直接下坡走了。

可是焉知不幸还是侥幸，不到最后，你永远不知道当时的事是意味着缘浅还是缘深，幸运还是不幸。

带着水和松明赶来的老爷爷是这两天帮忙修葺草庵的村民，他不知具体发生了什么事，一脸不解地跟在泽庵后面进入树林。

松明照亮了青木丹左卫门所说的地方——可是状况和刚才有些不同了，青木丹左卫门发现时，城太郎和伊织重叠地倒在一起，而这会儿城太郎已经苏醒了，正呆呆地坐着。他的一只手搭在伊织的身体上，正在犹豫是看护到伊织苏醒，问他想问的问题，还是赶紧逃走。

——突然感觉到松明的亮光和人的脚步声，城太郎像夜间的野兽一般，迅速机敏起来，摆好了随时都可以出击的姿势。

"……哎呀！"

泽庵停住了脚步，举着冒着烟雾、荧荧燃烧的松明的老爷爷也随泽庵停了下来。城太郎感觉来者不像有恶意，放下心来，只是望着来者。

——泽庵的那句"哎呀"是因为他听说两个人都失去意识了，如今到来发现一个人坐起来了。可是双方都盯着互相打量起来，这句"哎呀"像是变成了表达双方相见无比惊愕的心情的语言。

泽庵看到的城太郎已经长高许多了，相貌、身姿都多少有些变化，而城太郎则应该一眼就认出了泽庵。

四

"这不是城太郎吗？"

泽庵瞪大了眼睛。

在泽庵愣神惊讶的当儿，城太郎已经双手扶地，深深地一拜。

"是的……是我。"

再次抬头看泽庵时，又是以前那副流鼻涕小孩儿的表情，一副诚惶诚恐的样子。

"哦，你就是那个城太郎啊。不知不觉间你已经长大了，变成如此机敏的年轻人了。"

泽庵惊异于见到城太郎和他的变化，可是不管怎么说，现在救助伊织是最要紧的。

泽庵抱起伊织，感觉他体温并无异常，给他灌了点竹筒内的水，伊织很快恢复了意识。伊织醒来后张望一下四周，哇的一声大哭起来。

"很疼吗？哪里疼？"

听泽庵这么一问，伊织摇了摇头，边哭边说自己哪里都不疼，只是先生不在身边了，先生被带去秩父的牢房了，好害怕。

他这么边哭边说，又事出突然，泽庵一时没听明白怎么回事，又仔细一问，才知道事情的严重性，不由得也忧心忡忡起来。

也在旁边听伊织哭诉的城太郎，则不禁冒出一身冷汗，愕然地颤抖着小声说道：

"泽庵先生，我有话想说。咱们找个没人的地方……"

伊织止住了哭泣，狐疑地看着城太郎窃窃私语，也贴近泽庵的耳朵指着城太郎说道：

"那家伙，是盗贼。他说的话肯定都是谎话。泽庵先生要小心啊！"

同时用随时准备作战的犀利目光回视城太郎的目光。

"两个人都别吵。你们原本应该是兄弟弟子的。你们信我的话，跟我来。"

泽庵将他们带到草庵前，命他们在草庵前燃起篝火。村民老爷爷见没自己什么事了，便返回坡下茅草屋了。泽庵在火旁坐下，让他们也和睦地坐于篝火旁。可是伊织却迟迟不肯过去，一副不愿与盗贼城太郎称兄道弟地坐在一起的样子。

远远看了会儿泽庵和城太郎亲热地谈从前的事，伊织不由得有些嫉妒，终于也靠了过去。

只见城太郎像个在佛前忏悔的女人一样，低眉垂泪，默然一会儿，主动说起了自己成为盗贼的经历：

"……嗯，是啊。离开师傅已经整整四年了。这期间我被奈良井的大藏大人抚养，聆听他的教导，听他讲他的远大志向和处世之道，我决心誓死为他效忠。我所做的一切都是为了帮助大藏大人——没想到今天被人称作盗贼。我也是武藏先生的弟子，离开他身边的这些年，我一直没有忘记师傅的教诲。"

五

城太郎继续说道：

"——我和大藏大人在神灵面前起过誓，不能向别人泄露我们的目的，所以恕我也不能对泽庵先生您说了。师傅武藏因宝藏库一事而含冤入狱，我不会不管的。我打算明天就去秩父自首，为师傅洗脱冤屈。"

泽庵默默地点头听城太郎讲，听到这儿抬头问道：

"那么，盗宝藏库一事，是你和大藏干的了？"

"是的。"

城太郎一副无愧于天地的语气答道。

泽庵严肃地盯着城太郎的眼睛。城太郎低下了头。

"那你不就是盗贼吗？"

"不……不是，我们不同于一般的盗贼。"

"你们还分三六九等吗？"

"我们不是为了私欲而偷盗的。是为了百姓挪动了公家财产而已。"

"不明白啊。"

泽庵抛出一句表示不理解的话。

"这么说来,你们是义贼吗?中国的小说中,经常出现这样的形象,剑侠、侠盗什么的。你们是这样的吗?"

"若我再说下去,肯定会泄露大藏大人的秘密。"

"哈哈哈哈。你的意思是说你不会中我的圈套吗?"

"不管怎么说,我会去自首救出师傅的。拜托高僧您随后跟我师傅好好解释关于我的事情。"

"我不会替你说这些的。武藏本身就是被冤枉的,即使你不去,最终也应该会没事的。——你还不如拜拜佛,拿出你的真心,向佛祖自首。"

"佛?"

城太郎似听到了什么新鲜事一般。

"是的。"

泽庵像说一件再平常不过的事情一样。

"听你的口吻,你似乎是在为天下众生做什么伟大的事情,可是你有没有想过,你自己身边的人和事你照顾好了没有,你周围就没有不幸的人了吗?"

"只为一己之私,办不成大事。"

"黄口小儿。"

泽庵大喝一声,扇了城太郎一巴掌。城太郎捂住自己的脸,被这突如其来的巴掌吓到了,有些不知所措。

"没有你自己,何来天下,你自己是根本。连自己都不考虑的人,能为别人做什么?"

"不,我只是说不考虑自己的欲望。"

"住嘴,你不知道你还是一个青涩未成熟的人吗?一个未经世事的人居然摆出一副对天下了然于心的姿态,还自认为在为什么了不起的宏愿做着贡献,你再这样下去,真不知道还会做出什么耸人听闻的事来。城太郎,你和大藏做的那些事情,我大体了解了。不用再说什么了——真是个小笨蛋,身子虽然长大了,心智上没有一点儿长进。你哭什么,委屈你了吗,好好擤擤你的鼻涕。"

六

因为泽庵以命令的口吻让城太郎先去睡觉,城太郎只好先盖着草席躺下了。

泽庵和伊织也都睡了。

可是城太郎翻来覆去地睡不着,他想起了还在牢狱之中的师傅武藏,内心不断涌起深深的歉意。

仰面朝上，泪水顺着眼角流进了耳朵中。侧过身去，又想起了阿通如今怎样了。即使是阿通在，他也没脸面对她了。泽庵的这一巴掌打得很疼，若是阿通的话，恐怕会捂着胸口伤心地哭泣，责备他吧。

对于向大藏起誓不泄露的秘密，城太郎选择了守口如瓶。想到天亮后恐怕还要受泽庵的责备，城太郎决定趁现在悄悄走掉。

"……"

城太郎轻轻起身。刚好这草庵没有四壁和天花板，最适合逃走了。他走到户外，仰望星空，如果不抓紧的话，恐怕天就放亮了。

"——你，站住。"

刚要迈步，城太郎被后面突如其来的声音吓了一跳。泽庵如同他的影子般站在了他的后面。见他停住了，走上前来将手搭在他的肩上。

"怎么了，想去自首吗？"

"……"

城太郎默默点头。泽庵怜爱地说：

"就这么想白白送死吗？真是个简单的家伙。"

"白白送死？"

"对，你觉得自己一自报是盗贼，就能救武藏了吗？没那么简单的事。到了衙门，你以为那些差人能轻易让你隐瞒掉你想隐瞒的事情吗？武藏还会依旧被关在狱中，而你注定这一两年要活活接受拷问。——这是必然的！"

"……"

"你认为这还不算白白送死吗？你若想洗清师傅的冤屈，就必须先洗清你自己。——你觉得是在衙门接受拷问的好，还是坦诚面对我的好？"

"……"

"我泽庵是佛陀的弟子，你的事并不是由我来裁决。我只是引导你向佛罢了。"

"……"

"要是你仍心有不愿的话，有一个方法。我昨天在这儿意外地碰见你父亲青木丹左卫门了。有赖上天眷顾，接着我又遇见你。……你父亲青木丹左卫门去了江户一个我比较熟悉的寺院，你若还是非去送死不可的话，我先带你见一见你父亲怎么样？再跟你父亲商量一下，看我说得对不对？"

"……"

"城太郎。你面前有三条路，你自己选吧！"

泽庵扔下话后，便又回到了草庵内。城太郎想起了昨天和伊织在树上打斗时，听到的远方传来的尺八声。如今才知道那原来是父亲，通过笛声，他已对父亲现在的状况、徘徊于世的心情大体了然于心。

"等等，泽庵先生，我说！我说！虽然我曾起誓于大藏，不对旁人泄露，可是……我愿意对佛祖坦白一切。"

城太郎跑上前去，拉着泽庵的衣袖，向林中走去。

七

城太郎坦白了一切。就像在暗暗黑夜中冗长地自言自语一般，城太郎吐露了一切。

泽庵不曾打断城太郎，静静地从头听到尾。

"已经没什么可说的了——"

见城太郎不再作声，泽庵才开口问道：

"就这些吗？"

"是的，就这些。"

"好了。"

泽庵不再说什么。在一片静默中，杉树林的枝头已悄悄染上了拂晓的淡蓝色。

乌鸦成群地聒噪着，四周滴露闪烁。泽庵似乎是累了，坐在了杉树的树根上。城太郎等着接受泽庵的责骂般，低头靠着一棵半身高的树站着。

"……这伙人可真不简单啊。连天下大势都观望不清楚，还说什么为了天下苍生，真是愚蠢至极。还好，现在还没起事。"

说这话时，泽庵已经心有打算了。他出其不意地从怀中掏出两枚黄金交给城太郎，让他赶紧远走。

"若不快些离开的话，你父亲、师傅都难逃一难。走得越远越好。——要避开甲州路到木曾路路段，因为从今天下午开始，要严设关卡了。"

"我师傅该怎么办？我就这样扔下他不管，远走他乡吗？"

"这个你就交给我泽庵吧。等过个两三年这件事平息后，你再回来向你师傅武藏道歉，怎么样？到时泽庵会陪你走过这一关的。"

"那么……"

"等等。"

"是。"

"走之前到下江户。你父亲昨晚去麻布村的正受庵了。"

"是。"

"这是大德寺的印可。从正受庵领取一下斗笠和袈裟，然后你和你父亲扮成僧人，抓紧时间一起上路。"

"为什么必须扮成僧人？"

"傻孩子。你不知道你犯的是什么罪吗？狙击德川家的新将军，趁乱袭击大御所所在的骏府，让关东陷入一片混乱。真是一群不知死活的鲁莽之辈，你还自认为很光荣地加入他们。往大了说，你们这是造反，是要被处以绞刑的。"

"……"

"快去吧,趁着太阳还没完全升起。"

"泽庵先生,我再问您一个问题:为什么想扳倒德川家的人成了造反之徒,而扳倒丰臣家夺取天下的人就不是造反之徒呢?"

"……不知道。"

泽庵听城太郎说完他的歪理。谁能说明白这些。泽庵不是找不出说服城太郎的话,只是他没有找到一个让自己心服口服的理由。这个社会在一天天变化,谁意图对德川家不轨,谁就是造反,这已经成这个社会公认的事实了。逆潮流的人,肯定会被时代的巨轮甩出在外,落得身败名裂、凄惨收场的下场。

石榴之伤

一

这一天,泽庵带着伊织走进了赤城坡的北条安房守的大门。玄关两侧的枫叶终于红了,美丽炫目。

"在吗?"

泽庵向一个少年侍从问道。

"在。您稍等——"

那个少年侍从说着跑进了里面。

出来的是少主新藏。新藏说父亲去城里了,现在不在,让泽庵和伊织先进来坐。

"在城里哪?"

正好泽庵也打算进城,拜托新藏先将伊织留在这里。

"这个好说!"

新藏瞟了伊织一眼笑道。他和伊织早就认识了——新藏止住笑又问泽庵用不用准备轿子。

"拜托准备一下吧!"

趁准备轿子的当儿,泽庵站在枫树下,仰望片片红云。

"对了,江户的奉行职叫什么?"

"町的吗?"

"那个町奉行的人员,新设了吗?"

"是堀式部少辅大人。"

轿子来了,是类似于神舆的涂漆轿子。泽庵嘱咐伊织不要捣乱,并将伊织托付给新藏，然后坐着轿子，在红叶的掩映下，晃晃荡荡地朝门外走去。

伊织已经不在原地了，他跑去窥看马厩了。马厩有两栋，里面有栗毛、白眉、月毛等等，很多好马，个个都被养得膘肥肉丰。伊织歪着头，纳起闷来，又不用去田里劳作，干吗养这么多马，武士家真是有钱没处使。

"对，是战争时用的吧？"

终于琢磨出个答案了，伊织仔细地端详着这些马。发现武士家养的马和野外的野马连长相都是不同的。

马是伊织打小儿的朋友。伊织特别喜欢马，怎么看都看不厌。

这时，玄关那边传来新藏大声讲话的声音。伊织赶紧回头看看是不是在骂自己，只见玄关门口处刚刚进来一个瘦小的老太婆，拄着拐杖，一脸固执，一动不动地面对台阶板上叉腿而立的北条新藏站着。

"胡说八道什么，什么佯装不在？我父亲有必要跟一个连认识都不认识的老太婆装不在吗？不在就是不在。"

老太婆的态度似乎是惹火了新藏。新藏说的话同时又让老太婆更加不依不饶。

"怎么了，令你不快了是吗？看你口口声声父亲父亲的，你就是他儿子喽。你知道我这个老太婆来过多少次了吗，不下五六次了。每次都说不在，谁知道是不是装的？"

"不知道你来过多少次了，我父亲他不喜欢见人。不想见你，你还总来，这就是你的不对了。"

"不喜欢见人，真是可笑至极，那为什么你父亲还要住在人群中呢？"

阿杉婆又使出撒泼的看家本事，一副今天见不到决不回去的气势。

二

有个俗语叫死顽固，用来形容这个老太婆是再贴切不过了。

轻视老太婆——人的这个通性，阿杉婆也有。不，应该说更厉害。因此，以己度人，为了不让人轻看，她摆出一副死顽固的面孔。

这让年轻的新藏很是头疼，搞不好还会被对方抓住话柄。大声呵斥那么一两声，也根本不会起到什么作用，反而还会引起一阵讽刺般的嘲笑。

真是无礼。

新藏差点掏出刀来，可是转念一想，不能这么急脾气，即使掏出刀来也未必能吓唬到这个老太婆。

"——父亲不在，要不你先请那边坐怎么样。你有什么事情，只要是我能解决的，我先替你解决怎么样？"

新藏压着火气平心静气地说道，没想到比预想的有效果。

"我从大川河畔一路走到牛込也并非易事，脚都累软了，那就蒙你关照，我坐一会儿吧！"

说着，阿杉婆一屁股坐在台阶板的边上，将脚伸出，神色缓和了许多。只是舌根子还是不知疲惫地喋喋不休。

"喂，孩子——你刚刚要是像现在这样，态度好点，我老太婆也不会那么大声音讲话的。我跟你说说我来的目的吧，等安房守大人回来后，你代我传达一下。"

"明白了。那你想告诉并提醒父亲的是什么事呢？"

"也没什么。是作州流浪武士宫本武藏的事。"

"哦，武藏怎么了？"

"他十七岁就参加关原之战，是反德川家的人。而且在乡里做了不少坏事，村里没有一个人说武藏好话的。他杀的人不计其数，就连我老太婆都不想放过。就是一个如丧家犬般四处逃窜的流浪的——"

"等、等等，婆婆——"

"怎么了，你先听我说。还不止这些，他还强夺了我儿子的未婚妻阿通，像这种连朋友妻子都诱拐的人……"

"等等、等等。"

新藏打手势示意她不要再说下去。

"婆婆的目的到底是什么。是为了说武藏的坏话吗？"

"我这可是为天下着想。"

"污蔑武藏怎么成了为天下着想了？"

"怎么不是？"

婆婆突然正色：

"——听说，在尊府的北条安房守大人和泽庵和尚的推荐下，武藏不久的将来就要加入将军家的教师职了，也不知道这个能说会道的武藏使的什么伎俩，是如何献媚的？"

"听谁说的？现在还是内定。"

"从去过小野练武场的人那里听说的。"

"那你的意思是——"

"武藏这个人臭名昭著，这样的人连侍奉在将军家左右都不配，居然还去做教师，简直是荒谬。将军家的教师相当于天下之师，武藏这等人要是都能当，那真是让人浑身起鸡皮疙瘩了。……我就是为这件事来劝谏安房守大人的，明白了吗，孩子？"

三

新藏相信武藏的为人，也很高兴父亲和泽庵能推荐武藏去做将军家的教师。

这个老太婆的抱怨就像不绝于耳的虫鸣声一样惹人烦，她也不看对方脸色。

"我认为我劝谏安房守大人就是为了天下。难道你也上了武藏巧舌如簧的当了吗?"

阿杉婆没有一点儿停下嚼舌的意思。

新藏听着觉得非常不快,特想呵斥她,又怕这个缠人的老太婆更不肯罢休。

"我明白了。"

新藏想尽快赶这个老太婆走,便又加了一句:

"你说的我大体都明白了。我会跟父亲转达的。"

"请务必转达。"

阿杉婆又叮嘱了一声后,终于穿上草鞋趿拉趿拉地走了。

出了门,听到哪里传来一句:

"臭婆婆!"

阿杉婆停住脚步:

"什么?"

瞪着眼睛四处看了一下,发现伊织正躲在树荫处,朝她做着鬼脸。

"吃这个吧!"

伊织扔出了一个硬邦邦的东西。

"啊——"

婆婆大叫一声,捂住胸口。地上落了好几个石榴,其中一个已经裂了。

"这家伙。"

婆婆捡起一个石榴扬起手,伊织边还击石榴边逃走了。婆婆一直追到马厩,刚想左右看看伊织躲在哪个角落,一坨软乎乎的东西朝她侧脸扔来。

是马粪。婆婆呸、呸地吐了几口唾沫,用手将脸上的脏东西抹掉,心头一酸,扑簌簌地掉下眼泪来。想到自己流落他乡、孤寂凄清,为了儿子四处奔波,现如今又被一个小孩儿如此欺负——当真是不堪。

"……"

伊织扔过马粪后又转身跑出好大一段距离,忙不迭地再找个遮挡物躲起来。待他慢慢露出脸探看情况时,却发现婆婆沮丧地哭了,不禁有些懊悔,觉得自己做得过分了。

要不要去给婆婆道个歉呢,伊织犹豫着,可是一想起她说的那些有关师傅武藏的坏话,伊织又气不打一处来。望着老人家那哭得伤心的样儿,伊织心里五味杂陈,咬起了手指甲。

高崖上方的房屋处传来新藏的呼唤声,伊织仿佛得救了一般,沿崖跑了上去。

"喂,这里能看到傍晚时分被染成红色的富士山。"

"啊。富士山——"

伊织被吸引，忘记了一切。新藏也不再把这件事放在心上，他原本就没打算将今天的事情告诉父亲。

 梦土

一

秀忠将军刚三十出头。父亲大御所在年轻时代基本成就了一代霸业，如今他将将军一职传给了三十出头的秀忠，自己在骏府城养老，他对这个儿子寄予了厚望。

父亲的业绩是靠他这一生所经历的战争打拼来的。学问、修养、家庭生活、婚姻，无不是在战争中成就的。现在在江户和大阪间就正孕育着一场孤注一掷的战争。不过这场战争要是打起来的话，应该能算得上演了很久的战争这场舞台剧的压轴之作了。百姓也希望通过这场战争日本的春秋时代能回归和平。

应仁之乱以后，战火就一直连绵不断。世人都渴望和平。武家姑且不谈，百姓并不在乎是丰臣当政还是德川当政，只要能有真正的和平便好。

德川家康让位于秀忠时曾问他：

"你觉得你的任务是什么？"

秀忠马上答道：

"是建设。"

据传德川家康听了秀忠这个回答后非常放心。

秀忠的理念在如今的江户城中已有体现。加上大御所的支持，江户建设如火如荼地进行着。

与此相反，坐拥大阪城的太阁遗孤秀赖则一直在忙忙碌碌地备战。那里的将军们经常聚在一起谋划，密使奔忙于各州传送教书，他们囤积弹药、整备军火，散兵游勇被无限制地扩充，壕沟也被不知疲惫地一再深挖。

战争即将来临了吧！

以大阪城为中心，五畿内郁结着惴惴不安的紧张气息。

估计今后能过个安稳日子了！

这是江户城及其周围百姓的一般想法。

必然——

百姓源源不断地从动荡不安的上方移居建设中的江户。

而且德川统治已是民心所向。

被战争拖得疲惫不堪的百姓都希望德川家能为战局画上一个句号，他们感觉若是丰臣方获胜，估计还会战事不断。

在这种状况下，各藩那些可进可退的大名以及大名的臣下也不得不考虑起将来到底该将子孙托付给关东，还是托付给上方的问题。于是，新时代的力量不断地注入江户，为以江户城为中心的区域划分、河川土木及城市的建设添彩。

今天秀忠依旧沿吹上的丘陵，从旧城本丸向新城施工场一路走去进行监督，在充斥身心的高分贝建设噪音中，秀忠经常忘记时间的流逝。跟在身旁的有土井、本多、酒井等阁臣和近侍，还有僧侣等人。秀忠让人在一处稍高的地方摆上长凳，打算坐下歇会儿脚。

这时，木匠们工作的红叶山下有若干人吵嚷起来：

"混小子——"

"混小子——"

"混小子，等等。"

伴随着一阵嘈杂的脚步声。七八个木匠追着一个挖井工穿梭于混乱之中。

二

这个挖井工蹿得像只兔子一样。他绕到木材间的泥瓦匠小屋后面一路狂奔，最后爬上土墙脚手架，打算跳出去。

"无法无天的家伙。"

追赶而来的两三个木匠赶紧拽住了脚手架上的这个人的脚。只见他被拽得翻倒在了木屑中。

"这家伙——"

"真是令人不快。"

"狠狠地打他一顿。"

说着大家七手八脚地上来，有的踹他的胸，有的踹他的脸，还有人扯着他脑后的头发将他往起拖。

"……"

这个挖井工没出一声，只是将大地当成唯一的依靠般，紧紧抱着大地，任人打任人踹。

"怎么了？"

负责管理木匠的武士赶了过来。工程监督也跑了过来。

"静一静——"

他们分开人群。

一个木匠亢奋地向工程监督讲道：

"他踩到曲尺了。曲尺是我们的灵魂，就像武士腰中的刀一样。这家伙——"

"别激动，好好说。"

"这叫我们怎能不激动。若是武士的刀被一双大泥脚给踩了,你该作何感想?"

"明白了——将军大人现在在工地上视察呢,刚刚坐在那边休息处的山丘上休息了。你们这闹哄哄的像什么话,散了吧!"

"……明白。"

吵闹停息片刻。

"那咱们把这家伙拉到那边,给他洒水净身,让他双手伏地给咱们的曲尺道歉。"

"他由我们处理,你们快回去干活。"

"明明踩了别人的曲尺,提醒他一下,他不但不道歉,还出言不逊,这叫我们怎么工作?"

"知道了,知道了。一定会处置他的。"

工程监督揪住伏在地上的挖井工的脑后头发:

"抬起脸来。"

"……是。"

"呀。这不是挖井工吗?"

"……嗯,是的。"

"红叶山下的工地主要进行图书库工程,和西之丸里御门的涂墙工程,有泥瓦匠、植树工、土木工等是正常的,怎么会有挖井工?"

"是呀!"

听工程监督这么一说,木匠们又补充道:

"这个挖井工从昨天开始就来这里晃荡。刚刚脏脚还踩了我的曲尺,我一气之下给了他一拳。不想,这家伙还认为自己有理了,嚣张地张口就骂。同伴们都看不过去,这才闹了起来。"

"行了,行了,你那事先放放。……这个,挖井工,你来西之丸里御门的工地干什么,有什么事吗?"

工程监督盯着挖井工那苍白的脸问道。这人便是又八。却说又八那英俊的容貌和蒲柳之质的身子,怎么看怎么不像挖井工,这令工程监督更加起疑。

三

近侍、阁臣、僧侣、司茶人等站在秀忠身旁,另外还有两层守卫远远围在四周,戒备森严。

其中一名守卫细心地注意到了工地上的这起小事故,想看看到底怎么回事,跑了过来。

听工程监督讲完情况后,提醒道:

"别碍上面的人的眼,你们去个隐蔽的地方处理这件事吧!"

这和工程监督的想法一样，他和负责木匠的武士商量了一下，将其他人赶回了各自的工作场所，唯独留下又八。

"这个挖井工，我还有事情得盘问他一下！"

作为工程监督在工地上有自己的办公室，那些办公室也是他们平时交替休息、坐卧起居的场所。室内的土炉上经常挂着一个大水壶，工作之暇，小头目们会来喝一口水，换一双草鞋之类的。

又八被带进了与工程监督办公室后面紧紧相连的柴房内。这里堆放的不仅仅是柴火，还有一桶桶的腌渍咸萝卜等腌菜、装炭草包等。经常出入这里的是做饭的伙夫，这些伙夫被称为小屋杂役。

"这个挖井工非常可疑。在调查清楚之前看好他。"

小屋杂役虽然被赋予了看守又八的任务，但他并没有十分上心，也没有捆绑住又八。他觉得若真的是犯人的话，这个人很快就会被带走的。另外，这个工地本身已经在江户城那防备森严的壕沟、城门内了，没有草木皆兵、过分谨小慎微的必要。

工程监督原本打算去找挖井工老板和挖井工那边的其他相关负责人了解又八的出身、为人等情况。但因为觉得又八可疑也只是因为他的容貌不像挖井工，并没有其他把柄。所以也没太把这件事当成事，一连几天没有理会被关在柴房中的又八。

——可是，又八自己却无时无刻不被死亡的恐惧侵袭着。

他觉得大事败露了。

所谓大事，不用说，就是奈良井的大藏唆使他去做的伺机"狙击新将军"一事。

在大藏的威逼利诱下，又八通过挖井老板运平来到了城内。其实在城内又八碰见好几次秀忠将军来工地巡视的机会，只是他始终没有勇气将埋在槐树下的步枪挖出来，去狙击新将军。心里一直在给自己打气，可是这毕竟是一件惊天动地的狂妄之举。

又八之所以接下这个"活儿"，一方面是因为大藏威胁他说，若他说一个"不"字，立马杀掉他，还有就是因为自己也想要那笔钱，于是信誓旦旦地说：

"这事我做了。"

于是又八来到了江户城内。可是到了城内却发现，哪怕自己这一辈子就只做个挖井工，也干不出暗杀将军这样可怕的事。自己能做的只是终日郁郁地灰头土脸地混迹于工人之中拼命干活儿。

——纵然这样，还是发生了一件令他意想不到的大事，让他不得不考虑动手。

四

那就是，因为西之丸里御门内的那棵大槐树处要建红叶山御文库的书库，大槐树要被移植到别处了。

挖井工工作的吹上工地离那里有很远的一段距离。可是，毕竟又八在那里做了亏心事，终日惴惴不安。

于是——他经常利用午饭休息时间、早晚工作的空当跑来西之丸里御门这儿看看那棵槐树有没有被移植到别处，若是没有，他当日便可稍稍放心了。

他还要找个没人在的机会，将步枪挖出来放在别处，这样才可高枕无忧。

所以他才惹出了踩到木匠的曲尺这桩事。被木匠围追、群殴时，他最担心的依旧是步枪的事。

被关在小屋时，他更是日复一日地恐惧个没完。

可能槐树已经被移植了，埋在树下的步枪已经被发现了。当然，调查也开始了——

这次被拽出去之时，肯定就是自己命归黄泉之时。

又八每晚都做噩梦、冒冷汗。几次梦到他已经在黄泉路上了，路上沿途全是槐树。

有一天晚上，他清清楚楚地梦到了母亲。老太婆也不可怜自己，抓起个饲蚕竹篓就朝自己打来，好像十分生气的样子。竹篓中白色的蚕撒了又八一脑袋，又八到处逃窜。那个顶着一头白蚕幻化的白发的老太婆则穷追不舍。在梦中，又八大汗淋漓地跳下了山崖——身体最终飘在了见不到底的地狱之中。

——对不起。

——妈妈。

像个孩子一样，想大声哭泣，却发现梦醒了。睁开眼睛，又被比梦境更可怕的切入脊髓的恐惧缠绕，辗转反侧、自责不已。

对了……

又八为了将自己从这无边的苦海中拯救出来，决定冒一次险。那就是再去看看那棵槐树的状况。

这个小屋自然不是江户城的要害之地，出城不可以，出这个小屋却还不是难事。

自然，小屋是上着锁的。可是却没人看守。他踩着装腌渍品的大桶，破窗而出。

又八潜过木材放置场、石材放置场、各种土堆来到了西之丸里御门附近。看了看，发现那棵巨大的槐树还在。

"……啊！"

又八抚摸着胸口，觉得好受多了。这意味着自己还有命活。

"就趁现在……"

他去找了个铁锹来，开始挖掘树根附近，就像能找到自己剩下的命一般。

"……"

终于，铁锹碰到了什么东西，响了一下。又八的眼睛机警地朝四周望望。

真是个好时机，连巡逻的人都没有。铁锹再次深挖下去。旁边被挖出的土已经堆成一个大土包了。

五

他就像一只扒土的狗一样，一门心思全在挖掘上。可是，不管怎么挖，出来的只有土和石头。

是谁先把它挖走了吗？

又八不由得有些担心。

不管是不是徒劳的，他的铁锹像上了发条般，毫无要停下来的迹象。

从脸上、胳膊上滴落的汗水不断滴入土中，简直就像在洗泥水澡般，同时全身每寸皮肤都在大口大口地喘气。

嚓——

嚓——

疲劳的铁锹、疲惫的呼吸再次纠缠在一起，开始头晕目眩起来，可是又八的手依旧麻木地劳作着。

这时，"当"的一声，有一个细长的横在洞底的东西碰到了铁锹。他扔掉铁锹，

"在这儿。"

将手伸进了土坑中。

不过，为了防锈，步枪是被油纸包着密封在箱子里的，手碰到的这个东西给人感觉不太对劲。

不管怎么说，还是抱着几分期待，像拔牛蒡一般将东西拉了出来。那是人的一根白骨，应该是小腿或胳膊上的。

"……"

又八连捡起铁锹的力气都没有了，怀疑起自己是不是在做梦。

仰望槐树上方，夜空上星光璀璨。不是做梦，还能下意识地数槐树叶。——奈良井的大藏确实说这里是埋了枪的呀。还说让自己拿上枪袭击秀忠。应该不会有假啊！在这种事上捉弄他的话，对大藏没有半点好处呀。——可是，别说步枪，连个破铁片都没挖出来。

"……"

这是怎么回事，又八无法安心。他在被挖得一塌糊涂的槐树附近踱来踱去，用脚踢被自己挖出来的土，幻想枪就在这些土里。

——有人悄悄从后面接近了他。好像不是才过来的，应该是已经在暗处观察他许久了。来者拍了又八的背一下，在他耳边笑着说：

"有吗？"

虽然只是轻轻一拍，又八却全身酥软了，差点儿没栽进自己挖的坑里。

"……？"

又八回头一看，空洞涣散的眼神一时凝滞——啊，神经被拽回到了常态般，发出了惊愕的声音。

"——跟我来。"

泽庵拉过他的手。

"……"

又八像僵化了般，没有动地方。甚至想用他那冰冷的手拧掉泽庵的手。从脚后跟开始，颤抖向上蔓延。

"不过来吗？"

"……"

"过来啊！"

泽庵瞪眼呵斥道，又八舌头打着卷，战战兢兢地说：

"这、这里。……这里、处理……"

说着，用脚向坑里踢起土来，试图掩盖自己的行为。

泽庵觉得他真是可恨又可怜。

"得了。别做这种无用功了。人在做，天在看。就像白纸上的墨迹一样，你是洗不干净的。不要以为你现在用脚踢踢土掩埋，就能权当没做过这档子事。——行了！走吧。你是图谋不轨的大罪人。泽庵我要对你处以极刑，将你踢进血水池里。"

又八还是不肯走，泽庵只好揪着又八的耳朵硬是将他拉走。

六

泽庵知道他是从哪里跑出来的，他拉着又八的耳朵，向杂役们休息的地方望了望，径直走过去敲门。

"醒醒，醒醒——"

小屋杂役起身开门后，狐疑地打量着泽庵，片刻终于想起他便是常常伴在秀忠将军左右，还"厚颜无耻"地和将军家家臣、阁老攀谈的和尚，松了口气。

"喂，怎么了？"

"没怎么！"

"嗯……？"

"将那个酱汤小屋还是腌菜小屋打开。"

"那个小屋里现在正关着一个挖井工。你想拿什么东西吗？"

"别睡傻了。你关押的那个人不是已经破窗而出了吗。我把他抓回来了。也不可能像往虫笼子里塞虫子一样再把他从窗子塞进去，所以让你打开门。"

"啊。那个家伙！"

小屋杂役一脸惊愕地跑去叫值夜班的小头目。

这个小头目赶紧出来，连声向泽庵就自己的怠慢表示歉意。反复求泽庵不要让阁老们知道此事。

泽庵只是点头，他将又八推进打开了门锁的小屋内。然后自己也跟了进去，从里面把门锁上了。小头目和小屋杂役面面相觑：

怎么回事？

也不敢离开，站在外面静观里面的动静。

过了一会儿，泽庵从房间门探出头来。

"你们有剃须刀吧。不好意思，能不能找来一把，磨快点，给我用用。"

两个人疑惑不解，不知道这和尚打的什么主意。不管怎么说，还是磨了一把剃须刀递了过来。

"好、好。"

泽庵接过刀，在里面告诉他们已经没事了，他们可以回去休息了。因为语气近乎于命令，小头目和小屋杂役都觉得不好违拗，便各自回屋了。

小屋里黑乎乎一片，幸好还有些星光从破窗户泻入。泽庵坐在柴火堆上，又八也在草席上垂头丧气地坐着。两个人相对无言。又八很在意那剃须刀此时到底是正被泽庵拿在手上还是被随手放在了哪里，可惜他看不清楚。

"又八——"

"……"

"你从槐树下挖出什么东西了？"

"……"

"要是我就能从中挖出东西，不过不是枪支弹药。就算看似没东西，我也能挖出东西。从空无的梦幻之土中挖出事实真相。"

"……是。"

"不是想听你一句'是'，你觉得你明白事实真相是什么吗——你现在还是做梦的状态吧。你简直简单得就像婴儿。还得把东西嚼碎了往你嘴里送是不是……那个你今年多大了？"

"二十八了。"

"和武藏是同岁。"

听泽庵这么一说,又八双手捂面抽抽搭搭地哭了起来。

七

泽庵就像任他哭个痛快般,不再作声。等又八终于不再呜咽,泽庵又开口说道:

"你知道你自己打算做一件多么可怕的事情吗。那棵槐树就是你这样的蠢人的墓碑。你那是在自掘坟墓。现在已经将头都插进去了。"

"——救、救救我,泽庵大人。"

又八突然紧紧抱住泽庵的小腿,叫道:

"我,清、清醒……终于清醒了。我被奈良井的大藏给骗了。"

"不,你还没有真正清醒。不是奈良井的大藏骗了你。你贪婪、懦弱、度量小,所以才到了被人利用,做这冒天下之大不韪的胆大包天的恶事的地步。大藏他发现了你这天下第一蠢材,怎能不好好利用?"

"明、明白了,我就是个傻子。"

"在你心目中,奈良井的大藏到底是怎样的人?"

"不清楚,直到现在我都搞不清。"

"他是关原之战中的败北者之一,是和石田治部有刎颈之交的大谷刑部的家臣,他本名叫沟口信浓。"

"啊。那么他就是残党余孽了?"

"若不是这样,你认为他为什么想杀害秀忠将军。我现在都不明白,你脑子里想的到底都是什么?"

"不,他对我说他只对德川家抱有怨恨。他觉得比起德川家,丰臣家会给百姓带来更大的福气。所以我觉得这样做也是为了天下……"

"你为什么这么轻信别人?让你做这么大的事情,你也不摸清他的底细。甚至连自掘坟墓的勇气都涌上来了。真是可怕啊,你的这所谓的勇气!"

"啊,怎么办?"

"还怎么办?"

"泽庵大人——"

"放手——你再怎么拽着我,现在为时已晚了。"

"可、可是,我不是还没有将步枪对准将军大人吗,您救救我吧。我一定重新做人,一定、一定!"

"行了,这次是来埋步枪的人中途出了点事,没来得及埋。我了解到城太郎已被大藏笼络,他说不定什么时候从秩父平安归来江户后,就将步枪埋在那里了。"

"啊?城太郎……难道?"

"行了,你先考虑考虑你自己的事情吧。你要犯下的大逆不道的罪名,可是法理天理都不容的。不要妄想谁能救得了你!"

"那么、那么,无论如何都没办法了吗?"

"当然。"

"您发发慈悲吧!"

又八抱着泽庵的小腿又恸哭起来,泽庵站起来,一脚踢开了又八,大喝一声:

"傻子!"

这一声大喝差点儿将小屋的屋顶震塌。

真是位无法依靠的佛陀。心硬、不懂救人的可怕佛陀。

又八狠狠地盯着泽庵的眼睛一会儿,无力地垂首,又凄凄惨惨地为自己死期将至哭了起来。

泽庵拿起放在柴火上的剃须刀,轻轻按住他的头。

"又八……既然不管怎么说都是死路一条,我至少帮你修整修整外形吧,把你打扮成释尊的弟子的模样。你我相识一场,我来引导引导你吧。闭上眼睛,静静盘上腿坐好。是生是死不过是眼皮闭不闭上的事情,不用吓得哭成这个样子。——善童子、善童子。别叹气。我会引导你往生的。"

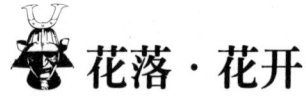

花落·花开

一

阁老屋同时也是一间密室。为了不使机密政要外泄,外面几侧环绕着空房间。

从前几天起,泽庵和北条安房守便频繁出入这里,不知是在商讨着什么要事。有时他们还会一起去请求秀忠的裁决,或是向秀忠上呈文书。

"木曾的使者回来了。"

这天,有人到阁老屋处报告道。

"直接问问。"

说着,吩咐将终于盼回来了的使者叫到另外一个房间等候。

使者是信州的松本藩的家臣。几天前从阁老屋处接了抓捕奈良井的大藏的紧急任务,便快马加鞭地出发了。——可是到了地方一看,奈良井的大藏一家早已关了老店,转移地方了,具体去了哪里没人知道。

只好先对家宅进行搜索,结果搜出了商家不该有的武器弹药和与大阪方往来的一些未来得及处理的书信。现已将这些作为证据,用马驮了回来。以上便是使者匆匆赶回来汇报的内容。

"迟了。"

阁老们咋舌。有种撒了大网，结果连虾兵蟹将都没有捕捞上来的感觉。

第二天。

以下是酒井家的家臣从川越赶来，向阁老酒井侯进行的报告：

"我已依照您的吩咐，将流浪武士宫本武藏从秩父的牢里放出来了。放出宫本武藏后，正好碰上迎面而来的梦想权之助，我恳切地向他解释是我们误解了，将宫本武藏交给了他。"

酒井忠胜赶紧把这件事告诉了泽庵。

"费心了！"

泽庵略表谢意。

因为是在自己的领地内发生的误捕事件，酒井忠胜充满歉意。

"希望武藏能谅解！"

泽庵在江户城的这些日子，将自己要办的事情都一一处理好了。距离不远的芝浦的典当铺——大藏曾住过的奈良井屋也被随后赶去的町奉行给彻底搜查了，什么家财、秘密文件都统统被没收了，就连毫不知情的朱实也被奉行所保护了起来。

一天晚上，泽庵去拜访秀忠，对秀忠说了事情的始末。

"天下还有无数的奈良井的大藏，要保持警惕。"

泽庵最后说道。

"嗯——"

秀忠重重地点了点头。

泽庵见秀忠能够接受自己的话，便又说道：

"我觉得这些人查是查不过来的，若是您只顾着查他们的踪迹的话，您作为继承大御所的第二代将军，您的伟业就无法完成了。"

秀忠并非胆小怕事之人。泽庵的话他也都会听在心里，仔细琢磨，进行自我反省。

"那就适度处理一下吧。这次就依高僧之言，拜托高僧来处理一下这件事吧！"

二天之卷

二

泽庵亲切地表达谢意。

之后又顺便辞行道：

"鄙僧已经不知不觉间在贵府逗留月余时间了。最近想持手杖去大和的柳生处了，打算去探望一下卧病在床的石舟斋大人，再从泉南回大德寺。"

秀忠听泽庵讲起石舟斋，像被唤起了对以往时光的回忆般地问道：

"柳生家的爷爷怎么样了，在那之后，可有好转？"

"这次但马守也说怕是不行了。"

"看来，状况是不好了。"

秀忠年幼时，曾在相国寺的战阵中，坐在父亲家康的身旁谒见石舟斋宗严，秀忠想起了当时的情景。

"还有一事。"

泽庵打破了沉默。

"之前在阁老之中讨论并获得认可的，安房守大人和鄙僧推举宫本武藏任教师职一事，拜托您多关照了。"

"嗯。这件事我已经听说了。既然他是细川家看好的人，应该不简单。在柳生、小野家之外，再拔擢一家也好。"

这下泽庵感觉自己要办的事，是彻底都办完了。在秀忠处告退后，秀忠给他送去了很多可心的赏赐之物。可是泽庵将它们全部托付给了城下的禅寺，自己只带上一杖一笠上路了。

人虽走了，在他身后，人们议论他什么的都有。有人说泽庵居然涉政，看来他野心不小。也有人说，他是德川家派来的，是为大阪方面搜集情报的黑衣奸细。总之风言风语、众口悠悠。这些对于泽庵来讲，都不重要，他在乎的只有耕种一方的黎民百姓的幸与不幸。江户城、大阪城的盛衰，在他看来，只不过是眼前之花的花开与花谢而已。

他从将军家告辞时，还申请带了一个徒弟出江户城。

他在秀忠的许可下，从秀忠处出来后，便去了工地上工程监督的小屋。让人将后面的小屋屋门给打开了。

在黑暗中，有一个剃光了头的年轻和尚正无精打采地垂首坐着。他身上的僧衣是前两天泽庵到访过这里后的第二天，派人送过来的。

"啊……"

这位年轻的初入佛门之人有些不适应突然从门口射进来的光线，用手些许遮挡着眼睛抬起了头。他正是本位田又八。

"过来。"

泽庵在外面朝他招手。

新和尚又八站了起来，脚跟子有些软地踉跄了一下。

泽庵伸手扶住了他。

"……"

该来的一天还是来了，看来要被处以极刑了——又八想到这里，闭上了眼睛，两膝打战。他觉得自己已经看到了断头台，瘦削的苍白面颊上扑簌簌地滚下泪来。

"能走吗？"

"……"

不知又八和尚是想说什么，张了张嘴没出声。在泽庵的搀扶下，又八无力地点了点头。

三

出了中门，又过了几道门，来到了平河门。就这样，又八和尚神志清醒地，不管是门还是桥，一路走过。

无精打采地跟在泽庵后面的他，让人想起屠宰厂中待宰的羔羊。

——南无阿弥陀佛

——南无阿弥陀佛、南无阿弥陀佛

——南无阿弥陀佛……

又八和尚认为自己是在向刑场走去，嘴里不住地念念有词。

念着这些会减轻他对死亡的恐惧感。

终于出了外护城河。

可以看到山手的宅地町和日比谷村附近的田地、河流船只、商业区的人流。

啊，这个世界。

又八和尚再次仔细向这个世界望去。想着自己还不想早早离开这个浮世，眼泪又禁不住流了下来。

——南无阿弥陀佛

——南无阿弥陀佛

他闭上了眼睛。唱念的声音越来越大，最后大到要撕破自己的喉咙般的地步。看他那样子，简直是到了忘我的境地。

泽庵扭过头：

"喂，快走——"

沿着护城河，泽庵向城门方向绕去。最后他们斜穿过一片草原，对于又八和尚来说，这段路仿佛走了千里之遥。仿佛路的尽头就是地狱，大白天的，心里却一片昏暗。

"你在这儿等一下。"

泽庵说道，他伫立在了草原上。草原的旁边有和常盘桥御门相连的沟渠之水流过，水土融为一色。

"是。"

"别妄想逃走。"

"……"

已经只剩下半条命般的又八和尚，皱着眉头点了点头。

泽庵踏出草原，向大路上走去。再往前便是被工匠们涂成白色的土墙。与土墙相连的是高高的栅栏，栅栏里边是一栋栋与众不同的黑色建筑物。

"啊。这里是……"

二天之卷

又八和尚一阵战栗。这里是新建成的江户奉行所的牢狱和官舍。泽庵向其中一个门走去。

"……？"

他那又开始急剧颤抖的脚再也支撑不住他的身体了，他扑通一屁股坐在地上。

不知从何处传来鹌鹑的叫声。咯咯叫的鹌鹑的声音，听起来都像是黄泉路上特有的什么东西的叫声。

"就趁现在。"

他打算逃走。他的身体上既没绑着绳子，也没有手铐脚镣的束缚。他觉得自己要是想逃的话，应该能逃掉。

不、不，已经不行了。若是自己像这草原上的鹌鹑般躲起来，将军家定会严令搜查，到时恐怕连草丛都容不下自己藏身。何况自己剃了头、穿上了僧衣，这副模样能逃到哪里去。

——老母亲。

他在心底大声呼唤着，现在才知道有多么怀念母亲的怀抱。他想到若是当初没离开母亲那里，现在也不至于落得在这里被斩首的境地。

阿甲、朱实、阿通、谁、谁、谁，这些曾作为他青春时节或思慕或私通的对象而出现的女子，如今不是没有出现在他眼前，只是他在心底呼唤的名字依旧只有一个：

"老母亲、老母亲……"

四

要是还能活下去的话，一定会做牛做马好好孝敬老母亲。

又八和尚心里充满懊悔。

马上，这颗头就要不属于自己了——

冷风钻进脖领，又八和尚抬头望望天空的云彩。好像快下雨了。有两三只大雁低低飞过。

真是羡慕大雁啊！

心里还是蠢蠢欲动想要逃走。就这样吧，再被抓住再说吧。他紧张地看了一眼大路对面的门。泽庵还没有出来——

"就趁现在。"

又八和尚站了起来。

冲刺般冲了出去。

"站住！"

有人大喝道。

这一声大喝又将又八和尚好不容易下的逃跑的决心给镇住了。有个手持大棒的男人意想不到地出现在了眼前。是奉行所的刑吏。那刑吏上来就朝又八和尚的肩膀打来。

"哪里逃?"

那棒子前端就像压住了青蛙的脊背般,顶住了又八和尚。

这时,泽庵也出现了。除了泽庵,还有奉行所的刑吏——连他们的小头目都陆陆续续地出来了。

就在这群人向又八和尚靠近时,还有四五名狱卒一样的人拉着一个被五花大绑的人也走了出来。

当头儿的差人选定一块行刑场地,在那里铺上了两张破草席。

"那么,我们开始吧!"

泽庵催促道。

行刑者围站在草席周围,主要的差人和泽庵分别坐在长凳上。

被棒子前端顶住的又八和尚听见差人大喝一声:

"站好!"

赶紧挺直了身子,可是他已经没有走路的力气了。心急的刑吏揪住他的僧衣脖领,一蹭一蹭地将他拖到草席上。

又八和尚胆战心惊、五脏惧寒,头也没力气抬起来。此时已经听不到鹌鹑的叫声了,只感觉周围人发出嘈杂的声响,而自己就像是隔着几层房间听到他们的声音,感觉是那么空旷遥远。

"……啊,又八?"

侧旁传来谁叫他的声音。又八和尚向旁边瞟了一眼——是一个和自己并排坐在破草席上的女囚。

"呀……这不是朱实吗?"

又八和尚一愣,脱口而出。

"不许开口说话。"

有两个刑吏来到他们面前用长长的擀面杖一样的橡木棒将这对男女囚徒分开了。

泽庵身边的差人头目站在了长凳上,用极其严肃的口吻,宣读两个人的罪状。

朱实都没有哭泣,又八和尚不管是不是在人前,照哭不误。差人宣读的罪状,他一句都没听进去。

"打——"

那个差人头目重新坐到长凳上后,厉声发令道。两个拿着竹板蹲在后面的小吏听令跳了起来。

"一二……三……!"

边数边向又八和尚和朱实的背打来。又八和尚哀号连连。朱实面色苍白,双手撑在地上,咬牙硬挺。

"七！八！九！"

竹板被打裂了，竹子头看起来像冒烟了似的。

五

草原外面的大路上不断有人驻足远远地看热闹。

"怎么回事？"

"是在施刑。"

"啊。是一百大板吗？"

"很疼吧？"

"是呀。"

"还有一半没打完呢！"

"他们数着呢吗？"

"……啊，那两个人已经连声音都发不出了。"

有小吏扛着棍子走过来，用棍子敲敲草皮驱赶看热闹的人们：

"别看了，赶紧走吧。"

路上的人只好边走边回头地移步走开。那边一百大板好像结束了，负责行刑的小吏将裂得像竹刷子似的竹板扔在一旁，用手背擦拭额头上的汗水。

"辛苦了。"

"辛苦。"

泽庵和主要差人郑重其事地相互行礼告别。

差人小吏们蜂拥走回奉行所。泽庵在这对男女伏着的草席旁站了一会儿，默然地——什么都没说，向草原那边离去了。

"……"

"……"

有淡淡的阳光从积雨云的裂缝中射到草地上。

人声远去，鹌鹑又开始啼叫。

"……"

"……"

朱实、又八和尚躺在地上久久未曾动一下。并非断气了，只是整个身体像着火了般疼痛。而且那份深深的耻辱让他们抬不起头。

"……哦。水——"

朱实先开口虚弱地说道。

在他们的席前放了一个小小的水桶，里面有一个竹柄勺子。这个小水桶是差人悄悄放在那里的，仿佛在告诉他们，奉行所虽然对他们处以了杖刑，但是还是比较人道的。

咕咚……

朱实先大口地喝了起来，然后问又八和尚：

"……你不喝吗?"

又八和尚也伸出了手。咕咚咕咚地喝了起来。差人不在了,泽庵不在了,他仿佛还没完全回过神来。

"又八……你出家了吗?"

"……这就算完了吗?"

"什么?"

"对我们的处罚,这就算完了吗?我们还没被斩首。"

"怎么会被斩首呢。长凳上的那个差人不是对我们两个宣读判决了吗?"

"怎么说?"

"他说将我们流放至江户外即可,不用送上黄泉。"

"啊……那么,我们的性命?"

又八和尚的声音近乎癫狂,突然的兴奋让他站了起来,也不看朱实,自顾自地向前走去。

朱实用手捋了捋凌乱的头发,整整衣襟和衣带。又八和尚的身影此时已经在草原那边愈来愈小了。

"……真没骨气。"

她撇撇嘴。竹板的疼痛每钻心一下,她便更下定决心要在这世间变得再强大些。多舛的命运原本就造就了她怪癖的性格,又经过这么多年的磨炼,她的心底终于开出一朵妖艳之花。

## 师徒重遇记

一

已经被安置在这个房子里几天了。

伊织玩腻了,也等不住了。

"泽庵先生那儿怎么样了啊?"

其实比起对泽庵归来的期盼,他更担心师傅武藏的安慰,想借这个问题了解一下师傅的状况。

北条新藏了解伊织的心情,怜爱地说,

"父亲现在也还没回来,看来是还在城内住着呢。——不久就会回来了,你还是到马厩,或是去什么地方玩会儿吧!"

"那,我能借一下那匹马吗?"

"可以。"

伊织向马厩跑去。他选了一匹良马牵了出来。昨天、前天,他都背着新

藏骑过这匹马。——今天光明正大地得到了新藏的许可，伊织感觉自己牵着这匹马的样子更加威风凛凛了。

跨上这匹马，伊织如疾风般从里门跑了出去。昨天、前天他都是去的一个地方。

宅地町——田间小道——丘陵——田野——森林，晚秋的风景一路向奔驰的马后滑去。——然后终于，发着银光的武藏野的海展现在了眼前。

伊织使马停下来，想起了师傅。

"就在山的那一边——"

秩父的山峰绵延在原野尽头。一想到师傅还在牢狱之中，伊织的眼眶、面颊便一片湿润。

野外的冷风吹拂着满是泪痕的面颊。从附近草丛中那红彤彤的乌瓜和红叶草便可知道现在已经是深秋了——让人不禁想起——山的那边现在也浸染秋霜了吧。

"对了！去那边看看。"

伊织快马加鞭向前跑去。

马奔腾在芒草的波浪中，不一会儿就跑出了半里地。

"不、等等。难道说已经回草庵了吗？"

伊织突然想到了草庵。于是，掉头向草庵方向奔驰而去。屋顶、墙壁，凡是破损的地方都已经被修葺好了，只是屋内依旧空无一人。

"见没见到我先生……"

伊织向在田野里收割的人影喊道。附近的百姓都哀伤地摇了摇头。

"要是骑马的话，一定能到吧？"

他下定决心要去秩父走一遭。觉得到了那里不管怎么说都能见上武藏一面。

不知不觉中来到了野火止的休息站，他记得当初就是在这个野火止被城太郎追赶上的。这次来发现有很多马匹、货物、盛衣箱、轿子停滞在村庄入口处的道路上，还有四五十名武士在一旁吃着午饭。

"啊。过不去了。"

倒也没有到水泄不通的地步，只是要想过去，必须下鞍牵马。伊织觉得很麻烦，只好原路返回。武藏野的原野上从未有过如此道路不顺畅的时候——

这时，有几名刚刚正在吃饭的随从追了上来。

"喂，橡子小鬼。等等——"

有三四个人跑了过来。伊织勒住马，愤愤地扭过头去：

"怎么了？"

个头虽然是小个头，乘的马、用的鞍可都是顶气派的。

二

"下来。"

随从向他的两侧袭来。

伊织不清楚发生了什么事情,只觉得这些随从面目可憎:

"什么?我为什么要下马——没见我正在往回走吗?"

"不管怎么说,你下来,别磨磨叽叽的。"

"我就不下来。"

"什么,不下来?"

他们的话音还没落,其中一个随从就拽住了他的脚。由于伊织的脚够不着马镫,那个随从没费什么劲儿就将伊织拉得跌落了下来。

"我们在这里等的就是你。少废话,快过来。"

伊织被拽着脖领,向休息站的方向拖去——前边有一个拿着拐杖迎来的老太婆。她抬手让这些随从停下了脚步。

"嚯嚯嚯嚯。抓住了啊!"

这个老太婆心情不错地笑了起来。

"啊——"

伊织正站在老太婆的面前。这不是在北条家的邸内,被自己用石榴砸的那个老太婆吗?看起来,她这会儿的气势大有不同,连身上的旅行装束也换过了。她混在这么多武士中,到底要去哪里呢?

不行,伊织现在已经没有时间再深入考虑这些了。他只是觉得很意外,也很担心这老太婆会如何报复自己。

"孩子。你是伊织吧——你还记不记得你对我这个老太婆做的那些过分的事了?"

"……"

"哼——"

老太婆用拐杖顶住了伊织的肩,伊织也涌上一股力气,准备进入战斗状态。可是,这里有很多武士,他们都是老太婆那边的人,怎么能赢呢。想到这儿,伊织强忍住即将滑落的泪水。

"武藏的弟子净是些好弟子。你也是其中一个。嚯嚯嚯嚯……"

"什、什么……"

"告诉你。关于武藏,前几天我去北条大人那儿,也将他的恶行都告诉北条大人的儿子了,当时说得我嘴巴都酸了。"

"我、我们,犯不上和你纠缠。放我回去,放我回去。"

"那怎么行,咱们的事还没完呢。——你今天到底是受谁的指使跟在我们后面的?"

"谁跟在你们这群无聊的人后面了?"

"你这个嘴巴不干不净的小鬼，你的师傅就是这么教你待人接物的吗？"

"这用不着你管！"

"你这个嘴别再哭出声就行，过来——"

"去、去哪儿？"

"回去。我们回去。"

"谁——"

老太婆突然抡起拐杖，呼呼夹着风声向伊织的小腿打去。

伊织反射性地一叫：

"好疼。"

跪坐在了地上。

老太婆又向几个随从使了个眼色，这几个随从再次上来拽住伊织的后脖领，向村子入口处的一个磨面粉小店附近拽去。

那里坐着一个来历不明的藩士。他穿着武士裙裤，身上佩带着很漂亮的大小两把刀。这会儿好像刚吃完便当，正在拴着换骑马匹的大树的树荫下喝着随从递上来的白开水。

三

一看到被抓上来的伊织，这个武士不怀好意地撇嘴笑了一下。看起来不像是好人。伊织一颤，睁大了眼睛。——是佐佐木小次郎。

老太婆很得意的样子，抬起下巴朝小次郎说道：

"你没看错，就是伊织。武藏这家伙不知打的什么主意，一定是他让这个小鬼跟着我们的。"

"……哦。"

小次郎若有所思地点点头。周围的随从们这时已经退去了。

"可不能让他跑掉啊。为了不让他逃跑，绑了他吧！"

小次郎依旧浮出一丝浅笑，摇摇头——在这个笑脸面前，别说逃了，肯定就连站都站不起来，伊织一早放弃了逃走的打算。

"小家伙！"

小次郎用就像普通的叔叔对他讲话般的语气说道：

"——刚刚婆婆说的话，听到了吧，真的是那样子吗。是那样没错吗？"

"不，不是。"

"那是怎么回事呢？"

"我只是骑马玩耍，胡乱跑到这里来的——我根本没有尾随你们。"

"是吧？"

小次郎看起来像是明白了一般。

"武藏又不是武士中的蹩脚货,是不会使这种旁门左道的卑鄙招数的。只是,他若知道我和婆婆突然一起与细川家的家臣同行,他定会疑惑我们在做什么。为了解开疑惑,让人跟着我们这也是人之常情。没什么不可理解的。"

看来,小次郎没听进去伊织的解释。

听小次郎这么一说,原本并没有在意的伊织也开始感觉到他们有些可疑,两个人那里一定是发生了或是在做什么不寻常的事。

因为小次郎的头发、服装都和以前大不一样了。他修剪了额发,之前总是得意扬扬地穿在身上的那件华丽的和服外褂,如今也换成了很土的蝙蝠外褂。

唯一没变的就是他那爱剑晒衣竿。他只是找人把这把剑改成了可佩带的形式。

老太婆身着旅装,小次郎也是一副旅行装备。此时有细川家的重臣角兵卫以下的藩士及家臣,连带运送货物的人十名左右在这个野火止的休息站休息。在这样一群人中,感觉小次郎的地位应该等同于一个藩士,看来他之前一直期待的任官的愿望达成了——即使拿不到他所期待的千石——也能拿个四五百石了。估计是细川家看在推举者岩间角兵卫的面子上,做出了让步,接受他了。

想来,如今有传闻说细川忠利很快就要回丰前的小仓了。因为三斋公的年纪大了,忠利很早就向幕府提出了回故乡的愿望,最终他的请求被允许了。可以看出幕府非常信任细川家的忠心不贰。

岩间角兵卫、新人小次郎作为先行的一拨人,此时正是在前往丰前的小仓的路上。

四

恰巧,这个阿杉婆有事必须回乡里一趟。

子嗣又八离家出走,家里的顶梁柱阿杉婆这些年也没回去。一直以来为亲戚们所信赖及依靠的河原的权叔父也在旅途中丧命了,如今的乡里本位田家一定出了不少乱子。

她并没有忘记自己与武藏及阿通间的仇怨。她只是借着小次郎去丰前小仓的机会,跟着他一起回去一趟。这次回去,打算先中途将暂放在大阪的权叔父的遗骨取回,再将乡里的遗留问题一个个地处理好,顺便办一办祖先的周年忌及权叔父的葬礼。最后肯定还是要再踏上寻找武藏及阿通的复仇之旅的。

——阿杉婆在路上也没有一时忘记武藏的。

根据从小野家传到小次郎耳朵里,从小次郎又传到她耳朵里的消息,武藏受到北条安房守和泽庵的推举,近期要和柳生、小野两家一起成为将军家的教师了。

一从小次郎那儿听说这件事，阿杉婆便显露出极其不悦的神色。这么一来，将来要对付武藏可就难了，因为武藏有了将军家这个靠山。有必要阻止这种人的发迹，还世间一个公道。

　　阿杉婆无奈没能见到泽庵，她只好把重心先放到别处。她站在北条安房守家的玄关处，去找柳生家，费尽心思极力宣扬对武藏不利的种种谗言。她还托关系拉门路，想方设法与阁老们见面。

　　当然，小次郎对此未阻止也未煽动——其实，阿杉婆不用煽动就像着了迷一样，冒出一股不达目的誓不罢休的精神。她还向町奉行或评定所投诉状，控诉这些年来武藏的种种"恶行"。最后就连小次郎都有点受不了阿杉婆的这种行径了。

　　——我即使回到小仓，也总有和武藏见面的一天。我觉得这就是宿命。不如这里我们暂且先放放手，等他踏空了发迹的阶梯后——我们再来看看他是怎么跌落的。

　　这次婆婆和小次郎同行去小仓，是小次郎劝的。虽然婆婆的心里也还挂念着又八：

　　他终有一天会决定回去吧！

　　武藏野的秋天也快过去了——好吧，不如先离开这个迷惘之地，回去一趟。这样想着，婆婆终于起程了。

　　可是——

　　伊织并不了解个中缘由，两个人的变化让他百思不得其解。

　　他现在是逃也逃不走，哭也哭不得。他觉得哭泣是给师傅抹黑。就这样，在恐慌中，他只是盯着小次郎的脸看。

　　小次郎也有意识地瞟他一眼，可伊织并不移开视线。就像他独居草庵时，遇到的鼯鼠盯着他看时的样子一样，他微微地喘息着，一直正视着小次郎的脸。

五

　　伊织还是个孩子，他战栗着，不知会发生什么。

　　小次郎并不像婆婆那样孩子脾气，况且今时今日，他的地位也不同了。

　　"婆婆——"

　　他叫道。

　　"啊，怎么了？"

　　"你带着笔砚呢吗？"

　　"有笔砚。可是墨干了。你要笔干什么？"

　　"我要给武藏写一封信。"

　　"给武藏？"

　　"是的。我们在大街小巷都立了牌子，可仍不见他的踪影，就连他现在住哪儿我们都不知道——刚好伊织在这里，他是最合适不过的信使了。在即将离开江户之际，给他写封信。"

"写些什么？"

"文辞修饰什么的就不要了。我想他已经听说我即将去丰前的事了。我就简要告诉他好好练习武艺，练好了到丰前去找我。我这一辈子都会等他的。"

"这算什么……"

婆婆摇摇手。

"——这么慢条斯理的做法还是算了。我回到作州的家后，会很快就准备再次出行的。我一定要想法在这两三年内讨伐武藏。"

"这事你就交给我吧。婆婆的愿望，还有我和武藏之间的事，我最终都会给个交代的。"

"可是，我已经年纪这么大了。我怕我等不了很久了……"

"那你就保重好身体，争取长寿。看我是如何用毕生之剑讨伐武藏的。"

小次郎接过笔砚，将手浸在附近的溪水中，然后将手上带起的水滴在砚上，蘸着将信件一气呵成。他文笔流畅，颇有文采。

"用饭粒吗？"

婆婆抓出一点儿饭粒放在树叶上递给小次郎。小次郎用它封了信封，在正面写上收信人姓名，在背面写道：

细川家家臣佐佐木小次郎

"小家伙。"

"……"

"不要害怕。你把这个拿回去。这里面写的内容很重要，一定要交到你师傅武藏手上啊。"

"……？"

伊织犹豫了一下是接还是不接。

"嗯。"

最后点着头，从小次郎手上一把夺过信，然后一脸严肃地问道，

"里面写了些什么，叔叔？"

"就是刚刚对婆婆说的那些话。"

"我能看一下吗？"

"不能开封。"

"可是，若这里面有对先生不敬的内容的话，我是不能送这封信的。"

"放心吧。没有什么不敬的内容。就是告诉他不要忘了以前的约定，虽然我去了丰前，但是还是期待和他能有再会的一天。"

"再会是指叔叔和先生的再次见面吗？"

"是的，再见就是生死之见了。"

小次郎点点头，面颊上泛起一层薄薄的血色。

"我一定会送到的。"

伊织将信揣进怀里。

然后说着，

"拜拜！"

的同时，迅速地蹿了出去。跳到离婆婆和小次郎六七间远的地方，怪声怪气地来了一句：

"傻子。"

"什、什么？"

婆婆打算追上去。

小次郎拽住了婆婆，苦笑道：

"别理他了。小孩子……"

伊织还想再站住说点什么痛快的，可是眼睛里不知不觉地蒙上了一层不甘心的水雾，突然嘴巴里什么都说不出来了。

"怎么了小家伙——你不是说我们是傻子吗，还想说点什么，还是怎样，不说了吗？"

"不、不说了。"

"啊哈哈哈哈。真是个奇怪的家伙。快走！"

"真是承蒙你照顾。看着吧，我一定会把这封信交给先生的。"

"一定要。"

"只是你随后会后悔吧。你们就是使出浑身解数，先生也不会输的。"

"不愧是武藏的徒弟，真是一个嘴巴不饶人的小孩儿。你憋着眼泪，袒护师傅的样子也着实可爱。武藏要是死了的话，你就来找我吧，我给你派个扫院子的差事。"

小次郎的这句揶揄之语让伊织感受到深入骨髓的耻辱。他冷不防地弯腰拾石子，打算抛向小次郎。可是就在手抬起的一刹那：

"小鬼。"

小次郎的眼睛又啪地朝自己望来。与其说是望，不如说他的眼球像是直接飞过来了一样，给人一种冲击。那一晚鼯鼠的眼神和他的比起来简直是小巫见大巫。

"……"

伊织将石子向旁边随便一扔，没命地跑出去。不管怎么跑都甩不掉刚刚那种惊悚的感觉。

"……"

在武藏野的中央，他大口大口地喘着气，一屁股坐在地上。

就这样坐了有两刻钟。

伊织虽然还有些蒙眬错乱的感觉，但在这两刻钟的时间里，他想到了师傅和刚刚拜托他送信的那人的各自不同的境遇。纵然是孩子，他也明白现在是敌众我寡。

"我要变得再强大一些。"

为了永远护师傅周全，他深刻地感觉到自己必须也变得强大，要快速成长起来，争取能早日保护师傅。

"……能变得很强大吗，我这样的？"

他认认真真地评估起自己来。想到刚刚小次郎的目光，汗毛又竖了起来。

不会连先生都对付不了那个人吧？——他开始不安起来。看来自己的先生也必须加把劲了——伊织式的自寻烦恼又开始了。

"……"

在草丛中抱膝而坐的当儿，野火止的人家、秩父的山峰都渐渐地被白色晚雾笼罩了起来。

虽然新藏大人可能会担心，我还是先去一趟秩父吧，给牢狱之中的先生送去这封信。虽然现在是黄昏了，只要翻过那个正丸岭——

伊织站了起来，环顾一下原野。想起了那匹没顾得上管的马。

"跑哪儿去了呢？我的马呢？"

六

这是从北条大人家的马厩里牵出的马，带着螺钿的马鞍，是一匹盗贼绝对不会放过的骏马。——伊织到处寻找，最后终于找不动了，站在那里吹着口哨向原野边缘的荒草丛中望去。

不知是水还是雾气，有淡淡的烟雾状的东西弥漫在草丛中。——也不知是不是错觉，还感觉到那里好像传来马蹄声，跑过去一看，马啊，小溪啊，什么都没有。

"啊呀？对面！"

有一个黑色的东西在动，跑过去一看，是一头找食吃的野猪。

野猪掠过伊织的身旁，旋风一般朝胡枝子丛中逃去。——扭头朝野猪逃跑的方向望过去，野猪跑过的地方如同被魔术师用手杖画了轨迹一般，留下一道长长的白色夜雾。

"……？"

伊织有些害怕。他从小就了解原野中的各种神秘事物，相信就连芝麻粒

大小的异色瓢虫都带有神的意志。飘落的枯叶、可以发出声音的流水、四处飘荡的风，在伊织的眼里，没有一样是没有灵气的。在这样一个充满灵异的大自然中，他幼小的心灵也随秋天的一草一虫一水共同感受着萧瑟的枯寂。

他突然大声抽噎，哭了起来。

并不是因为找不到马了，也不是因为自己失去了父母双亲。他弯着手肘挡在脸上，肩膀一耸一耸地边哭边走。

少年的眼泪随心流淌。

若有星星或原野的精灵问他：

——为什么哭啊？

他一定会边哭边说：

——不知道。要是知道的话我才不哭呢！

若是再继续边安慰他，边刨根问底地问的话，他会说：

——我经常一来到宽广的原野就想哭。总会想起法典之原上的家。

这个有着独自哭泣毛病的少年，同时也拥有着独自哭泣的乐趣。在彻彻底底地哭过一场后，天地会动容，继而安慰他。在大自然的安慰中泪水干涸，云开日出之时，他会觉得心情格外舒畅。

"伊织。是伊织吗？"

"嗯，是伊织。"

突然有人在他后面叫他。伊织肿着眼睛扭过头去。夜空下有两个浓浓的人影。一个在马上，比另一个人看起来高出很多。

七

"——啊。先生。"

伊织连滚带爬地跑了过去，抱住脚镫，又连声叫道：

"先生。先……先生。"

——又突然觉得好像是在做梦，有种不真实的感觉，便抬起头来望向武藏的脸——又望了望在马的一旁挂着手杖的梦想权之助。

"怎么了？"

不知是不是月光的缘故，从马上望下来的武藏的脸看起来很憔悴。不过这亲切的声音正是伊织这几天日盼夜盼的师傅的声音。

"——你怎么一个人在这个地方？"

这次是权之助在问他。权之助的手抚向伊织的头，将他拉到自己的怀中。

如果不是刚刚哭过的话，伊织此刻也可能会哭泣。他脸颊上的泪水已被月光舔舐。

"我想去秩父找先生……"

说话时，伊织无意中注意到武藏乘坐的马的鞍子和毛发。

"哎呀。这匹马……是我骑过来的马。"

权之助笑了。

"是你的啊!"

"啊——"

"这匹马是在入间川附近跟上我们的,我还说,这是上天看武藏先生太累了,特意赐给我们骑的呢!"

"啊,一定是原野之神为了迎接先生,特意指引这匹马向那边跑去的。"

"可是,你说这是你的马,也不太像啊。这个马鞍可是千石以上的武士才能拥有的东西。"

"是北条大人家马厩里的马。"

武藏下了马。

"伊织,那这么说来,到今天为止,一直是安房守大人的府上在照顾你吗?"

"是的。是泽庵先生把我带过去的——泽庵先生让我等在那里的。"

"草庵怎么样了?"

"村里人已经帮我们完全修缮好了。"

"那这会儿回去应该没问题了,起码能遮风避雨了!"

"……先生。"

"嗯。怎么了?"

"您瘦了……怎么瘦成这个样子了?"

"在牢狱中坐禅了。"

"怎么出的牢狱呀?"

"随后你听权之助慢慢给你讲吧。简单说,不知是不是得到了上天的庇佑,昨天突然被宣称无罪了。"

权之助接着说道:

"伊织,不用担心了。昨天从川越的酒井家过来的急使已经很诚心地道过歉,你师傅已经被洗清嫌疑了!"

"那估计是泽庵先生去拜托过将军大人了。泽庵先生去城里了,现在还没回北条大人这里。"

伊织打开了话匣子。

将与城太郎的相遇,城太郎去找他亲生父亲荄白僧的事,还有阿杉婆几次去北条家的玄关处诽谤武藏的事等等——边走边讲给武藏听。说到那个婆婆,伊织突然想起来那封信。

"啊。还有,先生。还有更过分的。"

说着向怀里掏去,将佐佐木小次郎的信拿了出来。

八

"什么，小次郎的信？"

所谓仇人，真的互相断了音信的话，还是会互相惦念的。更何况是相互磨炼的仇人。

武藏就像正等着他的消息一般，接过信。

"在哪儿遇见的？"

"在野火止的客栈。"

伊织回答说：

"——那个，那个可怕的婆婆也和他在一起呢。"

"那个婆婆，说的是本位田家的那个老人吗？"

"说是去丰前。"

"嗯……？"

"和细川家的武士们一起……详细情况应该在这封信里吧——先生也不要大意啊。好好对付他们。"

武藏将信揣进怀里，默默地朝伊织点了点头。伊织还是不放心。

"那个小次郎很强的。先生和他结下什么怨了吗？"

然后将自己昨天的遭遇全都讲了出来。

最后终于回到了离开了几十天的草庵。现在最急需的就是火和食物——夜已深了，权之助四处收集柴火和水时，伊织跑去了村里的百姓家。

火生好了，三个人围坐在炉边。

烤着烧得红彤彤的火，望着平安无事的对方，这种喜悦是不经历波澜无法体验的人生喜悦。

"咦？"

伊织发现师傅藏于袖口中的手腕、后颈处等地方伤痕累累。

"先生，怎么回事。身体上……怎么？"

伊织拧紧了眉，很疼的样子，想再看看武藏身上其他地方的伤。

"没什么。"

武藏岔开了话，

"喂马了吗？"

"嗯，刚刚喂了些饲料。"

"那匹马，明天得送还到北条大人府上。"

"是。天一亮我就去。"

伊织没有睡懒觉。想到在赤城坡下的宅邸等消息的新藏一定特别焦急，一大早便跑出了草庵。

他在早饭前跨上马奔驰而去。这时刚好一轮大大的太阳跳出漫漫草海，从武藏野的正东方升起。

"啊!"

伊织勒住马,一副惊讶的样子,然后紧急返回,在草庵外叫起师傅来。

"先生、先生。快点起来看看。就像那时候——在秩父的山峰参拜的时候——有一颗大大的太阳从草原深处升起了,就像要沿地面朝我们滚过来一般。权之助也快起来呀,一起参拜吧!"

"嗯。"

武藏在什么地方应了一声。武藏已经起来了,正在清晨小鸟的婉转啼叫声中散步。随着伊织伴着马蹄声的一句"我去去就来",武藏从森林中走了出来,望向令人些许眩晕的草海,伊织的身影如同一只翩翩飞舞的乌鸦,向着冒着火焰的太阳正中飞去,不多时便越来越小,变成了一个小黑点,直到消失。

荣达之门

一

积了一夜的落叶。北条府上的门卫们早早起来打开门将府内府外清扫了一番,并将扫到一块儿的落叶点上火进行了焚烧,这会儿他们正在吃早饭。北条新藏则刚结束了晨读,及与家臣们的击剑练习,这会儿在井边擦拭了汗水后,正朝马厩走去,打算看看马的状况。

"仆役长。"

"在。"

"栗毛昨晚没回来吗?"

"说起马,那个孩子到底去哪儿了?"

"伊织吗?"

"再怎么是孩子,也不能跑在外面一夜不归啊?"

"不用担心。那孩子是风之子、原野之子。他是忍不住寂寞,要经常回归原野的。"

门卫的老爷爷跑过来报告道:

"大人。您有很多朋友来了,正在外面等候。"

"朋友?"

新藏走了出去,只见玄关外站了五六名青年。

"呀——"

新藏招呼了一声:

"哟——"

这些青年在清晨的习习凉风中也朝新藏走过来。

"好久不见。"

"我们终于聚到一起了。"

"都还好吗?"

"老样子。"

"听说你受伤了。"

"哪里。没有那么严重——诸位兄台清晨聚至敝处,不是有什么事吧?"

"嗯。有点小事。"

这五六名青年互相望了一眼。他们都是旗本或儒官的子弟,家世不凡。

同时,在不久前他们也都是小幡勘兵卫的军学所的学生,因此曾在那里任职教头的新藏和他们算得上是军学之师与弟子的关系。

"去那边吧!"

新藏指了指在平庭一角燃烧着的落叶堆。大家围坐在火旁,新藏用手抚摸着脖颈处。

"天一冷,这里的伤口还会隐隐作痛。"

这些青年轮流过去看了新藏的刀伤。

"听说对手就是那个佐佐木小次郎。"

"是的。"

新藏避开呛人的烟雾,一阵沉默。

"今天来找您商量的事正是关于佐佐木小次郎的。我们昨天收到消息说,袭击亡师勘兵卫先生之子余五郎的也是这个小次郎。"

"我也怀疑过他,你们可有证据?"

"是在伊皿子的寺院后山发现余五郎的尸体的。我们分头进行了暗查,了解到细川家的重臣岩间角兵卫住在伊皿子坡上。而佐佐木小次郎当时就寄居在角兵卫府上。"

"……嗯。那余五郎应该是只身找小次郎去了。"

"是啊,看来是复仇不成反被害了。在尸体在后山崖上被发现的前一晚,花店的老爷爷曾在附近看到过形似余五郎的身影,应该就是小次郎将他杀害后,将尸体踢下了山崖,没什么可怀疑的。"

"……"

大家都不再作声,年轻的眸中充满着幽怨与悲痛,焚烧落叶的烟雾袅袅升起,再也唤不回以前的岁月。

二

"那么……"

新藏抬起被火映红了的脸。

"想和我商量什么?"

其中一名青年先开口说道:

"是关于师傅家今后的问题,还有就是我们该怎么对付小次郎。"

其他人又补充道:

"我们想以您为中心,商议一下这些事情。"

新藏陷入了深思中——青年又竭尽口舌地说道:

"不知您有没有听说,佐佐木小次郎已被细川忠利公录用了,并且已经起程去藩地了——他气死了我们的师傅,杀死了师傅的儿子,还蹂躏众多同门,难道我们就这么眼瞅着他走上荣达之路吗……"

"新藏大人不觉得懊恼吗,作为小幡门下?"

谁被烟呛到了。有白色灰尘从落叶的火堆中升起。

新藏依然沉默。——良久,对这些愤愤不平的同门说道:

"鄙人也是在小次郎那里受了刀伤,现在还一着凉伤口就疼。说起来我也就是一个羞愧难当的败者。……目前也没有什么良策,诸位都是怎么考虑的?"

"想去找细川家商量一下。"

"商量什么?"

"就说明一下事情的原委,看看能不能将小次郎交给我们处置!"

"交给你们的话,你们打算怎么办?"

"将他的狗头带到亡师和余五郎的墓前。"

"要是将人绑好了送给你们还行,细川家是不会那么做的。要是我们能对付得了,早就收拾他了。——另外,细川家是因为小次郎武艺高超才录用他的。你们这样跑去说,无异于又为他的高超武艺做了宣传,细川家更不能将他交给你们了。也没有哪个藩的大名会轻易将家臣交出去的,哪怕是新规录用的。"

"那没办法了,我们只好使出最后的手段了。"

"还有其他的什么方法吗?"

"岩间角兵卫和小次郎一行是昨天起程的,追的话还来得及。您打前锋,我们六个人再纠合一些其他怀着赤心的小幡门下……"

"是说在路上讨伐他吗?"

"是的。新藏大人您也参加进来吧?"

"我不会加入的。"

"不加入?"

"对,不加入。"

"为、为什么?听说您继承了小幡家的家名,要振兴亡师家的声望的呀。"

"谁都不愿说自己的敌人比自己强,可是我们真的凭剑去与他较量的话,绝对不是他的对手。就算纠合几十个同门,也只是徒增羞耻而已。"

"那么,我们就只能忍气吞声地仰望他吗?"

"不，我新藏也想复仇，不过是在静待时机。"

"真是慢性子。"

一个人咋舌道：

"望风而逃的人。"

也有人当场骂了起来。谈话以失败告终，这群血气方刚的客人抽身离去，只剩下落叶的灰烬和新藏。

他们出门时，刚好伊织牵着马嗒嗒地往里走。

三

伊织将马拴入马厩中。

"新藏叔叔。您在这儿呢呀？"

伊织跑到了火堆旁。

"回来了啊。"

"您在想什么呢？嗯，吵架了吗，叔叔？"

"怎么说我吵架了？"

"刚刚我回来的时候，看到一群年轻的侍卫气哼哼地朝外走。说什么看错人了，真窝囊之类的，一边扭头骂一边出门。"

"哈哈哈哈。是这样啊。"

新藏收起了笑容。

"先别管那些了，赶紧来烤烤火吧！"

"哪里还用得上烤火？我从武藏野一口气飞奔到这儿来，热得都往外冒汗了。"

"真是有精神头啊。昨晚在哪里睡的？"

"啊。新藏叔叔——武藏先生回来了。"

"是啊是啊。"

"什么，您知道？"

"听泽庵先生讲的。他对我说武藏可能已经被释放了，已经在回来的路上了。"

"泽庵先生呢？"

"在里面。"

新藏用眼睛朝泽庵所在的房间瞟了一下。

"伊织——"

"哎。"

"有没有听说……"

"什么？"

"你先生要出任教师一事。这是大好事，非常值得庆祝的一件事，你还没听说吗？"

"什么，什么。快告诉我，什么先生出任教师？"

"他将位列将军家教师职，被尊为一派剑宗。"

"啊，真的吗？"

"高兴吗？"

"当然高兴。能不能再借我马用用啊？"

"怎么了？"

"我要赶紧去告诉先生这个好消息。"

"不用你去告诉了。今天阁老会给武藏先生正式下召见书。然后明天拿着召见书去城门口的等候室等候登城许可，有了许可后当天便可拜谒将军家了。——所以等阁老的使者过来，我会前去迎接。"

"那，先生会来这儿吗？"

"嗯。"

新藏点着头，起身向别处走去。

"吃早饭了吗？"

"没有。"

"还没有？快来吃饭。"

和伊织说说话，新藏的忧闷减轻了不少。可是还是有些担心那些愤怒离去的朋友。

一刻钟以后，阁老的使者来了。他给泽庵带来一封书信，同时吩咐新藏明天将武藏带到城门口的等候室。

新藏接受旨意后，骑上马，又让仆役长牵出另一匹漂亮俊挺的换乘马，朝武藏的草庵出发了。

"来接你了。"

新藏到时，武藏正膝上趴着一只小猫，晒着太阳，和权之助说着什么。

"啊呀我正想着去跟你道谢呢！"

说罢，武藏赶紧骑上了前来迎接的高头大马。

四

刚刚被从监狱中解救出来的武藏，即将踏上将军家教师的荣达之路。

可是，武藏更感念泽庵这个朋友，安房守这个知己以及新藏这个让人喜欢的年轻人，这些人对自己这一介旅人的关心照顾，赋予自己的这份恩情。

第二天，北条父子已经为他准备好了一身衣服、扇子和怀纸。

"这是值得庆祝的一天，神清气爽地去吧！"

早餐为他准备了红小豆饭、鱼头汤菜，如同庆祝自家人的元服一般用心。

对于这份温情，还有泽庵的好意，武藏不能只固执于自己的想法。

从秩父的监狱出来后，他便仔细地考虑过这件事情。

从法典之原的开垦起，短短不到两年时间，武藏以土为亲，和庄稼人一

起劳作；虽然抱着将自己的兵法应用于治国之道、经论政治的野心——可是江户的实情和天下的风潮还不能为他的理想的实现提供完美的摇篮。

丰臣和德川的一场大战应该是在所难免了。思想还有人心都还在这混沌的暴风雨时期迷惘不可自拔。在关东、上方，他们其中任何一方统一天下之前，圣贤之道、治世兵法都不可能按想象实现。

若是明日天下便大乱的话——我该追随哪一边呢？

是袒护关东还是投奔上方，还是避世归隐，在山中啃着草，等天下平定的那一天？

不管怎么说，若是满足于将军家的教师一职的话，自己的宏图大愿将永远无法实现。

朝阳的光辉洒向大路，武藏穿着礼服，骑在骏马之上，向荣达之门一步步走去，心里并未因此而满足。

一块高高的牌子立于前方，他看到有写着：

下马——

那里便是转奏处的大门了。

门前铺满大粒沙子，带有拴马的地方。武藏在门前下马后，有一个差人和一个帮忙安置马匹的男仆跑了过来。

"昨天收到急信，说有宫本武藏应召拜访。等候室的诸位差人负责接待。"

今天只有武藏一人前来，不一会儿又出来一位领路人在前面带路。

"请您在这里静候通知。"

仿佛置身于兰花之中，彩绘拉门的整整一面画的都是春兰和小鸟。这是一间二十块草席的宽阔房间。

上来了茶水和点心。

之后等了小半日便再也没见到人影。

拉门上的小鸟不会叫，兰花也不香。武藏不由得打起哈欠来。

五

终于，来了一位两鬓斑白的赭颜老武士，估计是一位阁老。

"武藏先生在不在，久等了，请勿见怪。"

这位老武士边说边轻便地走过来坐下了。抬头仔细一看，原来是川越的城主酒井忠胜。可是在这江户城中，他只能算是一名吏事，所以身旁只带了一个侍者，也完全不拘小节。

"在下武藏。"

不管这是不是上面有意摆架子、树威仪——对于长者，武藏还是毕恭毕敬地尊重礼节，倒身叩拜。

"作州流浪武士，新免氏的族人，宫本无二斋的小儿武藏，承蒙将军家错爱，前来城门处拜谒。"

忠胜是一个稍显肥硕的人，他的双下巴几次轻轻点下。

"辛苦了，你也辛苦了。"

然后，有些过意不去地望着武藏，面露难色地说道：

"泽庵和尚和安房守推举你出仕为官一事……昨夜有了些变化，突然决定暂缓这件事了——因为我们还有不太理解的地方，所以有些事情还需要重新考察一下——其实刚刚御前也慎重地召开了再次评议会议。虽然走到这一步也不易，还是决定先取消这次的录用了。"

忠胜接下来的话语中仿佛并没有安慰之词，却尽带安慰之意。

"毁誉褒贬——是浮世的常事，希望不会阻碍你的大好前途。人间世事，光看眼前是判断不出是幸还是不幸的。"

——武藏还是叩拜的姿势。

"……是。"

说着，又向下拜了一层。

忠胜的话透着暖意。武藏从心底涌出一丝感激之情。

武藏虽然常常会提醒自己，但他也是一个普通的人，若是被顺利任命，从此成为幕府的一名吏事的话，可能就会因华衣锦食早早荒废剑道了。

"已经明白了。谢谢您！"

武藏很自然地说出了这句话，并没有觉得这有什么失面子的，也没什么不如意的。对于他来讲，有比将军还大的角色通过神的语言赋予了他大于教师一职的使命。

有种非同一般的气质——忠胜望着武藏。

"听说，你有一种不同于一般武士的风雅修养。真想你能展示给将军家看。……世俗人的中伤、诽谤你虽然不必理会，但你可以在适当的时候通过艺术修养来无言地表达自己的操守，我觉得这种超越毁誉褒贬的方式既无伤大雅，又算得上是高士的回答。"

"……"

武藏在心中回味着忠胜的话，忠胜说了句：

"回头再见。"

便离席了。

忠胜所说的毁誉褒贬、世俗人的中伤、诽谤等，别有意味地在武藏心中回响——没有必要理会这些，可也要将武士洁白的操守展示给他们看！武藏觉得这就是忠胜要告诉他的。

"是啊，若是太不顾及自己的颜面形象的话，岂不是给举荐自己的人也

抹了黑……"

武藏望向宽阔房间一隅的纯白六曲屏风。过了一会儿，武藏叫来转奏处的小侍从，说是拜酒井大人所托，想一展笔技，拜托取来上好的笔墨、朱砂，及少许蓝色颜料。

六

孩童的时候谁都会画画。画画同唱歌一样，一般长大成人后，便不再去画了。因为有太多东西妨碍我们的心智与视野，我们可能不再画得出像样的画作。

武藏小的时候也经常画画。成长于寂寞中的他尤其爱好绘画。

不过从十三四岁开始到二十几岁之间，武藏便逐渐忘记了绘画这回事——之后，在游历诸国磨炼武艺的过程中，时常不是住在寺院中，就是投宿于显贵的宅邸——接触客厅挂轴、壁画的机会又多了起来，自己对于绘画的兴趣也就又被提了上来，所以即使不怎么画画，也对绘画保持着兴趣。

记得有一次，在本阿弥光悦的家中看到过梁楷的松鼠落栗图——

那朴素中的王者气派及水墨笔迹在武藏的脑海中留下了很深的印象。

可能是从那时起，他再次对画上心。

北宋、南宋的稀品，东山殿一带的名匠所绘制的日本画，还有狩野家的山乐、友松等人的现代画，只要有机会，武藏便会观赏一番。

当然，这里面有喜欢的有不喜欢的。梁楷那豪迈的笔触使剑客能够从中吸取巨大的力量，海北友松则同样是一位武者，他晚年的节操及画作都是自己要学习的对象。

另外，还有松花堂昭乘这位雅士的散发着淡然的即兴风格的画作也深深吸引着武藏。据说他隐逸于京城外的瀑布本坊，还是泽庵的密友，这让武藏更倾慕于他的画作。——可是自己所要走的道路——虽然最终看的都是同一个月亮，感觉却是相差甚远的另外一个世界的道路。

武藏偶尔也会提笔作画，但从不在人前展示。不知不觉间他觉得自己还是变成了画不出好画作的俗人。徒有智慧，心性已经不足了。一心只想着要画好，完全泯灭了真情的流露。

曾经，终于心生厌烦，决定不再画画了。——可是，最终总是禁不住一时兴致的召唤，在没人的时候再次提笔。

模仿过梁楷、友松，有时也会模仿松花堂的风格。雕刻还给两三个人看过，武藏的这些画作是从未示过人的。

"……好了！"

现在他在六曲成对屏风的其中一个屏风上一气呵成一幅画。

就像比武之后——一下松了一口气一样，武藏挺起胸膛，静静地将笔放入笔洗中，向这间宽敞大屋子的外面走去，没有回头看一眼他的画作。

"——门"

武藏跨过这豪壮的门后,回首这座大宅。

进时这是荣达之门。

出时这是荣光之门。

此时里面已经空无一人,只有尚未干涸墨迹的屏风。

武藏在屏风正面画的是武藏野之图,用朱砂涂抹的大大的旭日代表自己的一片丹心。背面画的则是用浓淡相宜的墨色勾勒的秋之原野。

酒井忠胜在画前默然抱臂而坐,良久,自语道:

"啊,放虎归山了。"

天音

一

武藏不知是否想到了什么,那天出了城门后,没有去牛込的北条家,而是径直回了武藏野的草庵。

"哦,回来了。"

权之助迎了出来,准备帮他牵马。

只见武藏穿着华丽的礼服,骑在螺钿鞍上——权之助觉得定是今天一切顺利,已经成功就职了。

"真是可喜可贺啊。……从明天开始就要出任了吧!"

武藏刚一坐下,他便在席子的一角也跟着坐下,并两手伏地,打算道喜一番。

武藏笑道:

"没有,就职一事已经被取消了。"

"啊……?"

"高兴点,权之助。是今天突然取消的。"

"什么,这是什么事。到底怎么了?"

"别问了,再纠结缘由有什么用。我们应该感谢天意。"

"可是……"

"你也觉得我的荣达只限于在江户城内吗?"

"……"

"——其实,我也是有过野心的。只是我的野心与地位、俸禄无关。虽说有些自不量力,我一直希望剑道之心与朝政之路,剑道之悟与安民之策能够相得益彰。——剑与人伦、剑与佛道、剑与艺术——若这些是能够一脉相承的——那么,我想剑的真髓必定也能和政治精神相通。……我曾深信这一点,并希望能在探索好这条道路后出仕成为幕士。"

"一定是有谁恶意中伤,真是可恶。"

"还在在意这件事哪,不要误解了我的意思。我是曾经有过那样的野心,可是后来——特别是今天,我已经豁然开朗了,那只不过是一场梦。"

"不,怎么会?我也认为良好的政治与高超的剑道在精神上应该是合二为一的。"

"话是没错,可那是理论,并非实际。学者房中的真理与世俗的真理未必是统一的。"

"那我们追求的真理是在实际生活中派不上用场的真理喽!"

"说什么傻话!"

武藏有些愤然。

"只要有这个国家在,不管世道再怎么变,剑道——男子汉大丈夫的精神之道——就不会无用武之地。"

"……是。"

"不过仔细想来,政治并非只靠武。文武二道兼备之境才是完好的政治境界,才能使剑道发挥到极致,为治世出一份力。——所以我之前那乳臭未干的梦想只能是个梦,我应该谦虚地在文武二道两方面磨炼自己。——治世前应该先向世间学习……"

说完这些,武藏有些自嘲意味地笑了笑。

"……对了,权之助,有没有砚台,借我用一下笔砚。"

二

武藏好像在写着什么。

"权之助。受累了,能不能替我跑一趟?"

"去牛込的北条大人府上吗?"

"是的。详细状况,武藏的心意都写在书信上了。也代我向泽庵先生、安房守大人问声好。"

武藏说道:

"对了,顺便帮忙将伊织放在我这里的东西带给他。"

武藏将东西掏出与书信一起递给了权之助,要带给伊织的原来是之前伊织放在武藏这里保管的——父亲作为遗物留下的旧荷包。

"先生——"

权之助一副疑惑的样子,向前移膝道:

"怎么了。连伊织放在您这里保管的物品都要突然还回去?"

"我要独自一人去山里静修一段时间。"

"您无论去山里还是在闹市,我和伊织都想作为弟子追随您!"

"不会太久。这两三年伊织就拜托你了。"

"啊……您这是要完全隐遁吗?"

"怎么会——"

武藏笑着轻松地伸开了腿,将双手支于身后。

"我这个还乳臭未干的人现在开始要为我刚刚悟出的那番道理做点什么。只是,一时静不下心来,心中还充满着各种欲望、迷惑。不知是谁唱的一首歌,歌词是这样的:

　　越接近,

　　乡里村落,

　　越需得,

　　山中静思。

权之助垂首而听,然后揣好武藏拜托给他的两件物品。

"天色不早了,那我就赶紧上路了吧!"

"嗯。我借骑的那匹马也请你还回去吧。衣物已经穿脏了,我就留下了。"

"是。"

"本来我离开城门后,应该马上去安房守大人府邸的,然而这次出任失败,多是由于将军家还不信任我。安房守大人是直接供职于将军家的,我想若我和他再有什么密切往来的话,于他不益——所以就直接回草庵了。……这点我在书信中并没有写,拜托你不要见怪,帮忙转告一下。"

"明白了。……不管怎么说,我今晚会争取赶回来的。"

火红的夕阳已经开始在原野的另一端渐渐隐藏起它的面孔了。权之助牵着马赶紧上路了。这马是别人借给师傅的,自己自然不好乘坐着还回去。——尽管现在并没人看着他。

到赤城时已经是晚上八点左右了。

——怎么还不回来?

北条家正在挂念着,权之助赶紧入内,将书信呈递上去。泽庵当即亲手拆开了书信。

三

在座的各位在看到权之助之前,就已经通过相关门路收到武藏的就职被取消的消息了。

是一名幕阁成员透露的消息,据说重用武藏一事突然中止的原因是阁老那边和奉行所方面向将军家提交了关于武藏出身、行为不端的各种证据材料。

其中至关重要的一点是,有传言说:

——他有仇敌。

而且听说与他成为仇敌的是一位常年辛苦劳碌的年逾六十的老太婆,错误又在他——大家一致对老人产生同情之心，但凡不待见武藏的人，也都趁这个机会冒了出来。

怎么会产生这样的误解呢，大家都很纳闷，北条新藏讲出了那天的事：

说到老太婆，是有一个老太婆来到这里闹过。

北条新藏将在家遇到的本位田家的老太婆来这里恶言恶语地讲了一通武藏的坏话一事原原本本地讲了一遍，他父亲北条大人和泽庵都是刚听说竟有这样的事。

终于明白是怎么回事了。

可是让人难以理解的是那些轻易相信一个老太婆的胡言乱语的为政者。若是酒肆井边的市井小民也就罢了，怎么那么举足轻重的为政者都——大家哑然。

在收到权之助带来的武藏的书信后，大家都觉得武藏一定是有很多抱怨要说，结果打开一看……

相信权之助应该代我讲过详细状况了。有位歌者曾唱道：

> 越接近，
> 乡里村落，
> 越需得，
> 山中静思。

最近我比较喜欢唱这首歌，再加上也许是我的老毛病又犯了，又想去云游。

下面是我借即将出行之际，即兴作的一首拙歌，见笑了。

> 若将，
> 乾坤看作庭院，
> 我便是，
> 尚在这，
> 浮世的门境处徘徊。

另外，权之助代传道：

"武藏先生说他从城口处回来时，本应先到贵府造访，可是从这件事情上可以看出，将军家已经对他抱有怀疑态度了，怕再亲密无间地出入贵府会给贵府带来不必要的麻烦——所以先回了草庵。"

看过武藏的信，又听权之助这么一说，北条新藏、安房守都涌起依依惜别之情。

"有什么可在意的——这让我们怎么过意得去。看来这次就是泽庵先生去迎,也未必能将武藏迎来了。我们骑马去武藏野吧!"

说着正要起身。

"啊。等等。稍后我随二位大人一起回去,我还带来一件师傅让还给伊织的东西。——很抱歉,能不能将伊织叫过来?"

说着,他从怀中掏出那个旧荷包。

四

伊织被叫了出来。

"来了。什么事?"

伊织一眼就看到了在那里放着的自己的旧荷包。

"先生让我把这个转交给你。因为这是你父亲的遗物,先生嘱咐你要保管好!"

权之助同时将师傅武藏将暂时与他们分别,独自修行一事告诉了伊织,让伊织先跟着他一起生活。

伊织心里有些接受不了这件事。

但是泽庵和安房守都在场,只好先勉强应着:

"是。"

泽庵听说那个旧荷包是伊织父亲的遗物,便顺便问了一下伊织的出身等家庭状况,得知他祖上是最上家的旧臣,代代都名为三泽伊织。

在几代前,随着主家的没落,一族人离散于战乱中,几经漂泊,到了父亲三右卫门一代,终于在下总的法典之原拥有了自己的田地,并作为农夫定居下来——伊织介绍着自己的家族:

"据说我还有个姐姐,只是父亲从未详细跟我讲过关于姐姐的情况,母亲去世得也早,不知我这个姐姐现在身在何处,是生是死。"

泽庵边听伊织讲,边将那个颇有来历的旧荷包放在了膝上,仔细地看着里面的一封稍有些腐蚀的书信及护身符等物件:

"伊织。你父亲三右卫门似乎在这封书信上写了关于你姐姐的事情。"

泽庵抬起头惊讶地说道。

"虽然写了,可我和德愿寺的住持都看不出什么。"

"我泽庵可是看出来了……"

泽庵把信完全展开念道:

即便饿倒,也不侍二主。长久以来我夫妻二人颠沛流离,靠卑微的工作维持生计。有一年,不得已将一个女儿遗弃在了中国地区的一个寺院内,并将家传的天音一管留在了襁褓内,祈求能有慈悲的人照顾我这个女儿。之后,我们又流落他乡。

最后来到下总，有了茅屋和田地。虽然无时无刻不思念女儿，可是隔着千山万水，得不到她的信息。也不知我儿现在过得怎么样，只能任岁月流逝，默默思念。

为人父母的我们，真是情何以堪，记得镰仓右大臣曾经唱过：

四方的禽兽，

无法言语。

可他们亦有爱子之心，可我也不能为了名利，做出有辱武门，愧对祖先的事啊！我的孩子也要像我一样，宁可食粗茶淡饭，清贫辛苦也要珍惜名节，做个有风骨的人。

"你能见到你的姐姐的，我很早就认识你姐姐了，武藏也知道。伊织，你也去吧！"

伊织起身。

可是，这天夜晚，匆匆奔向武藏野的人已经再也见不到武藏了。

在即将破晓的原野尽头，只能看到一朵白云在飘荡。

圆明之卷

 黄莺

一

这里是黄莺胜地。

柳生之城所在的柳生谷——

二月明媚的阳光照耀在武者休息处的白墙上,一枝寒梅静静地将影子也勾勒在上面,展示出自己傲然俏丽的姿态。

纵然有南枝的梅花相诱,也极少听到黄莺婉转的初啼声。随着原野道路和山间小路的冰雪初融,更多出现的倒是前来拜访的来自五湖四海的武者。

——拜托。拜托。

——恳请大祖石舟斋先生赐教。

还有人说:

——你师承哪个流派,以为自己是谁啊?

总之,来石垣坡徒劳拜访的人络绎不绝。

"是谁介绍你来的,宗祖已经上年纪,不问世事了。"

这是这里的卫兵数十年如一日的台词。

其中也有想歪了,扭着劲儿愤愤离去的武者。

"技艺之道上应该不分贵贱与资历的,可是……"

他们并不知道,石舟斋已经在去年去世了。

因为身在江户的长子但马守宗矩忙于政务,今年的四月中旬才能抽身回乡——所以还是秘不发丧的状态。

尽管这里已经被春色包围了,仰望这座吉野朝以前就存在的古老的城寨式宅邸,还是感觉到一股冷寂、萧瑟之感。

"阿通——"

有个小孩儿正在里面那圆形的庭院中,环视着这里的一栋栋建筑。

"——阿通,您在哪里?"

小孩儿的话音刚落，一间屋子的拉门被拉开了，里面熏香的烟气随阿通缥缈而出。不知是否因为过了百日之忌，还迟迟不肯踏出房门，她面若梨花般苍白怅然。

"我在佛堂这儿呢！"

"嗯，您还要过去一趟。"

"有什么事吗？"

"兵库大人说想让您过去一下。"

"好的。"

沿着房檐，过桥廊下，阿通向距离较远的兵库的房间走去。

——兵库正坐在檐下。

"阿通，来啦。我想让你代我出去问候一下。"

"谁啊……去客室吗？"

"刚刚木村助九郎出去接待了，可他不擅长冗长的谈话。更别说与和尚谈论兵法了。"

"还是那个宝藏院的高僧吗？"

二

奈良的宝藏院和柳生庄的柳生家离得并不远，在枪术和刀法上，双方也颇有渊源。

石舟斋和宝藏院的初代胤荣曾非常交好。

让石舟斋在壮年时代真正悟道的恩人上泉伊势守，便是胤荣介绍的。

——不过这个胤荣也已经过世了。二代胤舜继承师法，继续将宝藏院流的枪术等发扬光大，在武道兴隆的时期，宝藏院流也算得上是一大亮点。

"还不见兵库大人，有没有传达胤舜来了一事？"

坐在书院客座上说话的是宝藏院的二世权律师胤舜，他今天也带着两位法弟前来拜访。下座的是前来接待的柳生四高徒中的木村助九郎。

因为故人的关系，胤舜经常来访。并不是为了出席忌日祭典或法事，而是为了和兵库谈论兵法。兵库在石舟斋的眼中是叔父但马也赶不上的，比身为祖父的自己还优秀的孙儿。深得石守斋的宠爱。

听说他还得到了上泉伊势守亲传的新阴真传、三卷奥义，一卷画卷清单等。胤舜带来了自己的长枪，看得出他很期待能和柳生兵库切磋一下武艺。

不知兵库是不是看出了这一点，两次三番地借口：

偶感风寒或：

不巧有事。

避而不见。

看来今天胤舜也不会轻易回去，对兵库翘首以盼。

木村助九郎见状含糊其词道：

圆明之卷

"是的，您一来我就去禀报了。他说稍后感觉好些会出来问候，可是……"

"又感染风寒了吗？"

胤舜问道。

"啊，真是抱歉……"

"平日里体质不是非常好吗？"

"虽说体格健壮，可是在江户待得太久了，近年来未曾在此山国度过过冬天，所以可能是还不适应这份严寒吧！"

"说到健康，兵库大人被肥后的加藤清正看重，被高薪聘请时——故人石舟斋不是特意为孙子提了一个有趣的条件吗？"

"是吗？这个没听说。"

"拙僧也是从先师胤荣那里听说的。据说大祖对肥后殿说，我孙子是个性子急躁的人，若是奉公做了什么不当的事，拜托给他三次饶恕死罪的机会，这样我才可放心让他出任啊……哈哈哈哈，竟然将兵库看成是如此短虑的人，大祖真是可爱啊！"

三

这时，阿通走了过来。

"这位是宝藏院的高僧吧。真是不凑巧，兵库现在正在江户城中确认什么清单，实在抱歉，确实是有事在身，不便前来。"

并将准备的茶水点心一一摆上。

"粗茶，请您不要介意……"

说着向胤舜侧旁的法弟们一一敬上。

胤舜一脸失望。

"这真是可惜啊——其实我这次来是有重要事情相告的。"

"什么事？若是没有不便的话，我可以转告。"

木村助九郎在一旁说道。

"没办法。那就麻烦你转达吧！"

胤舜终于进入了正题。

所说的要告诉兵库的事是这样的，离柳生庄一里向东的——梅树繁盛的月之濑附近，伊贺上野城领地和柳生家领地的边界处，经常发生泥石流，还溪流纵横、村落散布，没有个像样的分界线。

可是，伊贺上野城一直都是筒井入道定次的领地。家康将其没收后，转给藤堂高虎，这个藤堂藩去年入城后，对上野城进行了改建，大力推进年贡的改组、治水、国境的充实等，广布新政。

不知是不是还有更多的能量没处使，最近他又派遣了很多武士到月之濑附近，随处搭建小屋，滥伐梅林，阻挡旅人，侵害柳生家的领土。

"——想来藤堂家必定是借着当家服丧这个时机，打国境的主意，想抢先在自己中意的地方围上关口栅栏。虽然我这心思有些婆婆妈妈了，可是若不趁现在抗议的话，以后后悔就来不及了。"

听了胤舜的话，助九郎作为一名家臣，表达了自己深深的谢意。

"感谢告知。我们会尽快追查这件事的。"

客人回去以后，助九郎赶紧向兵库的房间走去。兵库听后，只淡然一笑：

"不用管它。叔父回来后，会处理的。"

可是，若是涉及国境的话，是要寸土必争的。助九郎觉得必须要抓紧时间和其他老臣、四位高徒商量对策。对方是藤堂这位大藩，有必要引起重视。

考虑到这些，第二天早晨，助九郎像往常一样带着年轻的家臣练习武艺后，从新阴堂上的练武场走了出来，一个一直站在外面的炭烧山的小孩儿跟了上去，在他的后面行礼叫了声：

"叔叔——"

从月之濑一直向里走，有一片名为服部乡荒木村的偏僻之地，这个小孩儿经常和大人们抬着炭或猪肉之类的东西从那里出发去城内卖——他便是丑之助，一个十三四岁的山家孩子。

"哦，是丑之助吗？你又在窥看练武场啊？今天没带日本薯蓣吗？"

他带来的日本薯蓣要比这附近的薯蓣好吃。所以助九郎半开玩笑地问他。

"今天虽然没带薯蓣，可我却带来了这个给阿通。"

说着，丑之助提起手上的蒲包给助九郎看。

"是款冬花茎啊！"

"才不是呢。是个活物。"

"活物？"

"我每次经过月之濑都会听到黄莺的婉转啼声，今天我捉了一只给阿通姐姐。"

"是啊。你从荒木村来这里时，通常会经过月之濑。"

"是。除了月之濑没什么别的路可走了。"

"那我问一下，最近那附近是不是驻扎了很多武士？"

"虽然没有很多，但还是有的。"

"他们都干什么？"

"建造小屋，然后住进去睡觉呗！"

"有没有围栅栏之类的？"

"没有。"

"也没有砍伐梅树,调查过往行人吗?"

"砍伐树木是为了建造小屋,重新搭造因冰雪融化被冲垮的小桥,或是收集柴火。至于调查过往行人,我并没有看到啊。"

"嗯……?"

因为这和宝藏院高僧所说的有出入,助九郎困惑不已。

"听说那些武士是藤堂藩的人,他们是出于什么目的在那里屯居呢?在荒木村有没有什么相关传闻?"

"叔叔,不是的。"

"怎么回事?"

"月之濑的那些武士都是被从奈良赶出来的流浪武士。他们被奉行从宇治或奈良驱逐了出来,无处可去,便住到山里来了。"

"是流浪武士吗?"

"是的。"

助九郎稍稍释怀。

德川家的大久保长安就任奈良奉行后,确实在到处驱逐在关原之战后丢官又丢职,沦落为困顿游民的武士。

"叔叔,阿通姐姐现在在哪儿。我想把这只黄莺给阿通姐姐。"

"在里边吧——不过,丑之助,不要随便在城内游逛。你不似一般孩子,又酷爱武艺,才特别允许你在练武场外面向内观望的。"

"那,要不把她叫过来吧?"

"嗯……正好。从庭园口向那边走的好像就是阿通。"

"啊,阿通姐姐——"

丑之助跑了过去。

她经常给丑之助一些好吃的点心,对丑之助多有关爱。而在丑之助这个少年的眼中,阿通姐姐也散发着神仙姐姐般的神秘之美。

阿通在远处回眸,朝他笑了笑。丑之助跑过去。

"我捉来黄莺了。是给阿通姐姐你的,看——"

说着拿出蒲包给阿通看。

"嗯。黄莺……"

阿通并没有像丑之助想的那样开心,她皱紧了眉头,没有出手去接。丑之助嘟起了小嘴。

"它的叫声很动听的。阿通姐姐不喜欢养小鸟吗?"

四

"并不是不喜欢,只是它一会儿被放入包裹中,一会儿被关进笼子里,太可怜了。即使让它在天地间飞翔,人们也是经常可以听到婉转的叫声的呀……"

感觉自己的好意没有被接受的丑之助，依旧一脸不快的样子。

"那就把它放走吧！"

"谢谢！"

"把它放走，阿通姐姐会开心些吧！"

"嗯，你的心意我已经领了。"

"那把它放走吧！"

丑之助听阿通这么一说，迅速地打开了蒲包。一只黄莺从里面飞出，箭一般地朝城外飞去。

"看——小鸟那么快乐地飞走了！"

"黄莺又叫告春鸟吧！"

"呀，谁告诉你的？"

"这算什么，这我也知道！"

"哎呀。是吗，抱歉啊！"

"看来阿通姐姐要收到什么好消息了呢！"

"是吗，你是说报春的黄莺也会给我带来春暖花开般的好消息吗……说来我还真有一个期盼已久的事！"

阿通说着向前慢慢走去，丑之助跟在后面。可是前面便是主城深处的草丛了。

"阿通姐姐你要去哪里？这里已经是城中山地了。"

"这里全是房屋，我想去那边看看梅花透口气。"

"那还不如去月之濑——城中的梅花多没意思。"

"很远吧？"

"不远。就一里地。"

"这么一说倒是想去看看……"

"走吧——我的那头驮柴火的牛就在下边。"

"骑着牛去？"

"嗯。我在前面牵。"

圆明之卷

阿通心有所动。自己就像被困在蒲包中的黄莺一般，整个冬天不曾见过城外的风景。

她随丑之助从主城出发沿山道向下人通行的后门走去。那里有常年驻守的看门人拿着枪走来走去，看到阿通过来，看门人微笑点头致意。丑之助也与看门人混得很熟了，并不需要出示手中的通行证。

"要是戴头巾就好了！"

坐在牛背上出城的阿通嘀咕着。路上擦肩而过的人，不管是认识阿通的还是不认识的，都会亲切地和阿通说些"今天真是个好天气啊！"之类的话，打个招呼。

再向前走，人家便越来越少了——阿通回首望望在身后山脚下熠熠生辉的柳生城。

"我没说一声就出城了，得在天黑前回去。"

"放心，天黑前能回去的。我再送你回来。"

"可是，你是要回荒木村的吧？"

"不就一里地吗，来回几趟都没问题！"

说着话的工夫，有一个在城边卖盐店拿乳猪肉换了盐巴的流浪武士慢吞吞地从后面追了上来。

奔牛

一

沿着月之濑的溪流前行，越走路越险。经历了越冬的冰雪消融后，来往的旅人锐减，几乎没什么人到这一带探寻什么梅花之类的。

"丑之助，你从家里到柳生城，通常都要经过这里吗？"

"啊——"

"比起到柳生，到上野的城下要更近些吧！"

"可是，上野没有像柳生大人家那样精通剑法的人家。"

"喜欢舞剑吗？"

"嗯。"

"一般老百姓是不需要懂得剑术的。"

"现在我们家虽然是一般百姓，可从前却不是。"

"武士——"

"是啊。"

"你也想成为武士吗？"

"啊。"

丑之助抛开牛的缰绳，向溪边跑去。

一个圆木桥的一段掉进了溪流中，丑之助跑去将它搬起重新搭在岩石上。

这时，后面那个流浪武士模样的男人超过了他们，先登上木桥渡过了溪水。在桥中和对岸几次回望阿通，然后三步并作两步地快步走入山间，不见了踪影。

"谁啊？"

阿通被看得心里有些发毛，低声自语道。丑之助笑了。

"觉得他很可怕吗？"

"那倒不是……"

"他是被从奈良赶出来的流浪武士。再往前走，会遇到不少这样的人。"

"不少？"

阿通有些发怵，考虑还要不要再往前走。已经可以看到片片梅花了，可是山峡之中的森冷之气不断袭身，比起眼前的梅花，似乎安乐的乡里更是此时的心之所向。

丑之助并没有意识到这些，他仍在牵着缰绳一步步向前悠闲地走着。

"阿通姐姐，能不能帮忙拜托木村大人，让我在城里工作啊。挑水、扫院都行。"

这似乎是丑之助的平日所望。他的祖先姓菊村，在自己这一代之前代代以又右卫门自称，丑之助希望自己以后也能成为一名武士，更名为又右卫门。因为菊村这个姓氏下没有出过什么了不起的先人，他打算以后成功靠剑法创下家业后，更姓为乡土之名中的荒木，叫荒木又右卫门——这便是丑之助的看起来与他很不合拍的最高理想。

阿通姐姐一路上听这个少年讲着自己的大志，想到了弟弟般的城太郎，分别后不知他现在怎样了。

已经十九二十了吧？

算起城太郎的年龄，一种无法言状的寂寞感也紧接着侵袭而来。阿通也想到了自己的年纪。月之濑的梅花还羞涩地艳丽在早春时期，而自己已经度过了人生之春。女人过了二十五岁的话——

"回去吧。丑之助。沿原路返回吧！"

丑之助一脸不情愿，不过还是乖乖地掉转了牛头——就在这时，不知从何处传来了一声"喂"的叫声。

二

是刚刚那个流浪武士，他又带了两个看起来是同伙的男人，直奔阿通这边跑来，他们将阿通围在中间，抱臂而立。

"叔叔。你们叫住我们有什么事吗？"

丑之助在一旁问道，可是没一个人向丑之助那边瞥一眼。三个人都不怀好意地盯着阿通，

其中一个人还大言不惭地说了句：

"嗯，是美人！"

然后顿了顿，望向同伴又道：

"——喂，我说，我好像在哪里见过这个女人。可能是在京都。"

"没错，应该是京都，一看这个就不像是乡下的女人。"

圆明之卷

"我忘了是在街上瞥见过她,还是在吉冈先生的道场见过她了,不过确实是见过。"

"你在吉冈练武场待过吗?"

"是啊。关原之战后为了混口饭,在那儿待了三年左右。"

——也不知道这些人到底想怎么样。把人拦下,在这儿闲扯起来——然后又下作地上下打量阿通。

"喂,山中的叔叔。有事快说,我们得在天黑之前赶回去。"

流浪武士中一人终于瞄了一眼丑之助。

"哎呀,这不是从荒木村过来的炭烧山的小儿吗?"

"这有问题吗?"

"闭嘴。跟你没关系,你赶紧滚回去。"

"不用你说,也得回去。让开些。"

说着,丑之助拽着缰绳打算向前走。

"让开——"

一个人一把抓住缰绳,凶恶地瞪向丑之助。

"想怎么样?"

"我们借借这个人。"

"去哪儿?"

"什么去哪儿,少废话,放手——"

"不行!"

"竟敢说不行?"

"对,不行。"

"看来这家伙还不知道什么叫害怕,啰里啰唆。"

其他两个人也耸着肩投来威胁的目光。

"你再说一遍!"

"想怎么样?"

三个人将丑之助团团围住,亮出松节般的拳头。

阿通战栗着抱住牛背。她看到丑之助的眉宇间升腾着怒火与不善罢甘休的劲头。

"喂!"

阿通想制止丑之助,怕他因冲动而受害。丑之助的感情之弦反而因此而断,他冷不防地抬脚就朝面前这个武士踢去,几乎是在同一时间,他的铁头又朝侧旁的武士的胸口撞去。然后迅速从侧旁的武士的腰间拔出一把刀,朝身后的人乱挥一刀。

三

阿通觉得丑之助像疯了一样。他的动作迅速而凌乱,完全是一副不管三七二十一的势头。

虽然那三个人比他个头高许多，可是他刚才那猛然而迅速的一击对他们造成的冲击丝毫不逊于大人。

不知是出于无法遏制的怒火，还是初生牛犊不怕虎，他那不按章法的出击方式使他占了讲究理法的大人的先机。

他刚刚胡乱向后挥舞的那一刀，结结实实地砍到了后面的流浪武士——阿通不由得惊愕地一叫，那个流浪武士也怒极而吼，那声音足以惊了那头牛。

从他身体中喷薄出的鲜血浓雾般地朝牛角、牛脸笼罩而去。

随着他随后的呻吟声，牛跟着沉重地哞了一声。丑之助趁势将第二刀挥向牛屁股，牛大吼着驮着阿通奔驰而去。

"你这小子。"

"小鬼！"

丑之助也赶紧朝另一个方向逃。两个流浪武士紧紧追逐，直到丑之助跳入溪流，踩着露出溪水表面的岩石飞奔。

"我还不错吧！"

丑之助跑得很得意的样子。

大人到底不如他敏捷。

那两个人也突然意识到自己的愚蠢。

"先不管这个小鬼。"

改变了方向朝阿通追去。

丑之助见状又跟跑在他们后面，朝他们的背影喊道：

"打算逃走吗？"

"什么？"

其中一个人被激怒，停下了脚步。

"先不管这个小鬼。"

他的同伴重复了一遍刚才的话，连头都没回，依旧赛跑般地朝着前面的奔牛一个劲儿地飞奔。

牛只顾横冲直撞地跑，没头苍蝇般完全偏离了来时的路线，绕着低低的山背——朝名为笠置街道的小路没头没脑地跑去。

"站住！"

"站住！"

他们对于追上牛颇有自信，只是事实完全出乎他们的意料。

奔牛没用多久就一溜烟跑到了柳生庄附近——不，是比起柳生，更接近奈良的一个地方。

"……"

阿通紧闭着双眼，要不是牛背上有用于驮炭包和柴火的驮鞍，她早就被甩掉了。

"那是谁啊？"

"牛疯了吧？"

"帮帮她吧，怪可怜的。"

貌似这头牛跑到人来人往的街道上了，行人的声音时不时地传到神志尚清醒的阿通耳里。

"哎呀——"

还有人大声尖叫着。可是人们的这样的骚乱之声很快就会愈来愈小，最终消失。

四

已经靠近般若野了。

——阿通觉得自己必死无疑了。奔牛不知将会奔向何方。

到底怎么回事？

往来行人都扭着头，替阿通捏了一把汗，这时，前方的路口处有一个胸前挂着信匣的下人模样的人对着牛走来。

"危险！"

有人在旁提醒道，可是这个人依旧径直地迎着牛走过去。最后貌似像大家预想的那样，奔牛的脸鼻处和这个人强烈地冲撞在了一起。

"啊。他被牛顶了。"

"傻子！"

同情之余，看到的人都骂这个下人模样的人太傻。

可是，所谓他被牛角顶到了，只是那些路人的错觉。相反的，这个人的巴掌 的一声重重地打在了牛的侧脸上。

看来这一巴掌打得非常重，牛那粗粗的前颈向侧旁一抬，转了差不多半圈。然后它不甘心地猛然正过角，又用有增无减的势头再次跑了出去。

——不过这次只跑了不到十尺的距离，奔牛的四蹄竟戛然而止了。它喘着粗气，流着唾液，身体配合着喘息上下浮动，老实了下来。

"姑娘快下来吧！"

下人模样的人站在牛后面提醒阿通。

惊讶不已的行人向这边快步聚拢过来。原来是这个人的一只脚踩住了奔牛的缰绳，所见之人皆目瞪口呆。

"……？"

这是谁家的家仆？看起来既不像武家的仆役长，也不像商家的勤杂工。

周围人疑惑地望望这个人，再看看被他踩在脚下的缰绳，不由得咋舌道，"真是惊人的力气呀！"

阿通从牛背上下来走到他面前向他低头致谢，还是一副惊魂未定的样子。同时，围观的人群也让她有些畏缩，整个人久久无法静下心来。

"这么老实的牛，怎么会发狂呢？"

救下阿通的人牵着牛的缰绳，将牛拴到路旁的树上。拴的时候才恍然大悟：

"原来牛屁股上受伤了，挺严重的刀伤。……原来是这样。"

在他望着牛屁股小声自语似的念叨时，有一个武士将围观的人都赶走了，并朝他打招呼道：

"呀，这不是经常伴在胤舜高僧左右的宝藏院的侍仆吗？"

这武士便是柳生城的木村助九郎，他好像是快速跑来的，说话还有些上气不接下气。

五

宝藏院的侍仆将挂在胸前的信匣取下。

"真是巧啊！"

他刚好是受院主的差遣，打算前去柳生那里送信的。他将信交给助九郎，希望他没什么不便的话，就在此拆阅。

"给我的吗？"

助九郎又确认了一下，打开了信件。是昨天刚见过面的胤舜来的信，信上写着：

　　关于月之濑的武士一事，我昨天向你禀报过状况后，又再次仔细调查了一下，发现他们不是藤堂家的武士，应该只是一些越冬的流浪之徒而已。是拙僧前言有误了，请见谅。为了不给柳生家造成更大的麻烦，特此书信。

助九郎看后将信收入袖兜中。

"辛苦了。关于信上之事，据我们了解，的确是误传，请胤舜高僧不必挂怀。"

"让您在路旁阅信，真是失礼了，那我就就此告辞了。"

侍仆刚要转身离开。

"啊。等等，等等。"

助九郎叫住了他，稍稍缓和了一下语气道：

"你是从什么时候开始做宝藏院的侍仆的？"

"我是最近刚去的。"

"叫什么名字？"

"在下寅藏。"

"什么?"

助九郎盯着对方端详了一会儿——

"你不是将军家教师小野治郎右卫门先生的高徒滨田寅之助吗?"

"不是的。"

"我虽然是初次见你,可是城中和你微有照面的人都议论纷纷,什么胤舜高僧的侍仆是小野治郎右卫门的高徒滨田寅之助——真的很像,估计就是寅之助之类。"

"这个……"

"认错人了吗?"

"其实……"

滨田寅之助红着脸低下了头。

"我……有些心愿未了,才住进宝藏院做侍仆的,我愧对师傅,非常惭愧。……请替我保守这个秘密吧!"

"不好意思,我并没有窥探什么的意思。……只是平日里觉得有些疑惑!"

"相信您早就听说了,师傅小野治郎右卫门因为一些状况扔下练武场归隐山林了。这都是我一时鲁莽造成的,所以我也隐居于宝藏院,做些砍柴挑水的差事,修行自身——真是惭愧啊!"

"小野先生败给佐佐木小次郎了什么的,这是小次郎去丰前路上自我吹嘘的谈资,恨不得天下人都能晓得。那你是……看来你是下定决心要为师家雪耻了。"

"总有一天。……总有一天我会再找他。"

看起来羞愧难当的侍仆滨田,说完匆匆离去了。

麻胚

一

"还没回来吗?"

柳生兵库很担心地在中门附近徘徊。

阿通乘丑之助的牛出门后不知去向,迟迟未归,城内一阵骚乱。

因为兵库接到一封来自江户的急信,想给阿通也看看,结果遍寻不到阿通,这才发现她已不在城内。

"有谁去月之濑那边寻找了吗?"

兵库问道。

"您放心吧。有七八个人已经赶过去了。"

一旁的家臣们异口同声地回答道。

"助九郎呢？"

"去城下了。"

"是去找阿通了吗？"

"是的。说是要从般若野找到奈良。"

"不知现在怎么样了。"

又等了一会儿，兵库大叹一声。

他对阿通抱着纯洁的爱恋。不过他心里也十分清楚阿通到底爱着谁，所以他只将他的爱恋纯纯地压在心底。

在阿通的心里住着一个叫武藏的人，可是兵库对阿通的爱依然丝毫不减。从江户的日之洼到柳生这段长长的旅途——还有祖父石舟斋临终之际，在枕边悉心照料的这段时间——让兵库有机会更加了解阿通的性情。

让这样的女子日思夜想的男人真是幸福啊！

兵库甚至羡慕起武藏来。

可是兵库不是横刀夺爱的那种人。他为人处世都谨遵武士道原则，哪怕是爱恋。

虽然还未曾见过面，可是既然是阿通爱着的男人，兵库可以想象出武藏是什么样的人。——将阿通平安地送到武藏手中不仅是祖父的遗愿，也是自己这武士的朦胧的爱恋的最好表达。

却说今天他原本打算拿给阿通看的急信是从江户的泽庵那里来的信，日期是去年的十月末，不知为什么迟得跨了年度，到今天才送到兵库手上。

信中的内容大体是：

武藏在你叔父但马守大人和北条大人等人的推荐下，即将被聘任为将军家的教师等等。

此外还说，若是如此，武藏将拥有自己的宅邸及随从——希望阿通能尽早赶回江户，诸事回头再详谈之类。

她该多高兴啊！

兵库感同身受，赶紧拿着信去给阿通看，可是哪里都不见阿通的踪影。

二

又过了不久，阿通终于在助九郎的陪伴下回来了。

去月之濑方向的侍卫们也找到了丑之助，将丑之助带了回来。

丑之助觉得自己闯祸了，一个人一个人地当面道歉。

"请原谅我吧，真是对不起！"

然后又急匆匆地说：

"我母亲肯定也在担心我，我要回荒木村了！"

"说什么傻话。现在回去的话,若在途中再遇到那些月之濑的流浪武士,被捉了回去,你可就小命不保了。"

助九郎呵斥道,其他侍卫也说:

"今晚就在城内住吧。明天再回去,明天再回去。"

并安排他与男仆们一起住在外城郭的柴房里。

兵库将阿通约到一个房间内,给她看了江户来的急信。

"怎么办?"

兵库打探阿通的心意,马上就快四月了,叔父宗矩很快就可以被准假回乡了。他问阿通是到时和叔父一起回江户——还是自己一个人先起程。

一听说是泽庵的信,阿通便闻着墨香欢喜得不得了。

更何况泽庵还带来了武藏近期将出仕幕府,在江户自立门户的消息。

已经几年不见了,收到这封信,让阿通觉得一日三秋,哪里还等得到四月。

她那恨不得马上飞过去的心情在脸上表露无遗。

"想明天就……"

她喜悦地小声说道。

兵库点点头。

"也好!"

他自己也无法在此久留。来年就要接受尾张的德川义直公的聘用前往赴任了,要去一趟名古屋。

——可是,那也要等叔父回乡后,安排完祖父的正式殡葬后才能离开。他很想尽量送阿通半程,可若阿通这么快起身的话,他将无法抽身相送。

去年十月末发出的来自江户的信件,竟然跨年到今天才送到,看来途中的通行及住宿并不像表面看起来那样秩序井然。一个女人家独自踏上漫长的旅途,总还是不能让人放心的,不知阿通有没有想到这些——

兵库讲出了自己的顾虑,再次确认阿通的想法。

"……没问题。"

阿通深深地领受了他那胜似亲人的好意。

"我已经习惯奔波了,也算了解世事,不必为我担心的。"

于是——当夜,城中的若干人等帮阿通整理行装,为她摆了一个小型的送别宴。

就这样到了第二天,又迎来一个梅林飘香、风和日丽的清晨。

助九郎及与阿通熟识的家臣等人,立于中门两侧为阿通送行。

三

"对了……"

助九郎望着阿通,对身旁的人说:

"至少将她送到宇治附近吧,刚好昨晚丑之助留宿在了这里,让阿通骑上那头牛。"

说完立刻派人去叫丑之助。

"这是个好办法。"

周围人都表示赞同。阿通与大家一一告辞后,助九郎让阿通在中门处等一下。

过了一会儿,回来的侍卫却说:

"丑之助不在了。据知情的男仆说,昨夜丑之助摸黑翻越月之濑,回荒木村了。"

"……什么,昨晚回去了?"

助九郎没想到他竟然会回去。

听说昨天的事后,没人不对丑之助的胆量表示惊讶。

"那赶紧去牵马。"

听到助九郎的吩咐后,一个小侍卫向马厩跑去。

"不用了,一个女人家,配个鞍马太奢侈了。"

阿通推辞道,兵库也执意让阿通骑马。

"那就承蒙好意了。"

阿通说罢跨上了小侍卫牵来的一匹菊花青马。

马载着阿通沿坡缓缓而下,从中门向城正门走去。宇治之前的这段路程便由那名小侍卫牵马陪伴。

阿通在马背上回望众人,再次挥手告别。从山崖上伸展而出的一枝梅花的横枝轻轻划过她的面颊,带落两三片飘香的花瓣,曼舞在她身后。

"……再会了。"

虽然没发出声音,兵库的眼睛却在说话。他似乎也闻到了那边被荡起的梅花的清香,伴随着那缕清香,心中涌上一股难以名状的寂寞痛苦之情。可他仍在默默祈祷阿通幸福。

阿通在城下的小道上渐行渐远,只剩兵库还默默站立在那里望着阿通的背影了。

真是羡慕武藏。

落寞的内心独自叹息。——不知什么时候,昨晚回荒木村的丑之助已悄悄地站在了他的身后。

"兵库大人!"

"哦……是你啊!"

"是的。"

"昨晚回去了吗?"

"要不我母亲会担心我。"

"从月之濑那儿过去的吗？"

"是啊。那里是必经之路。"

"不害怕吗？"

"倒不至于那么害怕……"

"早晨也从那里过来的？"

"是的。"

"没有被那些流浪武士发现吗？"

"好奇怪啊，兵库大人。听说那些蛰居山中的流浪武士随后听说他们昨天调戏的那名女子是柳生大人城中的女子，便都趁夜跑了，说是怕柳生家的人来找他们算账。"

"哈哈哈，是吗？……小家伙，那你今天早晨是干什么来了？"

"我啊！"

丑之助稍有些不好意思——

"昨天木村大人说我们那儿山里的薯蓣很好吃，今天一早妈妈便帮我挖了些来。"

四

"是吗？"

兵库这才一扫寂寞之色。失去阿通的瞬间的空虚，被这个纯朴的山间少年填补了。

"这么说今天能尝到美味的薯蓣汁了。"

"兵库大人要是喜欢的话，我就再多挖些来。"

"哈哈哈哈。不必如此费心。"

"阿通姐姐呢？"

"刚刚起程去江户了。"

"啊，去江户了……那她没和兵库大人和木村大人说我昨天拜托给她的事吗？"

"你拜托什么事了？"

"想做城中仆役一事。"

"做仆役你还太小了。再大点再说吧。怎么想到来城中奉公呢？"

"想学习剑道。"

"嗯……"

"教教我吧，请教教我吧。我想在母亲有生之年让她看到我有出息的样子……"

"想学剑道啊，你曾跟谁学过吗？"

"我只是以树木与野兽为对象，独自挥舞木剑练习过！"

"这样就不错了。"

"可是……"

"有什么不明白的就去找我。"

"以后去哪儿找你呢?"

"可能会是名古屋。"

"名古屋,尾张的名古屋吗?母亲健在,我走不了那么远啊!"

每次说到母亲,丑之助的眼中都会泛起泪花。

兵库不由得深深被他感动,突然说:

"来一下。"

"……?"

"来练武场。我来看看你有没有成为武士的潜质。"

"嗯?"

丑之助还恍若在做梦的样子,他经常满怀憧憬地仰望城中练武场那古色古香的大屋顶,在他幼小的心灵中,那里便是希望的殿堂。

——让他去那里。而且不是柳生家的门下或家臣,是柳生族的人让他过去。

丑之助欣喜激动得无以言表。兵库已经走出几步了,丑之助紧跑几步追了上去。

"洗下脚。"

"是。"

丑之助将脚插进蓄积着雨水的水池中,将脚指甲上沾的泥也认真地洗掉了。——然后有生以来第一次站在了练武场的地板上。

地板光亮如镜,看上去似乎能清晰地照映出自己的身姿——四面是上等木材的木板墙,还有坚固无比的脊檀,这一切都让丑之助感受到庄严肃穆。

"拿起木剑。"

连兵库的声音都融入了神圣与庄严。正面两侧的武士休息处的墙上整齐地挂着木剑。丑之助过去选了一把黑橡树剑。

兵库也拿了一把。

兵库走到练武场正中央,垂直向下地提着剑。

"……好了吗?"

丑之助将木剑提起,使之与手臂平行。

"好了。"

五

兵库并没有抬高剑,只是将其提在右手中,稍稍倾斜着打开了身体。

"……"

丑之助平举木剑,整个身体像刺猬一般耸了起来,一副似说"看我的!"一样不服气的面孔,挑着眉毛,显示出少年的血气方刚。

圆明之卷

——开始了！

兵库以眼神示意，丑之助用力锁紧肩膀。

"啊！"

说时迟那时快，兵库嗒嗒地朝丑之助迅速袭去，手中的木剑刚好横向击中丑之助的腰际。

"我来了。"

丑之助大吼一声。

伴随着脚踏身后板材的声响，丑之助猛然一跃，跳过了兵库的肩膀。

兵库沉下身子，左手轻而易举地抓了一下他的脚。——由于速度和惯性，丑之助像一只竹蜻蜓一样旋转着，在兵库身后翻了一个筋斗。

咔嗒——脱手的木剑似滑在了冰上一般，滑出了很远。跳起来的丑之助并不服输，紧追而去试图拾起木剑。

"行了。"

兵库说道。丑之助扭头。

"我还没输。"

说着，挥舞着重新拿在手中的木剑，小雄鹰般地向兵库冲来，兵库也摆好架势，剑锋凌厉地朝向丑之助，丑之助见状中途停了下来。

"……"

姿势仍是刚刚向前冲时的姿势，眼眶中却充盈了不甘心的泪水。兵库望着他，内心暗暗地想：

不错，颇具武魂。

不过，仍然装出怒目而视的样子。

"小儿——"

"是。"

"真是岂有此理，居然跃过我兵库的肩膀。"

"？……"

"身为一介土民，竟然敢如此放肆无礼。——给我跪坐。"

丑之助跪坐了下来。

虽然有些不知就里，丑之助还是两手伏地打算道歉。只见，兵库当啷一声扔掉了木剑，拔出腰刀横在丑之助面前。

"我要斩了你。不听话我会让你更惨。"

"啊。我……"

"伸出头。"

"……？"

"武士最注重礼节规矩。虽说你只是平民之子，可刚刚的做法真是是可忍孰不可忍！"

"……那，所以要砍我的头吗？"

"对。"

丑之助凝望了一会儿兵库的脸，最终绝望哀伤地说道：

"……妈妈，我就要成为城土了。您一定会叹息，会觉得我不孝吧，原谅我吧，妈妈。"

说完转身朝荒木村的方向一拜，然后静静地伸着脑袋听凭处置。

六

兵库扑哧笑了，将刀收入刀鞘，拍拍丑之助的背安抚道：

"行了，行了。"

"刚刚是我和你闹着玩的。我怎么会杀你这样的小孩儿？"

"啊。刚刚那是玩笑啊！"

"行了，放心吧！"

"说什么武士必须重礼法，怎么能开这样的玩笑？"

"别生气了。我只是试试你适不适合练剑！"

"可是，我当真了！"

丑之助放下了一颗悬着的心，同时也嘟着嘴一副很生气的样子。兵库暗笑小孩子的可爱，和颜悦色地继续问道：

"刚刚你说你没有和谁学过剑术，这是真的吗——刚刚我故意将你逼到护墙板附近，即便是大人，背靠着护墙板，也难免认输了，你却啪地跃起，试图跳过我的肩膀——练习剑术三四年的人，也未必能做到这一点。"

"可……我真的没跟谁学过！"

"胡说！"

兵库并不相信。

"你肯定是有过一个好师傅，怎么不肯承认，不报上你师傅的姓名？"

被问得没办法了，丑之助不再作声。

"你再好好想想。一定是有人引你入门了。"

——丑之助率真地抬起面庞。

"啊。有的有的。这么一说，我确实不是完全靠自己。"

"谁是你师傅？"

"不是人。"

"不是人的话，是天狗吗？"

"是麻的种子。"

"什么？"

"是麻的种子。喂鸟的麻胚。"

"胡说八道。麻胚怎么会是你师傅？"

"从我们村子再向里走，有一些伊贺、甲贺来的忍者住在那里——我曾

圆明之卷

看过伊贺忍者练功,便也模仿着他们进行了一些练习。

"嗯?麻胚吗?"

"啊,春天的时候是要播麻的。然后过段时间,麻种子会长出嫩芽露出地面。"

"这又怎样?"

"跳啊——每天跳过麻芽进行练习。天一变暖,没有比麻长得更快的了。我每天早晚都会去地里跳——麻在不断地一尺、两尺、三尺、四尺地茁壮生长,若是我稍有懈怠的话,很快就会跳不过去……"

"嚯!你是这样练习的啊!"

"啊。从春天到秋天,去年、前年我都练习了。"

"怪不得。"

兵库拍膝,感动不已。这时,外面传来木村助九郎的声音:

"兵库大人。有一封信从江户那边传来了……"

说着拿着书信走进练武场。

七

还是泽庵的信,上面写着:

前事有变

这是继先前那封信的第二封信。

"助九郎——"

"是。"

"阿通走了多远了?"

读过以后,兵库焦急地问道。

"这……虽说骑着马,可是有侍卫徒步跟着,应该是还没走到二里地。"

"那我们赶紧追过去吧。我去去就来。"

"啊,怎么了?"

"这封信写着,受聘于将军家一事,因对武藏还有不信任之处而取消了。"

"什么,取消了?"

"尚未知情的阿通正高高兴兴地往江户赶呢,得通知她一下。"

"那我去追吧,将这封信带给她。"

"不,我去吧。丑之助,我突然有些急事,下次再来吧!"

"是。"

"在时机到来之前,先磨炼好心态,对母亲尽好孝道。"

兵库飞快地走到外面,从马厩中牵出一匹马,朝宇治方向追去。

可是——

他在途中突然想到一个问题：

武藏做不做将军家的教师与她的恋情有什么关联呢？

她只是一心想与武藏相见罢了。

不然她不会连四月都等不及就匆匆出发。

即使给她看那封信，劝她回去也是徒劳无功的，只是徒增她旅途的烦恼罢了。

"等等。"

兵库牵住了马。已经离开柳生城小一里地了，再跑一里可能就能追上了。——可是他已经清醒地意识到自己这样做是毫无意义的了。

只要能与武藏见面，互诉衷情，其他的对她来说根本是不重要的吧！

兵库释然，慢慢掉转马头返回柳生城。

一路上春色盎然，兵库徘徊于和煦的阳光之中——他的胸中依旧满怀着对阿通的恋恋不舍，缠绵悱恻。

真想再看她一眼。

是不是这份依恋使得他追赶阿通的呢？

若是有人这样问，兵库无法纯洁地摇头否认说不。

他心中装满了对阿通的幸福的祈祷。武士也有依恋，也有愚痴。——不过这只是重归武士道前的昙花一现。穿越烦恼之境，前方便是别有洞天，是柳翠莺啼的另一番天地。——青春怎能只承载恋情！——时转势易，时代翻新，如今正是青年俊杰大显身手之时。兵库再次策马奔腾，不要只顾贪恋花色！要惜时，男儿理当做出一番事业！

 尘埃

一

阿通离开柳生已经二十日有余了。

离去的人渐渐淡出了多数人的视线，春意愈来愈浓。

"好多人啊！"

"今天奈良也是难得的好天气！"

"多是出来游山玩水的吧！"

"嗯。是啊！"

柳生兵库和木村助九郎并肩走在路上。

兵库戴着编笠，助九郎包裹着近似法师戴的头巾。两个人都有意隐藏身份。

游山玩水——指的是自己还是路上行人？好像兼而有之，两个人露出了

不易察觉的苦笑。

和他们一起的还有荒木村的丑之助。——最近丑之助深受兵库的喜爱，在城中的走动也比以往多了起来，今天他作为两个人的小跟班，背着便当，腰间塞着一双兵库换穿的草鞋跟在后面。

这主从三人和往来的行人就像商量好了一般，都拥向町中那宽广的原野。原野的侧旁是兴福寺的伽蓝，它被郁郁葱葱的森林包裹其中，只能看到高耸的塔尖。

还可从原野上望到那边高畠上的僧寮和神官居所。奈良的町屋则在靠里的低地上，经常是白天也被一大片雾气笼罩，看起来朦朦胧胧。

"已经结束了吗？"

"哪里，估计在休息吃饭吧！"

"是啊，法师们要吃饭了——法师也得吃饭啊！"

听兵库这么一说，助九郎扑哧一笑。

原野上已经聚集了四五百人了，不过因为原野的辽阔，人虽众多，却也并不让人觉得拥挤，还有大片剩余的空间可以去占领。

就像春日野的鹿儿一样，有人站着，有人坐着，还有人悠闲地逛着。

可是，这里不是春日野，是旧平安三条的内侍原。今天这内侍原上似乎有什么比赛。

除了在都市的比赛，野外搭建戏棚的例子还真是少。即使很少见的魔术师、木偶师来了，即使有赌弓或赌剑的项目，一般也都是露天举行的。

其实，之所以搭戏棚，是因为今天这场不比平常，是更正式的一场比赛。今天，宝藏院的枪术师们齐聚一堂，要进行一年一度的公开赛。宝藏院的坐席位置是通过这场比赛来决定的，所以众多的法师、武士将在众人面前奋力一搏。

不过这会儿，原野的空气中毫无硝烟弥漫的紧张感，反倒是轻松得很。

在搭在原野一隅的三四个帷幕的附近，法师们将法衣稍稍撩起，正在吃着香喷喷的柏叶包饭，喝着热气腾腾的汤水。此情此景用悠闲来形容是再合适不过的了。

"助九郎——"

"在。"

"我们也坐在哪儿吃点饭吧。……看来离开始还有段时间。"

"好，请您稍等！"

助九郎环视了一圈，寻找合适的地方。

——这时，丑之助不知从哪儿迅速拿来一块草垫：

"兵库大人，坐在这上面吧！"

说着将它铺到了身边较舒适的位置。

真是个机灵的家伙。

兵库将他种种伶俐的表现看在眼里，心里很欣赏他——若是这孩子将来大有成就的话，希望他将自己的聪明伶俐用在好的地方才好。

二

主仆三人坐在草垫上，打开了竹叶包。

里面是糙米饭团外加咸梅和豆酱。

"真香！"

兵库吃着仰头望向蓝天，尽情享受着野炊的乐趣。

"丑之助！"

助九郎说道。

"哎——"

"最好再给兵库大人来一碗白开水。"

"那我去找那边的法师们讨一碗吧。"

"嗯。去要一碗吧……记住不要对宝藏院的法师们说柳生家的人来了。"

兵库也在一旁提醒道：

"要是他们知道了，肯定过来打招呼，繁文缛节的就麻烦了。"

"是。"

丑之助从草垫上站了起来。——这时：

"哎呀？"

有两个旅者环视周围草地：

"草垫没了，草垫没了——"

这一幕刚好被丑之助看在眼里。他们刚好离自己这边十间左右的距离，那边还有一些流浪武士、妇女、町中百姓在附近，可是那两个旅者并没有从中发现谁铺了自己的草垫。

"伊织，算了。"

其中一个找得不耐烦了的旅者对同伴说道。

那是一个圆脸、看起来身强体健的，提着四尺二寸的橡木手杖的男子。

若是伊织的同伴的话，不用说，这位是梦想权之助。

"行了，别找了。"

权之助又说了一遍，可伊织依旧是一副不死心的样子。

"哪个家伙，肯定是谁把咱们的草垫拿走了。"

"算了，不就是一块草垫吗？"

"就算是一块草垫也不该连招呼都不打就拿走啊！"

"……"

权之助不再理会这件事，他坐在草地上，拿出文具，记起白天旅途的费

用支出情况。

他之所以在旅途中一丝不苟地记录这些，很大一部分原因是受了伊织的感染。伊织表现出的对生活的用心，已超出了他的年龄。他从不浪费任何东西，总是非常认真的样子，对于每一碗饭，每天的天气，都怀着感恩的心情去面对。

不过，他也因此养成了不肯轻易原谅别人的过错的脾气。自他离开武藏，混迹人群后，这个洁癖般的脾气表现得越发明显。他会儿正因为擅自拿走他们草垫的人丝毫不懂得顾及别人的感受而愤愤不平。

"啊——这些家伙！"

伊织终于找到了。

权之助带在旅途中的草垫竟然被那三个吃着便当的主仆不声不响地、稳稳当当地坐在了屁股底下。

"真是。——喂！"

伊织跑了过去。跑到距离他们十步左右的地方时，他停下了脚步，考虑着该如何开口提出自己的抗议。碰巧，打算讨要白开水的丑之助走了过来，他靠近伊织。

"干吗？"

三

伊织已年满十四，丑之助则十三虚岁。不过丑之助看起来貌似更年长些。

"什么叫干吗？"

伊织觉得这个人说话真是没礼貌。丑之助也没把这个不像本地人的小路人看在眼里，

"你这人怎么回事，是你在那边叫我们吧，我才问你的。"

"你们吭也不吭一声就把别人的东西拿走了，这是小偷的行为。"

"小偷？——你这家伙，说我是小偷是吧？"

"对。你们是不是连招呼都不打，就把我们放在那边的草垫拿走了？"

"那个草垫啊。我是看那个草垫被丢在那里了才拿过来的。不就是一块草垫——"

"虽是一块草垫，可对于旅途中的人来说，它可是能挡雨、能保暖的重要物品。快还给我们！"

"还给你们也行，得让我们顺了这口气，谁让你说我是小偷来着，先道歉！"

"我取回自己的东西，道什么歉？不还给我的话，我抢也要抢回来！"

"你抢抢试试。我可是荒木村的丑之助。你以为我怕你吗？"

"别得意得太早——"

伊织也不服气,耸起小小的肩膀。

"别小看我,我也是堂堂武者的弟子。"

"行,一会儿咱们到那边去。别以为周围有人在,就讲大话,咱们到那边没人的地方去比试比试。"

"好,你记住你说的话。"

"哼,你不会逃了吧?"

"去哪儿,你说个地吧!"

"就到兴福寺的塔下。把刀也带来吧!"

"没问题。"

"见我抬手,你就跟过来,记住了。"

就这样,两个人斗了斗嘴,分开了。丑之助去讨要开水去了。

当他不知从哪儿提了一个陶壶回来时,原野中央起了一片尘埃。法师们的比赛已经开始了。观众围成了一个大大的圈,争先恐后地观看比赛。

丑之助提着陶壶从人群后面走过,和权之助并排看比赛的伊织回头看向丑之助这边,四目相对之时,丑之助对伊织使了一个眼色。

记得过去!

伊织也用眼神回答:

当然会去,你也记住喽!

内侍原悠闲的春天,因为比赛而骤然紧张,时不时地扬起的黄色的尘埃中夹杂着观众们的亢奋的呼喊声。

是输是赢。

参与其中的人努力让自己占据有利位置。

这便是比赛。

不,时代也是如此。

两名少年胸中的澎湃与这种氛围非常合拍。成长于这个时代之中的他们,若是不力争上游的话,是无法出人头地的。因此虽说现在只有十三四岁,他们已养成了不低头、不屈服的个性。一块草垫其实并非主要的症结所在。

不过,伊织也好,丑之助也好,他们都是跟着大人来的,所以此刻他们还是得暂时趴在大人的腰间,观看比赛。

四

一位法师拿着竹竿一样的长枪站在原野中央。

已经有几个人和这位法师比过了,有的被刺伤,有的被打倒在地,几乎无人能敌。

"还有谁,快上来!"

法师催促着。

不再有人轻易上台。

估计大家都认为此时上台已是极不明智的选择。聚集在东西两边的观众，都只是紧张地凝视着，未有人敢轻举妄动。

"——若无人上场，拙僧可要先退下了。今天的这场比赛就算十轮院的南光和尚拔得头筹，都没有异议吧？"

说着，这位法师挑衅地向两边望了望。

十轮院的南光和尚从初代胤荣那里直接师承宝藏院流后，自成一派，创十轮院枪术。如今已和二代胤舜反目。

不知是害怕了，还是想避免纷争，今天胤舜自称生病了，迟迟不肯露面。南光和尚已然将宝藏院的门下踩在脚下，还索性将原本竖拿的长枪横握在了手中。

"那我就退下了。——看来是无法棋逢对手了。"

"等等。"

一位僧人拿着长枪一跃而出。

"在下胤舜的门下，陀云。"

"嗯。"

"我来跟你比一场。"

"好！"

两个人的脚下霎时尘土飞扬。在两个人分别向两边跃开时，长枪如同有了生命一般，互相对峙着。

结束了吗？

还没看出门道的观众不镇定地喧闹起来。

不过大家很快就如同窒息了一般，一同噤声。只听当的一声响，还以为是矛头击在了矛柄上，结果却看到了陀云法师的头随着南光和尚的矛起矛落飞了出去。

陀云的身体如同被风吹倒的稻草人一般砰然倒地。人群中有三四名法师跑了过去，原本以为他们要找南光和尚算账，结果他们只是将陀云的尸体抬了下去。

——南光和尚此时更是得意扬扬，一副雄姿英发的样子。

"看来还是有勇士的。——有的话，快上来。三四个人抱团上来也没问题。"

这时，从帷幕的后面走过来一个放下了笈的山伏。他轻身走到宝藏院僧面前，问道：

"比赛只限于院中的弟子吗？"

宝藏院僧们回答道："并非如此。"

就像东大寺前和猿泽池畔竖立的牌子上写的那样，只要是武道中人，任何人都可以上前比赛。不过宝藏院僧们也提醒道，在枪术高超的高僧聚集的宝藏院露天比赛中，轻易不会有人说：

我要上场。

搞不好不但会在人前丢丑，还会落个残疾的下场。

这个山伏向在座的法师们行了行礼：

"在下明白，愿意一试，能不能借我一把木剑？"

五

挤在人群中观看这场野外比赛的兵库扭过头：

"助九郎，这比赛变得越来越有意思了！"

"好像有个山伏出来了！"

"如此一来，胜负已定了。"

"南光和尚会赢吧？"

"不，可能南光和尚不会和他比。比的话，南光和尚不是他的对手。"

"啊？……是吗？"

助九郎一副不解的样子。

兵库非常了解南光和尚的实力，他为什么会轻率地说出南光和尚敌不过山伏的话呢？

觉得不可思议的助九郎没过多大一会儿便明白了是怎么回事。

赛台上——

那个山伏提了一把木剑走到了南光和尚面前，做出挑战姿态。看到他的外表和气势，助九郎恍然大悟。

这个四十岁左右的山伏是大峰人还是圣护院派，不得而知。但他有着铁一般健壮的四肢，与其说那是靠修行练来的，不如说是久经战场得来的。看得出，那是一副历经千锤百炼，刻苦修行，领悟了生死真谛的肉体。

"请多指教！"

山伏用平稳的语调说道，他的目光也是平和的，完全未将生死放在心上。

"是个外人啊！"

南光和尚打量了一下来者，说道。

"是。不介意我加入这场比赛吧？"

山伏点头道。

"等下。"

南光和尚立起了长枪。他仿佛感觉到有什么不妙。也许纯靠技能他是能胜出的，可是这个人身上明显有某种不可战胜的东西。——而且如今的山伏中隐姓埋名，韬光养晦者居多，南光和尚稍作思量觉得还是避开这场比赛较好。

"我不与外人较量！"

南光和尚摇摇头。

"可是，刚刚我问过了相关规定。"

山伏平稳而有力地表示自己的出场是合情合理的。南光和尚道，

"别人是别人，拙僧是拙僧——拙僧的枪不是为了随便胜过什么人而练的。枪术中暗藏佛机，练习枪术是出家修身的一种方式，我不喜欢和非佛门弟子比赛。"

"……哈？"

山伏苦笑。

山伏还想说些什么，可是又不好当着众人说，最后只好就算了，便将木剑还给了下面在座的法师，离去了。

南光和尚也就此退场。在场的法师、观众都认为他是在为自己的胆怯找借口，南光和尚并不介意，他带了两三个法弟，像凯旋的勇将一般大摇大摆地离场而去。

"怎么样，助九郎？"

"正如您所料。"

"这是必然的。"

兵库说：

"那个山伏大概是九度山那边的。他若将修行者所戴的小方巾、白衣换成铠甲，定是位赫赫有名的身经百战的猛士。"

观众各自散开了。——比赛宣告结束。——助九郎环顾四周，嘀咕道，

"哎呀，去哪儿了？"

"怎么了，助九郎？"

"丑之助不见了——"

 童心

一

约定。两个人的约定。

在同行的大人们都被这场比赛吸引去了注意力的时候，丑之助对伊织使了下眼色。

过来！

伊织瞒着权之助从人群中挤了出来。

同时，丑之助也没和兵库、助九郎说一声便跑了，直奔兴福寺的塔下。

"喂，我说——"

"怎么了？"

高高的五重塔下，有两个小小的武士在面对面地气势腾腾地站着。

"丢了性命可别后悔。"

听伊织这么一说，丑之助捡起一根棍子，哼了一声道：

"别说大话。"

他没有带刀来。

伊织带了一把，伊织边拔刀，边叫道：

"你这家伙。"

直朝丑之助砍了过来。

丑之助向后一跳躲闪开来。伊织以为他是怕了，不依不饶地追过去。

丑之助在紧急中将伊织看作麻胚，跳了过去。空中刚好踢到伊织的脸。

"哇——"

伊织单手捂住耳朵，在将要摔倒的瞬间，迅速起身。

伊织重新站起后，继续挥刀。当然，丑之助也不示弱。伊织此刻将从武藏、权之助那里学到的招数全抛在了脑后，只顾得乱打一气，不让丑之助占了先机。

眼睛，眼睛，眼睛——武藏曾经苦口婆心地叮嘱他的这点注意事项他也都忘记了，甚至完全闭上眼睛，不管三七二十一。丑之助沉着地躲闪着，瞅准时机较之前更强烈地给了伊织一击。

"呜呜……"

伊织已经站不起来了，拿着刀倒在了地上。

"胜利啦，我！"

丑之助得意忘形，但看伊织一动不动，怕出什么问题，便赶紧向山门方向跑去。

"——哈！"

如同四方的树木都在吼叫一般，有人朝他的背后大吼一声，紧接着——一根四尺左右的手杖带着风声飞来，打在丑之助的腰上。

"好疼！"

丑之助扑倒在地。

有一个人随手杖跑来，不用说，是寻找伊织而来的梦想权之助。

"站住——"

听到声音愈来愈近，丑之助忘了腰疼，飞快跳起继续奔跑，势若脱兔。跑出十步左右，有人从山门方向迎面而来。

"这不是丑之助吗？"

"……啊？"

"怎么了？"

是木村助九郎。丑之助慌忙躲到助九郎后面——追赶丑之助而来的权之助和助九郎自然而然地形成了互相敌视的对峙局面。

二

怒目相视。

两个人一触即发。

助九郎手持刀剑，权之助拿着手杖，气氛瞬间凝结。不过——

幸好两个人都还具备识人的敏锐直觉，才得以通过沟通了解真相，避免一场战争。

"这位旅者——不知出于什么原因，你一个大人要对一个孩子穷追猛打？"

"你先看看那边倒在塔下的孩子。他被这个小孩儿打得晕了过去。"

"那个孩子是你的同伴吗？"

"对。"

权之助答道：

"那个小孩儿是你的家仆吗？"

"不是家仆，是在下主人所关照的人，叫丑之助……我说丑之助，你为什么下手那么重打那边的那个孩子？"

助九郎扭过头去望着一直默默躲在他身后的丑之助问道。

"老实说——"

在丑之助还未开口回答时，躺在塔下的伊织抬起了头，远远地答道：

"是比试，是比试。"

只见伊织边说边艰难地起身，走了过来。

"是我比输了，不怨他，是我不好。"

伊织小小年纪便勇于服输，令助九郎另眼相看：

"哦，是事前约好的比试啊！"

助九郎微笑着说道。丑之助也有些难为情的样子，讲述了事情的缘由，

"我不知道那块草垫是他们的东西，没吭声便将草垫拿了过来，我也有不对的地方。"

被打的伊织已经恢复了精神。原来这就是孩子间的一场闹剧。若是刚刚助九郎和权之助不分青红皂白直接短兵相接的话，恐怕现在要有人白白流血，彻底成为一个笑话了。

"哎呀，真是失礼呀！"

"哪里，我也失礼了！"

"主人还在那边等着，那我们就先告辞了。"

"告辞。"

他们笑着一起走出了山门。

在兴福寺门前左右分开后,权之助突然折回追上助九郎问道:

"啊。我打听一下,柳生庄怎么走,沿这条路直走就行吗?"

助九郎扭过头。

"想去柳生的哪里?"

"想拜访一下柳生城。"

"啊,去柳生城?"

三

经过了解,终于相互知道了对方的身份。

等得不耐烦的柳生兵库也找了过来,听了事情原委后,叹息道:

"哎呀哎呀,太可惜了。"

望着从江户到大和路远道而来的权之助和伊织,兵库不住地说:

"再早来二十天就好了。"

助九郎也连连道:

"可惜,可惜。"

现在他们要找的人已经不知身在何方了。

不用说,梦想权之助是带着伊织来柳生城找阿通的。

因为在北条安房守那里意外地听泽庵说伊织的姐姐就是阿通,所以便找来了。

可是,阴差阳错,阿通已于二十日前起身去江户寻找武藏了——更不凑巧的是,在权之助他们出发前,武藏也已经离开江户,就连身边的人都不知道他去了哪里。

"这是怎么回事啊,唉!"

从权之助那里了解到武藏的情况后,兵库再次忍不住叹息。

同时也后悔自己那次追她追到一半就半途而返。

"怎么总是这么不幸?"

对阿通的迷恋让他陷入忧虑之中。

——这里还有一位可怜的人。就是在一旁无精打采地听他们讲话的伊织。

自打出生就未曾谋面的姐姐。

原本不对找到这个姐姐抱有什么希望,过着无牵无挂的自由日子。

有一天,突然有人告诉他:

姐姐还在这个人世上,就在大和的柳生。

这让伊织平静的心泛起波澜,就如同漂泊在汪洋大海上的人突然发现了一个小岛。怀着无限的思慕与对亲情的眷恋,伊织兴高采烈地找到这里来。

"⋯⋯"

伊织强忍着眼泪没有流出来。

要哭也要到没有人的地方大声哭泣。——权之助被兵库拉住聊起江户的话题——伊织看了看附近的花花草草,悄悄离开了大人身边。

"你去哪儿?"

丑之助赶过来,轻轻将手搭在伊织的肩膀上。

"哭了吗?"

伊织用力摇摇头,眼泪夺眶而出。

"哪里有哭?没有。"

"哎呀,这里有薯蓣的藤,你知道怎么挖薯蓣吗?"

"知道。我家乡也有薯蓣。"

"我们来比赛吧!"

伊织也发现了薯蓣藤,含着泪蹲在了藤蔓附近。

<h2 style="text-align:center">四</h2>

叔父宗矩的近况,武藏的事等。

还有江户大街小巷的变化,小野治郎右卫门失踪的传闻之类。

若要认真问起来,认真讲起来,怕是几天几夜也说不尽的。

在这大和的山村里,江户来客的每一句话对于这里的村民来讲,几乎都是新闻。

——时间在不知不觉间溜走,兵库、助九郎感觉到天色渐晚。

"先到城内来歇息吧!"

权之助深表谢意,同时婉拒道:

"阿通既然已经不在这里了——"

他想尽快带上伊织踏上旅程。

虽说前方的旅程,只是修行之旅,可是权之助身上还带着在木曾亡故的母亲的遗发和牌位,既然已经来到了大和,他想尽快赶去纪州的高野山或河内的被称为女人高野的金刚寺,将母亲的牌位和遗发安置好。

"这么说就要分别了,那你要保重——"

兵库见不好强留,只好与权之助告别,随即却发现旁边的丑之助不见了。

"哎呀——"

权之助也发现伊织不见了。

"哦,在那边。两个人蹲在地上挖着什么。"

助九郎顺着兵库所指一看——果然,伊织和丑之助相隔不远,正在专心致志地挖土。

大人们笑着悄悄地站在了他们的后面。

两个人还不知不觉。他们挖到薯蓣藤蔓的根部,一边小心翼翼地护着薯蓣，不让它断掉，一边将手插入挖好的深深的坑中，试图拔出薯蓣。

"啊！"

丑之助终于感觉到背后有人，他扭过头去。伊织也看着他们笑了。

知道有大人正在观看自己的比赛，两个人更加起劲了。很快，丑之助开心地说：

"拔出来了。"

将一根长长的薯蓣扔在了地上。

伊织依旧在默默挖着，连肩膀都快探进洞里了，看起来像是一时半刻拔不出来的样子。权之助问道：

"还在拔吗？我走了啊！"

伊织像个老人一样捶着腰站了起来：

"不行不行，这个薯蓣，估计得拔到天黑了。"

说罢不甘心地望了望洞里，拍拍身上的尘土。

丑之助望了一眼。

"怎么回事，都挖到这种程度了。是不是你谨慎过头了？我来拔。"

说着伸出手。

"不行不行。它会断的。"

伊织赶紧用脚踢土，将好不容易挖得差不多了的洞给埋了起来，以阻止丑之助插手。

"那算了，再见啦！"

丑之助得意地将自己挖的薯蓣扛上肩头。可是，这并不是块完整的薯蓣，还有白色的汁液从断口处流出。

"丑之助，你输了——比试上你似乎是赢了，可是挖薯蓣上你却输了。"

兵库按按他的脑袋，就像要抑制住长过了头的麦苗一样。

大日

一

吉野的樱花估计已经败了，路边的蓟也开得奄奄一息。虽然走路还会走出一身汗，但就连牛粪的气味中都仿佛充盈着奈良的古今流转，让人无比怀念，走也走不腻。

"叔叔，叔叔……"

伊织拽着权之助的袖子，向后望去。

"又跟过来了，昨晚的那个山伏。"

权之助故意头也不回地向前走。

"别看，别看——装作不知道的样子。"

"可是，很可疑啊！"

"为什么？"

"昨天和柳生兵库他们在兴福寺前分别后，没过多久，他便跟上来了，一会儿走在我们前面，一会儿跟在我们后面的……"

"那有什么问题。大家各走各路嘛！"

"可是，跟着我们也就算了，居然连客栈都和我们投宿同一家。"

"没事，我们又没带多少钱，还怕他抢劫不成，不用担心。"

"可是，我们并非什么都没有，我们有命啊！"

"哈哈哈。我是能保住自己的命，伊织你行吗？"

"我也能。"

虽然权之助告诉他别往后看，伊织还是忍不住回头，同时左手充满防备地按在刀柄上。

权之助心里也有些发怵。他知道后边跟着的正是在昨天的宝藏院比赛中被拒绝了的那个山伏，怎么想也想不出他为什么跟着自己。

"哎呀，不见了。"

伊织说，这次权之助也回过头来看。

"可能是跟腻了吧。哎呀，这下可算是解脱了。"

当晚，他们住在了葛木村的村民家。第二天早晨，他们很早便去了南河内的天野乡，到了门前町，两旁都是沿清流的低矮房屋。

"知不知道一位木曾的奈良井过来的阿安姑娘，她嫁给这里的酿酒师傅杜氏了。"

两个人漫无目标地边打听边走。

阿安是权之助的老乡，因为她嫁到天野山金刚寺附近了，权之助想拜托她帮忙将亡母的牌位和遗发安放在金刚寺。

如果找不到她，就去高野。高野是大家族的贵人的供奉场所，不太适合一般百姓。不过，若是这里不行，也只好去高野山了。

权之助正做着打算呢，没想到很快就得知了阿安的消息。

"啊，阿安姑娘啊，她在杜氏宅邸的大杂院里呢！"

门前町的一个妇人亲切地给他们指路，

"进这个门向右第四间，便是杜氏的藤六家。他是阿安的丈夫。"

二

任何一个寺庙都规定"荤酒不得入山门"，这大概是法城的通规。可是这个天野山金刚寺的僧寮里却在酿酒。

当然，这里酿的并非拿到市面上的酒。据说丰臣秀吉等非常赞赏这里的寺制美酒，在诸侯之间"天野酒"也颇具知名度。秀吉去世后，在此品酒的遗风虽已不在，寺院还是会每年酿制，分送给有需求的施主。

"——所以，我和另外十名酿酒师被雇到山里来。"

当晚，阿安的丈夫杜氏的藤六解开了客人权之助的疑惑。

关于权之助的拜托：

"这个简单，凭你有这份孝心，我明天就去请求僧正。"

第二天，权之助走出房间时，已经不见藤六的踪影了。过了正午，藤六终于回来了。

"我已经和僧正说过了，他同意了。跟我来一下吧！"

权之助和伊织紧随藤六向金刚寺走去。一路上四面环山，飘落的山樱似雪花般为这个郁郁葱葱的世界添上一片片的纯白。七堂伽蓝在天野山的溪流环绕的山谷之中，从通往山门的土桥向下望去，也可以看到随水流转的无数山樱花瓣。

伊织拉紧脖领。

权之助也缩着身子。这里的山谷气息和肃穆僧寮让人心为之一震。

本堂之上意外传来和悦的声音：

"是你说要供奉母亲的牌位吗？"

说话的是一位肥肥胖胖，个子不高，大足的僧人。权之助想，僧正定是穿金线织花锦缎袈裟，引领众生的气派十足的人，眼前这位僧人却戴着破斗笠，手拄拐杖，即使站在最寻常的百姓中间，也没什么显眼的，不会是僧正吧？

只见藤六扑通一声叩拜道：

"是的，是他想供奉母亲的牌位。"

他代替权之助进行了回答——看来这个人正是僧正。

"……"

权之助正想和藤六一样跪拜，进行下拜托，僧正的大脚已经插进了阶梯下的那双脏脏的草鞋中：

"请随我到大日佛堂……"

僧正拿着数珠，走在了前面。

绕过五佛堂、药师堂、食堂这些堂塔，来到离僧寮有一段距离的金堂和多宝塔。

有从后面赶上来的弟子问道：

"要开门吗？"

僧正点点头，这位弟子拿出一个硕大的钥匙，打开了金堂的大门：

"请坐——"

圆明之卷

权之助和伊织两个人坐在宽广的金堂中，一抬头看到台座上有一尊丈余高的金色大日如来像在高处朝他们微笑。

三

不多时，穿好袈裟的僧正从正殿内侧走了出来，坐在台座上，朗朗读起佛经。

刚刚还是脚穿草鞋，衣衫褴褛，看起来像一名普通的山僧一般，这会儿往那儿一坐，显示出了丝毫不逊色于身后运庆雕刻的佛像的威严庄重。

"……"

权之助合掌于胸前，回想起亡母的种种慈爱的身影。

一朵白云飘过眼睑——仿佛看到了盐尾山和高野草原——武藏迎风拔剑而立，自己则拿着手杖与武藏对峙。

在原野上的一棵杉树下，母亲像地藏菩萨般端然而坐。

母亲投来担心的目光——那目光恨不得要跳到剑与手杖之间。

那充满爱子之情的眼睛。记得当时母亲情急之下的一声严厉提点，让他习得了一手"导母之杖"。

"……母亲，您现在也正在某处用那样的眼神关切地注视着我呢吧。别担心，武藏已经答应了我的请求，教我武艺。也许离我自成一家的日子尚远，但不管现在是怎样的乱世，我都会做一个顶天立地的男儿。"

权之助屏息默念，渐渐地觉得身前那高高在上的大日如来像的面容很似母亲，那微笑就如母亲生前的微笑般亲切慈爱。

"……嗯。"

等权之助回过神来，僧正已经不在了。诵经已经结束。旁边的伊织也呆呆地望着大日如来像出神，竟忘记站起身来。权之助叫了声"伊织"将他唤醒：

"怎么看得这么出神？"

"这大日如来像很像我的姐姐。"

权之助不由得笑了。

"都还没见过阿通，怎么知道佛像就像姐姐？何况，这世间怎能有人生得如大日如来佛这般慈悲圆满的面容？这是运庆这般技艺精湛的名匠在偶然的情况下雕刻出的超凡脱俗的奇迹。"

伊织听权之助讲罢上面这番话，用力摇摇头。

"其实有次我夜间赶路去江户的柳生大人府邸时，曾遇到一位叫阿通的姑娘给我指路——那时我要知道她就是我的姐姐的话，肯定会仔细看看她，不至于现在想不起她长什么样儿了……刚刚僧正诵经的时候，合起手掌，我突然感觉大日如来像很像姐姐，她好像在对我说着什么。"

"……嗯。"

权之助不再说什么，久久不想离开金堂。

山谷天黑得很早。夕阳已经沉到悬崖的另一边，多宝塔的水雾就像镶了七宝珠一样，灿烂地反射着太阳的余晖。

"啊——死去的母亲，我已经无法再孝敬您了，今天我度过了洗尽凡尘的一天，远离了血腥世间的一天。"

两个人坐在殿檐下，欣赏着薄暮中的斑驳美景。

四

有哗哗的扫落叶的声音传来。

"咦——"

权之助向右侧山崖上望去，山崖的中部坐落着室町风的古雅的观月亭和庙堂，蜿蜒在幽翠山峰上的狭窄的石头道路上长满了青苔。

有一位典雅的尼姑模样的上了年纪的老妇人。

还有一位看起来心宽体胖、五十岁左右，很质朴地穿着木棉衣服、无袖和服外褂、小樱革袜子、草鞋，腰佩鲨鱼柄小短刀的，既不似武士也不似町人的气质不凡的人拿着竹帚挺腰站着。

再看老尼姑，她戴着白色软绸头巾，也是手拿竹帚。

"……嚯。变干净一些了吧？"

她说着望着一路扫来的山道和山崖各处。

那是些鲜有人迹、无人问津的地方，在他们清扫之前，原本到处散落着冬日中被积雪压断的枯枝，枯叶，小鸟的尸体之类也如同农家的堆肥一般腐烂成一团，丝毫不见已然萌生的春色。

"母亲，累了吧。天色已晚，剩下的由我来做，您休息吧！"

看来老尼姑是这位五十岁左右的男子的母亲，听了儿子的话，她笑道：

"我在家不也是经常干活，习惯了。倒是你，这么胖，平时又不怎么干这样的活儿，手都磨出泡了吧！"

"是的。正如您所说，拿了一天的竹帚，手还真是起泡了。"

"嚯、嚯、嚯、嚯。……这是个好礼物。"

"可是今天我感觉心情特别清爽舒畅。我们母子做的这些，算是对天地神明的一点心意吧！"

"我们今晚还要在这边住一晚，剩下的明天再打扫吧，先回去吧！"

"天有点黑了，您走路注意点……"

说着，儿子牵起母亲的手，沿观月亭的小道，向权之助和伊织休息的金堂走来。

原本以为这里没人，谁知突然有个人影从昏暗的金堂檐下站起，老尼姑和她儿子都一惊，停住了脚步：

"……谁？"

很快，亲和的笑容便又浮上老尼姑的脸庞。

"是来斋戒祈祷的施主吧，今天也是不错的一天啊！"

权之助行礼道：

"是的。我是来为母亲祈求冥福的，暮色静谧，不由得沉醉其中。"

"真是有孝心啊！"

老尼姑边说边望向伊织：

"这小孩儿多好……是你弟弟吗？"

说着，她不由得摸了摸伊织的脑袋。

"光悦，你在山上吃的点心不是还有些吗，给这个孩子吧！"

古今逍遥

一

名叫光悦的老尼姑之子从袖兜里取出一包点心递给伊织：

"剩下的东西，请不要见怪。"

伊织伸手接过，不知该如何是好，向权之助问道：

"叔叔，我可以收下吗？"

"收下吧，谢谢！"

权之助替伊织道了谢，老尼姑又问道：

"看来不是兄弟啊。听口音是关东那边的吧，这是想到哪里去啊？"

"我们在进行一次漫无边际的旅行，四海为家。正如您所见，我们的确并非骨肉至亲。不过，在剑道上，我们是兄弟弟子的关系。"

"你在学习剑术吗？"

"是的。"

"这不是一门无师自通的技艺，你的师傅是谁呢？"

"宫本武藏。"

"啊……武藏先生？"

"您知道我师傅吗？"

"武藏……"

老尼姑没有回答，只是睁大了眼睛，似乎陷入了回忆之中，看来她应该是认识武藏的。

老尼姑的儿子也像听到了一个非常想念的人的名字一样，激动地靠近一步：

"武藏先生现在在哪儿？他怎么样了……"

权之助一一作答，他和他母亲频频点头。

最后，权之助问道：

"——那您是？"

"不好意思，忘了自我介绍。我是住在京都本阿弥街的光悦，这是我母亲妙秀。六七年前，一次偶然的机会，我们与武藏先生相识相交，平时互相照应。"

想起当时的事情，光悦顺便讲了两三件。

光悦在刀剑方面的大名，权之助也知道，也曾在草庵的炉边听武藏讲起过他。没想到竟然在这里遇到——权之助很吃惊。

同时，听说他母亲妙秀尼姑在京都的家世很好，怎么他们母子会来到山里人都很少来的伽蓝，还去打扫寺里的杂役都懒得去管的枯叶。这让权之助觉得很不可思议。

这份疑惑，再加上朦胧的月色氤氲在多宝塔的水雾之中而形成的醉人夜色，令权之助久久不愿离开。

"刚刚见您二位在山上打扫，是有亲友的墓碑在那里，还是游山之余的举手之劳呢？"

二

"不是的，不是的。"

光悦摇头。

"如此神圣之地，岂容得三心二意？"

虽然权之助说那番话实属无意，但光悦怕权之助误解，努力解释着自己并非一时兴起随意打扫。

"你是第一次来金刚寺参拜吧，有听山僧讲起过这山的历史吗？"

权之助老实答道：

"没有"。

他并没有考虑这种无知会不会有损自己作为武士的颜面，只是照实回答。

"那我就现学现卖些我所知道的吧！"

说着，光悦环顾四周。

"刚好借着月色，我给你大致介绍一下这里。这会儿能看到上面有寺院的墓碑、御影堂、观月亭。——还有那边的求闻祠堂、护摩堂、大师堂、食堂、丹生高野神社、宝塔、楼门等，在这儿几乎一览无余。"

光悦边指边说明，仿佛也沉醉于这片朦胧的月色之中。

——看啊，那松树、那石头，一草一木都如同这个国家的民众一般拥有着不屈不挠的精神和代代传承的优雅，它们仿佛在向每一个来访者诉说着什么。光悦现在想做的就是代替草木精灵讲述它们要表达的一切。

那就是——

从元弘、建武到正平年间，在这长长的乱世之中，这座山曾是大塔宫

圆明之卷

护良亲王的战胜祈愿之地及其司令部的密议地，也曾是楠木正成等人忠心守护的地方。而后随着时代变迁，它又成为在京都的六波罗的贼军所大举进攻的目标。接着足利氏夺得天下，世间一时一片混乱，后村上天皇从男山脱逃后，辗转奔波于军马间，最后来到金刚寺，将这金刚寺当作他的行宫，过了很长一段时间像山僧一般不自由的生活。

还有，在更早的时代。

光严、光明、崇光这三位天皇曾驾临这座山，于是，当时来到山上的武士、公卿，乃至防备贼军来袭的兵马军粮也随之大大增加。就这样天长日久，最终军粮慢慢匮乏，连早晚的御膳都成问题了，亲眼见证这一切的禅惠大法师如此记录：

僧察山房皆空
损失不计其数

然而，纵然如此，天皇将寺院的食堂当作政厅，不论严寒酷暑，仍专心政务。

光悦说到这里声音有些哽咽。

"这附近，不论是那边的食堂还是摩尼院，里面都留有那时的历史痕迹。上面的寺院陵墓里就安放着光严天皇的分葬遗骨，可是自足利氏治世以后，那里变成一片断壁残垣，枯叶遍地——今天早晨和母亲决定从光严天皇的陵墓起打扫一下附近——这是件稍显枯燥，却有意义的事情。"

说到这儿，光悦露出了微笑。

三

不知不觉间，权之助对这里、对光悦与他母亲做的事情肃然起敬，正襟听着。旁边的伊织则一副比权之助还严肃的表情，一动不动地望着光悦，听他讲述。

"——在从北条氏到足利氏这长长的乱世中，这里的石头、草木都曾为了护卫一系皇统而战斗。石头为护国的堡垒，树木为御膳的薪柴，杂草为士兵的被褥。"

光悦见听者在诚挚地听，也便更加尽情地一吐郁结之情——他不忍离去地环顾夜空，接着说道：

"——我和母亲在打扫陵墓附近的山道时发现，草丛中的一块石头上刻着一首歌，可能是那些固守于此与贼军奋战，啃草皮吃树根的士兵中的一人，也可能是手持降魔宝剑，与士兵一起浴血奋战的僧兵中的一人刻下的……

这百年之战啊，赶走了春天

世间之民哟，却不要失了歌者情怀

——这首歌深深地打动了我的心，在长达几十年的战事春秋中，难得有如此心境。是强烈的护国之心使然吗？大楠公曾誓言，即便转世七次，也要保卫这个国家，看来他的忠烈也深深地感染了身边的无名战士。也正因为战争中的这份决心与优雅，这里的宝塔才历经百年之战而未被毁灭，至今依然庄严耸立在黄土之上吧。真是难能可贵啊！"

"听了您的话，我才了解到这座山原来是战争遗址。请原谅我之前的冒昧。"

听了光悦的话，权之助叹息并说道。

"哪里……"

光悦摆摆手。

"倒是能和你一吐心中郁结，舒畅多了。"

"还有一个唐突的问题，请您不要见怪。您在这寺里已经很久了吗？"

"算上今天，有七日了。"

"是为拜佛，专程赶来的吗？"

"不，我母亲非常喜欢来此旅行，我也能在这所寺庙中瞻仰到奈良、镰仓以后的各式有名画作、佛像、漆器……"

光悦和妙秀尼姑、权之助和伊织在不觉间沿金堂向食堂走去。

"——我们明天就要启程了。要是见到武藏先生，拜托向他传达我的邀请之意，我们还住在京都的本阿弥街。"

"明白了。那您多保重。"

"哦。早点休息……"

他们在山门处道别，附近因照不到月色，而显得非常暗。光悦和妙秀尼姑回僧寮。——权之助和伊织则一起朝山门外走去。

土墙之外是环绕壕沟的溪流。刚要踏上土桥，突然有一个白色物体从暗处蹿出，朝权之助的背后袭来——伊织一惊，还来不及反应就感觉自己一脚踏空了。

四

——扑通！

在飞溅的水花之中，伊织迅速跳起。虽是湍流，但水并不深。

怎么回事？

太突然了，伊织都不知道是怎么回事。

再看土桥之上，有个人在半空中摆出了对峙姿势。

他便是自己在落水瞬间感受到的突然袭向权之助的白色物体，白色是他衣服的颜色，自己应该是被他迅速推下来的。

圆明之卷

"啊，那个山伏？"

伊织想该来的终于来了。那正是从前天开始就一直跟在后面的山伏。

山伏拿的是手杖。

权之助拿的也是他惯用的手杖。

山伏突然出招，权之助变换位置躲闪，山伏堵住土桥一端，权之助背靠山门而立。

"你是什么人？"

权之助大喝一声，接着厉声道：

"认错人了吧？"

"……"

山伏什么都没有说，可也不像是认错人的样子。他背上背着笈，装束上看起来并不轻便，可踩在桥上的两只脚却像生在地上的树木一般，看起来结结实实。

这不是一个一般的敌人——权之助鼓起劲，将手杖握在后面。

"你究竟是谁，真是卑鄙，报上名来，为什么袭击我梦想权之助？"

"……"

这个山伏就像没有耳朵一般，只是感觉到他眼中燃着一股像要烧死人般的熊熊火焰。从金刚草鞋中露出的脚趾，像蜈蚣一般，伸缩着徐徐向前移动。

"哼，真是！"

权之助忍无可忍——他那圆圆的身体因充满斗志而骨关节凸起，面对愈来愈逼近的山伏，他也努力不使自己处于下风。

——咔嚓一声响的同时，山伏的手杖被权之助的手杖打成了两截，其中一截飞向空中。

山伏将手中的另一截手杖向权之助的面部扔去。在那截手杖擦脸而过的瞬间，权之助拔出腰中的戒刀，飞燕般跳了出去。

这时，这个山伏突然"啊"的大叫一声。

伊织在溪流的浅滩中也大骂畜生，与此同时山伏嗒嗒嗒地向桥头退了五六步。

原来是伊织扔的石头打中了山伏的面部，搞不好打到左眼了。对于山伏来说，这是一个来自于意想不到的方向的致命一击，他心中一定在暗暗叫糟糕。只见他迅速转身沿着寺院的土墙和溪流向住宅区方向飞快地逃走了。

跳上岸来的伊织叫着：

"等等！"

试图握着石头，追将过去，结果被权之助拦住。

"等着瞧！"

伊织远远地将手中的石头向夜色中扔去。

五

回到杜氏宅邸的藤六家，两个人很快便躺在寝榻上准备睡觉了，可是谁都睡不着。

在似睡非睡的时候，权之助想起光悦的话，想到了建武、正平年间及现在。

从应仁之乱起，到现在室町幕府的倒台、信长的大业、秀吉的出现，世事变迁，——秀吉灭亡后，关东大阪两地又围绕霸权，风起云涌，不知何时会再次爆发战争——现在的世道与建武、正平之时已有了多大的差别啊！

权之助辗转反侧又想道：

在北条、足利之徒扰乱国家根基的那个不安的年代，尚有楠木一族及诸国的尊王武族等真正的日本武士出现——而现在——现在的武士呢——还有，武士道呢？

真的这样就可以吗？

信长、秀吉、家康的夺权之争让民众都甚至忽略了真正的主上，民心的归一遭到破坏。

武士道、町人道、百姓道——一切都是为了武家的霸业，天皇的尊贵、臣民的本分都统统被无视了。

虽然社会变得越来越繁荣，百姓的生活也越来越多姿多彩，但这个国家的根本从建武、正平年间起就没再有多大的发展。大楠公所奉行的武士之道——所抱有的理想，已离这个世界越来越远了。

躺在被子中的身子变得暖和些了，河内的群峰、金刚寺的草木、夜间啼叫的鸟虫此时仿佛都进入了他的梦境中。

——伊织还在想他自己的问题。

就是，刚刚那个山伏是谁？

白色的幻想久久萦绕在伊织的脑海中，伊织不由得为明日的旅程担心起来，嘀咕道：

"真是可怕啊！"

山间的暴风雨让他又拉了拉被子。

因为夜间的担心，他晚上既没有梦到大日佛的微笑，也没有梦到苦苦寻找的姐姐的面容——早晨早早地便起床了。

阿安和藤六因为他们今天要一早出发，天还没亮便他们准备好了早饭和便当，到了快出发的时候，还给伊织包了烤酒糟：

"边吃边走吧！"

"多谢照顾，后会有期了——"

清晨，山峰上装点着七彩朝云，天野川的流水也氤氲在如梦似幻的水汽之中。

有一个迎着朝雾轻快地从家中跑出来的商人在权之助和伊织的背后朝他们精神矍铄地打了个招呼：

"早啊。这么早便上路了。"

绳子

一

因为是一个并不相识的男人，权之助只是简单回了一声问候。伊织因为有昨晚的事在，没吭声。

"二位昨晚是留宿在藤六家吧。藤六这些年也挺照顾我的，夫妇二人真的挺不错。"

商人絮絮说道，仿佛已经将权之助和伊织看作了亲切的同伴。

权之助保持礼貌地听着，他又道：

"我也承蒙木村助九郎大人照顾，时常去柳生城拜访。"

看来他是打开了话匣子了。

"——既然你去女人高野的金刚寺参拜了，不妨也去去纪州高野山吧，现在山道上应该已经没有积雪了，也不用怕雪崩了，去那儿现在是最好的季节，今天可以悠闲地爬爬天见、纪伊见等山峰，晚上留宿在桥本或学文路，好好休息一下——"

他所说的正中权之助所想，权之助觉得有些纳闷儿。

"你是做什么买卖的？"

"我是卖绦子的，这个包里——"

商人向后侧了下头。

"我带了绦子的样本，打算到处看看有没有需要订货的。"

"哈哈，是绳子商啊！"

"靠藤六的关系，我在金刚寺的施主中也发展了不少买家。昨晚本来像往常一样，我要住在藤六家的——可是藤六说今晚家里有两位客人必须留宿一晚，让我先到邻居家去住，我便住到了杜氏大杂院中的另外一家……啊，你可别误会，我不是在怪你们，不过若是能在藤六家里住，能喝到美酒，那可是比睡觉还美的一件事……哈哈哈哈！"

这样听来，他讲的话挺合情合理的，并没什么奇怪之处，权之助也为能有这样一个熟悉附近地理民俗的旅伴而高兴，便边走边向他了解周边的状况，以备日后不时之需。

走着走着来到了天见高原，纪伊见的山崖、高野山出现在眼前——这时，有人在后面呼喊着。扭头一看，又一个与绳子商人同样穿着打扮的商人跑了过来。

"杉藏，你真过分！"

那个人追上来，大口大口喘着粗气。

"——你说今早叫上我一块儿走，我一直在田野村口等你来着，你怎么默不作声自己先走了？"

"啊，是源助啊……呀，真是抱歉、抱歉。忘了叫你一声了！"

绳子商人挠着头说道：

"我和藤六的客人聊得太投入了——"

说着望了望权之助的脸，笑了。

看来是绳子商人的同伴，什么旅途中的销售额，线绳行情，两个人不断谈论着生意经。

"啊，好危险！"

两个人都停住了脚步。

前方有一处太古大地震造成的断层，而在断层之间，横架着两根看起来很不牢靠的圆木。

二

"怎么了？"

权之助站在两个人的后边问。

商人杉藏和源助说道：

"先生，稍等一下。这里的圆木桥坏了，看起来摇摇晃晃的。"

"山崖崩落了吗？"

"那倒不是，只是因雪崩，有石头落在上面了，一直无人修理。我们来弄一下，也好方便后面的路人，您先休息一下！"

两个人说罢蹲在断层边缘处，将石头垫在桥的根基处，并用土埋好。

——真是难得的用心。

权之助心中赞叹道。经常旅行的人通常更能了解旅途的困顿，可是却很少有人能如此替他人着想。

"叔叔，我再搬些石头吧！"

伊织也提出要帮忙，很快从旁处又搬来不少石头。

断层下的山谷非常深，看上去二丈有余。因为是高原，谷底并没有溪水流过，全是岩石和灌木。

"好像可以了。"

商人源助站在木桥边，试着踩了踩，然后对权之助说了句：

"——我先过去。"

便边保持着身体平衡，边轻巧地向对面山崖快速走了过去。

当源助成功到达对面山崖后，杉藏请权之助先上桥。

"请、请——"

于是权之助走了上去，伊织紧随其后。

他们数着步数——走出三五步时，刚好走到山谷正上方。

"啊？"

"呀！"

伊织和权之助突然惊叫，相互抱在一起，吓得僵在那里。

原来对面的源助取出一根预先藏在草丛中的长枪，并将白色的矛头对准了毫无防备的权之助。

——是山贼吗？

权之助心中有些慌乱，回头看后面的杉藏不知何时也拿出了一根长枪。

"完了！"

一向无畏的权之助如今也咬紧了嘴唇，恨自己轻易上了两个人的当，不知如何是好。

腹背受敌。

两根圆木勉强支撑着上面这两个因受惊而颤抖的身体。

"叔叔！叔叔！"

伊织毕竟是孩子，他大叫着将权之助的腰抱得更紧了。权之助护着伊织，闭上了眼睛，完全听天由命了。

"蟊贼！谋划得不错啊！"

这时，有人粗着嗓子大喝一声：

"住嘴——"

这既不是源助的声音，也不是杉藏的声音。

"……呀？"

权之助抬头循声音望去，在对面山崖上，站着一个左眼青肿的山伏，那青肿正是昨夜被站在金刚寺溪流中的伊织扔石头打的。

三

"不要慌！"

权之助换了一个人般柔声地对伊织说，然后饱含敌意地愤怒地骂了一声：

"畜生！"

目光炯炯地瞪向桥的两边，

"原来是昨夜那个山伏的诡计，这卑鄙无耻的贼人，我们还真是小看他了，可惜了我们的性命。"

——手持长枪堵住权之助和伊织的两个人，只是提防他们踏上陆地，并不踏上木桥一步，也不开口说话。

站在悬空木桥上的权之助和伊织动弹不得、命悬一线，任他们怒发冲冠、拼命呼叫，那山伏就是不做任何反应，只是冷眼旁观。

"什么贼人?"

他反而还责备权之助,

"你以为我是为了你那点儿可怜的盘缠吗,像你这种大脑不管用的人怎么有资格潜入敌方领地?"

"什么,潜入?"

"关东人——"

山伏大喝一声:

"将手杖扔到山谷里,把腰间的大小腰刀也扔掉。然后将两手缚到后面,老老实实地跟我们走。"

"——啊"

权之助松了一口气,不再那么紧张了。

"等等、等等,我现在才明白是怎么回事。——这是一场误会,我是关东来的不错,可绝不是什么密探,在下梦想权之助,游历诸国只为修行梦想流杖术。"

"少废话,哪里有密探自报家门说自己是密探的。"

"不,确实是误会了。"

"这会儿你说什么都没用。"

"可是,至少……"

"等绑了你,我们自然会审问你。"

"我不想毫无意义地开杀戒。再听我说一句,你们凭什么认为我是密探,理由是什么?"

"一名可疑的男子带着一个小孩儿,已作为江户城军学家北条安房守的密探潜入上方了——我们很早便收到这个谍报了。而且我们还发现你来这儿之前,还同柳生兵库及其家臣进行了秘密会合。"

"这都是没影儿的事。"

"别跟我说什么有没有的,跟我们到地方后,你想说什么就说什么。"

"去哪儿?"

"去了就知道了。"

"这要看我高不高兴,我要是不去呢?"

——只见堵在桥两头的商人杉藏、源助的枪头一闪。

"那只好杀了你。"

说着两个人慢慢上前。

"什么?"

权之助用力推了伊织一把,木桥原本就是只能容下两只脚的宽度,伊织经这么一推。

"啊——"

的一声向前一倾，失去了平衡，掉了下去。

说时迟那时快。

"哇——"

权之助大叫一声，抡起手杖，卷起一阵风，向其中一边手持长枪的人气势汹汹地冲了过去。

四

要想长枪运用自如，出招的时机和与敌方保持的距离非常重要。

杉藏虽早有准备——

但也提起万分精神，伴随着喉咙里发出的一声"哈"迅速地出了招，可是他的长枪还是扑了个空，身体与权之助撞在了一起。

——"啪"

一屁股坐在地上。

就在他摔倒的瞬间，权之助已经将手杖换到左手，右手攥成拳一拳打在试图爬起来的杉藏的脸上。

"哇——"

杉藏满脸是血，露出牙龈的脸像凹下去了一样。权之助又踩在他的脸上，一跃跃到了高原的平地上。

"来啊！"

权之助怒不可遏，拿好手杖，准备再战，他以为终于离开了死神的威胁，谁知真正的险境刚刚开始。

从周围的草丛中蹿出两根绦虫般的绳子朝他飞了过来。一根绳子的绳头上拴着刀锷，另一根绳子上拴着带鞘的腰刀，借着刀锷和腰刀起到的重力作用，两根绳子迅速缠到权之助的脚上、脖子上。

看到杉藏已经失去反抗能力，权之助原本打算继续对付跑过木桥的源助和那山伏，不想下一个瞬间手杖和持手杖的手也都被缠住了。

就像被蜘蛛丝粘住了的昆虫一般，权之助本能地挣扎着，可却被跑来的五六个人使劲儿按住。

手脚都被捆住了——这些人离开了他的身体。

"这事难对付。"

他们擦着汗。再看权之助，他已经被绑成了一团，无法动弹。

将权之助紧紧绑住的绳子是远近闻名的木棉平打绳，又叫九度山绳、真田绳，非常结实。是绳子商人卖得很好的一种绳子。

刚刚从草丛中蹿出的、偷袭权之助的五六个人都是绳子商人，唯有那个山伏打扮的人不同。

"有没有马？"

山伏喊道：

"就这样将他拉到九度山太引人注目了,也麻烦。就把他绑在马背上,给他盖上席子,如何?"

"好。"

"到了前面天见村就应该能找到马了。"

商量好后,这些人架着权之助,呼呼啦啦地朝云与草的另一端急行而去。

——在这之后,随着从断层底吹上来的冷风,带着叫声飘向高原的上空。不用说,是跌入断层中的伊织的求救声。

丝雨之春

一

鸟的叫声,会因鸣叫的地方和聆听的场所不同而不同。也会因为聆听的人的心境不同而有所不同。

在高野深处的高野杉,被称为天上之鸟的频伽的叫声,格外澄澈。伯劳、白头翁等鸟儿则伴随着迦陵频伽浅吟低唱。

"缝殿介。"

"在——"

"世事无常啊!"

说着,伫立在迷悟之桥上的老武士,回头看了一眼叫作缝殿介的年轻武士随从。

这个老武士看起来就像是乡下的武士。——他穿着手织木棉的硬邦邦的短褂和武士游历所穿的裙裤。——可是大小十分合适。佩带了一把上好的佩刀。同行的被唤作缝殿介的年轻武士随从身材魁梧,与有别于下人的流动仆从不同,可以看出他从小受到过良好的教育。

"——看到了吗?织田信长公的墓,明智光秀大人的墓,还有石田三成大人的,金吾中纳言的,在长满青苔的旧石碑下,躺着或是源家或是平家的时代枭雄……如数不清的青苔般的人啊!"

"在这里,已经没有敌我分别了。"

"所有的人都只剩下一方孤寂的石碑。称雄一世的上杉、武田的名字也已如梦似幻。"

"有种奇怪的感觉。"

"有何感觉?"

"觉得世间的一切都很缥缈虚幻。"

"这里虚幻,还是世间虚幻?"

"说不清楚。"

"也不知是何人给这座处于里院、外院分界处的桥起的名字,迷悟之桥。"

"这名字起得真好啊!"

"我想,迷惑也好,醒悟也罢,都是真实的。除非这个世界不存在,才一切皆虚幻。不,将自己的性命交给主公的武士是不能随便怀有虚无感的。故而,我的禅是活禅,是婆娑禅、地狱禅,若是惮于无常,厌倦世事,怎能成为一名侍奉主公的武士?"

老武士迈步向前,继续说道:

"我要过去了。好了,快回到原来的尘世吧!"

老武士虽说上了年纪,腿脚却依旧很利索。后脖颈处还隐约可见头盔护颈的痕迹。他已遍览了山上的名胜及殿堂、佛塔,内院的参拜也已结束,这会儿他直奔下山口走去。

"哦,大家出来了!"

来到下山口的大门处,老武士远远地嘟囔了一句,有点儿为难地皱了皱眉。前方,青岩寺的住持带领二十多位年轻僧人左右排成了两列。

他们在等着为老武士送行。老武士为了避免这些繁文缛节,今早启程前已经在青岩寺向大家告过别了。没想到,这会儿还是有这么多人出来送行,虽然非常感激众僧人的好意,可是这高调的场面还是让他很为难。

——又是一番寒暄与道别后,被称为九十九谷的连绵山谷出现在眼前,沿坡道快速下行,终于变得轻松起来。他所说的婆娑禅、地狱禅也可以开始派上用场——凡世的味道、自己的心垢不知何时已经重返。

"啊。您?"

在山道的拐角处,

迎面走来一位膀大腰圆、皮肤白皙的年轻武士。这位武士虽称不上是美少年,却散发着一股不凡的气质。他此时睁大了眼睛,停住了脚步。

二

听到这位年轻武士招呼道"啊。您?"老武士和武士随从缝殿介也停住了脚步。

"请问你是——"

"在下是受九度山的父亲之命前来的。"

年轻武士彬彬有礼地说道:

"若是认错人了的话请您见谅,路边叫住您真是失礼了,尊台是从丰前小仓赶来的,细川忠利公的老臣长冈佐渡大人吧!"

"嗯。我是佐渡——"

老武士有些讶异。

"在此处，你怎会认识我，你到底是谁？——我正是长冈佐渡。"

"这么说，您就是佐渡大人啊。在下是九度山隐士月叟的儿子，大助。"

"月叟。……啊？"

见佐渡一脸疑惑，大助解释道：

"父亲在关原之战前曾叫真田左卫门佐。"

"啊？"

佐渡愕然。

"真田大人——是那位幸村大人吗？"

"是的！"

"你是他的儿子？"

"是的……"

大助显露出些许与他那健硕的体格极不相称的腼腆，

"早晨听顺路到父亲那里的青岩寺的僧人说，您微行到山上来了，将于今日离开。觉得您可能会路经此地，便在此恭候。父亲略备粗茶淡饭，想请您到寒舍一叙——"

"哦。原来是这样。"

佐渡眯眼微露笑容，扭头看向同行的缝殿介。

"——承蒙他们一片好意，你看如何？"

"好的！"

缝殿介也点头答应道。大助接着说：

"若是方便的话，虽然现在日头还早，若您能在寒舍留宿一晚就更好了，父亲一定会万分高兴。"

——佐渡想了想，点点头。

"那就打扰了。留不留宿到时再说吧。——怎么样，缝殿介，我们就去叨扰一杯茶吧！"

"好的。我跟您一块儿过去吧？"

主从二人默契地相互望了一眼，跟着大助走去。

不多时，便来到了九度山的村庄。在靠近村庄郊外的地方，有栋倚山而建的房子四周着石墙，石墙边上堆了一些柴火。

建得有些像土豪的住宅，可是，柴垣还有门都很低矮，不失风雅。若告诉你，那便是隐士的家的话，你会感叹，如此幽雅情趣不愧是隐士的家。

"父亲已在门前恭候了。——就是那个茅屋！"

大助指着小山旁的茅屋说道，同时将客人让到了前面，自己跟在后面向家中走去。

圆明之卷

三

　　土墙内种了一些用于做早晚清汤及菜肴的蔬菜。

　　主房背对山崖，从房间可以看到九度山的民家房顶、学文路客栈等地势较低的地方。迂回的廊檐旁是青青竹林，蜿蜒溪流——竹林的另一边也有住所，可以清晰地看到那两栋住所的内部。

　　佐渡在一间闲雅的房间坐了下来，随从缝殿介则正襟危坐在门口檐下。

　　"真是安静啊！"

　　佐渡嘟囔道，环顾了一下室内。——在进入土墙的门时，已经和这里的主人幸村打过照面了。

　　可被引到这里坐下有一会儿了，还没见幸村过来。可能他还要再准备一下，才肯正式见客吧。茶水刚刚已经由一位貌似大助媳妇的端庄妇人奉上了。

　　已经等了许久了……

　　不过这等待却也并不令人厌烦。

　　在这间房间中，只觉得非常舒心。隔院的远眺景物；看不到溪水，却可听到潺潺的流水声；从茅屋顶的房檐处开出的美丽小花。

　　另外，房间内虽没有什么华丽的器具，却也不愧是上田城三万八千石的城主真田昌幸的次男的居所——在一旁袅袅燃烧的熏香香木并不是寻常百姓家能有的。房间的柱子很细、天花板低矮，粗抹墙壁的小壁龛上有一个荞麦小花瓶，里面放着一枝梨花。

　　梨花一枝春带雨。

　　"……"

　　客人佐渡想起了白居易《长恨歌》中的这句诗，一时为诗中所歌的杨贵妃与唐玄宗的恋情所感怀——这时，一幅字又吸引了佐渡的目光。

　　上面用粗笔浓墨写着五个字：

　　　丰国大明神

　　字体中透着大气、无邪，五个字旁还有一行小字"秀赖八岁书"。

　　——自然而然地。

　　佐渡将背靠字幅的身子端正地向一旁挪了挪。这里所焚的香木并非是为了欢迎客人，一时兴起焚烧的，每天早晚主人都会清扫这间房间，在神位前奉上神酒、烧香供奉，如今仿佛就连拉扇、墙壁上都浸染了香气。

　　"……哈哈，果然是名不虚传的幸村。"

　　佐渡想起了经常听到的关于九度山传心月叟——真田幸村的一些传言。都说他是一个不容掉以轻心的男人，什么居心叵测、看风使舵、深渊之龙，都是世间对他的形容。

"……这个幸村。"

佐渡觉得他有些难以令人揣测。原本如此墨宝该是藏起来，不在人前随便展示的，可他却挂在如此醒目的地方。——这里该挂上大德寺的墨迹才对。

——这时，佐渡感觉到有人来到了门口，便若无其事地移开了视线。是刚刚出门相迎的那个寡语而瘦小的人。他穿了件无袖和服外褂，身佩短腰刀，只见他在门口站定后深深地弯腰行礼道歉道：

"真是失礼啊。让犬子将您从旅途中贸然请到这里来，请见谅。"

四

这里是隐士的幽居之所，主人是位离开主家的武士。

按说主客间是不应论社会地位的。可若讲起地位长冈佐渡是细川藩的家老、重臣。

幸村则虽说更名改姓为传心月叟了，怎么说也是真田昌幸的嫡子，兄长信幸现在还是德川系的一位诸侯。

有如此背景的幸村就是行礼也不用行如此大礼，这让佐渡非常诚惶诚恐，

"请您。……请您快快起身。"

佐渡不住地回礼。

"——虽然经常听到一些关于你的传闻，今天能够不期而遇，见你康健，真是好啊！"

听佐渡这么一说，幸村稍稍放松了一些。

"您也是老当益壮啊，听说您的主公忠利公前段时日无恙地从江户回到了故乡。真是可喜可贺。"

"今年刚好也是忠利公的祖父幽斋公的三年忌辰，幽斋公于三年前在三条车町的别邸仙逝了。"

"已经三年了啊！"

"大家都回乡了。我佐渡也成了侍奉幽斋公、三斋公、忠利公三代主公的老古董了。"

话谈到这儿，他们都哈哈笑了起来，就像远离世事闲居的一对主客一般融洽。出迎的大助是初次认识佐渡，但幸村和佐渡今天似乎并非第一次见面。在聊起四方山的事情时幸村问道：

"最近您有没有见到花园妙心寺的愚堂和尚啊？"

"没有，完全没有音信。……对了对了，初次见幸村先生是在愚堂和尚的禅室吧。承蒙您父亲昌幸大人的关照。——那时我奉命修建妙心寺内的春浦院，经常造访那里……哎，已经是很久以前的事了，当时您还年少。"

佐渡非常怀念地追怀起往事。幸村也说：

"记得那时经常有些暴徒去愚堂和尚的禅室反省。愚堂和尚不管是诸侯

圆明之卷

还是武士、是长者还是晚辈，都来者不拒。"

"愚堂和尚曾说过，他尤其喜爱流浪武士和年轻人。只四处游荡的，充其量只是流浪汉。真正的流浪武士是胸怀大志、意志坚定、有节操的人；真正的流浪武士不追求名利、不献媚、不屈节、大义无私，既如白云般缥缈，又如骤雨般雷厉风行，纵然贫穷而懂得自乐，将得失置之度外……"

"您还记得哪！"

"和尚经常感叹这样的真正的流浪武士如沧海明珠一般，实在是少之甚少。不过记得他也谈过，虽然理想中的流浪武士难得一见，翻阅史册会发现当国家有难时，无私救国的无名流浪武士还是不在少数的。这个国家其实是由无数的无名流浪武士的白骨堆起来的……现在的流浪武士又怎样呢？"

佐渡边说边直视着幸村的脸。可是幸村就像没注意到佐渡的目光一般，

"是啊。说起这些，我突然想起来，当时愚堂和尚膝下有一位年少的作州流浪武士，名叫宫本什么来着，您老还有印象吗？"

五

"作州流浪武士宫本？……"

佐渡小声重复了一遍幸村讲出的这个名字。

"是武藏吗？"

"对对，宫本武藏。——是叫武藏。"

"他怎么了？"

"记得当时他还未满二十岁，却看起来非常沉稳，总是穿着一身脏兮兮的衣服来愚堂和尚的禅室。"

"嗯。那个武藏——"

"您想起来了吗？"

"不、不——"

佐渡摇摇头。

"我想起了近年——在江户府时的事。"

"他现在在江户吗？"

"我奉命在寻找他，还没能得知他的确切住所。"

"愚堂和尚曾说他肯定会有出息，并非池中之物，我一直在关注他。果然，他离去没几年便因一乘寺的一战成名，愚堂和尚没看错人。"

"我找他并非因他的勇武之名。在江户府时，我听说下总的法典之原有一位流浪武士，帮助当地居民，开垦荒芜之地，很少有武士会如此用心，所以很想见见他，谁知找过去时，他已经不在那里了。——后来听说他叫宫本武藏。"

"据我所知，那个男人能当得起愚堂和尚所说的真正的流浪武士，他就是那沧海明珠。"

"您也这样认为吗？"

"说到愚堂和尚讲的那些话我突然想起来了，这些年我一直没忘了他。"

"我已经向主公忠利公推举过他了，只是他到底身在何处呢？"

"武藏的话，我也认为应当推举。"

"——可是这样的人为官应该不仅仅是为了俸禄，他定会更看重能否施展抱负。——也许，比起细川家，他更期待着能在九度山出仕呢？"

"嗯？"

"哈哈哈哈……"

佐渡大笑了几声后，很快收起笑容。

刚刚佐渡那看似无心说出的话，其实并非无心。

他是想试探一下这里的主人的心思。

"……您这是开玩笑了！"

幸村回之以笑容。

"九度山现在连一个武士的年轻随从都不好招——更别说是那么有名的流浪武士了。我想他是不会考虑来的。"

虽然幸村也知道这只不过是虚于应付的一句话。佐渡借着话机继续说道：

"哪里哪里，您怎么这么说。在关原之战中，细川家为东军助势，与德川家旗帜分明。另外，众所周知，已故太阁大人的遗孤秀赖是您唯一的同伴和依靠。……从您供奉的挂轴便可了解到您的心意了。"

佐渡说着扭头望向墙壁上挂着的秀赖的书法，战场是战场，这里是这里，佐渡敞开天窗说亮话。

六

"您这么说，真是让我幸村无地自容啊！"

听了佐渡的话，幸村比想象中看起来要为难。

"大阪城的一个朋友觉得可以通过秀赖的书作来缅怀太阁大人，特意送来给我的，我怎能怠慢，于是将它挂到了墙上……太阁大人如今已不在人世了。"

幸村低下了头，声音有些哽咽。

"——世事无常，大阪今后会怎样，关东局势又会如何呢，想必贤者已经内心了然了。——不管怎样，我幸村是无论如何不会突然变节，侍奉二君的——这便是我幸村的悲哀末路，您见笑了。"

"哪里，您自己虽然这样说，可是世间并不这样认为。坦率地讲，大家认为您每年都会秘密地从淀殿、秀赖那里获得数额巨大的津贴，只要您振臂一呼，以九度山为中心，会有五六千的武士食客响应聚集。"

"哈哈哈，这是没影的事……。佐渡大人，出卖自己是最痛苦的事。"

"可是，世间的人这样想也不是没有道理的。您从年轻时便跟在太阁大人身边，比一般人更受瞩目。大家都觉得真田昌幸的次男幸村所受的眷顾可与南北朝时代的楠木正成相比。"

"请不要再说了。真是惶恐。"

"那么，是误传吗？"

"我的愿望就是能够在九度山度过余生，虽然不算风流之人，但至少能够耕田、看子孙们长大、秋食新荞麦、春食焯嫩菜，让那充满血腥味道的修罗故事和战场故事都随松风飘走，只祈求长命百岁。"

"是吗，这是你的真心话？"

"最近，我一有闲暇就会读些老子和庄子的书，从中领悟到人生在世，应该享受生活，否则算什么人生呢。……虽然这样的我，可能会被您看不起。"

"呵呵……"

佐渡虽不将幸村的话信以为真，还是做出一副相信并很吃惊的样子。

——就这样半个时辰过去了。

那个貌似大助媳妇的女子也很周全地来斟过几次茶。

佐渡拿了一个麦落雁点心，说道：

"我们已经说了很多了，承蒙款待。……缝殿介，咱们准备告辞吧！"

"哎呀，再坐一会儿吧！"

幸村挽留道。

"——儿媳和犬子现在正在准备荞麦饭。山中人家虽说没什么好招待的，可是太阳还高着呢，若是在学文路投宿，不用着急。再坐坐吧！"

这时大助过来说：

"父亲。这边请——"

"做好了吗？"

"是的。"

"坐席也预备好了吗？"

"已经准备好了。"

"是吗？那么……"

幸村让着客人，自己沿着廊檐走在前头给客人带路。

在幸村的盛情之下，佐渡却之不恭，愉快地跟在了后面。突然从后面竹林那里传来了奇怪的声响。

七

听起来像是织布机发出的声音，但要比织布机的声音更大，调子也不尽相同。

在对着竹林的坐席上，摆着主人与客人的荞麦饭。

酒水也已一应准备齐全。

"做得不好。"

大助招呼客人动筷。看起来还不太惯于交际的大助媳妇，提起了酒瓶。

"请您来一杯吧！"

"酒就算了。"

佐渡盖住了杯子，并指向荞麦饭：

"这个就好了。"

大助和媳妇也不多让，很快便退下了。——竹林那边还是不断地有织布机似的声音传来，佐渡问道：

"那是什么声音？"

幸村听佐渡这么一问，才察觉到声音吵到了客人。

"哦。那个声音啊。说来真是惭愧，为了生活，我们家里人，包括家仆一起在做丝绳加工，那声音是做丝绳的机器的声音。……我们自己早听晚听的已经习惯了，对于客人来讲就太吵了。……我赶紧吩咐他们一声，把机器停一停吧！"

说着幸村拍拍手，似乎要叫来大助的媳妇。

"不用，不用让机器停下来。若是影响到你们的工作，我会很过意不去。没关系、没关系的。"

佐渡阻止道。

这个客厅感觉离幸村家人居住的正房很近，除了机器声，细听还能听到进进出出的人的声音，厨房的声音，还有不知从何处传来的数钱的声音——和在之前那间房间感觉到的氛围完全不同。

佐渡讶然，可是他也不是完全没想到从大阪城失去俸禄，落魄的大名的末路会是如此。家里人口众多，不习惯农耕，靠变卖家产度日，终有一天坐吃山空也是可能的。

佐渡满腹思虑地吃着荞麦饭。从荞麦饭的味道中，他完全品不出幸村到底是怎样的人。总之是——难以捉摸的人——

和他十年前在愚堂和尚那里所认识的幸村感觉不太一样。

佐渡同时觉得就在自己一个人瞎费力气试探时，幸村说不定已经通过和自己闲谈了解到了细川家的近况。

——这个幸村真是不动声色啊。

就连自己为何来高野山都没有问。

佐渡这次登山其实是奉了主公之命。故人细川幽斋公在太阁大人在世时，时常会陪太阁大人来青岩寺，有时夏季也会特意在山上待上一段时间，著述歌书之类，所以青岩寺中尚保留有幽斋公的墨宝及文房用品等遗物。为

了整理并带走这些遗物，佐渡特意赶在今年的三年忌前，从丰前的小仓动身来这里。

——连这样的事情幸村都不曾盘问。仿佛就真如相迎的大助所说的，幸村只是想为路过门前的过客奉一盏茶，表达一番情意。

八

随从缝殿介一直端坐在门口檐下，可他对进入后面房间的主人的安危担心不已。

表面上他们再怎么盛情款待，这里到底是敌方的家。幸村对于德川家来讲是不可小觑的存在，是被格外注意的大人物。

据说德川家还特意吩咐纪州的领主浅野长晟监视九度山这边。但由于对方大有来头，又难以捉摸，所以浅野长晟很是为难。

"……差不多该离开了吧！"

缝殿介心神不宁地想。

这家未必不会使出什么诡计，即使没什么，也怕浅野家会向德川方面报告说细川家的藩老微服行走的途中到了幸村那里之类的，让德川家多疑。

关东和大阪间的局势就是如此紧张。佐渡大人又不是不知道这一点。

——缝殿介不断向里忧心地张望着。突然房子边上的连翘、棣棠这些花大幅摇曳，有雨滴顺着房檐从墨色的天空滴落下来。

"就趁现在——"

缝殿介想，他下了廊檐，沿庭院向款待佐渡的房间走去。

"看天气要下雨了。主人若是要启程的话，就趁现在吧！"

听到门口缝殿介的声音，在闲聊中不好脱身的佐渡可算找到了脱身的时机，赶紧应道：

"呀，是缝殿介啊。……快下雨了吗？那咱们准备走吧，现在走还不至于淋湿。"

说罢，向幸村讲了些告别的客套话，急匆匆地站起了身，幸村可能是察觉到了主仆的意思，也不强留，唤了大助和儿媳道：

"给客人找件蓑衣。大助将客人送到学文路吧——"

"好的！"

大助拿来蓑衣。佐渡接过后告辞出门。

云脚飘得很快，已经悬浮在千丈谷和高野峰的上空，不过那里还不见下雨。

"保重。"

幸村和家人将客人送到门口。

佐渡也殷勤回礼道：

"改日无论刮风还是下雨，我都会再来拜访。保重——"

幸村微笑着点头。

又是一番寒暄客套。

两个人都在胸中描画出了对方当年马上长枪的雄姿了吧。越墙的杏花花瓣带着湿气盈盈而落，送行的主人和穿蓑衣的客人，都融入在了这晚春的景象之中。

大助在路上边走边说：

"不会下多大的雨的。晚春的天气就这样，每天都会有这么一阵疾风、阴云飘过山坳的时候。"

不过，话是这样说，看到天空这样的云脚，大家还是不由得加快脚步，抓紧赶路。在终于到达学文路客栈的入口附近时，迎面遇上一个白衣山伏，后面还跟了一匹马，两个商人。

九

马的背上盖着枯荻白，鞍上绑着一个被五花大绑的男人，同时鞍两侧还垂挂着两捆柴火。

两个行商商人则一人牵着马缰绳，一人拿细竹敲打着马屁股，一行人亦是急匆匆地赶路。

——在即将擦肩而过的时候。

大助特意斜过眼睛望向同行的长冈佐渡，和长冈佐渡搭话，可那个山伏并没有注意到这些，他用很响亮的声音唤道：

"哦，大助先生！"

大助就像没有听到一样，佐渡和缝殿介不免觉得有些奇怪，停下了脚步，望了望山伏。

"大助先生，好像有人在叫你——"

不得已，大助做出一副刚刚发觉碰上了熟人的样子。

"哦，林钟和尚啊，这是要去哪儿啊？"

"我们从纪见岭赶来——这会儿正打算直接去你家！"

山伏旁若无人地高声说道：

"刚刚我们在奈良发现了那个被报上来的可疑的关东人，终于在纪见岭将他活捉了。这人看起来比一般人厉害，还很凶猛、刚勇，我们打算将他带到月叟大人那里，或许能从他嘴里审出些关东方面的机密……"

大助打断了得意地说个不停的山伏。

"等等，林钟和尚，你在说什么呢？我完全不明白。"

"您看，这马背上——被绑在马背上的这个家伙，就是关东的密探！"

"说什么胡话……"

大助忍无可忍，顾不上再使眼色，直接大喝一声：

"你胡言乱语什么——知道我旁边的这位客人是谁吗？——丰前小仓的

细川家老臣，长冈佐渡大人。真是没个分寸……开玩笑要适可而止！"

"啊？"

林钟和尚这才注意到大助身边的人。

佐渡和缝殿介佯装没留意他们的谈话，只顾四处看的样子。这时云脚已经从头上飘过，雨伴风洒落，佐渡穿的蓑衣也如同鹭的羽毛一般，飘飘扬扬。

——他是细川家的？

林钟和尚噤声，斜眼投来无比讶异的目光，片刻，向大助小声问道：

"……怎么回事？"

大助靠过去跟林钟和尚简单嘀咕了几句，又赶紧跑了回来，长冈佐渡见状借机说：

"就到这里吧。再送下去，就太不好意思了！"

然后说什么都不让大助送下去了，点头致意后匆匆离去。

大助只好目送佐渡远去。

"真是糊涂啊！"

大助再次望向驮着俘虏的马匹和山伏时责备道：

"不分场合地瞎说。这要是让我父亲知道了，这事不会就这样过去的。"

"是。……是我大意了！"

山伏狼狈地道歉。他是真田的随从鸟海弁藏，在这一带是无人不知无人不晓的人物。

 港口

一

——我是不是疯了

伊织时常忐忑不安地这样怀疑自己，看见有水的地方就照照自己，当发现还认识自己时，才稍稍安心。

从昨天开始，伊织就一直在茫然地漫步，总觉得精神恍恍惚惚。

从那个断层爬上来后一直是这个状态。

"来吧！"

他有时会朝天空突然这样怒吼，有时又会低下头，盯着地面，低骂，"畜生——"

然后像被抽去了力气一般，拭泪呼唤权之助。

"——叔叔！"

他觉得权之助叔叔已经不在这个世上了，已经被谋杀了。看到附近散落的权之助的随身物品，他对此更是深信不疑。

"……叔叔，叔叔——"

明知是徒劳，伊织还是不住地呼唤，忘记了疲劳，不知衣服已经褴褛，甚至不知耳朵、手足还在流血。

"在哪儿呢？"

偶尔回神，胃腹的空落之感便随之袭来。是不是吃过什么东西了，吃了什么了，却几乎没什么记忆。

若是能够记起前晚留宿的金刚寺，或是更早之前去过的柳生庄，他也能有个目的地。可是，伊织已经完全失去了摔落断层前的记忆。

只是茫然地知道："还活着。"

他孤零零地一个人探寻着生存之道。

颜色艳丽的野鸡吧嗒吧嗒地飞过眼前，山藤的香气弥漫。伊织坐了下来。

我这是在哪儿呢？

大日如来菩萨的微笑如今是伊织心灵上的依偎。他坐在山上，望着远方的云、山峰谷端，寻找着大日如来菩萨的踪迹。

请告诉我我该去哪里吧——

伊织合掌，闭上眼睛，虔心祈求。

再次睁眼、抬头，远远地望着山与山之间的大海，仿佛碧色的雾霭一般缥缈无际。

"小孩儿……"

看起来貌似母女的两个人疑惑担心地站在他后面有一会儿了。她们都是简便漂亮的旅行打扮，并未跟有男伴。估计是从附近什么地方过来参拜、踏春的。

"……嗯？"

伊织扭过头望向这位妇人和她身边的女孩儿。眼神看起来还是呆呆空洞的样子。

女孩儿小声对母亲嘀咕道：

"不知他是怎么了？"

妇人歪歪头，走到伊织身边来，当她看到伊织手上和脸上的血，她皱紧了眉头。

"疼吗？"

伊织摇摇头。妇人对女儿说：

"看来他意识还清醒。"

二

从哪里来的。

家乡是哪里。

叫什么名字。

坐在这儿拜什么呢——面对妇人和女孩儿关切的询问，伊织那涣散的精神总算缓过来些，恢复了比较正常的状态。

"在纪见的断层，我的同伴被杀了。我是从断层底爬上来的，不知该去何方，于是参拜大日如来菩萨，希望他给予指引。拜过后，发现那边出现了海面——"

开始时，女孩儿还有些怕伊织，听了伊织的话，也和母亲一样同情起他来。

"真是个可怜的孩子。妈妈，带他回去吧。看他年纪也合适，也许能在店里帮上忙。"

"带他回去也行，只是不知道这个孩子肯不肯。"

"跟我们走吧。……好吗？"

伊织点头。

"那走吧。能帮忙拿下这个行李吗？"

"嗯……"

因为还不熟识，伊织不管她们对自己说什么，都只答一声"嗯"。

下了山，走出村尽头，便是岸和田町了。伊织那会儿在山上看到的是和泉海滨。走在熙来攘往的大街上，伊织终于渐渐和母女二人热络起来。

"阿姨，阿姨家在哪儿？"

"堺市。"

"这里就是堺市吗？"

"不，这里是大阪附近。"

"大阪在哪儿？"

"我们要从岸和田乘船回去。"

"啊。船？"

伊织看起来非常高兴。雀跃着说起——从江户到大和乘过很多次船了，不过都是过河，还没在大海上乘过船。自己的故乡下总虽然有海，可一直没机会在海上乘船。——真是太开心啦。他的孩子气在此时表露无遗。

"伊织呀！"

女孩儿已经记住了伊织的名字。

"阿姨、阿姨地叫，听起来很奇怪。你应该叫我母亲老板娘，叫我小姐。——得从现在开始养成习惯。"

"嗯——"

伊织应道。

"'嗯'……也很不合适。'嗯'怎么能算是回答呢。你应该回答'是',从今往后。"

"是——"

"对了对了,你真是个好孩子。在店里好好干,干好了以后提拔你做二掌柜。"

"阿姨家……啊,不是,老板娘家是做什么生意的呢?"

"我们是堺市的沿岸船商。"

"沿岸船商是做什么的?"

"这你就不知道了,我们有很多船,供中国、四国、九州的大名御用或用来运送货物,我们的船可以到达各个港口……就是做这样的生意的商人。"

"什么?——是商人啊!"

伊织有些轻蔑地嘀咕道,他感觉自己突然不再那么高看眼前的老板娘和小姐了。

三

"什么,商人啊——这个孩子讲话真是狂妄!"

女孩儿望望母亲,又带了稍显厌恶的目光重新望向捡来的伊织。

"嚯嚯嚯嚯,他可能以为商人充其量不过就是卖大饼的、卖衣料的小商贩吧!"

妇人并不在意伊织说的话,反而觉得他挺无邪可爱的。骄傲的女孩儿则觉得必须得跟他讲讲明白,让他了解堺市商人的厉害——

通过女孩儿扬扬得意的话语,伊织了解到,这个经营沿岸船运的店面设在堺市的唐人町海岸,有三间仓库,几十艘船只。

另外,除了唐人町海岸,在长门的赤间关、赞岐的丸龟、山阳的饰磨港口还设有分店。

小仓的细川家特别指定这家船商负责提供藩内的御用船只,所以他们拥有航行通行证,以及平民称姓带刀的特权。提起赤间关的小林太郎左卫门,中国、九州地区无人不知、无人不晓。

眼前这个女孩儿便是小林太郎左卫门的女儿阿鹤,只听她还滔滔不绝地说道:

"同样是商人,可是运势就大不同了。等到天下大乱的时候,你看看,不管是萨摩藩还是细川藩,光靠藩里的船只是远远不够的。虽然在平日里沿岸船商是普通的商人,到了关键时刻,我们是能发挥大作用的。"

就这样,伊织渐渐明白了许多状况,还了解到女孩儿阿鹤的妈妈,也就是小林太郎左卫门的太太,名叫阿势。见阿鹤说个不停,誓不罢休的样子,

伊织感觉到刚刚自己说的话似乎是有些过分了。

"小姐,生气了吗?"

阿鹤、阿势一听他这么说,都笑了。

"生气倒是没有生气,只是你这只井底之蛙,一副不把人放在眼里的样子。"

"对不起!"

"在店里有掌柜和很多佣工,船只一靠岸,还会与很多水手、挑夫打交道,你要是还说话这么没有分寸的话,会吃苦头的。"

"是——"

"嚯嚯嚯嚯。这小孩儿,倒也淳朴得可爱。"

阿势逗着伊织。

拐过街角,海洋的味道扑面袭来。前方便是岸和田的停船场,此时正停着一艘装载着地方物产的五百石的船。

阿鹤指着那船,炫耀地对伊织说道:

"我们就乘那艘船回去,那艘船也是我们的船。"

有三四个人看到他们,从岸边茶屋中跑出来迎接。看起来像船头、小林屋的佣工。

"您回来啦!"

"我们一直在等您。"

"不凑巧,货物比较多,比较挤,不过我们预留出的座位也能坐下,快请。"

在前面人的带领下,伊织跟着他们上了船,只见靠近船尾的一个角落被围了帷帐,铺了红毡垫,里面还备有桃山泥金绘的长把酒壶、料理套盒,奢侈得让人感觉不像是在船上。

四

船一路畅行无阻,当晚便到达了堺市的海滨,小林太太和阿鹤小姐带着伊织来到登岸河口对面的一座大房子前。

"回来啦!"

"回来得真早。"

"今天又是一个好天。"

在老掌柜和年轻佣工的簇拥下,他们向屋内走去。

"对了,掌柜的——"

在店面和里屋的间隔处,老板娘望向老掌柜佐兵卫说道:

"那个站在那边的孩子。"

"嗯嗯。是您带回来的那个脏兮兮的孩子吗?"

"他是我去岸和田的途中捡来的孩子。看着挺机灵的,就把他带回店里了!"

"我说他怎么就跟进来了,是您在路上捡的?"

"谁给他拿件干净的衣服,带他到井边洗洗澡,总不能带着虱子睡觉!"

像武士家的里、外屋一样,里屋旁人是不能随意进出的,就连掌柜的都不能随意进去,更何况伊织这个从外面捡来的孩子。伊织从那天晚上起被安置在了店铺的一个角落里,并且之后的一连几日都没有再见到老板娘和阿鹤小姐。

"真是不喜欢这里?"

虽说伊织受这家的照顾,有了栖身之所,可是他却十分受不了商家的规矩,觉得事事受拘束,很是不畅快。

人人都叫他小学徒。

一会儿让他干这,一会儿让他干那。

见到了老板娘或客人,还得点头哈腰。

并且从早到晚,他们整天钱钱钱地充满铜臭味,被工作赶得团团转。

"不喜欢这里,要不还是溜走吧。"

伊织不止一次有这种想法。

好怀念那澄碧清澈的天空,那睡在青青绿草上,沐浴微风,沉醉于草香的日子。

五

溜走吧。

每当这样想,伊织就会记起师傅武藏谆谆教导他要磨炼心志的那些话,真是思念师傅和权之助啊。

还有明知道是自己的姐姐,却仍未能见上一面的阿通——

可是——

纵然愈来愈强烈地思念这些人,作为一个少年,他同时也被泉州堺市这个港口的绚烂文化、异地风情,以及多彩的船舶,居民的奢华生活所深深地吸引,这一切都撞击着他那颗对未知世界充满好奇的幼小心灵。

还有这样的世界啊!

伊织惊叹着。

憧憬、梦想、欲望,在另一方面拽着伊织,让他纠结的同时未能离开半步,就这样度过一天又一天。

"喂,小伊!"

老掌柜在账台处叫着他。伊织此时正在打扫一间大泥地房间和仓库的露天空地。

"小伊!"

因为依旧没有回应，佐兵卫离开账台，来到店面的门框处，这门框是榉木方材的，已经黑得像被油漆涂抹过一般。佐兵卫怒吼道：

"新来的那个小学徒，叫你呢，怎么一点儿反应都没有？"

伊织扭过头：

"啊，俺吗？"

"什么'俺'，说'我'。"

"哎——"

"不是'哎'，是'是'，要弯腰行礼！"

"是。"

"你没有耳朵吗？"

"有耳朵。"

"为什么叫你你不吭声？"

"你小伊小伊地叫，我还以为不是在叫我呢。俺——我的名字叫伊织！"

"'伊织'这个名字不像是学徒的名字，所以我叫你'小伊'。"

"这样啊！"

"前段时间我不是告诉过你，不要把那个像柴火棒子一样的刀别在腰上吗。"

"是。"

"把刀扔掉，商家的小学徒带刀，成何体统！"

"……"

"把刀拿过来。"

"……"

"看你那嘴噘的……"

"这是我父亲的遗物，不能离身的。"

"你这小鬼。我说让你拿过来。"

"我又不想当什么商人。"

"商人怎么了，这个世界少得了商人吗？信长公再怎么伟大，太阁大人再怎么了不起，没有商人，也建不起村落城镇、建不起桃山，享用不到异国的东西。特别是堺市的商人，与南洋、吕宋、福州、厦门等地进行着大宗的买卖！"

"我知道。"

"你知道？"

"——在町内的绫街、绢街、锦街等地方，我见到一些大规模的织布作坊，还有高地上那像小城堡一样的吕宋店的别馆，海滨上处处可见巨贾的宅邸、仓库，真是让人大饱眼福啊。——比起来，老板娘和阿鹤小姐这引以为豪的店，实在是不算什么。"

"小兔崽子——"

佐兵卫跳出门来,伊织扔下扫帚就跑。

六

"那个谁,给我抓住他,抓住他。"

佐兵卫在檐下气急败坏地喊。

在岸边盼咐搬运工卸货的店中佣工们听到动静向这边一看:

"啊。那不是伊织吗?"

他们追过去,很快便将伊织抓住拽回了店前。

"这个棘手的小兔崽子。说些不中听的话,还不服管教。今天看我怎么教训你。"

佐兵卫蹭蹭脚,坐在账台上。

"把小伊身上的那把刀拿过来。"

店里的佣工们先将伊织身上的刀夺了过去,又将他的手绑在背后,拴在店前的一个货物堆旁,弄得他就像一只家养的小猴儿一样。

"让别人欣赏欣赏他。"

完事后,这些人边说边笑地离去了。

伊织是非常要面子的,武藏和权之助也经常教育他要有羞耻之心。

——太丢人了。

一股烈性的热血涌上伊织的心头。

"放开我——"

他大叫道:

"我以后不会再这样了。"

还道了一句歉,稍停了停,见依旧没人理他,恶言恶语就又蹦出来了,

"傻掌柜、臭掌柜。我不在这里待了,快给我解开绳子,还给我刀。"

这句果然奏效,佐兵卫又出来了。

"吵什么吵——"

他将一块布塞进了伊织的嘴里。伊织趁势咬了一下佐兵卫的手指,佐兵卫再次叫人来道:

"把他的嘴给我堵上。"

这下伊织叫不出声来了。

只能老老实实地被来来往往的人打量。

来往于这里的河口和唐人町河边沿岸的乘船旅客、带货商人、女小贩非常多。

"……呜……呜……"

伊织含含糊糊地低声嘟囔着,挣扎着,晃着头,最后扑簌扑簌地掉下了眼泪。

旁边一匹驮着货物的马还很不合时宜地撒了尿。尿水最后汇成小溪流流向伊织。

不再带刀了，也不再口无遮拦了，快放了我吧，伊织在心里喊道。

——这时。

有一个戴着斗笠遮挡烈日阳光，手拄细竹杖，将衣角扎起的女子走过那匹马旁。

……啊。呀？

伊织的眼睛像要飞出去一样，盯着那个人白皙的侧脸看。

胸口一悸，心慌气乱，一股热气在体内升腾，眼睁睁地见那个人目不斜视地从眼前走过，只留下颀长的背影。

"姐、姐姐——是姐姐阿通……"

伊织伸长脖子，朝着那背影歇斯底里地喊叫。不过除了他自己，没人能感应得到他那积聚了巨大能量的所谓叫声。

七

如今能做的只是肩膀一耸一耸地呜咽。

泪水浸湿了口中的布。

——刚刚过去的肯定就是姐姐阿通！

——明明就在眼前，却只能擦肩而过。

——姐姐你要去哪里啊，去哪里啊？

伊织心乱如麻，却无人理会。

又有一艘货船开到了，大家一片忙碌。快到晌午了，行人们也在暑气和灰尘中加快了脚步。

"喂喂，老佐兵卫，为什么把这个小学徒绑在外面，搞得像耍杂耍的小猴一样。这是不是有点儿太不近人情了。"

主人小林太郎左卫门虽然不在堺市的这家店里，他的南洋店的堂兄倒是常来。这位堂兄长了一脸的黑麻子，看起来比较可怕，其实是个不错的人，每次来都给伊织一些糖果点心吃——这会儿他看起来比较生气。

"居然这样对付这么小一个小孩儿，就算他再怎么犯错，也不该这样，这会给小林家造成多不好的影响。快点去解开绳子。"

账台的佐兵卫一面服从地说着：

"是、是……"

让伊织重归自由，一面唠唠叨叨地告着伊织的状，南洋店的堂兄一副懒得听他说话的表情道：

"你若是这么拿这个小孩儿没办法，就让他跟我回去吧。回头我跟你们老板娘和阿鹤说说。"

一听说要跟老板娘说，佐兵卫怕了，赶紧好言好语地安慰起伊织来。可是伊织又哭了小半天。

大门被关上了——

黄昏了，到了闭店的时候。南洋店的堂兄用完晚餐从里屋走了出来，有些微醉的样子，看起来心情非常好。正当准备回去的时候，他突然发现伊织蜷缩在泥地房间的一个角落里。

"我已经说过要将你带走的事了，老板娘和阿鹤没同意。她们还是挺喜欢你的，凡事多忍耐一下吧……从明天开始，不会有人再这样对待你的。……好了，小兄弟。哈哈哈哈……"

他拍拍伊织的脑袋，又抚慰了他一番，离去了。

南洋店的堂兄说的话果然没错。从第二天起，伊织被获准去附近的私塾学习。

另外，在去私塾的时候，他还被允许佩刀。——不论是佐兵卫还是其他人都没有再苛待过他。

自从那一天以后，伊织总是心神不宁的样子。人在店里，也是经常地向大街望去。

偶尔发现有像阿通姐姐的人经过，会突然脸色大变，甚至还会飞奔出去，死死地辨认，然后望着人家发呆。

八月就这样过去了，转眼到了九月初。

从私塾回来的伊织，来到店前：

"啊呀？"

登时惊讶得动弹不得，脸色大变。

 热开水

一

这一天，从早晨起，小林太郎左卫门的店内和河岸前就一片混乱，有大量的行李货物被从淀川转运来，又被装上去往门司关的船只。

每件货物上都写着：

> 丰前细川家家臣某某

或

> 丰前小仓藩几组

几乎都是细川家的货物。

——且说刚刚伊织从外面回来之所以惊呆在房檐处,是因为他从满满一屋子的喝着麦茶的旅行装束的武士中发现了佐佐木小次郎的面孔。

"店家——"

佐佐木小次郎坐在一捆行李上,扇着扇子望向账台的佐兵卫。

"在这儿坐着等船实在是太热了——船还没到吗?"

"不、不。"

忙着写发货单的佐兵卫隔着账台指向川口道:

"您要搭乘的巽丸已经到岸了,比起货物,乘客也非常多,已经吩咐船员们紧急为您准备座位了。"

"同样是等,水上可是要凉快多了。尽快安排我们上船吧!"

"是是。我再去催一下,您稍等——"

佐兵卫连汗都来不及擦就从泥地房间跑了出去,在门口他斜眼瞟了一下站在背阴处的伊织,没好气地说:

"这不是小伊吗。大家都这么忙,你怎么像根棍子一样杵在这里,快去给客人添添茶,打些凉水来。"

说罢便离开了。

"是。"

伊织假装领命,然后偷偷地跑到了土仓露地旁的烧水处躲了起来。

眼睛还是在盯着房间内的佐佐木小次郎。

这家伙。

伊织怒目而视。

佐佐木小次郎则似乎并未察觉有什么异样。

他被细川家聘用,将要去丰前的小仓定居了,他的体态、举止看起来更加从容有度。虽然被聘用的时间还不长,以前那流浪武士时期的锐利眼神已经变得沉着深邃,白净的面孔也比以前更加丰腴,说话也少了犀利尖刻。总之感觉他更加有风采,由里到外散发出的剑气更加人性化了。

也许正是因为这个缘故,围在他身边的家臣都尊敬地喊他:

严流先生——或:先生。

虽说是新来的师傅,却无人怠慢。

并不是说佐佐木小次郎这个名字不用了,也许因为他的年纪和他所担当的重任不太相符,去细川家后,将名字改成了严流。

二

佐兵卫边擦汗边从船那边赶了回来。

"您久等了。船中的座位还没整理好,请您再稍等一下吧,坐在船首的人可以先请上船了。"

坐在船首的是些身份地位较低的人和一些年轻侍卫。他们拿好各自的行李。

"那我先过去了。"

"严流先生，先行一步了。"

就这样一群人呼呼啦啦地出去了。

店内只剩下了佐佐木小次郎和其他六七个人。

"还没见到佐渡大人吗？"

"快到了吧？"

剩下的都是中年人，从他们的穿着打扮可以看出，他们都是在藩内担当要职的人。

这细川家家臣一行，上个月从小仓出发，通过陆路进入京都，在三条车町的旧藩邸停留了一段时间，为病逝的幽斋公准备三年忌，向一些与幽斋公生前关系亲密的公卿、知己进行问候，并整理了故人的文集、遗物等，昨天乘淀川船只而下，今天开始海路的旅程。

在这晚春时分，从高野去了趟九度山的长冈佐渡主从，也为了准备八月的事务去了趟京都，并靠着经验和旧关系顺利地完成了公务，想来今天也刚好来到此地吧。

"——天色已晚，诸位及严流先生先到屋内休息吧？"

佐兵卫回到账台，不断地费心招呼着。佐佐木小次郎背对着夕阳。

"好多苍蝇。"

边说边挥舞着扇子驱赶着。

"口渴得厉害，再来一碗新沏的热麦茶吧！"

"好的，好的。这天气配热茶太热了吧，我吩咐人去汲一壶凉井水吧！"

"我在旅途中不喝生水，热茶就行了。"

"来人——"

佐兵卫坐着伸着脖子向烧水处望去。

"是不是小伊，在那儿干什么呢，来给严流先生及诸位上碗热茶。"

喊罢，便又低下头忙着填写发货单，过了一会儿发觉伊织还没有回应，便再次抬起头，打算喊第二嗓子——只见伊织端了一个放有五六个茶碗的托盘，眼睛紧盯着托盘，正怯生生地朝这边走来。

于是——佐兵卫放心地继续填他的发货单。

"请喝茶。"

伊织给其中一位武士行礼奉茶。

"请——"

接着又奉茶给下一位，也有武士推辞道：

"不，我不用了。"

圆明之卷

就这样快转完一圈的时候，托盘里还剩两碗热茶。

"请用茶。"

伊织最后站到佐佐木小次郎的面前，递上托盘。佐佐木小次郎还没有注意到伊织，漫不经心地伸手取茶。

三

——佐佐木小次郎一惊，迅速抽回手。

并不是被热茶碗烫到了。

在他的手还未触及茶碗时，他的目光与伊织的目光交错在一起，迸发出电闪火光。

"啊——你是……"

佐佐木小次郎的唇齿间满是惊讶，与此相反，伊织原本紧咬双唇，现在反而放松了些。

"叔叔——我们之前是在武藏野见的面吧？"

说着还咧嘴一笑。——一排小小的、稚嫩的牙齿展现在佐佐木小次郎面前。

"什么？"

面对着这个伶俐无畏的小鬼，佐佐木小次郎情不自禁地也发出了孩子气的声音，还想再说些什么时，伊织将手中端的托盘——带着茶碗、热茶一同——扣向了佐佐木小次郎的脸。

"还记得吧——"

"啊——"

座位上的佐佐木小次郎忙向一旁侧身躲闪，同时迅速抓住伊织的手腕——

"啊——好烫……"

他闭着一只眼睛，愤然起身。

茶碗、托盘向后飞去，撞在角落里的柱子上，热茶溅了佐佐木小次郎一脸一身。

"喊——"

"你这小子。"

两个人突如其来的叫声和茶碗的破碎声夹杂在一起，引来在场所有人的惊异的目光。只见伊织的身体，被佐佐木小次郎一踹，像一只小猫一样，向后一个趔趄，翻了个跟头。

刚要起身。

"好小子。"

佐佐木小次郎上前不费吹灰之力地踩住了伊织的背。

"店家——"

佐佐木小次郎喊道，同时捂住那只被热水溅到了的眼睛。

"这小子是你们家的小伙计吗，虽说是个孩子，做出这等事，也不能轻易放过他。——掌柜的，绑了他。"

佐兵卫吓坏了，还没来得及跑过来，就见佐佐木小次郎脚下的伊织，愤怒地叫了一声：

"想怎样？"

拔出了一直以来被佐兵卫视作禁物的那把刀，朝佐佐木小次郎的肘部刺去。真不知他是怎样拔出的。

"啊，这家伙——"

佐佐木小次郎发觉后像踢球一样，将伊织用力一踢，自己向后躲闪了一步。

在伊织挣扎着迅速从地上爬起来的同时，佐兵卫大喝一声：

"浑蛋——"

冲了过来。伊织依旧像疯了一样叫嚷着：

"想怎样？"

当感觉佐兵卫的手抓到自己了，伊织挣脱开来。

"活该！白痴——"

边骂边向门外一溜烟地逃去。

——可是。

刚跑出门外两间左右的距离，伊织向前摔了个狗啃泥。原来是佐佐木小次郎顺手抄起了房内的天平秤，朝伊织的脚边扔了过去。

四

佐兵卫和年轻店员们合力抓住了伊织，将他向土仓露地旁的烧水处拖去。

因为佐佐木小次郎刚刚去了那里，他让仆役长在那儿帮他擦拭被溅湿了的衣服。

"真是失礼了。"

"向您深表歉意！"

"希望您能宽宏大量……"

伊织被强按坐在了地上，佐兵卫和年轻店员们你一言我一语地想方设法地道歉——佐佐木小次郎一律充耳不闻，连看都不看他们一眼，只是平静地接过仆役长为他拧干的毛巾擦脸。

被年轻店员们反拧着双手，脸颊蹭地的伊织不多时便痛苦地连挣扎带叫喊：

"放开我，放开我，我不会逃走的。我怎么会逃走，我怎么说也是武士的儿子，我怎么会逃走！……"

佐佐木小次郎整整头发和衣襟，望向伊织这边，平静地说：

圆明之卷

"放开他。"

佐兵卫他们颇感意外。

"……啊?"

他们仰望着佐佐木小次郎那宽容的面容。

"可以放开吗?"

"不过……"

佐佐木小次郎用斩钉截铁的语气说:

"若是让这个少年以为不管做了什么事情,只要道歉就能获得原谅,反而是害了他。"

"是——"

"这不过是个孩子做的微不足道的事情,犯不上我佐佐木小次郎动手。你们要是觉得不妥的话,就用那边的勺子将锅中煮的开水浇到他头上就好了。——要不了命的。"

"……啊。用那个勺子。"

"要是你们觉得就这样算了也无所谓的话,那就算了……"

"……"

佐兵卫和年轻的店员们你望望我,我望望你,踌躇片刻,最终还是说道,

"怎么能就这么算了呢。这个小鬼平常就不是个省油的灯。如今他又做出这等可恶的事,这样处罚他算是轻的了。……浑小子,是你自己惹的祸,别怪我们。"

他肯定会闹腾,找来绳子,将他的双手、双腿都结结实实地捆上——就在大家打算夸张地忙个热火朝天的时候,伊织甩开他们的手,

"干什么——"

说着重新在地上坐好,

"我不是说我不会逃走吗。我不是无缘无故地向那个武士泼热茶的,若是他想烫我,想报仇,那就来吧。町人的话,可能会道歉,我可没有要道歉的意思。武士的孩子也不会为这点事哭泣的!"

"这可是你说的。"

佐兵卫挽起袖子,用舀水勺子在大锅里舀了满满一勺热开水,缓缓端到伊织头上。

……呜呜!

伊织咬紧嘴唇,瞪大眼睛,做好了心理准备。

——这时,

"闭上眼睛,伊织!不闭上眼睛的话,会伤到眼睛的!"

有人提醒道。

五

谁？伊织没顾得上向那边望，就闭上了眼睛。

边等着滚开的开水从头上浇下——边稳定心神——他想起了在武藏的草庵，武藏曾经给他讲过的快川和尚的故事。

快川和尚是位深受甲州武士崇敬的禅僧。在织田德川的联合军杀入峡谷之中，放火烧山门时，快川和尚在楼上静静地承受烈焰烧体。

——灭心头火亦凉

这是他最后的遗言。

伊织闭着眼睛想到了自己。

不就是被浇一勺开水吗？

转念又一想：

啊。这样想都不行。

要让自己从头到脚都如同虚无，要有形而无执无妄，无烦无恼，最终进入无我之境。

可是，不行。

伊织做不到。他想也许自己的年纪再小一些，或再大一些，才可以达到那种境界吧。伊织的思虑实在是太多了。

——要浇下来了吧。……要浇下来了吧。

他甚至想象到了从额头上滚滚而落的汗珠、水珠。闭眼等待处罚的这极短的时间，仿佛过去了一百年。伊织想睁开眼睛了。

——这时，身后响起了佐佐木小次郎的声音：

"哦。是老前辈啊！"

将舀水勺子举到了伊织头上的佐兵卫和周围的店员都向提醒伊织闭上眼睛的声音的方向望去，因为分神，佐兵卫手中的开水也就还没浇下来。

"大事要上演啦！"

这个被唤作老前辈的人——从路的对面走了过来。他带着随从缝殿介，穿着一件茶色亚麻窄袖便服，和一件冬夏皆宜的武士裙裤，额头上布满汗珠，看起来比一般人更易流汗，不错，他便是藩老长冈佐渡。

"真是抱歉啊，让您撞见这种事情。哈哈哈哈，在惩罚这小鬼。"

不知道佐佐木小次郎是自己觉得这事儿太孩子气了，还是故意想掩饰过去，一副没什么大事的样子轻松地笑了。

佐渡盯着伊织的脸。

"哦。在惩罚他啊……要是理由充分的话，就尽管惩罚吧。来吧来吧，快点。我佐渡也见识见识。"

拿着装满热开水的勺子的佐兵卫斜眼瞟了瞟佐佐木小次郎。佐佐木小次郎也感觉到自己这样做似乎不太登得上台面，因为对方还小。

"行了。吓吓他就行了。——佐兵卫，可以了。"

伊织睁开了一直半睁不睁的眼睛，望向刚刚出现在自己面前的那模模糊糊的身影。

"啊。我知道您。您经常骑马到下总的德愿寺吧！"

伊织激动地喊道，因遇到了熟人，语气里带着亲切和依赖。

"伊织，还记得我哪？"

"啊！……我怎能忘记。在德愿寺，您还送过我点心呢！"

"你的师傅武藏呢？……这会儿怎么不在师傅身边？"

听佐渡这么一问，伊织突然鼻子一酸，扑簌扑簌地落下泪来。

六

对于佐渡认识伊织，佐佐木小次郎也深感意外。

不过他听说，在自己到细川家出任前，长冈佐渡曾推举过宫本武藏，并且和主公约定好要继续关注武藏，留意他在哪儿。

看来不是通过伊织知道武藏的，就是为了找武藏而认识伊织的。

佐佐木小次郎暗暗揣摩着，他不打算勉强问上一句：

您是怎么认识这个少年的？

他不想因此再牵扯出什么关于武藏的话。

不过，话说回来，不管自己想不想，佐佐木小次郎知道自己总有一天会和武藏见面的。——以从前的经历来看，感觉自己会和武藏不期而遇，而且主公忠利公和藩老长冈佐渡也在期待着与武藏见面。他到丰前小仓就任后还意外地发现，中国、九州各藩的民间剑客们也都怀着与武藏一见的期待。

也许因为武藏和佐佐木小次郎的出生地都是中国，而且武藏和佐佐木小次郎都在江户颇有名气，他们的事情在故乡那边和关西以西一带，已成为人们所关注的话题。

而且，在细川家的本藩支藩，对传闻中的武藏给予较高评价的人和认为还是佐佐木小次郎厉害的人，自然而然地形成了两派。

另外，介绍佐佐木小次郎去细川家的人是同一藩内的藩老岩间角兵卫，这又大大地引起了天下剑客们的兴趣，而且引起了藩老中的岩间派和长冈派的对立。

总之——

佐佐木小次郎心里与佐渡有隔阂，佐渡对佐佐木小次郎也并无好感，这是再明显不过的。

"已经准备好了。船舱中位的客人请上船吧！"

恰在此时，巽丸号的船夫很合时宜地走了过来，解了佐佐木小次郎的围，他赶紧对佐渡说，

"老前辈，请您先行。"

然后急匆匆地与其他家臣一起向船的方向走去。

佐兵卫待他们都出去了，问道：

"黄昏出船吗？"

"是，是的——"

掌柜佐兵卫怕这边的事还有什么没处理周全的，依旧在店里的这间大泥土房间里忙忙碌碌。

"那我再休息一会儿还来得及吧！"

"我觉得还来得及。请用茶吧！"

"用舀开水的勺子喝吗？"

"这，这怎么可能？"

佐兵卫极其尴尬，搔头弄耳，这时，阿鹤从店面和里间的布帘处探出了头，小声唤道：

"佐兵卫——来一下。"

七

佐渡被佐兵卫引到了离店面不远的，居处庭门内的一间茶室。

"是老板娘想见我吗？"

"说想谢谢您！"

"谢什么？"

"可能……"

佐兵卫又搔搔头，惶恐地说：

"伊织的事情多亏您帮忙，老板娘想代老板谢谢您。"

"哦——说起伊织，我有话要说，叫他过来——"

"好的。"

庭院凝聚了堺市人的风雅，与店面虽只有一个土仓之隔，却不似店里那般炎热、燥乱。庭石、树木间溪流潺潺，清爽怡静。

茶室内铺有毛毯，摆有点心、烟草，熏香缭绕，老板娘阿势和女儿阿鹤出门相迎，长冈佐渡歉意道：

"穿着这么脏的草鞋，请见谅！"

说罢坐下喝了一杯茶。

阿势对佐渡表示感谢。

"刚刚多亏您了——"

又对佣工们的鲁莽，对伊织之事道歉。佐渡道：

"没什么。我以前曾因偶然的机缘见过那孩子。这次能在这里再见到他非常高兴。他怎么到贵店了呢，还没听伊织提起这件事……"

老板娘将去大和参拜，在路边发现伊织的事情讲了一遍。佐渡也说起自己一直在找伊织的师傅宫本武藏。

圆明之卷

1231

"——刚刚，就在他们准备浇伊织开水时，我隔着马路看到了这一切，看到伊织非常镇定自若，一点也没有发怵的样子，暗感佩服。觉得这么有意志力的一个孩子，若是寄养在商家，时日久了，对他的成长未必是件好事。这次还是让我把他带走吧，我会将他带回小仓，亲自培养他。"

见佐渡投来征求的目光，阿势、阿鹤都欣然同意。

"那就再好不过了……"

她们赶紧起身打算去叫伊织过来，只见伊织已经站在附近的树荫处了，他似乎已经一字不露地听到他们的谈话内容了。

"怎么样？"

大家都询问他的意思，他自然是不反对，说自己非常高兴能去小仓。

船就快出发了——

阿鹤趁佐渡在那边喝茶的工夫，忙来忙去给伊织准备衣物、斗笠、绑腿带等等，就像送自己的弟弟出门一样。伊织有生以来第一次穿上裙裤，俨然真正成为了武士侍从。又过了不多时，伊织陪同佐渡向船那边走去。

夕阳西下，风光旖旎，黑色的船帆悠悠而荡，船朝丰前小仓的方向行驶而去。

阿鹤的面孔——

老板娘的白皙面孔——

佐兵卫的面孔。很多送行人的面孔。还有堺市的面孔——

伊织不住地朝堺市岸边方向挥舞斗笠。

无可先生

一

冈崎的鱼屋横町。

在一个露地口附近有个板子搭成的简易房，露地口上挂着牌子：

启蒙学堂
指导读书写字
无可

看起来像位闲居的流浪武士开的私塾。

从这位先生的字迹来看，书法实在说不上好。估计会有有识之士一笑而过吧。但据说这位无可先生却不觉得有什么，若有人说起，他会说：

因为我也还是个孩子,也还在学习中。

露地的一旁是片竹林。隔着竹林有个跑马场,只要天气好,跑马场上总是尘埃四起,三河的武士精锐、本多家的家臣们会去那里练习骑术。

麻烦的是,灰尘会飘到无可先生这里来。

所以无可先生会在最朝阳的门槛下挂一扇卷帘,如此一来,原本就狭小的室内,显得格外昏暗。

原本就是独居。

此刻他看起来像是刚从午睡中醒来,只听井边传来水桶的声音,继而,啪!

竹林中传来更大的砍伐竹子的声响。

一根竹子在啪嚓声中倒地。不多时,无可先生便拿着一截竹子走了出来,这截竹子比做尺八用的竹子要粗短些。

只见他戴着灰色头巾,穿着灰色素色的单衣,腰佩腰刀。虽然穿着甚是朴素,却是年纪轻轻的样子,看起来不过三十岁左右。

他将这截竹子拿到井边洗了洗,然后走进粗简的室内,将竹子放在了墙角的一块木板上,木板的上方挂着不知是出于何人手笔的祖师画像,这个角落便是他所设的移动式壁龛了。

中空的竹子自然而然地成了花瓶。

当他又摘了些夹杂着杂草的日本天剑插进去,终于满意地点点头:

"——看起来不错。"

然后无可先生坐在书桌前,开始当天的书法练习。他面前摆放着褚遂良的楷书范本,和一些大师级书法家的拓本。

"……"

无可先生住在这里已经一年多了。大概是每日练习的缘故,他如今写出的字比招牌上的字漂亮多了。

"隔壁的教书先生"

"是。"

他放下了笔。

"——是隔壁的伯母吗?今天天气也是很热啊。快进来吧!"

"不不。我就不进去了……只是,刚刚听到很大的声响,怎么回事?"

"哈哈哈。是我的恶作剧!"

"作为教导孩子的教书先生,你怎么能恶作剧呢?"

"其实……"

"怎么回事?"

"我刚刚砍了根竹子。"

"那还好,我还——以为发生了什么事呢,吓了一跳。虽然未必靠谱,可我听我丈夫说，这附近总是有流浪武士出没，似是要取你的性命……"

"放心吧。我的头值不了三文钱。"

"你还是自己多加小心吧，说不定你在无意之中得罪了什么人。……别大意。我是没什么，只是你要是出了什么事，附近的女孩儿们可要哭了。"

二

隔壁是制笔工匠。

夫妻二人都是热心肠的人，特别是这家的女主人，经常教独居的无可先生一些做饭的方法，有时还会帮他缝缝补补，洗洗衣服。

有一事却让无可先生头疼：

有一个不错的女孩儿想介绍给你——

而且，每次她来给无可先生做媒都会不厌其烦地追问：

为什么现在还没有娶妻，不会是讨厌女人吧？

直到无可先生实在无语。

不过，这也不能怪人家多事，无可先生自己也不好，关于他自己的来历他曾这样敷衍隔壁夫妇：

我是播州来的流浪武士，没有家累，一心想要做些学问。在京都、江户学习过一段时间后，来到这里，想在这里经营一间私塾，稳定下来。

隔壁夫妇见他正当年纪，人品也不错，做事还很认真实在……于是在帮助他生活有个着落之外，还为他考虑起终身大事来。同时也有一些看上了无可先生的姑娘主动来求制笔工匠夫妇为她们牵线搭桥。

不管是什么祭祀，什么庆典，包括祭拜先人——这里的人都进行得有声有色，日子过得忙碌而有滋味——就连充满哀伤气氛的葬礼、对病人的照顾，大家都像一个大家族一样互相帮助，热热闹闹——这便是生活在陋巷中的乐趣与温馨。

无可先生则在其中孤寂地生活着。

真是无趣呀！

他似乎只是坐在小桌前冷眼观看着世间，向世间学习着。

在这世间，不只无可先生，我们无法尽数知道都什么样的人住在身边。时势不安，人亦形形色色。

前段时间，在大阪的柳之马场的陋巷中，有一位叫作幽梦的光头习字先生，他被德川家调查出是前土佐守长曾我部宫内少辅盛亲——引起一阵骚乱，当消息传到无可先生所住的这一片时，据说这个人在一夜之间没有了踪影。

还有，在名古屋的街头，有一位卖卜的男子，据说行动诡秘，他被德川家手下查出是关原的残党毛利胜永的臣下竹田永翁。

再就像九度山的幸村，漂泊的豪士后藤基次，这些都是触动德川家神经的人物，他们必须韬光养晦，小心翼翼地将自己埋没在人海中，这样才能生存下去。

当然，不仅仅是大人物才隐姓埋名，一些浑浑噩噩的小人物也在这世间庸庸碌碌。而陋巷便是这些大小人物的混杂之地，充满了神秘色彩。

关于无可先生，最近也有一些流言说，他并非真的叫无可，而是叫武藏。

"那个年轻人其实叫宫本武藏，不知他怎么开起了私塾。他其实是在一乘寺古松下大败吉冈一门的名剑客。"

会有人这样在背后说无可先生。当然，他们并非是受人怂恿，想故意传播流言。

"真的吗？"

"是吗……？"

闻者表示惊讶或好奇，进而会比较关注无可先生。近来甚至有一些附近的人会在夜里鬼鬼祟祟地窥看竹林处、露地口处。这一切都被隔壁的太太听在耳里，看在眼里，她时常提醒无可先生——感觉有人想取他性命。

三

无可先生似乎并没有将有人想取他性命之类的事情放在心上，总是轻描淡写地说一句：

知道了——

今天也是，刚刚被隔壁的太太提醒过，到了晚上竟然打了声招呼道：

"隔壁的夫妇，我又要出去一下，拜托了！"

然后出门了。

制笔工匠夫妇正在敞开的门户旁吃晚饭，只见无可先生若无其事地走过自己檐下。

他依旧是穿着灰色素色的单衣，戴了一个斗笠，还佩了大小两把腰刀，没有穿裙裤，一身便装。

若是再配上袈裟、挂络的话，简直就是一个虚无僧。

隔壁的太太娘咋舌低语道，

"这是去哪里啊，那个先生。上午教孩子，中午午睡，到了晚上就像个蝙蝠一样出门……"

她丈夫笑着说，

"独居的人，没办法。别没完没了地连别人的夜游你也要管。"

夜晚的冈崎还笼罩在尚未散尽的暑热之中，灯影绰约，人流涌动。尺八的乐声、虫笼中虫的鸣叫声、座头的弹唱声、西瓜贩和寿司贩等小商贩的吆喝声、还有穿着和服单衣出来闲逛的人们的嘈杂声——与江户的新建街市中那忙乱景象不同，这里充满着安稳祥和的城下町风情。

圆明之卷

"哎呀。看，先生——"

"无可先生！"

"他居然连看都不看我们一眼就过去了。"

町里的姑娘们互使眼色，交头接耳。其中也有大大方方直接跟无可先生打招呼的姑娘。无可先生到底要去哪儿也成了她们的话题。

这一片从很早以前开始便是充满妓女胭脂香粉的地方，如今冈崎妓女更在东海道一带远近闻名。不过，无可先生目不斜视地径直穿过了这片地方。

不一会儿，他来到了城下町的西端，击打岸边的水声从暗夜中传来，让人顿觉清爽，有一座长达二百八十间的大桥横跨在江上，借着星光可以看到，第一根桥柱上写着：

矢作桥

有一位已经等在那里的赴约前来的瘦法师在那边唤道：

"是武藏兄吗？"

无可先生应道：

"哦。又八吗？"

待无可先生走到那位瘦法师跟前，两人相视而笑。

不错，这瘦法师便是本位田又八。是在江户町奉行所前被杖笞一百下的，因罪被放逐的又八。

无可是武藏的假名字。

矢作桥上。

星空下。

两个人之间前嫌已逝。

"禅师呢？"

武藏问道。

"还没从旅途中返回，也毫无音信。"

"他的旅途真长啊！"

两个人感叹着，很和睦地从矢作桥上并肩而过。

四

在对岸的松丘上有一座古刹。也许因为八帖山的缘故，那座古刹被称为八帖寺。

"怎么样又八，禅寺的修行很辛苦吧？"

边沿黑乎乎的坡道向山门攀行，武藏边问道。

"很辛苦——"

又八垂下青亮的脑袋老实答道。

"好几次我都想逃走,甚至还想到人生在世若是必须承受此般磨炼的话,还不如一死百了!"

"你还不是获得禅师认可的入门弟子,这才仅仅是修行的第一步。"

"不过——通过修行,我感觉我的意志力更强了,能够在自己软弱的时候鞭策鼓励自己了!"

"这也算是这段日子你没白过。"

"难熬的时候,我总是会想起武藏兄你,我想既然你能做到,为什么我做不到?"

"对,我能做到的,你为什么做不到?"

"在我命悬一线的时候,泽庵僧好不容易帮我捡回一条命,而且,在江户町奉行所我连那一百杖笞都挨过了——想到这些,我便咬牙坚持着。"

"人往往在克服艰辛后,才会体会到甘甜的快感。苦和甜是相辅相成的,是人生必不可少的两样东西。若是只贪享安闲,你将失去人生,失去生存的快感!"

"……这点我已经多少有些体悟了。"

"就比如打哈欠——在苦乐中潜心修行的人打哈欠和懒惰的人打哈欠全然不同。在这世间,有不少人活着却不知真正的哈欠是何滋味,每日像虫子一般混吃等死。"

"在寺院中,与周遭人畅谈,也让我受益匪浅。"

"真想尽快见见禅师,将你托付给他,再向他请教些关于'道'的问题……"

"禅师到底想什么时候回来呢?"

"别说一年了,对禅家的人来讲像天空中的白云一般飘上两三年都是正常事。——你也是,好不容易踏上了这片土地,就做好准备,待上个四五年再回去吧!"

"这段期间,武藏兄你会一直在冈崎吗?"

"可能吧。住在陋巷中,接触底层的纷杂生活,也是修行的一种。——我并不是单单为了等禅师回来。我也是为了修行才住在町里的。"

所谓山门只是一个没有任何粉饰的茅草门。正殿也是非常简陋。

又八将友人引到寺院厨房旁的一个休息就寝的小屋内。

因为他还没有正式入寺籍,所以在禅师归来前暂居在这个小屋内。

武藏时不时地来拜访他,经常和他聊天到深夜才回去。当然,在两个人恢复旧交,又八决心抛开一切,一心修行前,是有一段小插曲的。——这要从两个人离开江户时说起。

无为之躯

一

话说去年。——武藏在出任将军家教师一事流产后,在转奏处的一个屏风上留下了武藏野之图,并离开了江户,无人知晓他的去处。

那段时间他时而出现,时而消失,如同山间的白云一般飘忽不定。

谁也把握不准他到底有无确切的行程和目的地。

武藏自己是心无旁骛地沿着一条路线前进的。可是在旁人看来,他是那样逍遥自在,走走停停,率性而为。

走到武藏野西郊的相模川的尽头,从厚木的客栈可以看到大山、舟泽等山峰绵延不绝的壮观景象。

在此之前的一段时间,无人知晓他都是在哪儿,怎样生活的。

蓬头垢面的他在两个月后下山来到了村落。他似乎是为了解开什么困惑或心结而上山,因冬季山中大雪,他不得已离开了山中,但见他的脸上刻着比进山前更深的迷惘。

无法解开的困惑肆虐着武藏的心。困惑一个接着一个,最后剑与心都空虚一片。

"不行——"

有时武藏会在叹息声中产生放弃的想法。

"索性……?"

甚至向往起常人所向往的那种安逸的生活。

阿通在哪儿?

若是想和阿通过一种安逸的生活,应该不是难事。找一份一百石、两百石俸禄的工作应该也不难。

可是,再想想,他又会反问自己:

——这样真的好吗?

自己真的能甘心过那种生活吗?

"懦夫!你在想什么?"

武藏骂起自己,仰望那难以攀登的高峰,内心挣扎万分。

就这样,武藏时而陷入可怜肤浅的烦恼中,时而头脑清醒,怀有如峰间明月般的孤高清洁的心境——一早一晚,时而混沌时而清醒,清醒复混沌,他那颗年轻的心太过于多情多恨,太过于躁动。

就如同他心中明暗不断的各种心像一般,他展现出来的剑术也远远未达到他觉得可以的境地。这条道路的遥远，自己的不成熟，武藏非常清楚，也正因为如此，那份迷惘与苦闷才会强烈地冲击他。

进入山中，越是想静心，越是思念故乡，想恋女子，年轻沸腾的热血越是难以平静。纵然吃树木之实，沐瀑布之浴，受尽肉体之辛，也难挡睡梦中的辗转反侧与阿通的出现。

仅仅两个月，他便下山了。在藤泽的游行寺待了数日，又来到了镰仓，并在镰仓禅寺与比自己更受煎熬的旧友又八不期而遇。

二

又八被驱逐出江户后，来到了镰仓，他听说镰仓多寺院。

他也身处自己的苦海之中，他不想再回到以前那懒惰的生活之中了。

武藏这样鼓励他：

"还不晚，从现在开始重新做人。——自己若是认为自己不行，也就没什么人生可言了。"

同时，武藏还告诉他：

"其实我武藏如今也是头碰硬壁，止步不前的状态，也动不动就怀疑——我是不是不行啊？被虚无的念想困顿，做什么都提不起兴致。这种无为病我每三两年就会患上一次，每当这时，我总会鞭策自己，鼓励自己，努力冲破自己的无为之躯，找新的方向。一旦找准新的方向，我便又会义无反顾地前进。——直到再过三四年，再次碰壁，患上无为病。……"

对于现在的状况，武藏坦言：

"这次我的无为病症似乎更加严重，总也无法豁然开朗。躯体之中、躯体之外都是一片混沌，挣扎苦闷，度过无为的一天又一天……。在这种状况下，我突然想起一个人，也许这个人能帮助我——我下山、到镰仓便是为了寻找这个人的踪迹。"

武藏所说的人是他在十九二十岁那段彷徨无助的时期，频繁出入京都的妙心寺禅室时遇到的启蒙恩师愚堂和尚，这位愚堂和尚身居前法山，是位别名东寔的禅师。

听了这些，又八恳求道：

"请帮忙也为我引见一下那位和尚吧。拜托他收我为弟子吧！"

一开始武藏也怀疑又八是不是真心，听他讲了出江户后遇到的那些波折，武藏最终同意帮他拜托愚堂和尚收他为弟子。于是他们一起找遍了镰仓的禅门，谁知竟无人知晓愚堂和尚身在何方。

据说愚堂和尚数年前离开妙心寺后，从关东去了奥羽方向游历。曾经他有时会被主上后水尾天皇召见，出现在清凉的法筵上讲解禅理，有时又会不带一名弟子，独自在偏僻的乡间小路上走到天黑，并为一顿晚餐发愁。愚堂和尚就是这样一位让人难以把握踪迹的人。

"去冈崎的八帖寺问一下吧。他经常在那里落脚。"

有一个和尚这样告诉武藏和又八,于是他们来到了冈崎,结果还是没有见到愚堂和尚。不过听八帖寺的人说,前年愚堂和尚曾游至此处,并说返回时还会再来。

"不管等上几年,我们就在这里等他回来吧!"

武藏在町内找了一处临时的住处,又八则借住在厨房旁的小屋,一同等和尚到来,到现在已经等了半年多了。

三

"小屋内蚊子特别多。"

又八虽然在屋内焚了些熏蚊子的东西,还是有些受不了,熏得眼睛也有些难受。

"武藏兄,我们出去吧。外面虽然也有蚊子,至少……"

说着又八揉了揉眼睛。

"嗯,哪里都有蚊子!"

武藏先走了出去。他每次来这里,都会给又八带来些许慰藉与力量,这样他的心里也会获得更多的安心与宁静。

"去正殿前吧!"

因为是深夜,那里除了武藏和又八没有别人。大门紧闭,风声阵阵。

"……想起了七宝寺。"

又八迈上台阶,靠在正殿檐下喃喃道。两个人一见面,总会在不知不觉中谈起故乡,小至树木、花草,故乡的一景一物都带有他们深深的回忆。

"……嗯!"

武藏也想起了那里。接着,两个人被长长的沉默所笼罩,都不再作声。

经常是这个样子。

只要一提到故乡,阿通的事情便会浮上两个人的心头。还有又八母亲的事情,种种苦涩的回忆影响着两个人如今的友情。

又八很怕那些事情会真的将两个人的友情破坏掉,武藏也是尽量不去提起。

——不过,这晚,又八突然想要好好谈谈这些,良久,他开口打破沉默道:

"七宝寺的那座山比这里要高些。在山麓有一条同矢作川差不多的吉野川。……只是这里没有千年杉。"

又八边说边望着武藏的侧脸。

"喂,武藏兄。有一件事我总是想说,想拜托你,却总是开不了口,这件事想请武藏兄你谅解!"

"哦?……什么事?……。说说看!"

"阿通的事情。"

"嗯。"

"阿通……"

又八抑制着涌上心头的情感,将泪水逼了回去。

武藏也变了脸色。这个一直以来为两个人所避讳的郁结,如今被又八突然触动,不知又八想说些什么。

"我和你如今心意相通,可以促膝长谈上一整夜,我也就说说心里想说的了,阿通现在怎么样了。她将来会是怎样呢。最近我总是想起阿通,那份对阿通的愧疚总在心里翻腾!"

"……"

"我曾使阿通多年受苦。有一段时间,我像鬼一样缠着阿通,还将她困在江户的一所房子内,现在想来真是无法原谅自己……后来我去参加了关原之战,阿通便成了从我这个枝头落地的花。现在她一定在哪里,在旁的枝头又生长开花了吧!"

"……"

"喂,武藏。不,武藏兄。……拜托你了,娶阿通为妻吧,只有你能救阿通。……若我还是以前的又八,是决不会开口说这些的,现在的我已经决心皈依佛门,去弥补我所犯下的错事。凡事该放下的我也都放下了。……只是,还有一事令我牵挂。……拜托了,找找阿通,满足阿通的心愿吧!"

四

当晚。——夜已很深了。到了凌晨两点左右。

在松风簌簌的夜幕之中,武藏从八帖的山门下了山。

他抱着胳膊。

低着头。

步履间夹杂着无为与空虚的烦恼——

刚刚在正殿,又八的话语并未随松风的吹拂而消散。

——拜托了,阿通的事情。

又八的声音、面孔是那样的诚挚、认真。

又八能对自己说出这样的话,一定是挣扎了几个夜晚了吧。

武藏更加彷徨、苦闷。

……拜托了!

差点合掌拜托的又八说出这些话后,终于摆脱了日夜的煎熬,为顿时的解脱而哭泣,陷入悲伤与欢悦两种境地,并像新生儿一般开始寻找新的生存价值。

武藏在又八说出这些时,并没有断然说出"这做不到!我没有打算娶阿通为妻。她曾是你的未婚妻。你应该表露出你的忏悔与真心,与阿通破镜重圆"这样的话。

那么武藏说了什么呢？

自始至终他什么都没有说。

想说些什么，可是他知道此时说出的肯定是谎言。

盘踞在心里的真实想法也在自我检讨中没能说出口。

又八拼命地拜托武藏——

阿通的事情若是不解决的话，我即使成了佛门的弟子，也无法一心修行。

还说：

"不是你劝我修行的吗？你若是将我看作朋友的话，就救救阿通吧，这就是在救我！"

武藏的心被他的那份诚挚所深深触动。

从四五岁时起便与他相识，没想到他竟是如此纯情的男子——

同时也为自己感到羞愧。

是我不好，是我的迷惘……

在临分别的时候，又八又拽住武藏的袖子，做最后的努力——武藏这才开口说道：

"……让我考虑考虑。"

又八依旧不甘心，想让武藏马上给个答复，武藏尽管心里也很不好受，但还是敷衍了一句：

"给我个考虑的时间。"

便匆匆向山门走去了。

——懦夫！

武藏在心里不住地骂自己，可是还是无法挣脱无为的黑暗，最后武藏甚至觉得自己真是个可怜人。

五

没有陷入无为困境中的人是无法理解无为之苦的。虽然安乐是人人的希冀，可是这与安乐安心的境地是大不相同的。

想做些什么却什么都做不成，拼命地挣扎，最终头脑与眼眸却是一片空洞。这该是一种与肉体无关的病症。

到处撞墙，无法进，无法退，被困在了狭小的空间内，心亦无着。到头来只有自我怀疑、自我蔑视，独自哭泣。

——真是可怜可悲啊。

武藏愤然，抓狂地反省。

可是，无济于事。

在武藏野扔下伊织，与权之助及江户的知己们分别，像风一般飘飘而去，便是因为隐隐地感觉到了自己的这个症状。

——不能这样。

他试图冲破旧的自我。

可是半年过去了，却依然是那个空虚的躯壳。所有的信念丧失，自己就像一只空蝉一般，在暗夜的风中飘浮游荡。

阿通的事情。

又八的所说。

就连这些现在自己都解决不了，想来想去，依然无济于事。

矢作川的水出现在眼前，此时那片川水就如同黎明前天际的光亮一般，泛着粼粼的波光。川风吹着哨音从斗笠旁吹过。

武藏迷失在这强烈的川风之中，这时，有什么东西嗖的一声在离武藏不到五尺的地方穿行而过，武藏更快，几乎同时，他已经不在原地了。

砰，片刻，矢作川那边传来砰的一声——是枪声的余波。感觉火力非常强，因为从弹药出枪口到听到声音大概是两口气的时间。

武藏呢？——只见武藏在矢作桥的暗影处轻盈地一个跨越，然后像蝙蝠一般停了下来，弯下身体。

"……？"

武藏想起了隔壁制笔工匠夫妇的提醒。——可是在冈崎居然有人仇视自己，这真是不可思议。到底是谁呢？

今天晚上就探一探吧。武藏将身体紧贴桥梁想道。——于是他凝息躲在那里一动不动地观察着。

过了很长时间，有两三个男人从八帖山方向像被风吹的松子一般跑了过来。并在武藏刚刚站立的地方仔细巡视着。

"咦——"

"怎么不见他？"

"是不是在桥那里？"

他们以为他们袭击的对象应该已经中枪死去了，便扔掉火绳，只拿着枪跑了过来。

那锃亮的黄铜枪枪身闪闪的样子，一看就是从战场上拿过来的好东西。持枪的男子和其他两名武士都戴着面罩，只露一双眼睛。

空心麻线球

一

"什么人？"

武藏完全不清楚那两三个人到底是什么来历。不过武藏心中做好了随时对抗威胁生命的敌人的准备。

杀伐无序这种乱世的遗风现在依然存在。在曾经的充盈着阴谋与间谍的乱世中生存的人们被社会环境磨炼得是那样疑神疑鬼，甚至连枕边的妻子都不相信，骨肉亲情也荡然无存——如今，这种歪风依然存在。

"难道——"

至今为止，被武藏手刃的人，还有因为他在社会上败北的人不计其数。再加上那些败者的亲属，数量甚是庞大。

不管是不是正当比试，不管武藏是不是占着理——总有败者将武藏视作仇敌。比如说又八的母亲便是最好的例子。

所以，在这样的形势下，有志于这条路的人随时都可能遭遇到生命危险。危险和敌人是挥之不去的——就算去修行，危险的地位也稳如磐石，敌人也会层出不穷。

将睡梦时的危险视作一种磨炼，将不断威胁自己生命的敌人视作老师，当剑之道最终能够帮助你永久地安身立命、保家卫国、拥有菩提一般的心境时，你便可以尝到永恒的喜悦。——可是在此之前有一段艰辛无比的道路要走，还要承受时不时袭来的疲惫、虚无、无为等种种束缚——突然发现弯着身子的敌人的身影向这边走来了。

矢作桥的桥身处——

武藏原本屈身静观，一瞬间感觉自己平日里的怠惰、迷惘全都顺毛孔蒸发出去了。

是一种赤裸裸地暴露在危险前的凛然感使然。

"……咦？"

武藏想靠近敌人，确认一下他们到底是谁。那边的影子见没有找到想象中的武藏的尸体，开始向能藏身的暗处张望过来。

望着他们的一举一动。

武藏的心中依旧感到疑惑。那行动非常敏捷，一身黑衣打扮，佩带腰刀、鞋袜轻便利落的浮游之徒并不像是普通的民间武士。

这一带的藩士有冈崎的本多家、名古屋的德川家，从这方面看，应该不存在什么危险因素。——真是奇怪,可能是认错人了。

不,如果说认错人了的话,那时常在露地口和竹林中窥看的到底是谁呢,就连隔壁的夫妻二人都感觉到了他们的目光。看来他们应该是知道自己就是武藏的,之前只不过是在寻找时机而已。

"哈哈……桥的那边还有同伴。"

武藏望过去,躲在那边暗处的三个人,在那里重新装好火绳,向河的对岸挥舞起火绳来。

二

那边竟然也有装备整齐的同伙,看来这些敌人还真是准备周全。

他们一定是摩拳擦掌,决心就在今晚干掉他。

武藏往返于八帖寺要经常通过这座桥,这些敌人定是掌握了这一点,充分了解了桥这里的地形特点,准备好了武器。

武藏依旧静静躲在桥身处。

他知道,若是贸然跳出去,子弹定会飞过来。撇开敌人跑上桥,也跑不出子弹带来的危险。——可是,一直蹲在这里也不是个办法。那对岸的同伙也在用火绳向这边的敌人发送着信号,事态早晚会对他不利。

就在这危急时刻,武藏想出了应对方法。不依赖兵法,所有的理论系统只成立于平时,到了真正的关键时刻,瞬间的决断通常是最起作用的,一板一眼的理论往往会掣肘,"直觉"最重要。

不可否认,平常的理论为"直觉"提供了纤维,可是当事态紧急的时候,我们没有时间去理性思考,延误了时机,等待的就只有失败。

关于"直觉"虽然无知的动物也有,可是我们不要把这种"直觉"同无知的天然感官反射混淆在一起。只有经过了智能等各方面训练的人,才能超越理论,达到研习理论的终极目的,在瞬间爆发出正确的直觉判断。

特别是在剑术上。

在现在武藏所处的这种情景下。

武藏屈身向敌方大声喊道:

"你们即使潜伏起来,我也能看见火绳。没有用的。若是找我武藏有事的话,请过来吧。我武藏在这里。"

川风猛烈地刮着,让人怀疑声音是否能够顺利传到,不多时,第二声枪响和飞奔而来的子弹验证了他们确实听到了。

武藏在喊完话后便换了个地方。沿桥身移动了九尺左右,在与子弹擦肩而过的同时,他向敌人隐藏的地方跃去。

那三个敌人还没来得及上第二发子弹,用火绳点燃弹药,便见武藏挥舞着刀,跳了起来,他们非常惊慌。

"呀。呀——"

"啊。啊——"

这三个人若是及时反击的话应该还来得及，可惜的是他们没有合作好。

武藏朝这三个人劈来，大刀正中中间迎着刀锋的人。紧接着武藏用左手上的腰刀向左侧的人一个横砍。

另外一个人扭头就跑，由于太惊慌了，他像瞎子一样撞到了桥栏杆上，然后就像要将桥吃掉一样，正一正方向，继续向前没命地跑。

三

——武藏沿着栏杆用平常的步子前行，没再感觉到有什么动静。

走了几步，武藏像是在等该来的敌人一般停住了脚步，依旧没有再发生什么。

回到家后，武藏便睡下了。

第二天，他又作为无可先生坐在小桌前领着一群孩子习字。这时：

"有人在吗——"

来了两个武士站在廊檐处向里面张望。因为狭窄的房门口处堆满了孩子的鞋子，所以他们绕过房门口，来到后窗处。

"——无可先生在吗？在下是本多家的家臣，奉命来到这里。"

武藏在孩子中间抬起了头：

"我是无可。"

"无可是您的假名吧，尊公本名是不是叫宫本武藏？"

"嗯——"

"原来您确实隐居在此处。"

"我是武藏没错。不知有何事？"

"您知道藩内的近侍首领亘志摩吗？"

"这个，不是太清楚。"

"您应该知道的。您曾去参加过两三次俳谐会。"

"我是受人邀请去参加俳谐会的。无可这个名字并不是我的假名，是我在俳谐会上偶然想出的俳名。"

"啊。是俳名啊。——不管怎样，亘志摩大人也很喜欢俳谐，家中经常聚集很多吟友。他说想和您聊上一晚，在下特来邀请您。"

"要是聊俳谐的话，还有很多比我更适合的风流之士吧。我虽受人邀请，一时兴起去参加过俳谐会，可是我根本就是一个不解风情的土人。"

"啊，不是。不是想和您切磋俳谐。亘志摩大人听说过您的一些事情，所以想见见您。想来应该是想聊聊武艺之类的事。"

习字的孩子们都停下了笔，很担心地望着先生和站在庭院中的两名侍卫。

武藏不再说什么，只是望着檐下的两名受差遣的侍卫，看起来是在做着决定。

"好吧。那我就承蒙邀请,前去拜访亘志摩大人。时间呢?"

"若是您没有什么不便的话,就今晚。"

"亘志摩大人的宅邸在哪里?"

"在下到时会来接您。"

"那我就恭候了。"

"那——"两名侍卫互相交换了下目光。

"就不打扰您了。——武藏先生,打扰您上课,真是失礼了。我们到时再来接您。"

说罢转身离去了。

制笔工匠的太太在隔壁的厨房不安地向这边张望。

武藏见客人回去了,边望着小手、小脸满是墨迹的孩子们,笑着说:

"喂喂。不要随意分神,停下手来。好了,快点学习,先生和你们一起来。别人的讲话声、蝉声此时都不应该进耳。小的时候你们若是容易懈怠的话,长大后就得像先生一样,还得习字。"

四

黄昏——

武藏准备了一下。

穿上了一条和服裙裤。

"我觉得你还是不要去了,找个理由拒绝了吧……"

隔壁的太太前来阻止,差点儿没哭出来。

可是,没过多久,前来迎接的轿子便到了露地口。并不是像畚箕一样的町轿,而是类似于神舆一般的华丽轿子。早晨来的那两名侍卫和一名小随从跟在一旁。

怎么回事——附近的人都投来好奇的目光,轿子的周围站满了人。见武藏被侍卫们迎着进入轿内,有人煞有介事地对周围人说,看来这位私塾先生出人头地了。

一些孩子叫来其他的孩子。

"先生可了不起了!"

"能坐上那种轿子的人,特别厉害。"

"去哪儿呢?"

"不再回来了吧?"

放下轿帘后,侍卫在前开道道:

"喂,让一让,让一让。"

并命令抬轿的人:

"快点儿。"

圆明之卷

天空在晚霞的辉映下，红彤彤的十分美丽。人们议论纷纷。在人群散去后，隔壁的那位太太出门倒了趟混着瓜子、饭粒的脏水。

这时，有一位带着年轻弟子的和尚走了过来。看僧衣可以知道他便是禅家的云水和尚。只见他秋蝉一般的黝黑皮肤，眼睛深深凹陷在高高的眉骨下，眸子闪亮。年纪四五十岁，这种禅家人的年纪一般很难凭凡胎肉眼猜测得出。

身材瘦小，没有赘肉。可是声音却很洪亮。

"喂，喂——"

他扭过头去望着身边长得像越瓜一般的弟子。

"又八吧。又八和尚！"

"是，是。"

沿街迷茫地边张望边行走的又八和尚慌忙来到秋蝉一般面孔的云水先生面前，低下了头。

"还不清楚在哪儿吗？"

"在找。"

"你没来过这里吗？"

"是，通常是他来山上找我。"

"在这附近打听一下吧！"

"是。打听一下吧！"

又八向前走了几步又马上返了回来。

"愚堂大师。愚堂大师。"

"嗯——"

"知道了。"

"知道了吗？"

"就在前面的那个露地口上有一块看板。——上面写着启蒙学堂，无可什么的。"

"哦，是在那里呀？"

"我去看看吧。愚堂大师，您在这里稍候。"

"算了。我也去吧。"

前天夜里和武藏说了那些话的又八心里一直没放下自己说的话，不过今天却有惊喜降临了。

两个人望眼欲穿等待的愚堂和尚终于从旅途中归来，来到了八帖寺。

又八赶紧将武藏的事情讲给愚堂和尚，愚堂和尚还记得武藏。

"见见面吧，把他叫来吧。不，他已经是一个出类拔萃的男子汉了，我去找他吧。"

就这样愚堂和尚只在八帖寺稍事休息便在又八的带领下来到了町内。

五

　　武藏知道亘志摩在冈崎本多家的家臣中属重臣之列，可他对这个人本身却了解甚少。

　　——到底为什么叫自己过去呢？

　　武藏百思不得其解。莫非是与昨晚在矢作桥附近受袭有关？自己当场砍了两个黑衣打扮，貌似家臣的胆小鬼，难道那两人是他的家臣，现在他要拿这个来说事？

　　另外——是不是平日里总是盯着自己的那些人觉得自己不太好对付，于是最终决定亮出幕后黑牌亘志摩，打算跟自己正面交锋。

　　不管怎么说，不像是有好事，武藏已经做好了充分的心理准备。

　　到底打算怎样应对呢？

　　若是有人这样问的话，他只有一句话。

　　随机应变。

　　不入虎穴焉得虎子。到了关键时刻纸上谈兵是万万使不得的，只有随机应变才是上上策。

　　这变到底是在途中发生呢，还是在自己要去的地点发生呢？

　　一切还是未知数。

　　在轿子中，感觉就像在海上随波摇晃一般，外面一片漆黑，只听得到松风的声音。从冈崎城的北郭到外郭一带松树很多。现在要通过松林了吧——

　　"……"

　　武藏看起来就像完全没什么警惕之心一样，半闭着眼睛，似睡非睡的样子。

　　吱的一声响起开门的声音。

　　抬轿人的脚步放慢了，微微传来家臣们的说话声，还有能感受到柔弱的灯火。

　　"……到了吧！"

　　武藏下轿望去。有殷勤的侍从默默迎来，将他引入宽敞的客厅。这间客厅的卷帘都是卷起的，四面通达。带着涛声般声音的松风源源不断，让人感觉清凉无比，忘记夏日，烛火明灭。

　　"在下亘志摩。"

　　主人见客人来了，赶紧接应道。

　　看起来他五十岁左右，很刚健，典型的三河武士。

　　"在下武藏。"

　　武藏以礼相回。

　　"……请不要拘礼。"

　　亘志摩点头致意，很亲和的样子。

圆明之卷

"听说前天您在矢作桥附近斩杀了两名年轻的家臣。……这是事实吗？"

他单刀直入地说道。

不容过多的思虑，武藏也没有包着藏着的意思，

"是的。"

接下来会怎样呢？武藏凝视着亘志摩的眼眸。烛火的光影在两个人的脸上匆匆变幻。

"关于这件事。"

亘志摩慎重地开口了：

"——我必须向您道歉。武藏先生请您原谅。"

他低下了头。

可是武藏还没有真的接受这份歉意。

六

据亘志摩说，他是今天才听说这件事的。

"当时有消息传到藩内说是死了两名家臣，是在矢作桥附近被斩杀的。经调查，他们是与您进行的打斗。您的大名我早有耳闻，但是之前我并不知道您就住在城下。"

看起来亘志摩并不像说谎，武藏也姑且信之。

"——关于他们为什么会在暗处偷袭您，我也进行了仔细调查。原来我这里的客人中有一位东军流的兵法家，叫三宅军兵卫，是他的门人和藩内的四五名人员一起谋划了此事。"

"……哈哈？"

武藏还是一副不解的样子。

随着亘志摩接下来的话，武藏渐渐明白了。

三宅军兵卫的直系弟子中，有以前在京都的吉冈家做过事的人，本多家的弟子中也有几十人是吉冈门流的人。

这些人互相传言：

最近在城下有一个化名无可的流浪武士，据说他就是在京都的莲台寺野、三十三间堂、一乘寺等地相继杀害吉冈一族，让吉冈家绝了后的宫本武藏。

他们对武藏的深深的怨恨于是又被勾了出来。

真是碍眼。

去收拾收拾他。

最终这些人决定：

杀了他。

他们精心地策划，不想前夜却失败了。

吉冈刀法之名，威震各地，现在仍引来不少人的羡慕之心。可以想象得到，在它全盛时期，各地有多少门徒。

光本多家学习过吉冈刀法的就有几十人。——武藏相信此言不虚，也理解那些恨自己的人的心情。可是这些情感只是单纯的人类情感，他们并未站在武门的角度上考虑问题。

"——对于他们的鲁莽而卑劣的行径，我今天在城内已经斥责过他们了。由于客人三宅军兵卫先生的门人也混在其中，三宅军兵卫先生也感到非常不安，想见见您，道个歉。……怎么样，若是可以的话，我把他叫过来，介绍你们认识吧！"

"三宅军兵卫先生若是不知道就算了吧。作为一名兵法者，前夜的事情过去就过去了。"

"不，不管怎么说还是见一见吧！"

"道歉什么的就算了。若是谈论武士道的事情的话，我倒是挺想见一见久闻大名的三宅军兵卫先生的。"

"您跟三宅军兵卫先生想到一块儿去了。——那我快去请他吧！"

亘志摩赶紧让家臣去传达意思。

三宅军兵卫先生看起来是先等在附近别的房间了，不多时就带了四五名弟子进来了。这些弟子都是堂堂的本多家家臣。

七

应该是没什么危机了。——看起来是这个样子。

亘志摩将三宅军兵卫和其他几个人一一介绍给武藏。

"前天夜里的事情，请不要放在心上。"

三宅军兵卫为自己门人犯下的错事道歉道。而后大家在席上毫无嫌隙地聊起了武术及世事。

其中武藏问道：

"在世间很难找到与东军流同流的流派，这个流派是先生创始的吧？"

"不，并不是我创始的。"

三宅军兵卫说道，

"我的老师是越前的人，叫川崎钥之助，传书上记载他在上州白云山上闭关研习，开创了一代流派，其实他应该是向天台僧东军和尚学习的东军流技艺。"

说罢，三宅军兵卫又重新审视了一下武藏：

"以前听你的名字感觉你应该是更年长的，没想到这么年轻。——以此为机缘，想请你指教一下。"

他的语气有些咄咄逼人。

武藏轻轻带过：

圆明之卷

"以后还会有机会的……"

并带着辞行的意思向亘志摩说道：

"路我还不太熟。"

三宅军兵卫赶紧挽留道——"天还早呢，回去时让谁将你送到町口吧！"并说：

"当我听说有两个门人在矢作桥被你斩杀了时，我赶过去看了尸体——感觉两具尸体的位置和身上的刀痕并不相称，有些奇怪。……问了那个逃回来的门人，他说他也没看清，只知道你是双手同时持刀。若真是这样的话，这可真是世上少有的招数，可以称之为双刀流吧？"

武藏笑着说，自己并没有下意识地去使用两把刀。总是一体一刀，还不能自称为双刀流。

可是三宅军兵卫他们依然不依不饶地说：

"太谦虚了。"

并针对两刀的技法没头没脑地问了各种近似于幼稚的问题，到底是怎样练习的，需要多大的力量才能同时将两把刀运用自如等等。

武藏已经不想多留了，怎奈这些人抓住他问个不停，一时脱不开身。突然他发现在壁龛处立着两把枪，便向主人亘志摩征求能否借一下这两把枪。

八

得到主人的许可后，武藏从壁龛处取下这两把枪，来到在座各位的中间。

"……咦？"

大家疑惑地望着武藏，不知他要干什么。莫非是想通过两把枪来回答关于双刀的问题。

武藏左右两手持枪，单膝跪地。

"双刀是一刀。一刀亦是双刀。左右手为一体。所有的一切，道理都是一样，理之极致，无流派之分。——献丑了。"

说着持枪展示起来。

"请别见笑！"

话音刚落，随着呀的一声呐喊，只见两把枪呼呼地被挥舞起来。

在座的都感觉到了枪起枪落带起的风声，两把枪在武藏的肘间旋成了空心麻线球。

"……"

四座皆震。

武藏收手，使枪回到原位。微笑道：

"失礼了。"

便向各位辞行，转身出门了。并没有对双刀法做任何解释说明。

在座的依旧愕然于刚刚的表演,还没有缓过神来,原本说回去有人送武藏——可武藏已经出门了,却没有人跟出来。

回首望向门内——

在飒飒的松风、墨色的夜幕中,客厅的灯依旧意犹未尽地微微闪烁。

"……"

武藏松了一口气,终于从刀光剑影的威胁中脱身了,这道门如虎口一般。在这些摸不清底细的对手面前,武藏是毫无防备之策的。

既然真实身份已经暴露了,也酿成了不可挽回的事件,武藏觉得冈崎已经不是久留之地了,该趁今晚速速离开了。

"和又八的约定怎么办?"

武藏在思虑中前行。就在看到冈崎的人家的灯火时,意外地从路旁的小佛堂处传来又八欣喜的声音,

"哦,武藏兄。——是又八,担心死我了,我一直在这儿等你呢!"

见武藏平安归来,又八也放下了一颗悬着的心。

"怎么在这儿?"

武藏疑惑不解。

这时,他发现在小佛堂的房檐下还坐着一个人,顾不上听又八细细道来,武藏向那个人走去。

"这不是禅师吗?"

武藏赶紧叩拜。

愚堂和尚望着武藏的背,片刻说道:

"好久不见!"

武藏也抬头道:

"好久不见!"

短短的一句话中汇集了万千感慨。

对于武藏来说,能将自己从无为的苦海中拯救出来的人非泽庵或愚堂和尚莫属。日也盼夜也盼,终于盼到了愚堂和尚。武藏仿若仰望月空中的明月一般,仰望着愚堂和尚。

九

又八和愚堂和尚都为武藏今晚是否能够平安归来颇为担心。都怕武藏被困在亘志摩府中无法脱身——为了了解状况,他们决定去亘志摩府邸处一探,正好走到此处。

又八和愚堂和尚在武藏刚刚起身离开后,找到了他的住处,听隔壁的太太说起经常有人在附近盯着武藏,今天看到有侍卫来找武藏,他们担心不已,决定去找找武藏,若发现有什么不妥,看看有无应对之策。——通过又八在一旁的话语,武藏了解了这些。

"劳烦二位费心了，真是过意不去啊！"

武藏表示深深的谢意，依旧跪在愚堂和尚的面前，没有要起身的意思。

终于他盯着愚堂和尚的眼眸大声呼叫一声：

"大师——"

"怎么了？"

就像母亲能读懂孩子的眼神一般，愚堂和尚感受到了武藏的无助：

"怎么了？"

愚堂和尚又问了一遍。

武藏握住愚堂和尚的双手：

"距在妙心寺参禅第一次见到您，已经过去十年时间了。"

"是啊！"

"虽然过去了十年时间，可是我到底前进了多少，如今内心充满困惑。"

"怎么还说这样幼稚的话。应该相信自己。"

"真是遗憾。"

"什么？"

"修行上总是有达不到的境界。"

"整天都将修行挂在嘴上的人怎能达到什么境界？"

"那么，我要是放弃呢？"

"那就前功尽弃了。还不如一开始就什么都不懂的无知者。"

"放弃的话，会一落到底，攀登的话，却总也攀登不尽，有种悬在峭壁上的感觉。我现在有些手足无措。——不管是对于剑道还是我自身，都是一片茫然。"

"这就是问题的所在。"

"大师——我期盼与您见面的这一天已久了。我该怎么办？不管我怎么做都无法摆脱现在的这种迷惘与无为的状态。"

"这个我也帮不上忙，只有靠你自己。"

"请让我和又八在您的膝下聆听教诲吧。或者，请您给我当头棒喝，将我从虚无中唤醒吧。……大师，拜托了！"

武藏伏地恳切地请求道。脸几乎都粘到了尘土，虽未流泪，声音哽咽，闻者可以清晰地感受到他的苦闷。

可是，愚堂和尚却不为所动的样子。默不作声地离开了小佛堂的房檐处，只唤了一声：

"又八，走吧！"

便先行一步了。

十

"大师——"

武藏起身追赶过去。拉住愚堂和尚的衣袂,祈求答案。

愚堂和尚默不作声只回头望着武藏。武藏并不罢休,于是说道:

"空无一物。"

稍顿了顿,又道:

"还有什么,我祈求得到什么施与——只有一喝。"

愚堂和尚举起了拳头。

仿佛真要打过来。

"……"

武藏松开愚堂和尚的衣袂,还想说些什么,愚堂和尚却转身连头也不回地离去了。

"……"

武藏茫然地望着愚堂和尚的背影,又八上前急急地安慰武藏:

"禅师好像不喜欢太啰唆。我在寺里看见他时,跟他将你的事情,还有自己的想法,希望拜他为师的意愿都说了,他都没有仔细听,——他当时只说,是吗,那么先给我系下草鞋。……所以你也别说太多了,跟过来就是了。等他心情好的时候,再多请教他吧!"

——这时,远处愚堂和尚停下了脚步,又唤了又八一句,又八应了一声,又对武藏说道:

"好吧,就这样吧!"

说罢匆匆朝愚堂和尚追了上去。

看来愚堂和尚对又八比较满意。武藏很羡慕被愚堂和尚收为弟子的又八。——也反省自己缺少又八那份单纯与坦率。

"——是啊。再怎么多说也无用!"

武藏感觉到体内有喷薄欲出的火焰在燃烧。——哪怕是刚刚那一拳武藏也是甘心接受,若是未能在此处得到提点,就这样分别了的话,还要何时才能再见面呢。在这不知存在了几万年的悠悠天地之中,短短六七十年的人生转瞬即逝,能见到难以见到的人,是多么难得啊。

"——这难得的机缘。"

武藏热泪盈眶,定定地望着愚堂和尚远去的背影。我要失去这宝贵的机缘吗?

不行!

我一定要祈求到我所要的答案。

武藏赶紧向愚堂和尚的方向追了上去。

不知道愚堂和尚知不知道武藏跟在后面。

他没有回八帖寺，也许他压根儿就没有打算再回去，他已经过惯了闲云野鹤的生活。他出了东海道，向京都的方向走去。

愚堂和尚若是住在带米自炊的小客栈的话，武藏便睡在小客栈的檐下。

每当早晨看到又八为师傅系草鞋，武藏就为友人而感到高兴。而愚堂和尚即使看到武藏也并不打招呼。

武藏并未因此而感到委屈，还怕惹愚堂和尚烦，只远远地恭敬地跟着。——从那天夜里起，武藏将留在冈崎陋巷的避风居所、那里的一桌一椅，竹筒插花，还有隔壁太太、街坊里姑娘们的倾慕目光，与藩内人的恩怨纠葛都忘得一干二净。

 圆

一

愈来愈接近京都了。

愚堂和尚的目的地应该就是京都吧。在京都有花园妙心寺的总寺院。

可是到底何时到京都，还要看禅师的随性的行程。有一天下雨，他们在小客栈内一日未出，武藏向内窥看到又八在为愚堂和尚做针灸。

到了美浓后，在那里的大仙寺待了七日，又在彦根的禅寺逗留了几日。

若是禅师住在小客栈，武藏便在附近落脚；若是禅师留宿寺院，武藏便在寺院的山门下睡上一晚。无论哪里，武藏都苦苦跟随，期待能得到禅师的一句提点。

在湖畔寺院的山门处歇息的那一晚，武藏感受到了是年的秋意。秋天是在何时悄悄降临的呢？

看看自己，已经变成一副乞丐模样了。在触动禅师的那一日到来之前，武藏决定不梳头、不沐浴，也不剃须，在雨打日晒中，衣服已经褴褛，腕部、胸前的肌肤已如树皮般粗糙。

天上的星星，似是随时会被风吹落一般，耳边响起秋之声。

武藏今夜睡在一张草席上。

"何苦呢？"

武藏突然有了一种嘲笑自己的心情。

到底想要知道什么，想要向禅师求什么？

不这样苦苦求索，就会活不下去吗？

真是可怜。

感觉就连寄生于如此愚蠢的寄主身上的虱子都好可怜。

禅师已经明确地拒绝并答复自己了：

——空无一物。

再强求什么都是徒劳的，空无一物，如何强求。武藏也并不怨恨不管自己怎么跟随，对自己都视若无睹的禅师。

"……"

武藏从髯发中仰望月亮，一轮秋月挂在山门之上。

还有蚊子。

不过，武藏的皮肤已经感觉不到蚊虫的叮咬了，那上面布满了无数蚊虫叮咬后的颗颗芝麻粒般的小包。

"啊，真是不明白！"

心中有一个困惑不解的问题。——一旦这个问题解开，剑道上的困惑、所有困惑都将迎刃而解，可是自己就是无能为力。

若是自己的道业就此结束，自己的生存价值也会随之消失，那样的话还不如死去。武藏辗转难眠。

那么——

这个困惑不解的问题到底是什么，是有关剑术的锤炼吗？不仅仅是这个。是处世的方向吗？也不仅仅是这个。那是阿通的问题？不，堂堂男儿怎会只为恋情如此形销骨立。

是一个囊括了所有的大大的问题。和天地之大比起来，这个大大的问题又小若一粒芝麻。

武藏用席子卷起身体，像结草虫一般睡在了石头上。——又八是怎样入睡的呢？已经不再为苦恼而烦恼的又八，与因为苦恼而找苦吃的自己比较起来，真是羡慕又八啊。

"……？"

武藏似乎看到了什么，只见他倏然起身，向山门的柱子望去。

圆明之卷

二

在山门的两根柱子上分别悬挂着两联长长的字幅，武藏借着月光阅读着柱子上的字句：

  汝等请归本真
  白云感百丈之大功
  虎丘叹白云之遗训
  前例如此
  勿误寻枝摘叶为好

想来这该是开山大灯的遗训。

——勿误寻枝摘叶为好

武藏心中反复咏读这句话。

枝叶——

是啊。让烦恼如枝叶一般繁茂的人很多。

包括自己。

悟出这些,武藏突然觉得一身轻松。

为何无法练到剑人合一的境界,为何心有旁骛,为何无法沉心静气?

那件事?

这件事?

总是毫无意义地左顾右盼。想要一条路走下去,为何还为各种事分心?

——可是想想自己之所以左顾右盼,是因为不知该如何再在这条路上走下去,内心也因此徒增许多枝叶般的愚蠢的烦恼与焦躁。

如何打破僵局呢,如何走通这条路呢?

　　自笑十年行脚事
　　瘦藤破笠扣禅扉
　　原来佛法无多子
　　吃饭饮茶又着衣

武藏想起了愚堂和尚的自嘲之作。自己也刚好是愚堂和尚当年的年纪。初次慕愚堂和尚之名而访妙心寺时,愚堂和尚大喝一句:

"你有什么见地,凭什么做我愚堂门的客人?"

赶走了他,差点儿将他踹出去。之后,估计是自己什么地方得了愚堂和尚的意,终于被允许入室参禅。有一次,愚堂和尚赠给武藏前面的那首诗,并嘲笑他道:

"嘴上还整日叫嚣着修行,证明你这个人还不行。"

自笑十年行脚事——

愚堂和尚十年前便用这句话教导过自己。而现如今见自己依旧彷徨在路上,他一定认为自己就是一个无可救药的蠢材,对自己厌恶极了。

武藏茫然地站在那里,睡意全无,当武藏踱步到山门附近时——

他突然发现有什么人在这夜半时分从寺院中走了出来,当他们来到山门处时,终于看清楚是愚堂和又八。

他们走得出奇的快。

难道是总寺院出什么事了,他们急着赶往京都。愚堂和尚和又八拒绝了寺内的送行，直奔濑田的大桥赶去。

武藏自语道：

"——别跟不上。"

赶紧追月光下的一双影子而去。

三

这里鳞次栉比。白天可观赏的大津绘屋、混杂的客栈、药店等等此时都已经关门闭户，深夜的大街上一片寂静，月亮洒下煞白的光芒。

他们走在大津的街上。

不多时便穿过了这条街。来到了一个上坡路。三井寺、世喜寺所在的山峰都静悄悄地睡在夜幕中，一路上几乎见不到人。

他们爬上山岭。

"……"

前面，愚堂和尚停住了脚步，对又八说了什么，并仰月休息。

京都已经就在眼前了。回首望去，琵琶湖尽收眼底。除了一轮明月的光芒外，夜雾中的大海也闪闪发亮。

武藏晚一步登上这里，没想到愚堂和尚和又八已经就在不远处停住了脚步。——愚堂和尚也向自己这边望来，这使武藏不由得疑惧。

愚堂和尚无言。

武藏亦无言。

这样目目相对可是几十天来头一遭啊。

武藏马上想道：

"就趁现在。"

京都已经近在咫尺了。若是禅师躲进妙心寺深深的禅室的话，再见他恐怕要等上几十天了。

"……您好！"

武藏终于叫了一声。

是再三思虑才开了口，叫过这一声后，喉头就仿佛被什么东西给卡住了，像孩子要对父母说什么难以启齿的事情时一般紧张，向前迈步也是虚软无力。

"……？"

愚堂和尚都没有问他什么事、怎么了之类的。

干漆一般面庞的愚堂和尚只是翻着眼睛，厌恶似的瞪着武藏。

"您好。大师……"

武藏再次开口唤愚堂和尚时，已经不再瞻前顾后。他像痛苦燃烧的火球一般跟跄奔到愚堂和尚的足下。

"请您赐教。请您赐教！……"

武藏伏向地面，全身心地等待着回答，可是时间一刻一刻地溜走了，却仍未得到愚堂和尚的一点回应。

武藏再也等不下去了，今晚一定要将全部的疑问都澄清，正要继续说些什么，只听愚堂和尚终于开口道：

"我在听，每晚我都从又八和尚那里听到一些关于你的事情，所以我都了解……包括女人的事情。"

最后那一句话，犹如一盆水朝武藏泼了下来，激得武藏未能抬起头来。

"又八，拿短棒来。"

愚堂和尚吩咐道。武藏以为愚堂和尚会朝自己头上打上三十棒，闭上了眼睛。可是棒子并没有照着他的头打来，只见愚堂和尚绕着他跪着的地方转了一圈。

愚堂和尚用短棒在地上画了一个大大的圆。——武藏被圈在其中。

四

"走吧！"

愚堂和尚扔下短棒，催促又八离去。

武藏被留在了那里。同在冈崎时不同，这次武藏被激怒了。

数十日的惨淡苦行与一片真心，最后竟换来这样的下场，愚堂和尚就是这样对待苦苦求教的晚辈的，没有半点慈悲，冷酷无情。简直是玩弄人！

"……臭和尚。"

望着愈行愈远的愚堂和尚，武藏咬紧了嘴唇。所谓空无一物，只不过是愚堂和尚为了掩饰自己那空空如也的头脑的骗人话罢了。

"好，走着瞧吧！"

武藏已经不再依赖他了。同时为自己单纯地以为世上有可依靠的老师而后悔。自力更生——除此以外别无他法。他是人，自己是人，无数的先哲也都是人。

——不再依赖谁了。

武藏怒气冲冲地嗖地一下起身。

"……"

逆着月光望向天际良久，眸中的怒火终于渐渐平息，视线回到自己的身边和脚下。

"……呀？"

武藏原地转了个身。

他发现自己站在一个圆中。

——拿来短棒。

他想起了愚堂和尚说过的话。这才意识到，原来那会儿愚堂和尚拿着短棒，来到自己身边并非是要棒喝自己，而是在自己周围画了一个圆。

"什么圆？"

武藏一动不动地思索着。

圆——

圆——

不管怎么看，这弯曲的线条总会汇集成一个圆，不知哪里是开始，哪里是尽头，无曲折，无穷尽，无迷惑的一个圆。

这个圆若是向乾坤扩展的话，便是天地。若是缩小的话，便是自己。

自己是圆，天地也是圆。是存于一体的一个圆。

——啪！

武藏右手挥刀出鞘，站立在圆中凝视，投在地上的身影就像片假名才字。天地之圆完美存在，既然自我之圆与天地之圆同为一物，自我之圆也是同样的——只是投映在地上的影子会变幻出不同的形状而已。

"是影子——"

武藏悟出，影子并非自己的实体。

自己所碰到的道业之壁，其实也只是影子而已，是自己彷徨无措的心影。

"哈——"

武藏向天空用力一挥。

左手也拔出短刀，变幻了影子，不过自己的影子再怎么变，天地的影子是不会变的。二刀也是一刀——同属于一个圆。

"啊……"

武藏睁开眼睛，抬头仰望，大大的满月挂在高高的天际。这轮满月就像剑之相，也像是存于尘世的心之相。

"哦！……大师！"

武藏突然像疾风一般奔跑起来，朝愚堂和尚追去。

此时他已经不需要再向愚堂和尚祈求什么了，只是想为自己刚刚的那份恨意道个歉。

——不过，他跑出一段路后，又放弃了。

"这也是枝叶……"

他伫立于一级台阶处，望着京都各处的房屋、加茂的水在薄薄的雾气中迎来拂晓。

饰磨染

一

武藏、又八等离开冈崎,随着秋色的渐渐浓郁,向京都方向走去时,伊织正在长冈佐渡的陪伴下沿海路向丰前前进,佐佐木小次郎也在乘船向小仓的归藩途中。

阿杉婆在去年佐佐木小次郎从江户前往小仓时,与佐佐木小次郎一同走了一段路,回故乡作州料理了一些家事,并操办佛事。

泽庵也离开了江户,传言他最近可能在故乡但马。

就这样每个人有各自的足迹和所在,只是在奈良井的大藏逃亡前后,没了消息的城太郎现在依旧杳无音信。

朱实怎么样了。

也是无半点风闻。

还有有性命之忧的在九度山被带走的梦想权之助。伊织将九度山的事情讲给了长冈佐渡听,佐渡决定设法救权之助。

话虽如此,可是时至今日,若是权之助被九度山一群人以"关东间谍"的身份杀害了的话,现在肯定就连交涉与挽回的余地都没有了。另一方面,若是聪明的幸村父子能明察秋毫,分辨清楚的话,说不定他现在已是自由身,反而在为伊织担忧,在寻找伊织。

——在这里,有一个人更需要担心。

即使人没事,也让人担心她的命运。不管不顾上面提到的谁,也不能不顾她。不用说,她便是阿通。只要有武藏在,就有活着的希望,她偏离寻常女人该走的路线,错过了嫁人的最佳年龄。离开柳生城后又独自一人踏上旅途,全然不顾路人投来的不可思议的目光,一路走下去——在这个秋季,她到底到了哪里,在哪里与武藏共赏同一轮明月呢?

"阿通,在吗?"

"哎——在,是哪位?"

"是万兵卫。"

这个万兵卫从挂着白白的牡蛎的篱笆处探过头来。

"哦。是麻屋的老板呀?"

"你总是忙忙碌碌的——打扰一下,我有些话想对你说。"

"请,请进。推一下那边的木门就可以了。"

阿通用被蓝色染料染成了蓝色的手将头上戴的手巾抓取了下来。

这里是饰磨海滨,一个三角洲的渔村,是志贺磨川的水入海的地方。

可是，阿通并不是在渔夫的家里，看看那些挂在松枝、竿子上的蓝色染布便知道，这里是进行有名的饰磨染——蓝染的小染坊。

二

这样的小小蓝染坊在这里有好几家。

染法被称为捣染，就是将挂上染料的蓝色的布数次放入臼中，用杵捣布以染色。

用这种蓝染布料做的衣服，即使穿到破也不会掉色，深受各地欢迎。

持杵捣布是年轻姑娘的工作。乡里的人总是能听到染坊墙垣内传出的歌声——当她们有自己思慕的年轻船夫时，便会通过歌声来表达，让歌声飘扬到海边。

可是，从未听到过阿通唱歌。

她是夏季来到这里的，还没有完全做熟捣布工作。想来——那日在夏日的骄阳下，伊织在泉州堺市的小林太郎左卫门店前看到的，目不斜视向港口方向走去的女性的背影说不定正是阿通。

那日，阿通确实出现在堺市海港附近，她在堺市海港搭乘了去往赤间关方向的船，船在饰磨停泊时，阿通上了岸。

——这么说来真是令人叹息。

造化弄人啊。

她搭乘的就是沿岸船商小林太郎左卫门的船。

虽不同天，细川家的家臣们随后也搭乘了小林太郎左卫门的船。

还有长冈佐渡、伊织、佐佐木小次郎随后也都走了这条海路。

每一艘船都会在饰磨的港口靠岸，阿通与佐佐木小次郎、佐渡纵然见面也互相不认识，错过是正常，可是怎么就没能再与伊织相逢呢？

亲姐姐！伊织如此苦苦寻找姐姐，却连与姐姐同靠一港都无法相见相认。

不不，也可以说他们见不了面是正常的。伊织并不知道，因为有细川家的人乘船，船身、船尾的座位周围都被拉上了帷幕，一般的町人、路人、僧侣、艺人等百姓只能在箱子一般的船底找位置，无法看到外面。而且到了饰磨，阿通也是趁夜下的船。

饰磨是阿通乳母的故乡。

春天阿通从柳生城来到江户后，武藏、泽庵已经都不在江户了。随后，她去了柳生家、北条家，并听到一些关于武藏的消息，一心系着武藏的她于是为了武藏再次踏上漫长的旅程，从春天走过夏天，最终来到这里。

这里离姬路的城下很近，离她的故乡——作州的吉野乡也不远。

阿通在七宝寺的那段日子，养育她的乳母是这个饰磨染坊的老板娘，所以她现在才寄身于此。这里离故乡已经很近了，所以她从不出门。

乳母已年近五十，膝下无子，而且日子过得也不富裕。自己也不好只在

圆明之卷

1263

这里游手好闲，便帮忙做起捣布的工作。在帮忙工作的同时，也期待能从临近的中国街道那来来往往的人群中传来关于武藏的传闻。阿通用心里的思念代替歌声，只将这份"总是无法见面的恋情"深埋心底，每日在染坊的庭院中，在艳艳秋阳下默默地持杵、捣布。

就在这样的同样平凡的一天里，附近麻屋的老板万兵卫突然来访，很诚恳地说有话要说。

什么事呢？

阿通用流水冲了冲沾着蓝色染料的手，轻轻地擦了擦额头上的汗。

三

"不凑巧，乳母出去了，进来坐坐吧。"

阿通向主屋方向邀请道，万兵卫挥挥手，

"不不。我就不坐了，我那边也还有很多事。"

他站在那里对阿通说道，

"听说阿通的故乡是作州的吉野乡。"

"是的。"

"我常年在竹山城的城下宫本村到下庄一带做麻的生意，最近在那里听到一些传闻。"

"传闻，关于谁的？……"

"你的——"

"是吗……"

"还有……"

万兵卫哧哧地笑着说，

"关于宫本村的武藏的事。"

"啊，武藏的——"

"脸色都变了。哈哈哈哈……"

秋阳明朗地照在万兵卫的头上，他看起来好像很热，将一块手巾顶在了头上。

"你知道阿吟姑娘吧！"

说着他蹲了下来。

阿通也在被染成了蓝色的布桶旁屈身。

"阿吟姑娘，是……武藏的姐姐吗？"

"是的。"

万兵卫点点头。

"我在佐用的三日月村见到阿吟姑娘，和她聊天说到你时，她大吃一惊。"

"您有没有告诉她我在这里？"

"告诉她了，又不是什么坏事。我之前受这家染坊的老板娘所托——让我在宫本村附近打听一下武藏的消息。……所以，当我刚好在路旁碰到阿吟时，主动和她打了招呼。"

"阿吟姑娘现在在哪里？"

"在一个叫平田什么的家里，名字我忘了，是三日月村的一个乡士。"

"她是嫁到那里了吗？"

"可能……是吧。阿吟姑娘说她有很多话要对你说，还有想偷偷告诉你的秘密。看样子她真的是挺想你的，听我提到你，在路边就哭起来了。"

阿通的眼圈也突然红了，听人提到心上人的姐姐，心中无限感念，思乡之情也如泄了闸的洪水般喷涌而出。

"——阿吟姑娘还说，因为是在路上，也没法写个信什么的，有机会让你去三日月村的平田家找她。她因为各种事情的羁绊，一时无法前来。"

"嗯，她现在还好吗？"

"详细情况她没多说，还有，她说武藏偶尔会有信来。"

阿通一听到武藏，心漏跳了一拍，真想马上赶过去，可是这事也不能不和到这里后，一直关照自己的乳母商量。

"能不能去，我今天晚上前答复您。"

阿通对万兵卫说道。

万兵卫劝她还是去一趟，说明天自己刚好也有生意上的事，需要去一趟佐用，正好顺路。

篱笆墙外，蓝亮的海洋不断传来昼间慵懒的波涛声。

有一个背靠墙垣、面朝大海，抱膝而坐的年轻武士望着一望无际的海面孤零零地想着什么。

四

这个年轻的武士十八九，还不到二十岁的样子。

穿着上显示出他的俊挺威风。

他是池田家的藩士的儿子，故乡是离饰磨不到一里半的姬路。

是来钓鱼的吗？

可是他并没有携带渔具。他已经背靠着染坊的篱笆墙，坐在多沙的崖上很久了，只见他时而还会充满孩子气地翻弄一会儿海边的沙砾……

"阿通——"

万兵卫的声音从篱笆墙内传来。

"那就傍晚的时候告诉我一声。我明天会很早启程的。"

因为是大中午，四周除了万兵卫的声音，便只有哗啦哗啦的波涛冲击海岸的声音，因此万兵卫的声音显得格外大。

"好的，我傍晚给您答复。……真是太感谢了！"

阿通的声音虽小，听起来却是格外清晰。

推开木门，万兵卫走了出去，一直坐在墙外的年轻武士终于站起了身，目送万兵卫的身影。

——似乎在确认着什么。

他的脸被银杏形的斗笠遮挡住了，无法知道他的面容是什么样的。

他在目送完万兵卫后，再次频繁地向篱笆墙内张望，让人觉得非常可疑与不可思议。

"……"

咚、咚——捣布的声音又响起了。阿通像是什么事都没发生的样子，在万兵卫回去后，再次开始工作。

不多时，隔壁染坊也渐渐传来捣布的声音，伴随着那些姑娘的婉转的歌声。

旁人轻易不会察觉到，阿通握杵的手加重了几分力道。

> 我的爱恋
> 是蓝蓝的爱恋
> 可是
> 不似饰磨的布
> 那样耀眼

一首不知是出自《词花集》，还是出自哪里的歌涌上静默的阿通的心头。

若是阿吟姑娘有收到他的来信的话，只要见到阿吟姑娘，便可知道那日思夜慕的人的消息了。

同样是女子，还可对阿吟姑娘说说贴心话。——武藏的姐姐一定会将自己当作妹妹一般看待。

阿通的手机械地动作着。

内心无比敞亮，堀川百首中有这样一首和歌：

> 播磨滩，
> 我的哀伤慨叹之地。
> 今夜取道而过，
> 不再停留，
> 那即将见到的松原啊！

阿通此刻的心情就如同这歌者的心情，那在阿通看来总是充满伤感与躁动的大海，今天也变得格外开阔灿然，似乎涌上岸头的是一波波的希望之波。

她将捣好的布挂在高高的竿上，内心安然，恍若梦中一般地向万兵卫走后依旧大敞四开的木门走去，望向海滨。

这时——

远处又一个浪头翻过来，刚才那个戴斗笠的身影迎着湿爽的海风急匆匆地离开了。

"……？"

阿通无意识地望着他，并没有多想。连只海鸟都没有的，与天际相接的静谧海洋铺展在她的眼前。

五

和染坊的乳母商量了一下，按照与万兵卫的约定，第二天一早早早地便收拾好了行装。

"那就麻烦您照应了。"

阿通来到麻屋檐下，与万兵卫一起从饰磨村出发了。

从饰磨村到佐用的三日月村即使是女人，悠悠地走，留宿一夜后，两个白天的时间也就能到了。

遥遥地望着北边姬路城的天空，阿通和麻屋的老板向龙野街道走去。

"阿通——"

"是。"

"你挺能走路的。"

"嗯，我已经比较适应旅途了。"

"听说你曾走到过江户。当时我就在想这是怎样的女子啊！"

"染坊的乳母连这些都对您说了吗？"

"是啊，对我讲了很多关于你的事。我在宫本村又听到很多关于你的传闻。"

"真是羞愧。"

"有什么好羞愧的。你的这份追慕心上人的心既让人怜爱，又让人觉得温暖。可是，阿通，感觉和你比起来武藏先生显得有些薄情了吧？"

"不是这样的。"

"你一点儿都不怨他吗？真是越发让人怜爱了。"

"他只是一心在追逐他的修行之道。……是我太放不开。"

"你在怪自己吗？"

"我只是觉得抱歉。"

"哦……真想让我老婆也听听你的话，女人如果都这样就好了！"

"阿吟姑娘还没有嫁人，还住在亲戚家吗？"

"这个……不太清楚。"

万兵卫岔开了话题：

"那里有个茶店，我们去休息一下吧！"

他们进入茶店内，喝着茶水，打开了便当。

"喂，饰磨来的。"

正好路过的一群马夫、搬运工很熟不拘礼地向这边打着招呼。

"今天不用去半田的赌场吗？上次你输了个精光，大家都在替你惋惜呢！"

"今天不需要马。"

万兵卫驴唇不对马嘴地答道，然后慌慌张张地对阿通说：

"阿通我们走吧。"

说罢抓起行李三步并作两步地踏出茶店。

马夫们起哄道：

"哎呀，你这么没兴致是因为带了一个特别漂亮的姑娘吧？"

"你这家伙，小心我们告诉你老婆。"

"哈哈哈，都不敢吭声了。"

他们的声音在身后兴奋无比地响起。

饰磨万兵卫家经营的麻屋店面非常小，主要从近乡收购足够的麻后，交给渔夫的女儿或妻子们加工成帆缆、网类制品来销售。不管怎么说，作为一家店的老板，被路边的走卒们随意搭讪、密友般取笑让人感觉很不对劲。

万兵卫自己也觉得不自在，走了两三町后，他轻描淡写地小声念叨道，

"真是群无聊的家伙。因为我总是雇他们往城里运货，所以那些人跟我比较熟悉，说话也就口无遮拦的。"

可是，比起马夫们，有一个人他更应该注意，那就是从刚刚那个茶店悄悄尾随上来的人，万兵卫还没有发现。

那个人就是昨天在海边——戴粗编斗笠的年轻武士。

# 风信

一

昨晚在龙野留宿。万兵卫一直都是对阿通关照有加。

今天到佐用的三日月时，太阳已经缓缓坠向山的另一边，显现出秋日夕阳的一面。

"万兵卫老板。"

阿通看起来像是走累了，她唤了一声走在前面的万兵卫。

"这里已经是三日月了吧。——这样的话，只要翻越前面那座山，便可以到赞甘的宫本村了！"

听阿通这么说，万兵卫停住了脚步。

"宫本村、七宝寺就在山的那边了,怀念吧!"

"……"

阿通望着远方被夕阳染成红色的天空和暗影中的连绵群山出神。

那寂寥的山河,人迹罕至,自然得纯粹。

"还差一点儿就到了。阿通,累了吧?"

万兵卫继续向前走,阿通也跟了上来。

"还好,您怎么样?"

"我经商经常这样往来。"

"哪一座是阿吟姑娘所在的乡士的宅邸啊?"

"在那边。"

万兵卫向前指了指。

"阿吟姑娘肯定已经等在那里了,再加把劲就到了。"

两个人加快了脚步。

到了临山一带,便到处可以发现散落着的人家了。

在龙野街道的宿驿街上,虽没有几户人家,却是麻雀虽小五脏俱全,膳食屋、马夫休息处、便宜的小客栈等等,十分方便。

穿过这条街,万兵卫登上上山的石阶。

"我们要开始攀登啦!"

这不是被杉树环绕的村社的院内吗?在小鸟散发着寒气的叫声中,阿通突然意识到自己似乎处于某种危险之中。

"万兵卫老板,是不是走错路了,这附近不见什么人家了。"

"啊,我怕去叫阿吟姑娘时,你自己等得无聊,就将你带到了佛堂这里来,让你在这儿休息一下。"

"您是说叫她过来吗……?"

"忘记告诉你了,阿吟姑娘说要是你直接去的话,碰上什么不合适的客人也刚好在就不好了。她住的地方就在这片树林那边的耕地旁。我马上带她过来,你稍等一下。"

杉树林中已是一片黑暗。

万兵卫沿林中的羊肠小道急行而去。

阿通比较容易相信别人,听万兵卫这么一说,就死心塌地地坐在佛堂的房檐下,仰望着夕阳等了起来。

"……"

天色渐渐变暗。

昏暗中秋风乍起,佛堂檐处的落叶随风起舞,飘落在膝上两三片。

拾起其中一片叶子,轻轻旋转,阿通依旧在耐心等待。

不知是愚钝还是单纯,阿通宛若少女一般静悄悄地坐在那里。这时,佛

堂后面传来哧哧的笑声。

二

"——？"

阿通大吃一惊，跳了起来。

很少怀疑什么的她，在遇到类似意外事件时，却比一般人要惊慌恐惧许多。

"阿通，别动。"

佛堂后面的笑声消失的一瞬间——从同一个地方传来令人毛骨悚然的老太婆的沙哑声音。

"啊……"

阿通捂住耳朵。

一般发生这样的事情，应该赶紧逃，可是阿通却像被雷击了一般悚然呆立。

这时——有几个人影从后面蹿了出来，来到佛堂前。

不管是闭眼还是掩耳，她都陷入孤立无援的巨大恐惧之中。面前是位让你恍若置身噩梦中的白发老太婆。

"万兵卫，辛苦了。随后再好好感谢你。大家快在她叫喊之前堵住她的嘴，把她弄到下庄去。"

阿杉婆指着阿通，就像个索命的活阎王一样。

那四五个乡士打扮的男人该是婆婆的族人。婆婆一声令下，他们便如饿狼一般跳到阿通身边，将阿通捆了个结实。

"——那条是近道。"

"那边。"

这一行人拖着阿通向下庄方向走去。

阿杉婆就像是在欣赏自己的作品一般，走在后面，并掏出准备好的钱付给万兵卫作为酬劳。

"干得不错。我还担心你能不能办好呢，可不能对别人说。"

万兵卫拿到钱后，一副心满意足的样子。

"哪里，这不是我的功劳，是婆婆您谋划得好。……阿通是做梦也不会想到阿吟姑娘已经回老家了……"

"真是心情大好啊，你看，阿通那惊恐的样子！"

"她居然连逃都不逃，吓得都呆了。哈哈哈哈……可是，想想，总觉得也有些罪恶感。"

"什么，什么罪恶感？她对我都做了什么……"

"哎呀，您消消气，也是，前天听您说起那些事，也想为您打抱不平。"

"是啊，我这么做是应当的……方便的时候，你再来下庄玩吧！"

"那婆婆，前边路不是太好走，您小心。"

"你也是，到了人堆里，管好你的嘴。"

"是是。我万兵卫是何等的嘴严，您就放心吧！"

万兵卫说着用脚探着路沿黑暗的石阶向下走去，没几步，只听他那里突然传来"呀"的一声大叫，紧接着是扑通一声的倒地声。

阿杉婆扭过头去。

"——怎么了？万兵卫，万兵卫……"

万兵卫越是不应，阿杉婆的叫声越是像要掘地三尺一般。

三

——万兵卫是不会再有什么回答了，他已经不在人世了。

"……啊，啊？"

阿杉婆倒吸了一口冷气，只见万兵卫的尸体旁站着一个人。

那人提着一把冒着寒光与血气的大刀。

"……谁，是谁？"

"……"

"是谁……报、报上名来。"

阿杉婆干哑的声音近似于歇斯底里。

看来这个婆婆一把年纪，还是那样能虚张声势，还是那样惯用恐吓。——她这一出似乎正中那个人的预料，只见他在黑暗之中微微耸肩。

"是我啊，……老太婆！"

"啊——"

"不知道我是谁吗？"

"不知道，我都没听到过你的声音。你是打劫的吗？"

"嚯嚯嚯，你以为打劫的会蠢到劫你一个穷老太婆吗？"

"是吗……这么说你是冲着我来的?"

"对。"

"——我？"

"真是啰唆啊。你以为我是为了砍万兵卫特意从三日月追到这里来的吗？我找的就是你。"

"嘿——"

阿杉婆扯着破嗓子，踉跄着。

"你是不是认错人了，你到底是谁？我是本位田家的遗孀，叫阿杉。"

"哦，这个名字更加唤起了我的仇恨，今天来个了结。老太婆！你看清楚我是谁，是不是忘了我城太郎了。"

"……啊？……城……城太郎。"

"过了三年，刚出生的小孩儿都三岁了。你已经是个老糊涂了，而我正

当壮年，不好意思老太婆，我已经不是当年那个流鼻涕小儿了。"

"……哦，哦。你真的是城太郎吗？"

"你这么多年来可让我师傅吃了不少苦头。师傅武藏看在你已年迈的分儿上不和你计较。——你却得寸进尺、扬扬得意，还在各地，包括江户到处诽谤师傅，声称师傅是你的仇敌，还阻碍他的仕途。"

"……还有你对阿通穷追不舍。原本这次以为你已经改过自新，打算回乡养老了——没想到，你还是死性不改，居然找麻屋的万兵卫做你的爪牙将阿通抓了起来。"

"……"

"你这个可恶的老太婆，一刀杀了你容易，可是我城太郎的父亲如今已经不再四处漂泊，已经重回姬路城了，从今年春天起，父亲依旧是池田家的藩士。……我不能再给父亲抹黑，就放你一马。"

城太郎上前一步。

虽说放过老太婆——可他右手中紧握的大刀依旧没有收鞘。

"……？"

阿杉婆一步步向后退去，想找机会逃走。

四

不知她是不是自认为瞅准了机会，一个转身迅速向杉林中的小路跑去，城太郎一跃而起。

"哪里跑？"

一把抓住阿杉婆的后颈。

"你要干什么？"

虽说上了年纪，可她还是一副犟骨头。她用力一挣，稍一侧身，拔出腰间别的刀就向城太郎的侧腹部横砍而去。

城太郎如今已经身强力壮，他一边向后闪身，一边向前一推。

"啊，小鬼。你行！"

阿杉婆连身体带脑袋栽进草丛中，同时喊道。纵然脑袋都磕到地了，在她的意识里，城太郎依旧是那个小鬼。

"你说什么？"

城太郎也喝道。然后就像要将婆婆的背踩断一般将脚踩了上去，不费吹灰之力地将这婆婆胡抓乱拽地挣扎的双手反绑在了后面。

城太郎见阿杉婆的这种咬牙切齿的惨状，一点儿也不觉得可怜。他虽然不再处于孩童时代，已经变得人高马大，可是还算不得是大人。

十八九的年龄，不成熟的心。再加上长年累月积累的怨恨，使得他非常憎恶眼前这个老太婆。

"你想把我怎样？"

阿杉婆被拖到佛堂前，摔在地上，仍然不失斗志。城太郎踩着她，很为难该怎样处理她，杀了她又不好，不杀她又不足以解恨。

同时城太郎更担心在阿杉婆的指手画脚下被带去了下庄的阿通。

说起来，城太郎之所以知道阿通在饰磨的染坊是有来由的。他和父亲青木丹左卫门定居于附近的姬路后的这个秋天，经常因公去饰磨的海滨。一次偶然的机会，城太郎透过篱笆墙发现了阿通，但他当时还不敢确定。

这个人真像阿通——

抱着这个疑问，城太郎开始留意阿通，于是也就正好在她危难的时刻救了她。

城太郎非常感谢这意想不到的机缘，觉得这也许是神的指引。同时，对于不依不饶地迫害阿通的老太婆，城太郎恨到了骨子里，种种原本已经忘记了的往事也回想了起来。

不把这个老太婆除掉，阿通是无法安然生活的。

想到这里，城太郎的杀意顿起，可是父亲青木丹左卫门好不容易刚刚重回城下——若是与山里的乡士一族有什么事情闹大——城太郎在这点的考虑上非常成熟，最后他决定先惩罚一下这个老太婆，将阿通救出来。

"有一个好的藏身之地，老太婆过来！"

城太郎抓着她的衣襟想将她拽起来，可是阿杉婆伏在地上就是不肯起来。

"麻烦——"

城太郎不得已，将她抱起，向佛堂的后面跑去。

那里有一个建佛堂时留下的断崖面，断崖面下面刚好有能让人爬行出入的洞穴。

五

对面可能是佐用的部落吧，可以隐约望见灯火。

山、桑田、河滩都被笼罩在广阔的黑暗之中——包括刚刚翻过的三日月岭。

脚下是大大小小的石子，耳边传来佐用川的流水声。

"喂，等等——"

后面有一个人叫住了前面走的三个人。

那三个人还像押犯人一样押着被反绑双手的阿通。

"怎么回事，那个老太婆怎么还没跟过来，她不是说会跟在后面的吗？"

"嗯，算算这会儿也应该追上咱们了吧？"

"那个老太婆那把老骨头要想走这条道，恐怕得费点儿劲。"

"我们在这儿休息一会儿等等她吧。——要不我们就走到佐用，找两间茶屋慢慢等她。"

"怎么说都是等，就到时找两间茶屋喝喝茶吧。……咱们还拽着这么沉

圆明之卷

的行李呢！"

就这样，这三个人探着水，打算穿过浅滩。

"喂——"

从远处传来一声呼喊声。

三个人回过头去。

——咦？

屏气静听，那呼喊声再次传来，这次似乎离他们近了些。

"是不是老太婆？"

"……不，不对。"

"谁啊？"

"是个男人的声音。"

"不是在叫我们吧？"

"是啊，在这儿除了老太婆还会有谁叫我们，那不是老太婆的声音？"

秋水漾过皮肤，如刀锋划过一般。被押着的阿通更深切地感受到这刺骨的寒凉。

后面传来嗒嗒嗒的走步声。当这三个人意识到不对劲时，追来的人已经到他们身侧了。

"阿通！——"

那人边叫边在水雾之中一口气跑到对岸。

"——啊？"

三个人在飞溅的水花之中一惊，赶紧将阿通团团围住立于浅滩之中。

已经跑到前头过了河的城太郎堵在河对岸，张开双手。

"等等。"

"呀。谁？你是……"

"我是谁无所谓，你们要把阿通带去哪里？"

"这么说，你是来劫阿通回去的。"

"这用不着你管。"

"你要是强出头的话，有你好看的。"

"你们是不是阿杉婆的族人？这是阿杉婆的吩咐，将阿通交给我。"

"什么，婆婆的吩咐？"

"哦——"

"扯谎都不会。"

三个人露出嘲弄的笑容。

六

"这不是扯谎，你们看看这个。"

城太郎掏出阿杉婆在擤鼻涕纸上留下的手迹。

今晚不慎败露，
将阿通还给城太郎，
来带我回去。

"？……怎么回事？"

三个人皱着眉面面相觑，然后他们从头到脚打量了一下城太郎，也大踏步踩着水哗哗地蹚到了河对岸。

"我说的是真的吧，你们该识字吧？"

"闭嘴。看来你就是那个城太郎。"

"是的。在下青木城太郎。"

说到这儿，只听阿通突然大叫一声。

"啊……城太郎！"

向前扑去。

刚刚她就边挣扎边凝视着城太郎，半是怀疑，半是惊愕，当城太郎终于报出自己的名字时，她终于感情决堤，大声唤出"城太郎"。

"啊。堵嘴的松了，赶紧——"

和城太郎交涉的人向后说道，接着厉声说。

"这的确是老太婆的笔迹，那个老太婆说让我们带她回去——怎么回事？"

城太郎道：

"她现在是我的人质，将阿通交给我，我才能告诉你老太婆在哪儿。"

若是这样的话，不管怎么等老太婆都是惘然的——三个人互换了下眼色，不过他们压根儿没把看起来年纪轻轻，尚且稚嫩的城太郎放在眼里。

"少废话。不知道你是哪儿来的毛小子，你以为我们是好惹的吗？下庄的本位田家、姬路的藩士们无人不知、无人不晓。"

"真是麻烦。怎么样，赶紧给个痛快话，要是你们不同意的话，那就让老太婆自己在山中自生自灭吧！"

"你这家伙。"

一个人跳过来扭住城太郎的手腕，另外一人手握刀柄，做拔刀状。

"再胡说八道，小心你的脑袋。你到底将婆婆藏到哪里了？"

"你交出阿通吗？"

"不交。"

"那你休想知道老太婆在哪儿！"

"你确定？"

"赶快交出阿通，咱们可双方无事。"

1275

"这毛小子。"

扭住城太郎手腕的那个人，抬脚一绊，试图将城太郎绊倒。

"岂有此理——"

城太郎顺着对方的力量一用劲儿，像摔沙袋一样，将对方扛上肩膀头摔了出去。

可是突然：

"啊——"

城太郎也摔了个屁股蹲儿，用手按住右腿。

他被摔倒在地的人冷不防地砍了一刀。

七

城太郎知道将人摔出去的技巧，却不知道将人摔出去的法则。

要知道对方是活生生的人，不是摔出去就完事了。他有可能突然拔刀，也可能拽住你的腿。

在将对手摔出去之前首先要考虑到这一点，城太郎全然未考虑到，也未及时闪身，在认为自己占了上风的一瞬间，右腿被砍了一刀，也捂着伤口跌坐在了地上。

不过，幸好伤算轻的，城太郎几乎和对方同时跳了起来。

"别杀他。"

"抓活的。"

其他的人大喊着，一齐上前朝城太郎扑过来。

若是斩杀了城太郎的话，就无法得知阿杉婆是如何成为人质的，身在何处了。

同样，城太郎也不想在这儿和多事的人刀光相见，怕事情传开了会危及父亲的地位。

可是，事情的发展常常不是常人思维所能控制的。以一对三的决斗通常会让势单力薄的那个人被怒火冲垮理智，城太郎此时已是热血沸腾。

对方三个人。

"这个愣头青。"

"嚣张的。"

"让你尝尝我们的厉害。"

边说边手脚齐上，想要制伏城太郎。

"不想活了。"

城太郎出其不意地猛然拔刀反击，直刺在扑在他身上的人的腹部。

"……啊！"

就像将手伸进了咸梅汁的缸里一样，从握刀的手到半个肩膀都染上了鲜血，城太郎已经失去了理智。

"哼,还有你一份!"

城太郎起身向另一人扑去。碰到了骨头的刀刃斜切下去,就像切鱼刺身一般。

"哇。你、你——"

对方惨叫,还来不及拔刀。这三个人太过自信于自己的力量,没想到最后落得个如此狼狈的下场。

"你们这群卑鄙之徒,卑鄙之徒。"

城太郎像念咒语一般,砍一刀就念叨一句,对着剩下的两个人猛砍一气。

他不懂什么刀法,他不像伊织从武藏那里习得过正确的刀法基础。可是,在刀光血色中他并不惊慌,拥有着与年龄极不相称的胆量和粗暴,这恐怕得归功于这两三年奈良井的大藏的调教。

乡士现在虽然剩两个人,但一个人已经负伤了,他们心中失去了许多底气。城太郎的右腿也是鲜血直流,看起来他们真像是你死我活的修罗图的主角。

阿通觉得若是再这样打下去,不是两败俱伤,就是城太郎被杀。——她边拼命地挣脱被捆绑的双手,边不管不顾地在河滩上奔跑起来,在暗夜中呼唤着神的救援,

"来人啊。来人救命啊,救救那边那位身处险境的年轻武士吧!"

八

——可是,不管再怎么叫,再怎么跑,只有四面八方扑面而来的暗魔和流水声、空旷的风声回应她。

胆怯的她终于意识到要靠自己的力量。

在呼救前为何不先靠自己。

阿通坐在河滩上,用岩石的一角磨手上的绳子。因为这只是那三个人用路边捡的稻草捻成的绳子,不多时便被磨断了。

阿通两只手抓起小石子,直奔城太郎和剩下的两个人打斗的地方飞奔而去。

"城太郎!"

阿通边喊边向正与城太郎交手的人的面部投去。

"我也在!不用怕!……"

说着阿通又投了一颗。

"……喂。城太郎,坚持住!"

又是一颗。

可是,这三次都投偏了,没有一颗石子打中对手。

阿通情急之下再次抓起一把石子。——这时,另外一人注意到她。

圆明之卷

1277

"啊，那个女人。"

说着三步并作两步地朝阿通跳过来，打算用刀背朝她的背上来一下。

——你动她一下试试看！

城太郎也追过来。

就在那个人高举过头的刀正要落下的千钧一发之际。

"你这家伙。"

城太郎的拳头朝他的背直直打过来，刀已经从他的背穿出腹部，只能看得到刀柄和拳头仍停留在背部。

不妙的是城太郎的腰刀无法从尸体上拔出。若是最后那个人趁他慌乱之际来袭怎么办？

结果可想而知。

不过，剩下的那个人不但负伤了，还失去了唯一可以依赖的同伴，也很狼狈。

——他就像断了脚的螳螂一般，踉踉跄跄地朝另一方向逃走了。城太郎见状用脚一蹬，一个寸劲儿拔出了腰刀。

"站住——"

顺势抱着一种乘胜追击、一网打尽的心情追将过去。

阿通叫住城太郎：

"算了。……算了。穷寇莫追！……他已经受了很重的伤了。"

那声音中充盈着包庇至亲骨肉般的诚恳，城太郎心中一愣。为什么要包庇一个这样对待自己的人，城太郎疑惑不解。

"我更想和你聊聊我们那次分别之后的经历。……城太郎，一刻都别耽搁了，我们快跑吧！"

城太郎没有异议，这里离赞甘只隔一座山，若是事情传到下庄本位田家那里，他们说不定会举乡来袭。

"能跑吗，阿通姐？"

"嗯，没问题！"

两个人在黑暗中奔跑到喘不过气，回想起了很久很久以前，当他们还是小女孩和小男孩的时候。

九

三日月的客栈还剩一两家掌着灯。

其中一家是这宿驿中的庶民客栈。

去往矿山的采金商人、路过但马的线绳商、行脚僧等等，白天正屋通常人声嘈杂，这会儿似乎都已经入睡，只剩一栋偏离主屋的小厢房内还亮着灯光。

这家客栈的老板一定是误将阿通和城太郎看作是一对私奔的姐弟情侣

了，他扔下煮蚕用的锅和纺线车，特意为阿通和城太郎腾出一间单人房。

"……城太郎，这么说，你也没能在江户与武藏见上一面？"

阿通听城太郎逐一讲述分手之后的事情，心中涌起淡淡的哀伤。

城太郎听到她在木曾路与自己分开后，也一直未能见到武藏，心中也是无法言语的一阵难过。

"——可是，阿通，不必如此叹息。虽然是风信，最近在姬路有这样的传闻？"

"是吗……什么传闻？"

不管是不是不着边际的消息，现在对于她来讲，都像是荒漠中的一碗水。

"武藏先生最近可能会来姬路？"

"来姬路……这是真的吗？"

"到底可信程度有多高，这我也说不准，反正这消息在藩内传得像真的一样。——说他为了履行和细川家的教师佐佐木小次郎的比武约定，最近要到小仓。"

"我也恍惚听到过这样的传闻，到底是谁传出的？武藏隐姓埋名，应该几乎无人知道他的行踪。"

"藩内的传闻多少是会有些真实依据的，说是从京都的花园妙心寺传到细川家的消息，这花园妙心寺与细川家有很深的渊源。佐佐木小次郎通过细川家的家臣长冈佐渡向武藏先生下了挑战书。"

"那这一天应该不远了吧？"

"到底是什么时候，在哪里，现在还不知道。——不过，如果他是在京都附近的话，要到丰前的小仓一定会路过姬路。"

"可也有水路！"

"不，恐怕……"

城太郎摇摇头：

"恐怕不会走水路。不管是姬路还是冈山，山阳的各藩凡是得知武藏先生会路过的，都会留武藏先生住一宿。他们都或想见见这位响当当的大人物，或想请武藏先生出仕。……都在等着武藏先生的光临。还听说现在姬路的池田家也通过向泽庵大师写信、去妙心寺探寻等种种途径寻找着武藏先生的下落，还命城下口的驿传中介关注一下武藏先生是否有通过，若有的话立即汇报。"

听到这些，阿通反而一声叹息：

"那武藏肯定不会走陆路的，估计是见不到了。他最讨厌被接连招待，引起一片哗然。"

阿通近似绝望地说道。

十

城太郎原本以为纵然是传言，阿通姐听了也一定会高兴，可对于阿通来说，所谓武藏会途径姬路不过是一场最终会落空的空想罢了。

"——城太郎，我们去一趟京都的花园妙心寺的话，应该能了解些确切的消息吧！"

"这也有可能，不过到底是传闻。"

"可也不完全是空穴来风吧？"

"你已经决定去了吗？"

"嗯。我想明天就启程。"

"等等——"

城太郎和以往不同，他现在对阿通也会提出自己的意见。

"阿通姐总也见不到武藏先生就是因为你总是捕风捉影地到处跑。要想看杜鹃的话，要看杜鹃会在哪里鸣叫。阿通姐你总是在后面追武藏先生，最终会将自己都追得迷失了……"

"可能吧，可是就像通常人们所说的，心神迷乱是恋爱的通病吧。"

阿通对城太郎没什么不能说的。

可是刚刚不经意间直接流露了自己对武藏的恋慕之心后，只见城太郎吃了一惊，脸变得通红。

已经不能像手拍球一样，与城太郎谈论这些关于爱恋的话题了。他自己也到了谈情说爱，为感情烦恼的青春期。

于是，阿通岔开话题。

"谢谢，我以后会先好好考虑下的。"

"是啊。不管怎么说，阿通姐还是先回姬路吧。"

"嗯——"

"一定要抽空来我家里做客，现在我与父亲同住。"

"……"

"说起来父亲青木丹左卫门连阿通姐在七宝寺时的事情都很了解。……父亲说不知为什么，就是很想见见阿通姐你，和你说说话。"

阿通没有回答。

灯芯即将燃尽，阿通回头沿着有些破烂的房檐望向夜空。

"……啊。下雨了！"

"下雨了吗——明天还要去姬路呢。"

"没事，有蓑笠就行，秋天的雨不会有什么大问题。"

"不要下大就行！"

"……哦，起风了！"

"关上门窗吧！"

城太郎站起身来，关上防雨门。室内渐渐变得闷热起来，充满了阿通的女人体香。

"阿通姐早点休息吧，我就在这里——"

说着城太郎取过木枕，放在窗下，面壁而躺。

"……"

阿通仍旧没有躺下，独自听着雨声。

"得睡了，阿通姐，还不睡吗？"

阿通背对着城太郎，似乎是有些难以入睡的样子，听城太郎这么一说，她拉过单薄的被子，将脸都盖在了里面。

 观音

一

风萧萧雨瑟瑟。

这里是个小山村，秋天的天空风云莫测，说不定到了早晨就又是晴朗的一天。

阿通还未睡着，衣带未解地坐着，独自想着心事。

城太郎刚开始也是辗转反侧，难以入睡，不过不知不觉间还是比阿通早进入了梦乡。

扑簌、扑簌……不知何处传来漏雨的声音。雨水飞溅起的水花吧嗒吧嗒地拍打着窗户。

"城太郎——"

阿通唤道：

"醒一醒，城太郎——"

叫了几次，城太郎还没有醒来的样子，要不要勉强将他唤醒呢——阿通犹豫着。

突然想叫醒城太郎问问他关于阿杉婆的事情。

城太郎在河滩上曾告诉婆婆的同伙自己给了婆婆应受的惩罚，在途中也听城太郎提起过，感觉就算是惩罚，这样的强风大雨对婆婆来讲也有点儿太残酷了。

这样经受风吹雨淋，再加上天气寒冷，婆婆那年迈的身体能经受得住吗，会不会熬不到第二天早晨？——就算是今晚没事，若是那婆婆几天没能被人发现，也会被饿死的吧！

可能是天生就喜欢替人着想，阿通忘记仇恨与憎恶担心起婆婆的身体

来，风雨愈大，她便愈担心。

那个婆婆应该不是生来就坏的。

阿通替婆婆辩护起来。

"若是我们真心待她的话，她也总有一天会真心待人的，有谁生来就坏呢。……虽然城太郎随后知道我解救了婆婆也许会生气。"

阿通下定了决心，打开防雨门，跑了出去。

天地一片昏暗，只有雨水茫茫地隐约闪着亮色。

穿上泥地房间内的草鞋、戴上竹斗笠，卷起衣角。

穿上蓑衣——

唰唰唰……伴随着房檐处雨点的敲打，阿通朝客栈旁不远处的建有佛堂的，石阶高高的大山方向走去。

这座大山的石阶，傍晚时曾和麻屋的万兵卫一起登过，现在雨水在石阶上汇成急流冲涌而下。登到顶端，杉树林呼啦啦地吼着。这里的风比下面宿驿处的风要强劲很多。

"在哪儿呢？婆婆——"

阿通并没有听城太郎详细说起到底将婆婆放到了哪里，只知道是在这附近——

"难道是……"

阿通向佛堂内窥看，也向佛堂的地板下呼唤着。

不见踪影，没有回答。

阿通转到佛堂的后面。——在潮涌般发出吼叫的树林中驻足。

"喂——来人哪……有没有人哪……呜呜、呜呜——"

呻吟加呼唤的声音在风雨中断断续续地传来。

"哦，一定是婆婆。——婆婆、婆婆！"

阿通也在风中呼叫着。

二

呼叫声被风雨瞬时吸了去，消失在虚无的暗夜中。也许阿通的心意传达到了那个不知在何处的人那里。

"哦、哦。是不是有人在那边啊，快来救救我，我在这里，我在这里。——拜托救救我。"

婆婆的声音像是对阿通的回答。

被怒涛般的山林风雨声一搅，传过来的并不是完整的声音，可是阿通听得出来，这就是婆婆拼了命的呼叫声。

阿通嘶哑着声音边喊边找。

"……在哪里？在哪里？……婆婆，婆婆——"

她绕佛堂奔跑了一周。

这时，阿通发现穿过佛堂旁的杉树林二十几步后，可以看到作为后院登山口修建的崖道处有一个类似于熊洞的洞穴。

"啊……在这儿？"

阿通走进洞穴，向内窥看，婆婆的声音确实是从这个洞穴里面传出来的。

可是，在洞口堆放着三四块大岩石，以阿通的力量她根本无法搬动。

"是谁？……是谁来了！难道是婆婆我平日里所信奉的观音菩萨的化身。快可怜可怜我，救救我吧。——快救救我这个因一时糊涂，落入苦难之中的可怜婆婆吧！"

婆婆从岩石的缝隙间发现了外面的人影，狂喜地叫着。

半是哭泣，半是诉说，在生死的暗崖之中，她幻觉观音降临，一心祈祷观音菩萨能够救自己于大苦大难之中。

"——真是开心，真是开心。看来是婆婆我平日里的善心起了作用，您亲自下凡来救我了。大慈大悲，南无，观音菩萨——南无，观音菩萨。"

婆婆的声音突然就此消失了。善哉。

婆婆身为一家之长，身为人母，总认为自己做的事情是问心无愧的，是善事。若是有什么神佛不保佑自己，便认为那是邪神恶佛，她自己则是善的化身。

——所以在这风雨之夜，她认为观音菩萨的化身来救她是正常的，没什么不可思议。

当婆婆真真正正地确定洞外有人时，紧绷的神经猛然松缓，处于了半昏厥状态。

"……？"

洞外的阿通突然听不到狂乱的婆婆的呼喊声了，焦虑万分。她更加拼命地想要尽早打开洞口，可是岩石依旧纹丝不动。竹斗笠的纽带已经断了，竹斗笠被风吹走，阿通的黑发与蓑衣一起随着风雨乱舞。

三

城太郎怎么能搬得动这么大的岩石呢，阿通想。

她用身体推，用双手搬，使尽浑身解数依旧无济于事。

阿通已经筋疲力尽，不禁埋怨起城太郎来：

城太郎也太狠心了。

自己虽然找到这里了，可是这种状况若是再持续下去的话，恐怕婆婆会在里面发狂而死。她现在已经没动静了，说不定命已经丢掉一半了。

"婆婆。挺住。……再坚持一下！很快！我很快就会救出你的。"

阿通将脸紧贴在岩石与岩石之间唤道，阿杉婆没有回应。

当然，洞中伸手不见五指，肯定也看不到婆婆的影子。

——不过，再仔细听：

或遇恶罗刹
毒龙诸鬼等
念彼观音力
时悉不敢害
若恶兽围绕
利牙爪可怖
念彼观音力

婆婆念诵《观音经》的声音微微传来。婆婆的眼中、耳中已经完全没有阿通的音貌了，看到的只有观音，听到的只有菩萨的声音。

婆婆合掌，全然安心貌，噙着泪花全心全意地颤抖着双唇念诵《观音经》。

可是，阿通没有神通广大的力量。堆积在一起的岩石一块都没能挪动。雨不停、风不歇，她的蓑衣破了，手、胸、肩到处沾满了雨水与泥巴。

四

不知道这婆婆是不是念着念着经回过神来了，她将脸贴到岩石的缝隙处。

"谁？是谁？"

已经非常虚弱，无能为力的阿通蜷缩在风雨中。

"哦，婆婆吗？——我是阿通。听你的声音，你还好吧？"

"什么？"

阿杉婆不敢相信自己的耳朵。

"你说你是阿通？"

"是的。"

"……"

隔了一会儿，又传来婆婆的声音。

"你是阿通？"

"是的……我是阿通。"

婆婆愕然，一个激灵，被甩出了幻觉。

"为、为什么，你会到这里来？……啊，城太郎随后就会到吧？"

"我是来救你的。婆婆，你就原谅城太郎的所作所为吧！"

"你是来救我的……？"

"是的。"

"你……救我？"

"婆婆，过去的就让它过去吧。我没有忘记您的养育之恩，虽然后来您恨我、责骂我，可我并没有放在心上。——原本就是我太任性了。"

"你是打算痛改前非，回到我们本位田家做媳妇了吗？"

"不、不……"

"那你来这里做什么？"

"我只是想救婆婆您。"

"你是想让我这次领你的情，将前账一笔勾销吗？"

"……"

"我不要你救。谁求你救我了？——如果你认为我会领你的情，不再怪罪于你，你就大错特错了。就算是我的境况再悲惨，婆婆我也不会为了活命而失了骨气。"

"可是婆婆，我怎么忍心看您一把年纪还受此折磨？"

"别说好听的，你和城太郎是一个鼻孔出气，别以为我不知道，这一定是你们算计好了的吧。若我有命走出这个洞穴，我一定要你们好看！"

"不久的将来——不久的将来——婆婆您一定会理解我的心意的。我会想办法救您出来的，您若一直在里面会坏了身子的。"

"别开玩笑了。嗯——你是和城太郎合计好了来揶揄我的吧？"

"不、不，我一定会用真心化解您的怒气的。"

阿通再次站起身来边哭边推那硕大的岩石。

也许是阿通的泪水感动了岩石，原本无力推动的岩石，此时竟然有一块滚落了。

其他的岩石也意外地很容易被推开了，终于打开了洞口。

其实之所以这么轻易地推开岩石，是因为婆婆在里面也出了力。——这婆婆一副靠自己冲破了洞口的神情跳了出来。

五

诚心起了作用。

岩石被推开了。

太好了！

阿通与被推开的岩石一同踉跄着，在心中欢呼着。

可是……

婆婆从洞穴中跳出来后突然上前揪住阿通的衣襟，这是她脱逃险境、重回人世要做的第一件事。

"啊——婆婆！"

"啰唆！"

"为、为什么……"

"你知道的。"

婆婆用尽浑身力气将阿通推倒在地上。

是的，是知道。可是阿通没想到现在会是这种结果。她一直相信，只要对人付出真心，就会收获真心的回报，这种结果是大大出乎她的意料的。

"来，过来吧！"

婆婆揪住阿通的衣襟，在流满雨水的地上拖着阿通。

雨小一些了，可仍不断地打在婆婆的白发上，灿灿地发着光。被拖在地上的阿通双手合掌。

"婆婆、婆婆，原谅我吧。在您消气之前，您怎么打骂我都行，可是就这样风吹雨打的，怕婆婆您落下病根啊。"

"你说什么，装什么，还真是差点儿把我感动得落泪。"

"我是不会逃的，不管您去哪里我都会跟随的，您的手……啊……好难受！"

"你当然要跟我走。"

"放、放开我。啊啊……"

喉头哽咽。

阿通冷不防地甩开婆婆的手，站了起来。

"想跑吗？"

婆婆的手马上又抓住阿通的黑发。

倾洒而下的雨水哗哗地打落在阿通苍白的面颊上，阿通闭上了眼睛。

"你可知道你这么多年来让我的日子有多难过？"

婆婆咒骂着，阿通越是想说些什么，越是挣扎，婆婆抓阿通头发的手就会越用几分力，同时对阿通连打带踹。

啊——打着打着婆婆松开了手，觉得有些不妙。阿通扑通一声倒地，完全失去了意识。

婆婆有些狼狈。

"阿通，阿通——"

她望着阿通惨白的面孔唤道。被雨水冲刷的面孔似死鱼一般冰冷。

"……死了吗？"

婆婆茫然地念叨着，她并没有想杀阿通，纵然不想原谅她，也没想过要杀死她。

"……对了。先回去一趟。"

婆婆扔下阿通转身离去，不多时又折回来，将阿通冰冷的身体抱进了洞穴之中。

洞口非常狭窄，里面却很宽阔，里面还有很早以前求道行者趺坐的痕迹。

"哦，雨真大！"

婆婆再次从里面爬到洞口时，发现洞口已经形成了瀑布般的水帘，不断地有雨水溅入洞中。

六

若是想出去的话，随时都能出去，可是这样的暴雨让人无法前行。——

"天快亮了吧！"

婆婆在洞中期待着暴风雨快些过去。

可是，在这种全黑的环境中，与阿通冰冷的身体待在一处，她还是非常害怕的。

总感觉阿通那惨白冰冷的面孔在责怪地盯着自己。

"这都是命中注定。请快些成佛吧……不要怨恨于我！"

婆婆闭上眼睛开始小声诵经，诵经能让她忘记苛责与恐惧。就这样，过了多时。

唧唧喳喳，外面传来清脆的小鸟的叫声。

婆婆睁开了眼睛。

有明艳的阳光从洞口射入，将荒土展示在眼前。

风雨终于在天亮后停止了，洞外的金色朝阳跳跃升腾着闪闪发光。

"这是什么？"

婆婆刚要起身，不经意间发现眼前有一段文字，不知是何人在洞内墙壁上刻下了一段祈祷文：

> 天文十三年天神山城发生战乱，十六岁的我儿森金作被征入浦上大人的军队，从此再未相见。我悲伤难熬，四处拜神问佛。现在此奉一尊观音菩萨像表达我作为母亲的心意，缅怀我儿，祈求他能往生。
>
> 几代之后，若有人同样造访此地，请为我们念诵经文，送上一份悲悯之情。今年金作已故二十一载。
>
> 施主 英田村 金作之母

有的地方因为风化，已经无法辨清文字。天文年间，对婆婆这上了年纪的人来说都有种很久远的感觉。

当时这里近乡一带的英田、赞甘、胜田诸郡入侵尼子氏，浦上一族从诸城败退。在婆婆幼年时的记忆中，那时不论早晚，天空总是弥漫着焚烧城池的烟雾，田野、道路、农家附近到处是无人处理的兵马死尸。

儿子金作十六岁被征入伍参加战斗，从此再未见面。这位母亲在二十一年后仍无法从失子之痛中释怀，她遍访各处为亡子祈求冥福。

"……天下母亲的心啊！"

拥有又八这个儿子的婆婆感同身受。

"南无……"

婆婆面向岩壁合掌而泣。——哭了一阵子，渐渐停止啜泣时，看到了躺在自己泪下、掌下的阿通。她已经再也见不到这个世界的朝阳，只剩下一具冰冷的躯壳了。

七

"阿通……。是我不好，是婆婆我不好。请原谅我，原、原谅……我吧。"

——不知道又想到了什么。

婆婆横抱起阿通的身体号啕起来，脸上充满忏悔之色。

"真是可怕，真是可怕呀，这就是爱子如盲吗。爱自己的孩子，却让别人的孩子做了鬼……阿通呀，你也有父母吧，在你父母的眼中，婆婆我就是仇人，是罗刹了……。啊，我都可以和夜叉相比了吧！"

洞穴之中充斥着阿杉婆的声音，只有她自己的回声回应她。

这里没有人，没有世俗的眼光。

有的只是黑暗、菩提之光。

"——对如同罗刹、夜叉般的我，你不但没有怨恨，还来到这里救我。……现在想来，你应该是出于真心的，而我却往坏的方面想你，恩将仇报，都是我不好……。原谅我吧，阿通——"

婆婆的脸紧贴阿通的脸。

"如此温柔的一个女子，就像我的女儿。……阿通呀，你再睁开眼睛吧，听听婆婆我的忏悔吧。再说说话吧，哪怕是骂婆婆我。阿通呀——"

她在对阿通的忏悔中，也想起了自己以前的所作所为，悉数进行反省，后悔不已。

"原谅我吧，原谅我吧……"

婆婆趴在阿通的背上哭泣，甚至想到了就这样和阿通一同赴死。

"不，不能这样放弃阿通，我要赶紧救救阿通，说不定还有一线生机。——若是能救活她，她还有很长的春天要度过。"

婆婆将阿通的身体从膝盖上放下，踉跄着跑出洞穴。

"啊——"

外面阳光刺眼，她不由得用双手遮住脸。

"乡亲们——"

婆婆叫道。

她边跑边叫。

"乡亲们，乡亲们——来人哪！"

这时从杉树林那边传来嘈杂的人声，其中一个人喊道：

"找到了——婆婆没事，在那边。"

原来是本位田家一族——来了近十位亲戚。

昨晚，一个浑身是血的乡士从佐用川的河滩跌跌撞撞地跑了回去，向本位田家报告了婆婆的危急状况，大家赶紧冒雨出动寻找婆婆。这会儿只见他们穿蓑戴笠，都像是刚从水中爬出来一般。

"哦，婆婆——"

"您没事吧？"

跑过来的这些人露出了放心的神色，围着婆婆一阵关心，可是婆婆并没有劫后余生的开心的样子，

"不要管我，我怎样都没关系。快点，救治一下洞内的那名女子，快点……她已经失去意识了，一刻都别耽搁，赶快……赶快给她用药……"

她神志恍惚地指向洞穴那边，舌头不听使唤，老泪横流。

世之海流

一

这是第二年的事情。详细来讲是庆长十七年四月初的事情。

泉州的堺市那一天也照例有通往赤间关的船只，船上载满了旅客、行李。

在船商小林太郎左卫门的店中休息的武藏，听到船只即将出发的来报后，从长凳上起身，向送行的人打招呼道：

"——那么，我要走了！"

向店外走去。

"保重——"

送行的人边齐说，边簇拥着武藏向船的停靠港走去。

这群人中有本阿弥光悦。

灰屋绍由因病无法前来，他的儿子绍益前来送行。

绍益带了一位非常漂亮的新婚妻子，这位新婚妻子美到让所有人羡慕。

"那是不是吉野？"

"柳町的？"

"是的，扇屋的吉野太夫。"

大家扯着袖子议论纷纷。

绍益只向武藏介绍：

这位是我的妻子……

却并没有提是不是吉野太夫。

武藏对她的长相没什么印象。扇屋的吉野太夫曾在雪夜焚烧牡丹招待过武藏，武藏还曾听过她弹奏的琵琶乐曲。

不过，武藏所知道的吉野是初代吉野，绍益的妻子是二代吉野。

花落花开——流年似水。

那个雪夜，那牡丹之柴的火焰已恍若梦中，那时的初代吉野现如今是已身为人妻，还是孤独一人，无人知晓。几乎没有什么关于她的传闻，知道她的人也从未断绝过。

"时间过得真快啊。从第一次见到你到现在，七八年的时间已经过去了。"

光悦边走边对武藏低语道。

"……八年。"

武藏也慨叹岁月流转——今日的出航，感觉像是人生的又一转折点。

那一天，在为武藏送行的人群之中除了武藏和光悦的旧交外，还有妙心寺愚堂和尚门下的本位田又八，京都三条车町细川邸的两三名武士。

还有代表乌丸光广卿的公卿武士一行人。

这半年来在京都生活期间认识的一些人，被拒绝多次却依旧因仰慕而称武藏为师的人，共二三十人也来送行——这壮观的人数不禁让武藏有些困惑。

被这么多人簇拥着，武藏连和想说话的人说说话的机会都没有，独自上了船。

目的地是丰前的小仓。

在细川家长冈佐渡的斡旋下，武藏前去与佐佐木小次郎履行比武之约。

在这事最终具体定下来之前，藩老长冈佐渡没少奔走，文书的交涉也很是繁缛，从知道武藏自去年秋天以来一直居于京都的本阿弥光悦家后，大概又过了半年，这件事才最终敲定。

二

武藏知道，早晚都避免不了与佐佐木小次郎交手。

——终于，这一天到来了。

可是，武藏没想到自己会背负着如此盛大的期待。就说今天的启程，武藏丝毫没有为这样夸张的送行场面感到愉悦，只是无法拒绝人们的好意。

武藏感到很不自在。理解自己的人的好意，武藏郑重接受，可若是被捧到了众望的风口浪尖，成为浮夸的大人物，武藏是接受不了的。

自己也就是一介凡夫俗子。

这次的比武亦是如此，不过是场平凡的比武。到底是谁迫切地推动了这一天的到来？想来并非佐佐木小次郎，也并非自己，而是周围的人。世人都抱有极大的兴趣与期待等待着他们对峙的这一天的到来，在事情还没有着落的时候，关于具体日期的话题就已经被提到大众口中了。

武藏不想这样成为世人瞩目的焦点，虽说这样会提高自己的名声，可是他现在并不想追求那些，现在只想能够有自己潜心沉思静想的空间。——这绝不是因为武藏生性乖僻，而是为了追求行与思的一致——受到愚堂和尚的启蒙后，武藏更加深感道业生涯的任重道远。

——虽然如此。

他又想——

这世间之恩也是不可忘的，人活着靠的就是世间的恩惠。

今天，身上所穿的黑色窄袖便服是光悦的母亲一针一线亲自为自己缝制的。

手中所持的新斗笠和脚上穿的新草鞋，以及身上的其他任何一样东西没有不饱蘸世间人情的。

况且，做不好耕种、织布这些事关衣食活计的事务的自己，生存靠的是百姓——没有世间的恩惠，便没有自己。

我拿什么来报答呢？

每当想到这些，他深知不该对世间抱有过度谨慎，甚至些许排斥的心理——可当领受到的好意大大超过自己的真实价值时，他不能自已地会对这世间产生畏缩感。

就这样，到了告别的时候。

大家祝福武藏一路顺风。

时间在送行者与被送行者间悄悄流逝。

"——后会有期。"

"后会有期。"

船被解开了船缆，船上的武藏与岸边的人们互致别情时，大大的船帆已经在海天相接的背景下张开了。

这时，有一位在船出航后晚到一步的旅者跑了过来。

"糟了——"

三

刚出港口的船只明明就在不远处，却也只能干着急了。因为些许的迟到，没能赶上的年轻人无奈地跺着脚。

"啊，迟了。我不贪睡就好了。"

那望着愈行愈远的船影的眸子中，充满了因迟到没能赶上船的懊恼。

"莫非是权之助？"

在船开走后，他仍然伫立在岸边的人群中，光悦发现了他，边向他走去边打招呼道。

梦想权之助将手中的手杖向腋下一夹。

"哦，您是……"

"我们曾在河内的金刚寺见过。"

"对了，想起来了，是本阿弥光悦先生。"

"看到你没事，真是为你感到高兴。我听到一些关于你遭遇险境的事情，很是为你担心。"

"您听谁讲的？"

"听武藏先生说的。"

"啊，听先生说的？……先生怎么知道的？"

"是从小仓那边，细川家的家臣长冈佐渡给武藏先生写的信中得知的，说你被九度山那些人抓住了，怀疑你是密探，可能已被加害了！"

"可是……"

"武藏先生在今早出发前一直住在我那里。小仓那边知道了武藏先生的居所后，几次给武藏先生来信，信件中除了说你的事情，还说伊织现在在长冈家。"

"啊……这么说伊织也平安无事了！"

看样子权之助是现在才知道此事，一脸茫然的样子。

"咱们坐下来聊一会儿吧！"

光悦带权之助来到附近的茶屋，借了长凳，坐下来谈了许多，也难怪权之助会感到意外。

传心月叟——九度山的幸村，当时一见权之助，便看出了权之助的为人，马上向他道歉——是部下的过失。

并赶紧命人解开了绑在权之助身上的绳索。权之助也算是因祸得福，幸得一位知己。

幸村的手下还帮权之助四处寻找坠落断层的伊织，不过一无所获。

因为断层底没有伊织的尸体，权之助相信——伊织一定还活着。

可在带回伊织前，权之助自觉无颜再见师傅。

就这样，权之助在近畿地区游走。

碰巧近来武藏和细川家佐佐木小次郎约战一事引发巷间热议，权之助因此得知武藏就在京都一带，为了能早日见师傅，权之助更加焦急地四处寻找伊织的下落。

——昨天从九度山那里得知师傅武藏就要启程去小仓了，若是去了小仓，又不知何时才能相见。

权之助急了，顾不得什么颜面不颜面的了，赶紧向这边赶来。不曾想还是来晚了，造成一步之差的巨大遗憾——权之助不住地叹息。

四

光悦安慰道：

"你也不要太懊悔了。虽然下一班船要等上好几天，但你可以从陆路追赶，相信你一定能在小仓与武藏先生相会的，到时再拜访一下长冈家，与伊织会合——"

"我原本是打算陆路前行的,可是在到达小仓前,我还有件事想要劝劝师傅,有些贴心的话想要对师傅讲。"

权之助倾诉衷肠道。

"还有,这次出发,恐怕对于师傅来讲关乎一生的沉浮荣辱。师傅平日里总是一心专注于修行,虽然我对师傅能赢得这场比武很有信心——可是毕竟现在我们还不知道结果,无法断言修行者必胜,骄者必败。——有些东西是人无法左右的,胜败乃兵家常事!"

"不用太担心,从武藏先生沉着冷静的状态来看,他应该比较有自信能赢得这一战。"

"我也是这样想的,可是我听说佐佐木小次郎也并不简单,是少有的天才。特别是自从他出仕细川家以来,每日朝暮更加勤勉于锻炼,更加强于自戒。"

"这是一场傲慢的天才与资质平庸、孜孜不倦的人之间的比武。"

"我不觉得武藏先生资质平庸。"

"不,他绝非天赋异禀。他从未以自己的才能而自视甚高,因为知道自己资质平庸,他不断苦练,向上攀登。这其中的辛苦恐怕只有他自己知道。当终有一天,这份苦练有了成效,他终于铿然发光,人们首先想到的是感叹他的天赋异禀。——这样的感叹其实是懒惰的人的一种自我安慰罢了!"

"……这样说来也是,真是多谢提点。"

权之助觉得自己从这番话中也受益匪浅。他望着光悦那恬静、宽阔的侧脸想道——这个人也是。

看起来光悦是位悠闲的闲云野鹤式的人物,眸中无任何狡黠与锋芒,可一旦他投入被他视作生命的艺术世界,他眸中闪烁的光芒是完全不同的。那种差异就如同风平浪静的湖面与孕育山雨的湖面一般。

"光悦先生,还不回去吗?"

有一位年轻的身着法衣的男子向茶屋内张望道。

"哦,是又八啊!"

光悦站起身来。

"——那我先走一步了,还有同行的人在等着我。"

见光悦要离开,权之助也站起身来。

"您要去大阪吗?"

"是的。若是来得及的话,打算今晚乘夜船从淀川回去。"

"——那到大阪这段路我们同行吧!"

权之助决定通过陆路赶去丰前的小仓。

带着年轻妻子的灰屋老板之子、细川藩的留守居，还有其他若干人等，大家开始三三两两地沿来时的路返回了。

又八的现在和他之前遭遇的种种成了路上三人谈论的话题。

"若是武藏兄能发挥好，能赢就好了，那佐佐木小次郎也非等闲之辈，也是很厉害的……"

又八时不时地露出担忧之色。他知道佐佐木小次郎的可怕。

黄昏——

三个人已经走在大阪混杂的人群中了，不知何时，又八消失不见了。

五

"去哪儿了？"

光悦和权之助沿原路往返于人群中，寻找又八的身影。

他们找到又八时，他正呆呆地站在一座桥的桥旁。

"在看什么？……"

两个人远远地疑惑地望着又八。又八的目光似乎全部倾注在了河滩上忙着洗锅碗瓢盆、蔬菜、糙米的一群长屋妇女那里。

"看他那样子好奇怪！"

因为发现又八的神情非同一般，两个人故意不去打扰他，在远处等待。

"……啊，是朱实。是朱实没错！"

又八独自低语。

他在河滩上的一群洗涮的妇女之中发现了朱实。

感觉这份偶遇更像是冥冥之中上天的安排。

在江户的芝区的长屋中，曾唤她为老婆。不想经历了这么多，在自己身披法衣后，仍能遇见她，与她的因缘竟是如此之深。又八为自己当初那段浪荡往事感到羞耻。

——朱实的样子已经不同于以往了。

不管她再怎么变，自己仍能在偶然路过的桥头一眼认出她，恐怕这是旁人做不到的。这是在同一片土地上呼吸的生命之间的感应与交汇。

放下这些暂且不说。

变化非常大的朱实，已经几乎不再有以前的风情与姿态了。她用脏脏的背带背着一个两岁多的婴孩儿。

是朱实的孩子！

又八心中一震。

朱实的面庞清瘦得让人不敢相信。布了一层尘埃的头发被简单束起，穿着不甚体面的木棉筒袖和服，衣角高高系起，手腕上挂着看起来很重的提篮，正在健谈的长屋妇女们的嬉笑吵闹声中，弯腰叫卖。

她的提篮中还剩有海草、蛤、鲍等。背上的婴孩儿会时不时地哭泣，每当这时,她便放下提篮,先哄孩子,哄好孩子后,再继续向那群妇女兜卖。

"……啊。那个孩子?"

又八的双手按向自己的面颊,在心里算着年月。若是两岁的话,那正是在江户的那段时间。

——这么说的话。

在数寄屋桥旁的平地,自己与朱实被奉行所差人杖笞一百时,她的腹内就已经怀着这个孩子了。

"……"

傍晚微薄的夕阳经由河水将光线投射到又八的脸上,映着那闪闪的泪光。

他忘记了身后来来往往的人群。当不知情的朱实终于提着没能卖出去的篮中之物,步履沉重地沿河滩向前走去时,他什么都不顾地唤道:

"喂——"

挥着手跑了过去。

光悦和权之助也赶紧跑了过去。

"又八,怎么回事,怎么了?"

六

又八扭过头去,这才意识到同伴的担心。

"啊——抱歉。其实……"

又八很想解释,可是在这样的紧急情况下,三言两语怎能解释清楚?

特别是刚刚胸中涌起的抉择,他自己都很难说清楚。

事出突然,无法不唐突。又八将结在喉头的纷繁感情,化作最直截了当的话:

"——我有些事情,想还俗了。大师还没有真正为我剃度,所以可以不必禀报大师。"

"什么……还俗?"

又八以为这样说是当下最让人明了的表达,可在局外人耳中,这简直是岂有此理。

"这到底是怎么一回事,看你的样子怪怪的。"

"详细的我现在说不清楚,也许你会笑我,我遇到以前跟我生活在一起的那个女人了。"

"哈,遇到以前的女人了?"

两个人呆在了那里,又八依旧一副极其认真的面孔。

"是的,她背了一个婴孩儿。算算时间,应该是我的孩子。"

"真的吗?"

"她刚刚真的是背了一个孩子,在河滩上叫卖东西。"

"不不,冷静下来好好想想。不知道你们是什么时候分开的,真的是你的孩子吗?"

"对于这点,我没有怀疑。我已经成为父亲了,而自己竟然刚刚知道,真是惭愧。……看见她那带着孩子,卖小货物苦苦谋生的样子,我心中十分难过、愧疚。对她们我必须尽些自己的义务。"

光悦与权之助不安地互望一眼。

"……看来,他不是开玩笑。"

又八脱下法衣,取下数珠,交到光悦手中。

"真是惭愧,拜托将这些交给妙心寺的愚堂大师。并麻烦您转告大师又八要暂且在大阪尽身为人父的责任。"

"你真的决定这样做了吗?"

"大师对我说过,我随时可以回町里。"

"嗯……"

"大师还说过,没有在寺庙中办不到的修行,身处世间的修行才是最难的。比起那些厌恶世间的丑陋,入寺寻求一份洁净的人,身处谎言、肮脏、诱惑、争夺等丑恶旋涡中,还能保持身心的洁净,出淤泥而不染者才是真正领悟到修行真髓的人。"

"嗯,的确。"

"我已经在大师身边一年有余了,可还仍未有什么法名,至今仍被唤作又八——请拜托转告大师,若是日后我再遇到什么不解之事,还望大师不吝赐教。"

说罢,又八向河滩方向跑去,在夕雾中追赶着那若隐若现的人影。

待宵舟

一

一片红云旗子般地飘荡在天空。可以看到风平浪静的海底趴着章鱼,水天一色,晶莹澄澈。

在饰磨的海滨口,有一家从下午开始便将小船停靠在了那里,这会儿黄昏时分,从小船里冒出寂寥的炊烟。

"不冷吗?吹来的海风变凉了。"

船底的阿杉婆边向蹲着火苗子的陶炉内添着柴火,边说道。

船篷下有一位面色苍白的孱弱女子盖着被褥,束发而躺。

"……不。"

女子微微摇头。

她稍稍抬起身子，向正在淘米煮饭的婆婆说道：

"婆婆，感觉您一直有些感冒——不要太担心我了……"

"我没什么。"

婆婆摇摇头。

"我怎么能放心得下你。……阿通，你等的人乘的船马上就要到了，喝点粥，恢复恢复体力吧！"

"谢谢！"

阿通眼中泛起泪花，在船篷下眺望着远处的海面。

钓鱼船、货船相继出现，她所等的从堺市到丰前的船还连帆影都看不见。

"……"

婆婆将锅坐在炉子上，注视着点火口。锅里的粥不多时便发出咕嘟咕嘟的声响。

渐渐地，天色暗了下来——

"咦，船还没到。不是说最迟黄昏时候会到吗？"

海面明明风平浪静，波澜不兴——婆婆也有些坐不住了，频频向海面张望嘀咕道。

不用说——

这原本预计黄昏时分到达的船是昨天从堺市出发的小林太郎左卫门的船，是去往小仓的宫本武藏所乘坐的船——山阳的大街小巷很早便得知了这个消息。

圆明之卷

消息传到的同时。

姬路的青木丹左卫门之子城太郎马上差人通知了赞甘的本位田家。

婆婆亦赶紧将这个吉报传给在村中七宝寺养病的阿通。

去年秋末那个暴风雨之夜，前往佐用山的洞穴搭救婆婆，反而遭到婆婆暴打失去意识的阿通在恢复意识后身体状况一直都不太好。

原谅我吧。只要能原谅我，婆婆我做什么都行——

那件事发生之后，婆婆每次见到她都会流下忏悔的眼泪。

阿通则总是回应婆婆说——婆婆这样让我不胜惶恐。

并安慰婆婆说这样只会加深自己的痛苦，自己的身体本就有病根，绝不仅仅是因为婆婆才这样的。

阿通说自己本就有病根是事实。几年前，在京都的乌丸光广府上时，就曾因病卧床几个月，这次和上次患病的症状差不多。

到了晚上，阿通有些低烧并咳嗽。她的身体开始一天天地消瘦，不过这却增加了她的美貌，而这种美貌因为太过楚楚动人，反而让多愁善感的人在爱怜的同时有淡淡的忧愁。

二

不管怎样——

她的眸中总是充满欣喜与希望。

欣喜的是：

婆婆终于明白自己的心意了，也意识到了自己之前的种种错误，不管是对武藏还是对其他人，婆婆的态度都发生了很大的转变，变得非常和蔼可亲——

让她的生命充满希望的是：

不久，她便可以和朝思暮想的人相会了。

婆婆自那以后也常对她表示：

因为我的罪恶与心胸狭隘给你造成了不幸，为了弥补，我一定将你亲手交给武藏，并向武藏道歉，拜托你快点好起来吧！

婆婆还亲自对族人、村人说阿通和又八之前的婚约已经彻底解除了，阿通的真正良人是武藏。

至于武藏的姐姐阿吟，婆婆在未认识到自己的错误前，为了将阿通骗出来，谎称阿吟在三日月村附近，其实在武藏出走后，了解些阿吟消息的人也只知道她曾辗转寄身于播磨的亲戚家及其他人家，对于她现在身在何处，状况如何，已是无人知晓。

阿通回到七宝寺，周围的熟人中，还数婆婆跟她最熟络。婆婆每天早晚都会去七宝寺看她。

喝药了吗——吃饭了吗——今天感觉怎么样？

婆婆倾尽真心照顾阿通，不断地鼓励阿通。

有时还会掏心掏肺地说：

若是当时你没有苏醒过来的话，我也不想活了。

因为婆婆是个虚伪多变的人，阿通一开始并没有将婆婆的忏悔放在心上，觉得她即使这会儿觉得自己错了，说不定什么时候还会恢复老样子。可随着时日的推移，婆婆的真情越来越浓厚，越来越纤细。

有时阿通都有些不敢相信，

真没想到她可以是这么好的人。

不只是阿通，本位田家的亲戚朋友、村里人都觉得现在的这个阿杉婆和以前的那个婆婆简直是判若两人。

怎么变化这么大？

大家议论纷纷。

这里面，比任何人都更感觉到幸福的是婆婆自己。

碰见她的人，和她讲话的人，身边的人——对她的态度也与以往不同了。大家都开始对这位婆婆笑脸相迎，敬爱有加，这让年过六十的婆婆第一次尝到与人和睦、受人尊重的幸福感。

还有人直接对婆婆说：

婆婆最近的脸色越来越好了。

也许是真的。

婆婆偷偷地取出镜子，端详自己的容颜。

岁月的痕迹已经爬上额头。离开故乡时的半黑发如今也已经全白了。

心境不同。

容貌不再。

不过，婆婆感觉自己从里到外都恢复了纯洁白净。

三

武藏乘坐一号从堺市出发的小林太郎左卫门的船前往小仓。

姬路的城太郎之前答应阿通，一有武藏的消息就会以最快的速度通知她，面对这样的消息，城太郎问阿通：

打算怎么办？

阿通的回答是在意料之中的。

我要去。

阿通傍晚总是会发低烧，所以她会早早地躺下休息，不过还没病到走不了路的地步。

我走了，再见！

阿通离开了七宝寺，一路上阿杉婆像照看自己的孩子一般照顾着她。有一天晚上，他们在青木丹左卫门的宅邸休息：

前往丰前的船定会在饰磨靠岸。可能会待上一夜，因为要卸货。藩内的人到时都会去迎接，你们到时躲在一个不引人注目的河口的小船上。——我们父子会想法为你们创造见面的机会的。

听了青木丹左卫门的话，阿通和婆婆纷纷道谢：

那就拜托您了！

当天，她们中午到达饰磨的海边，阿通和婆婆按计划先进入河口的一艘小船上休息，婆婆还拜托阿通的乳母家给送来一些随身需要之物。就这样她们开始焦急地等待小林太郎左卫门的船进港。

乳母家染坊附近也有二十几名姬路的人在对武藏的到来翘首以盼，他们一方面想设宴为武藏壮行，一方面想一睹武藏的风采，连迎武藏的大轿都准备好了。

当然，青木丹左卫门、青木城太郎也身在其列。

另外，姬路的池田家与武藏无论从乡土情结上来讲，还是从武藏年轻时代的记忆上来讲，都有着不浅的因缘。

他一定会认为很光荣吧！

出迎的池田家藩士们一致这样认为。

青木丹左卫门、城太郎也是这样想。

只是不能让旁人看到阿通，以免招致误解，给武藏添麻烦。——所以特意安排她和阿杉婆远远躲进河口的小船中。

——可是。怎么回事？

暮色渐渐降临海面，红黄色的晚霞淡淡浮上天空，时间已不早了，还是不见船的踪影——

"是我们来晚了吗？"

有人扭头望向大家，疑惑地说道。

"——不会的。"

有人答道。回答者是那位在京都藩邸听说武藏的船一号出发后，快马来报的藩士。

"船出发前派人去堺市的小林太郎左卫门那里确认过，是一号出发。"

"今天无风无浪，船应该不会晚点啊，估计一会儿就来了。"

"正因为没风带动船帆前行，所以才会晚点吧！"

有人已经站累了，索性坐在沙滩上。播磨滩的上空不知何时多了几颗闪亮的星星。

"看到了吗？"

"——好像看到帆影了。"

"哦，真的？"

人们渐渐骚动起来，陆陆续续向码头走去。

城太郎穿过人群，径直向河口跑来，向着下面的小船喊道：

"——阿通姐，婆婆，看到啦，看到武藏先生搭乘的那艘船啦！"

四

今夜靠岸的堺市的小林太郎左卫门的船，引颈期盼的武藏乘坐的船。如今好像在海面上看到这艘船的帆影了，伴随着城太郎的通知，小船的苫篷不再平静。

"是吗……看到了吗？"

"在哪儿？"

婆婆站起了身。

阿通几乎忘记了周遭的一切。

"危险——"

婆婆赶紧撑住靠着船舷试图起身的阿通。

同时直起身子，屏住呼吸望着远方：

"哦，是那个吗？"

天空在平静的海面上铺开了它巨大的黑翼，黑翼中嵌着点点闪烁的光芒，一艘巨大的帆船在阿通和阿杉婆的眸中愈驶愈近。

城太郎站在岸边，用手边指边道：

"是它……是它！"

"城太郎——"

婆婆牢牢抱住感觉一松开手便会沿小船船舷跌落的阿通。

"抱歉，能不能赶紧将这艘小船向武藏乘坐的船的方向划动。——想尽早见面，有很多话要讲，想快点儿将阿通带到武藏身边。"

"不，婆婆。这会儿再怎么急也没办法。藩内的大家都在那边的码头等着武藏先生呢，也已经有一名船夫早早地划快船去迎接武藏先生了。"

"那么我们就更应该赶紧过去了。若是这么顾忌旁人的目光，阿通还怎么和武藏见面。——我来应付场面，放心吧。在武藏被那些家臣武士包围，被请回去做客之前，让阿通和他见一面吧！"

"这不好办啊！"

"按我说等在染坊的家里是最好不过的了，你非说要避藩内众人的耳目，让我们躲在这样的小船内，现在是不是没办法了。"

"不不，不是没有办法。世上的悠悠众口是非常可怕的，父亲青木丹左卫门担心不必要的流言蜚语会在这样的关键时刻影响武藏先生，所以父亲觉得找机会将武藏先生悄悄带到这里来是最好的选择，在此之前，请耐住性子，再等等吧！"

"那一定会将武藏带来吗？"

"当武藏先生上岸后，会先到染坊檐下与家臣们一起稍事休息。……到时就趁机将他带来。"

"那我们就等着了，你可要说话算数。"

"好……阿通姐先休息一下吧！"

说罢，城太郎急匆匆地转身向码头方向跑回去了。

婆婆扶着阿通在苫篷下的卧床上轻轻躺下。

"睡会儿吧！"

阿通的头挨上木枕后，一阵咳嗽。不知是因为刚刚太过激动，慌张起身，还是因为海潮的香气太浓——

"还在咳嗽。"

婆婆抚摩着她单薄的背，想替她驱走病痛，同时安慰她说马上就可以见到武藏了。

"婆婆，我已经没事了，谢谢您，您不用管我了。"

止住咳后，她捋顺乱发，望着自己的身姿。

圆明之卷

1301

五

时间过了很久,还是不见盼着的人到来。

婆婆将阿通一个人留在船中上了岸,在岸边焦急地张望有没有城太郎和武藏的身影。

阿通也在等待中按捺不住心中的悸动,无法安静地躺着,索性将木枕和卧床推到一边,坐起来整理衣襟,重系衣带,就像初恋的十七八岁少女一般。

小船的船头挂着一个灯笼,在夜晚的岸边红彤彤地亮着,阿通的心里也红彤彤地烧着一把火。

她忘记了病痛,掏出梳子,蘸着水重新梳理头发,在掌间溶一些香粉,简单装扮。

她曾听人说过。

就连武士若是需要面见主君时,正逢自己刚刚从酣睡中醒来,或身体状况不好,都要简单在腮上涂一些红妆,以最好的面貌出现在主君面前。

"……可是,见了说些什么呢?"

阿通忐忑,就连见面后的事情都想到了。

若是真正聊起来,恐怕有用尽余生都说不尽的话要说。

可是,到头来每次见面却什么都说不出口。

为什么?

他恐怕又会不高兴。

偏巧现在他又要在天下众人的注目下,与佐佐木小次郎比武,以他的脾气、信念,也许他压根儿不期待在这种状况下与自己见面。

可是——这次对于她来讲是无比重要的见面机会。虽然不认为佐佐木小次郎能打败武藏,可是也不能说武藏就一定不会发生什么不测。关于哪方会胜这个问题,世人看好武藏和看好佐佐木小次郎的各占一半。

万一错过了今天这个机会,以后无法再在世上相见,阿通会抱憾终生,在百年之后都无法原谅自己。

在天愿作比翼鸟,在地愿为连理枝——无论怎样吟歌,怎样哭泣都无法挽回祈求来世的心中的悔恨了。

——就算他骂我。

她强撑着病痛之躯让别人以为她没事,到了这里愈是快要与武藏见面,心中愈是惶恐不安,她怕武藏不愿与她见面,怕见了面相对无语。

而此时在岸上伫立着的婆婆则一心想着与武藏见面后,如何消除陈年的旧怨与误解,解开心中的疙瘩。另外,她还想将阿通的一生托付给他,就算跪地求他也在所不辞,不这么做对不住阿通——

婆婆独自思量着,遥望远处的水波粼粼的暗夜。

"婆婆——"

跑来的是城太郎。

六

"我们已经快等不住了，城太郎。——那我们现在就能见到武藏了吗？"

"婆婆，真是遗憾啊！"

"什么，遗憾怎么讲？"

"您听我说，情况是这样的……"

"什么情况，随后再说吧。到底武藏来这儿还是不来。"

"不来。"

"什么，不来？"

婆婆茫然，听城太郎这么一说，她那颗和阿通一起鼓着劲儿左等右盼的心顿时崩溃了，失望之色令人不忍睹。

——城太郎为难地道出了原委。

原来，城太郎返回码头后与同藩的人一起等待迎接武藏的快船归来，可是怎么等都不见回来。

只是看见小林太郎左卫门的船停在了平浅滩上，大家议论纷纷，不知是有什么事情耽搁了还是怎么回事。良久，终于见船夫划着快船回来了。

可是，欣喜之余，仔细一看——

快船上不见武藏的身影，一问怎么回事，船夫说那船上的人说：

这次没有旅客在饰磨上船，到这里来只为了从等在平浅滩那里的船长处收一些货物，之后船要赶着去室之津。

划快船的船夫当时听了这番话并没有死心：

这艘船上应该有一位叫作宫本武藏的乘客。在下是姬路藩家臣家中的仆役，大家得知武藏先生会在这里停上一夜，都非常高兴，特意来到海边迎接他。就耽误您这艘船一会儿时间就行，让武藏先生随我过去一趟，与大家见见面吧！

最终征得船长的同意后，武藏终于出现在了船尾，他对划快船的船夫说：

承蒙大家的好意，正如大家所知，我这次前往小仓有要事在身，途经这里后，船还要趁今晚绕行室之津，所以请大家不要见怪。

没办法，船夫只好划船回到岸边，向大家说明情况。而就在这时，小林太郎左卫门的船已经再次扬帆起航，离开饰磨港了。

城太郎将以上这些内容一五一十地告诉了婆婆。

"没办法，家臣们已经都回去了。——婆婆，这该如何是好呢？"

他也坠到了失望的深渊，此时有气无力的样子，

"这么说，小林太郎左卫门的船已经朝室之津行进了？"

"是的。……婆婆您看，在沙洲松林处向西行驶的船便是小林太郎左卫门的船。……武藏先生可能此时正站在船尾。"

"哦……那艘船啊——"

"……真是遗憾啊！"

"我说城太郎，这可是你的不是了。你为什么不坐上快船亲自去看看？"

"现在再怎么说都没用了。"

"算了，现在只能望着船影叹息了。……可怎么对阿通说呢。城太郎，我开不了口。……你来好好告诉她吧。……你要等她平静下来再告诉她，以免加重她的病情。"

七

即使城太郎不告诉阿通，婆婆不忍心将这件事说出口，两个人的话已经被小船内的阿通听得一清二楚了。

哗啦啦……哗啦啦……

海浪拍击船舷的声音激荡着阿通的内心，泪水止不住地滑落。

对于今夜与武藏的浅薄缘分，她也只能像城太郎、婆婆一样除了深感遗憾之外，别无他法。

今夜见不到定会有他日能相逢，在这里无法表达的言语定会在别处讲与你听。

这是近十年来阿通内心的信念。

武藏不中途下船的心情，阿通也深深地理解。

听说——佐佐木小次郎现在是横亘中国、九州的有名的剑客，称霸一方。

关于这场与武藏一决雌雄的比武，他一定会抱着必胜的信念迎战的。

武藏这次九州之行，不能说就一定能平安无事。——阿通在自怨自艾前想到了这些。——泪水如决堤的潮水。

"……那艘船，武藏就在那艘船上。"

阿通望着那帆影，任泪水在面颊上横流，恍若失去了自我一般靠着船舷。

——突然，在酸楚的内心升腾起一股连她自己都没有意识到的强大力量。

那是支撑她战胜病痛、战胜困难、熬过漫长岁月的强大意志力。

柔弱——无论是肉体上，还是感情上、外表上，阿通都给人一种柔弱小女子的感觉，没人想得到她内心还潜藏着强大，此刻，这种强大让她内心激荡，面颊绯红。

"婆婆。——城太郎。"

她在小船上唤道。

婆婆和城太郎赶紧走过来。

"阿通姐!"

城太郎不知该说些什么,声音含混地应道。

"我都听到了。因为船要绕路去别处,我们见不到武藏了……"

"你都听到了啊!"

"是的,不管是叹息,还是难过都无济于事了。我想到小仓去,去亲眼看看他们比武。——现在什么都没法断言,万一武藏遭遇不测,我会为他料理好身后的一切。"

"——可是,你的病……"

"病……"

阿通完全忘记了自己还是个病人。纵然城太郎提醒她,但她的意志力已经超越她的肉体,将她带入了非常健康的状态。

"不用担心我。……我已经没事了。就算是还病着,在看到比武结果前……"

我也不会死!

阿通咽回最后一句话,并努力整理装束,然后扶着小船的船舷,爬上了岸。

"……"

城太郎掩面背了过去,婆婆泣不成声。

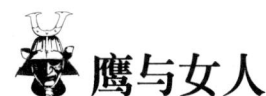 鹰与女人

一

在庆长五年之乱前,小仓曾被叫作胜野城,是毛利壹岐守胜信的居城。庆长之乱后,随着新城及望楼的修建,整座城市愈加显得威严宏伟。

如今小仓已是历经细川忠兴、忠利两代主君的国主之府。

佐佐木小次郎几乎每隔一日便要登城向忠利公等藩内人士传授剑术。——他的剑法源自富田势源的富田流,曾受钟卷自斋的指引,最后结合自己的创意及两位祖师的教导,形成严流派。他来到丰前后的短短几年时间里,已经让自己的剑法为藩内上下广为接受,风靡九州一带,甚至远至四国中国都有很多人慕名而来,拜师学艺,期待一两年后能够得到佐佐木小次郎的认可,荣归故里。

他的肩头聚集的众望越来越多，与此同时，主君忠利也是越来越高兴，

"真是聘用了一个出色的教师。"

家臣上下也都一致称赞他：

"的确了不起。"

渐渐地这些评价对他来讲已成定论。

在佐佐木小次郎来赴任前，原本是掌握新阴流的氏家孙四郎担任教师，在巨星佐佐木小次郎的光环下，氏家孙四郎不知不觉间已变成了可有可无的存在了。

佐佐木小次郎拜托忠利公道：

"请不要舍弃氏家孙四郎先生，他的剑法虽朴素，不引人注目，可是比起我这样的年轻人的剑法，总有它的过人之处。"

还提议自己和氏家孙四郎每人一天，轮流承担教师的工作。

有一次，忠利公说道：

"小次郎说孙四郎的剑虽然朴素，却有它的过人之处。孙四郎说小次郎天赋异禀，刀法非自己所能及。不如交交手，一决胜负。"

"遵命——"

就在双方领命互举木剑，在主君面前比试时——佐佐木小次郎伺机先扔掉木剑，拜在氏家孙四郎足下。

"真是惶恐。"

氏家孙四郎也赶紧拜下。

"不，哪里，太谦逊了。我根本不是你的对手。"

二人互相谦让。

经过类似这样的事情，佐佐木小次郎的众望更加高，

"不愧是严流先生！"

"真是了不起。"

"深不可测。"

在他每隔一日在七名马上随从的陪同下前去登城时，总会有一些仰慕者特意跑到他的马前施礼。

——可是。

对风头日下的氏家孙四郎表现出如此宽宏大度的佐佐木小次郎在听说：

——武藏最近之类的话题时，特别是关于武藏在近畿、东海道一带广受好评的话题时，马上会显现出他那狭隘小人的一面，语气变得冷冷的。

啊，武藏啊，最近听说他耍了些小聪明，弄出个二刀流的噱头。他是有些巧力气，在京都、大阪一带，无人与他对抗。

就这样，在话语里佐佐木小次郎既不明显地诽谤武藏，也不赞赏他，极力地压抑着内心对武藏的敌意。

二

有一次，一位周游各地的习武之人在拜访佐佐木小次郎的萩之小路宅邸时说：

虽然我还没有见过武藏，可武藏并非浪得虚名。上泉塚原以后，除去柳生家的中兴石舟斋，他算是当今数得上数的名人了——若说他是名人说过了的话，高手这个名号他是绝对担得起的，现在有很多人都非常赞赏他。

这位武者并不知道佐佐木小次郎与武藏之间的恩恩怨怨，自顾自地说着。

是吗？哈哈哈……

佐佐木小次郎掩饰着面色，不愉快地冷笑道：

"这世间的盲人真是太多了。称他为名人也好，高手也罢，赞赏他的人是大有人在……可是，这世上的兵法，不但从质量上讲太低下，从趋势上讲太颓废，还给了那些沽名钓誉、耍小把戏的人横行的机会。——旁人很多事也许不知道，我佐佐木小次郎却知道他是如何在京都卖弄虚名的——与吉冈一门的那一战中，他竟然连个十二三岁的孩子都不放过，活活将孩子杀死在一乘寺，那种残忍、卑劣，让人无法寓于言表。当时他是一人对吉冈多人没错，可他逃得也比谁都快。——看看他的经历、他的那种非分之想便知道他其实就是一个招人唾弃的人，起码我是这样认为的。……哈哈哈，说他是混世的兵法高手我赞同，说他是剑术上的高手，我可没法苟同。世人太宽容易骗了！"

若是对方非要与他争论，赞扬武藏的话，佐佐木小次郎会像人家在嘲讽自己一般面红耳赤：

像武藏这么残忍且卑劣的家伙，连兵法者都不配是！

在说服对方前，先连珠炮似的表达自己的反感之情。

这让将他当作——真正优秀的人。

尊重他的家臣们有些意外，不过很快便有人说：

听说武藏和佐佐木小次郎之间有些陈年宿怨！

也有人说：

最近两人要奉君命进行一场比武了。

于是，家臣们渐渐"理解"佐佐木小次郎的做法，同时将注意力转移到了比武的日期和对比武结局的预测上。

在城内城下流言四起的同时，有一个人一早一晚地频繁走访萩之小路的佐佐木小次郎宅邸，他便是藩老岩间角兵卫。

在江户时，是角兵卫将佐佐木小次郎推举给主君的，因着这层关系，如今两个人的交往形同族人。

今天角兵卫依旧来访。

四月初的天气。

八重樱纷纷扬扬，庭院的泉水、石间花瓣凌舞。杜鹃花姿艳正盛。

"在家吗——"

角兵卫在小侍从的带领下进入院内。

"哦，岩间大人。"

内客厅坐落在光影内，佐佐木小次郎立在庭院中。

他的拳头上卧着一只雄鹰。

这只被驯服的雄鹰正在啄食着主人手中的食物。

三

在主君忠利公的指示下，与武藏的比武一锤定音后，岩间角兵卫与主君商量让佐佐木小次郎暂停登城指导的工作，一心静养。

于是，佐佐木小次郎现在每日过的都是优哉游哉的生活。

"严流先生。今天在主君那里，已经议定比武的地点了。——我特来通知你。"

角兵卫在院中对佐佐木小次郎说道。

小侍从在书院式客厅那边准备好了席位。

"请——"

角兵卫只对小侍从点点头，继续说道：

"开始，大家提出的地点有闻长滨、紫川河滩等，一商量，觉得这些地方都太过狭小，即使能用栅栏将这些地方围起来，也无法防止届时围观人群的混杂……"

"确实。"

佐佐木小次郎继续喂着拳上的鹰，端详着鹰的眼睛、嘴巴。

对于世间的嘈杂、类似场所地点的评议之类，他向来都是漠不关心，一副超然的样子。

——角兵卫将这件事当作自己的事情一般，特意跑过来告诉他，见他这副样子稍稍有些泄气。

"咱们也别站着说话了，进去吧！"

身为客人的角兵卫反过来催促道。

"请稍等……"

佐佐木小次郎依旧别无他念。

"等我喂完手上的食。"

"是主君赐给你的鹰吗？"

"是去年秋天，野外猎鹰时，主君赏赐给我的取名为天弓的鹰，现在它已经被驯服，越来越可爱了。"

说罢，佐佐木小次郎将掌中残剩下来的食物倒掉，拉了拉朱房的绳子。

"辰之助,将它放回鹰笼中。"

并将老鹰转交给了身后走来的年少的门人。

"是。"

辰之助用拳带着鹰向鹰笼方向退去。邸内非常宽阔,假山的一片松林环绕,邸外便是到津的河岸,附近还有很多其他藩士的宅邸。他们来到书院式客厅坐下。

"失礼了。"

佐佐木小次郎道。

"哪里哪里,都是自己人,来这儿,我就像到了自己的亲戚家、儿子家一样。"

角兵卫缓和着气氛。

这时,有一位妙龄侍女楚楚而来,为他们斟茶倒水。

只见她眼波流转,望了一眼客人。

"粗茶,不成敬意。"

角兵卫摇摇头。

"呀,是阿光啊,总是这么漂亮。"

角兵卫接过茶碗后,阿光用袖口微微遮了下羞红了的面颊。

"——您说笑了。"

说罢逃也似的从客人眼前退下,藏到了拉扇后。

"虽然被驯服了的鹰显得非常可爱,可是它到底是生性凶猛的禽类。……比起天弓,还是将阿光留在身边更好。关于她的事情我想找机会听听你的真实想法。"

"阿光有没有悄悄去过岩间大人的府上?"

"虽然她叫我保密,可我觉得也没什么可隐瞒的,她确实找我商量过。"

"这女人——她什么都没对我说。"

佐佐木小次郎朝白色拉扇方向瞪了一眼。

四

"别生气,这也不能怪她。"

见佐佐木小次郎的目光柔和了些,岩间角兵卫继续说道,

"——作为女人,担心是理所当然的。她并不是怀疑你的真心,而是不知这样的日子何时会结束,何时能真正有个归宿,这事放谁身上谁都会忧心的。"

"那您从阿光那里听说所有的事情了吧……真是丢脸。"

"什么丢脸——"

见佐佐木小次郎面露尴尬之色,角兵卫赶紧安慰道:

"这是男女之间常有的事，你也到了该娶妻生子，建立家庭的时候了。住着这么大的宅子，又有这么多的门人家仆，还要拖到什么时候？"

"可是，我只是想将她作为侍女留在这里，没想到世间……"

"越是这样，你越不能在此时舍弃阿光。也许你认为她不是你最理想的妻子人选，可是她的血统却是不可否认的好，听说她是江户小野治郎右卫门忠明的侄女。"

"是的。"

"听说是你去小野治郎右卫门忠明的比武场，独身挑战，让他意识到一刀流的衰落时，认识的阿光。"

"不错。真是抱歉，这事一直瞒着恩人您。本想找个合适的机会亲自对您说的。……正如您所说的，那次我与小野治郎右卫门忠明先生比武后，天已经晚了，阿光——记得当时她一直侍奉在叔父小野治郎右卫门忠明的身边——提着小灯笼送我走过皂荚坡，直到町里。"

"嗯。……听说是这样。"

"在途中我对她说了句不经大脑的戏言，没想到她信以为真，从小野治郎右卫门忠明那里出走后，找来了！"

"好，知道了。……事情大体就是这样吧。哈哈哈……"

角兵卫已经了解的样子，挥挥手。

他是前阵子才刚刚了解在佐佐木小次郎离开江户芝区的伊皿子，搬来小仓时，已经有这样一位女子跟在他身边了。在怪自己太疏忽大意的同时，也为佐佐木小次郎的才气、本事与周到所折服。

"嗯，这事就交给我吧。不管怎么说，在这个节骨眼上，娶妻的事先放一放。——等比武结束后再说吧。"

角兵卫说道，他又想起当务之急——比武场地的事。

在角兵卫看来，武藏根本不是佐佐木小次郎的对手。这只是场为提高佐佐木小次郎的地位、名声而设置的比武罢了。

"刚刚说到的，关于比武场地的事，就像之前所说的，因为担心在城下会引起混乱，最终决定在赤间关和门司关间的小岛——穴门岛，也叫船岛的地方进行。"

"哈哈，在船岛。"

"是的。——在武藏到来前，先去实地了解一下，会对比武有利的。"

五

在比武前先去了解地形地势，确实会增加胜算。

为了方便当日更好地应变进退战术，心里更加有底，预先去了解一下周边的植被状况，阳光的分布，想想哪种进攻方式更加有利是比较有好处的。

岩间角兵卫建议佐佐木小次郎明天雇一叶小舟，先去船岛看看，佐佐木

小次郎却说，

"兵法上讲究夺取先机。可是，若是对方一眼看破你的打算，来个将计就计，反而会弄巧成拙。不如到时随机应变。"

角兵卫点头表示尊重他的意见。

佐佐木小次郎唤来阿光吩咐她准备酒水，两个人是夜畅然相饮。

对于岩间角兵卫来说，自己关照的佐佐木小次郎，取得如今这样的名声，君宠优渥，拥有这样的大宅邸，自己脸上也很有光，很是高兴，喝起酒来也是有滋有味。

"阿光的事就先放一放吧，等比武结束后，再从家乡唤来亲朋好友，好好举办一场婚礼。热衷于剑道固然是好的，可是也要经营好家庭及声誉。办好了这些事，角兵卫我也就算放心了。"

觉得自己将人父的职责都尽到了的角兵卫心情甚好，可佐佐木小次郎自始至终都是冷静清醒的。

他每天都是沉默寡言。随着比武日期的临近，来拜访他的人愈来愈多，虽然不用隔天登城了，可也完全静养不成。

不过，他依旧没有关门谢客的意思，他觉得那样做会让人误以为他胆小怯懦，他特别注意这方面。

"辰之助，将鹰放出来！"

一大早，简单做了下去野外的准备，他将天弓放在拳头上，出门了。

在春风和煦的四月上旬，带着雄鹰漫步山野在佐佐木小次郎看来是件非常养精蓄锐的事情。

他看着雄鹰瞪着琥珀色的双眼，果断敏锐地追逐猎物的雄姿。

当猎物被擒于雄鹰的厉爪下，扑棱棱地挣扎，散落羽毛时，佐佐木小次郎屏息，觉得自己就是那只雄鹰。

"……对，就这样！"

他以雄鹰为师，有所感悟，愈来愈有自信。

可是，每当傍晚回到家中，总是看到阿光一双哭得红肿的眼睛，她试图用化妆来掩饰，这让佐佐木小次郎的心更加疼。原本心中充满能够打败武藏的坚实信心，可一看到阿光的样子，他竟然会想到：

……若是再也没有我了。

这样一些身后之事。还会很奇怪地想起通常不会再想起的亡母的事情。

没剩下几天了。

在比武日期一天天逼近的每个夜晚，他的脑海中总会浮现雄鹰那琥珀色的眼睛与阿光那哭得红肿的眼睛，母亲的身姿也总是时隐时现。

十三日前

一

赤间关如此,门司关、小仓城下也是如此,这数日间,来来往往的旅者数不胜数,大小客栈前停留着各种马匹。

公告一则

十三日辰之头刻,在丰前长门海峡附近的船岛
本藩藩士佐佐木小次郎将如约前去比武。
对手是作州流浪武士宫本武藏
另则。
当天府中禁火。
为双方任何一方助阵者严禁渡海
游船、客船、渔船也严禁来往于长门海峡。
以上禁令到辰下刻为止。

庆长十七年四月

各处都竖着写有以上内容的公告牌。
不管是码头,还是十字路口、专门的告示场地。
处处都引来大批路人围观。
"十三号,不就是后天了吗?"
"好像有很多特意为此远道而来的人。我们要不要也留下来去看看呢?"
"说什么傻话,一里外的海中小岛船岛上的比武,你以为能让你去看吗?"
"听说登上风师山的话,连船岛岸边的松树都能看见。即使看不清楚,也能看到当天的防御阵营,丰前、长门两岸的庄严阵势。"
"那也得是在天晴的情况下。"
"看样子是不会下雨的。"
关于十三号的比武,坊间已经万众瞩目了。
因为有公告说船只等海上往来在辰之下刻前一律禁止,水运业者都非常失望。可这仍阻挡不了旅客们眺望当日情景的热情。
十一号的中午。
在从门司关到小仓的城下口的一处饭铺前,有一位边哄逗着待哺的婴孩,边踱来踱去的女子。

她就是前阵子在大阪河畔被又八碰见并追赶的朱实。

背井离乡的旅途中,婴孩禁受不住寂寞,哭个不停——

"想睡觉吗,睡吧睡吧,哦哦,拍拍、拍拍、拍拍……"

让孩子将乳头含在嘴里,脚打着拍子,毫无形象、毫无妆容的朱实此时只有孩子。

真是今日不同往昔啊——但凡以前认识她的人此时看到她这副样子都会这样感叹。可她自己并没有将这种变化、现在的生活状况放在心上。

"哦,孩子,是睡了,还是还在哭。——喂,朱实。"

从饭铺中走出来的又八唤道。

他已经归还了法衣,还俗了。打算蓄发的头部戴着头巾,身穿柿漆染的无袖衣服。他追上朱实后,很快便与朱实结为夫妻,离开了大阪。因为缺少盘缠,他一路上靠卖糖果来糊口并养活妻儿,今日终于到了小仓。

"来,我来抱抱孩子吧,你快去吃点饭,不是没有奶水了吗,多吃点,多吃点哦!"

又八抱起孩子,在饭铺外晃悠,唱起摇篮曲来。

这时,有一位乡间武士刚好路过。

"咦——"

他望着又八,又折了回来。

二

抱着孩子的又八。

"哦、哦……?"

望向立在眼前的武士,是谁呢?觉得很眼熟,就是想不起来是谁。

"我是几年前在京都的九条松原与你见过面的一宫源八啊!当时我一副游方僧的打扮,也难怪你现在认不出来了。"

这位乡间武士说道。

不过又八还是一副没完全想起的样子,一宫源八又道:

"当时你冒充佐佐木小次郎四处招摇,鄙人将你当作了真的佐佐木小次郎!"

"啊!是你!"

又八终于想起来了,大声说道。

"是的,我就是那时那个游方僧。"

"那时真是抱歉啊!"

又八行礼道,怀中好不容易睡着了的婴孩被吵醒,又哭了起来。

"哦,乖乖乖,不哭了,不哭了。哦——"

话被打断,一宫源八也很急着赶路的样子。

"知道在这座城下居住的佐佐木小次郎的宅邸在哪里吗?"

"这个，不知道。我也是刚刚到这里。"

"你也是来看佐佐木小次郎与武藏的比武的吗？"

"不，并不是为此专程而来。"

有两位刚巧从饭铺里出来的仆役长对源八说道。

"严流先生的宅邸在紫川旁，与我们主人的宅邸在同一条巷内。你要是想去那里的话，我们可以带路！"

"呀，真是十分感谢，……那又八，后会有期。"

源八匆匆忙忙地跟着二人离去。

又八望着他的旅行装束与风尘仆仆的背影。

"难道是从遥远的上州赶来的？"

后天的比武该是已经传遍全国各地了。

同时，他也想起数年前拿着源八苦苦寻找的中条流的出师证书，借佐佐木小次郎之名到处招摇撞骗的自己。现在想来十分惭愧，为自己曾经的懒惰与不知廉耻而痛苦、战栗。

现在的自己与那时的自己仔细比起来，的确有了很大的进步。

我……这个笨蛋，在幡然醒悟后也是可以一点点重新做人的。

在吃饭时还是不住地听到孩子哭声的朱实匆匆扒了两口饭就跑了出来。

"你也累了。——我来背吧，把他放到我的背上吧！"

"他喝足奶了吗？"

"估计这孩子是困了。背着他，他会睡得快些！"

"是吗？……好吧！"

又八让朱实背上孩子，自己将装糖果的篮筐挎在了肩上。

这对卖糖果的夫妇真是和顺。因为大多对自己的夫妻关系并不满足，所以当看到这样的情景，很多路人禁不住投来羡慕的目光。

"真是个好孩子，多大了。……喔，在笑咧！"

一位气质不凡的大名、旗本遗孀发型的老妇跟在后面逗着孩子。看起来她非常喜欢孩子，还叫随行的男仆一起来看看孩子那可爱的笑脸。

三

带着孩子的又八和朱实拐进陋巷，想找一家便宜的柴钱旅店。

"你们要往那边走吗？"

跟在后面的老妇微笑着向他们打招呼，又突然想起顺便问一句的样子问道，

"你们看起来也像是外地来的，知道佐佐木小次郎住在哪里吗？"

又八告诉这位婆婆说，刚刚有一位武士也这样问过，有路人对他说是在紫川旁。老妇轻轻说了句：

"非常感谢！"

就催促着男仆离去了。

又八望着老妇的背影,涌起念母之情,嘟哝道:

"……啊。也不知道我的母亲现在怎么样了?"

有了孩子,他才深切地感受到为人父母是多么不易。

"——我们走吧!"

朱实在又八身后摇着孩子说道,又八没听到一般,依旧茫然地望着远去的与母亲差不多年龄的老妇。

今天佐佐木小次郎与鹰整天都在府内,从昨夜开始,来客便挤满了院内,佐佐木小次郎根本无法出门。

"不管怎么说,这是件值得高兴的事!"

"严流先生可以就此成名了!"

"可以说是件可喜可贺的事!"

"是啊,可以拥有旷世之名。"

"可是对手是武藏,也要万分小心啊!"

正门处、旁门处堆满了远道而来的客人的草鞋。

他们有远道从京都、大阪赶来的,也有中国的,更远的还有从越前的净教寺村赶来的客人。

因为家里人手不够,岩间角兵卫的家人都赶来帮忙。另外,平日里以佐佐木小次郎为师的藩内武士也都或立或坐齐聚于此,与佐佐木小次郎一起等待后天十三号的到来。

"明天再过一天,便是后天了!"

聚集在这里的人,不管是亲朋还是门人,也不论了不了解武藏这个人,都抱有一种将武藏视作敌人的心情与态度。

特别是那些位数众多的与吉冈门流有连带关系的人,他们更是希望借佐佐木小次郎之手打败武藏,一解心中多年的积怨。

还有武藏在这十年来不知不觉间招惹的敌人,他们中有一部分已经趁某些机缘投靠了佐佐木小次郎。

"这位是从上州来的客人!"

一位年轻侍从将一名客人引到了聚了很多人的客厅。

"在下名叫一宫源八。"

这位质朴的客人向并不熟识的众人打招呼道。

"哦。上州来的。"

大家慰劳远道而来的源八并注视着他。

源八将自己从上州白云山请来的护身符交给门人,请他帮忙供在神龛上。

"他特意去祈愿了——"

在场的诸位为他那独特的心意所动容，内心的必胜信心更加坚定。

"十三号一定会是晴天的。"

大家隔着房檐望向天空，十一号这一天的天色已晚，火烧云红透半边天。

四

客厅里众位客人中的一人直率地说道。

"哎呀，是从上州来的一宫源八先生啊。为了为严流先生祈求胜利，特意大老远地赶来，真是心意可嘉啊。——请问您和严流先生到底有何渊源呢？"

被问到的源八答道。

"我是上州下仁田草薙家的家臣，草薙家的亡主天鬼大人是钟卷自斋先生的外甥。——与佐佐木小次郎是打小的朋友。"

"哦，听说严流先生少年时代曾寄于中条流的钟卷自斋身边。"

"是啊，他与伊藤弥五郎一刀斋是同门。听说佐佐木小次郎的剑法比弥五郎先生要厉害得多得多。"

源八还在众人的探寻下，讲起了佐佐木小次郎年少时代谢绝师傅自斋的出师证明，立下自创流派的大志的往事。这时，负责守门的年轻侍卫找了来。

"先生呢？先生不在这儿吗？"

说着挤着找了一圈，发现佐佐木小次郎不在后，又欲向其他房间走去，客人们赶紧问：

"怎么了，什么事？"

"大门口有一位岩国来的老婆婆，说想见见先生，看起来像是先生的亲人！"

这年轻侍卫简明扼要地答明白话后，不再多说，继续转身去一间接着一间地寻找。

"咦，也不在起居室内。"

年轻侍卫嘀咕着，在一旁收拾房间的侍女阿光顺嘴告诉他：

"在养鹰小屋呢！"

五

扔下满棚宾客，佐佐木小次郎一人钻进养鹰小屋，与栖木上的雄鹰默然相对。

时而喂喂饵料，时而捡起鹰扑落的羽毛，时而让鹰卧在自己紧攥的拳头上，抚摩鹰背上光滑顺洁的羽翼。

"先生——"

"——谁啊？"

"我是守门的侍卫。刚刚有位岩国来的婆婆来访。她说您见到她就会知道她是谁的。"

"婆婆。……嗯？我母亲已经不在这人世了。是母亲的妹妹，姨母吗？"

"我将她引到哪里呢？"

"不想见。这个时候，不是随便见人的时候。不过若是姨母的话，将她引到我的起居室吧！"

守卫离去后，佐佐木小次郎朝门外唤道：

"辰之助——"

相当于他的侍童的贴身弟子辰之助应道：

"在。您有何吩咐？"

说着走进小屋内，在他的身后单膝跪地。

"今天是十一号。后天很快就到了。"

"是快到日子了。"

"久未登城，明天想去面见主君，然后静心等上一夜。"

"现在客人太过混杂，明天请您避开一切来客，早些就寝。"

"是啊，是该避避了。"

"客厅内的客人们对您的偏爱现在反而成了您的羁绊。"

"是啊，他们都是特意从近乡远邻赶来支持我佐佐木小次郎的。……可是，胜败靠时运。虽不能说是完全靠运气，可这和兵家的兴亡是一样的。若是我佐佐木小次郎不幸败亡了，在我的手卷匣内有我的两封遗书，一封是给岩间先生的，一封是给阿光的，就由你来转交给他们吧！"

"您怎么连遗书都……"

"这是武士必备的，没什么奇怪的。当天允许一名侍从随行，你就跟我一起前往船岛吧。——怎么样？"

"这是我的荣幸。"

"也带上天弓。"

佐佐木小次郎望向栖木上的雄鹰。

"将它也带上吧。——在海上一里的行船中，也是个消遣。"

"明白了。"

"行了，去跟岩国的姨母打个招呼吧！"

佐佐木小次郎踏出了小屋，其实他根本没有心情见什么姨母。

岩国的姨母已经在佐佐木小次郎的居室内就坐。火烧云如淬过火的铁被冷置了般，渐渐变黑，暗了下去。室内已掌灯。

"呀，您来啦！"

佐佐木小次郎坐在末座上，向姨母低头行礼。母亲过世后，他是被姨母一手带大的。

母亲有时会溺爱孩子，可是这个姨母对他完全没有半分溺爱，只一味将他当作姐姐的孩子，承担佐佐木家家族声誉的孩子，对他严加管教，是守护他成长的唯一亲人。

六

"小次郎，听说这次是关乎你一生的重要比武。岩国的家乡已经为这事炸了锅，我实在待不住了，过来看看你。——不错，你已经很有出息了。"

当初佐佐木小次郎那背着家传名刀远走他乡的少年形象和如今的堂堂大家风貌已经不可同日而语，岩国的姨母感慨万千。

佐佐木小次郎低下头。

"请原谅我十年来一直杳无音信。在别人眼中，我也许算是小有成就了，可是对我来说，大志还尚未达成。——所以，这些年来漂泊在外，一直没有回乡。"

"哪里，你的消息总是随风而至，即使你不来信，我也知道你是平安无事的。"

"连岩国都到处是关于我的传闻吗？"

"是啊。这次比武的事情也早早地传遍了岩国，大家都说你若是败了将是岩国的耻辱，会使佐佐木家族蒙羞，都非常支持你。特别是吉川藩的客人片山伯耆守久安先生等，听说他们会率门下众人前来助阵。"

"哦。来看比武。"

"看告示牌上写着后天不允许一切船只出海，肯定有不少人会失望吧。……哦，对了，光顾着说这些，忘了告诉你，给你带了件土产，收下吧！"

说着，姨母打开旅行包，取出一件叠得整整齐齐的白色质地的贴身单衣，上面写着八幡大菩萨、摩利支天的名号，两袖上还有不下百人用针线绣上去的"必胜之咒"这几个字的梵文。

"谢谢。"佐佐木小次郎恭恭敬敬地接受。

"您一定很累了吧，家里一片忙乱，您别介意，就在这个房间休息吧！"

佐佐木小次郎借机向姨母告退，转身去向别的房间。没想到那里也候着一些客人。

"这是男山八幡的护身符，请您当天戴在身上吧！"

有人见佐佐木小次郎来了，赶紧起身将护身符送上，还有人递上细链麻布服，更有人将大鲷、裹着酒樽的茭白送向厨房，佐佐木小次郎已经没有立身之地。

这些声援者无疑都是希望佐佐木小次郎能够赢的,并且十之八九都是看好佐佐木小次郎,觉得佐佐木小次郎定能扬名立万的,他们希望借跟佐佐木小次郎搞好关系,将来也能够向上爬爬。

如果我是流浪武士的话——

佐佐木小次郎突然感到一阵寂寞,他所信赖的人除了自己没有别人。

必须要赢!

他想道。虽然他也知道这样想只会徒增心魔,可是心底还是不时地涌现出"我必须要赢!必须要赢!"的声音。

别人不知道——有时就连自己也没有意识到,他的心就像被风掠过的池面一般,并不平静,涟漪不断。

到了晚上,在众人饮酒、吃饭的时候,有出去探消息的几个人回来向大家禀告:

"听说今天武藏到小仓了!"

"据说他在门司关上的船,已经有人在城下看到他了。"

"可能去长冈佐渡的府上休息了吧?谁随后去佐渡的府上刺探一下?"

就这样,你一言我一语,仿佛今晚就要有大事发生一般,所有人喊喊喳喳说成一片。

# 马草鞋

一

——正如传到佐佐木小次郎宅邸的消息。

武藏在这天傍晚时分踏上了这片土地。

武藏通过海路于数日前便到达了赤间关,不过在那里没人认出他,他也索性躲起来休息了几日。

这天,十一号,武藏渡过遥遥相对的门司关,来到小仓城下,他打算先拜访藩老长冈佐渡,问候并确认比武的场所、时间、规则等。然后早早离开,回住处休息。

出来应门的长冈家的侍卫听眼前人自报是武藏,有些不敢相信,盯着武藏打量。

"真是感谢您的来访。主人还没有从城里回来,我想快了。——您先请进,休息一下吧!"

"谢谢啦。拜托你将我刚才的话转告给长冈佐渡大人,其他便没什么了,那就不打扰了。"

"可是您过来一趟不易……主人可能会因未能接待您而遗憾的。"

侍卫本人也很不愿让武藏离开，极力挽留道：

"您再稍等等吧。佐渡大人虽然不在，先请您入内休息。"

说罢赶紧进屋报信。

不多时，廊下传来吧嗒吧嗒的跑步声。——不及武藏多想：

"先生"

有一位少年从台阶板处跳下，扑进武藏的怀里。

"哦，是伊织啊！"

"先生……"

"有在学习吗？"

"嗯。"

"长大了啊！"

"先生"

"怎么啦？"

"先生知道我在这里吗？"

"佐渡大人写信跟我说过。在船商小林太郎左卫门那里我也听说了些关于你的事。"

"怪不得您见到我一点儿都不吃惊。"

"嗯。你能在佐渡大人这里，我是再放心不过了。"

"……"

"怎么了，开心些！"

武藏抚摩着伊织的脑袋。

"佐渡大人如此照顾你，你可要知恩啊！"

"是。"

"不仅仅武道，学问方面也要倍加努力。平时要懂得礼让，真有事情需要你去做时，你要积极去做，哪怕这件事是别人都不愿意去做的。"

"是。"

"你如今无父无母，没有亲人可以依靠，容易觉得缺乏温暖，变得乖戾……不要这个样子，活在人世间首先自己要有一颗温暖的心，这样才能感受到来自他人的暖意！"

"嗯——"

"你虽然聪明伶俐，可是遇到事情容易毛躁，冒出荒野之气，要注意了。另外，你还小，还有很长的路要走，要爱惜生命。只有爱惜好生命，才能在关键时刻，为国家、为武士道奉献上自己的一切，不枉此生。要活得顶天立地，活得干净漂亮。"

武藏捧着伊织的脸，道别一般语重心长地说出这番话，让少年那颗原本就已饱含了情绪的敏感的心更加波澜,当武藏"生命"这个词一出口,伊织再也忍受不住,趴在武藏的胸膛上呜咽起来。

二

被长冈家收养后,伊织的装束变得比以前漂亮多了,前发整整齐齐地束起,袜带也不似一般奉公人,穿成了白色。

武藏见状安心多了。同时有些后悔自己见到伊织一切安好后,又说出那般多余的话来:

"别哭了。"

武藏呵斥道,可伊织依旧哭个不停。泪水濡湿了武藏的衣襟。

"先生……"

"不怕被人笑,别哭了。"

"先生后天就要去船岛了吧?"

"不能不去吗?"

"先生您一定要赢啊,我不想从此以后失去先生。"

"哈哈哈哈。伊织你是因为担心后天的事才哭泣吗?"

"很多人都不是佐佐木小次郎的对手,大家都知道先生您与他进行比武约定是不得已的。"

"是吗?"

"您一定要赢啊。先生,您能赢吧?"

"别担心,伊织。"

"那先生您可以赢吧?"

"即使败先生也会败得漂漂亮亮的。"

"若是先生没有必胜的把握的话,还是趁现在远走高飞吧?"

"世人说得对,我与他比武确实是出于无奈。既然事已至此,临阵脱逃只会败坏武士之道。到时,不只我自己蒙羞,也会带坏世人的。"

"可是,是先生您告诉我要爱惜生命的。"

"是的。我武藏告诉你的都是我的短处、弱点、做不到的地方。我将令我自己反省懊悔的事情教给你,让你不至于走我的老路。武藏若是葬身船岛,你要以此为戒,切勿像我一样勉强为之,以致丢掉性命。"

武藏觉出自己已被无尽的情感攫取,强推开伊织的脸。

"要对佐渡大人说的话我已拜托侍卫传达了,等佐渡大人回来了,再代我向他问好。对他说在船岛再拜见他。"

说着武藏转身欲离去,伊织拽住武藏的斗笠。

"先生——"

——什么都说不出口。

只是低着头,一手拽着武藏的斗笠,一手抹着眼泪,颤抖着双肩。

这时，有人稍稍打开旁边的中门。

"是宫本先生吗？在下随从缝殿介。看伊织也是一副依依不舍的样子，请恕在下鲁莽，若是您没有其他急事，方便的话，不如就留宿一夜如何？"

"这……"

武藏点头回礼。

"承蒙好意，船岛一战，生死未卜，若是在此时留下一两夜的宿缘的话，只怕我身后会给你们添麻烦。"

"您太多虑了。您若是就这样走了，主人回来后可能会责备我们。"

"我随后还会通过信件向佐渡大人讲明详情的。今天我只是初到此地，问候一下佐渡大人，请代我转达。"

说罢，武藏走出门外。

三

"喂——"

有人在后面叫道。

过了一会儿，又有人叫道：

"喂——"

武藏从长冈佐渡的宅邸出来后，从侍小路来到了传马河岸，这会儿正向到津海滨方向走去，叫武藏的人边叫边在后边摆着手。

是四五名武士。

他们是细川家的藩士，而且都是长者，其中一位老武士已经两鬓斑白。

武藏还没有意识到这些人是在叫他。

他默然立于岸边。

夕阳西下，灰色的渔船船帆静止在夕阳的余晖中。离岸边约有一海里的船岛在彦岛巨大的暗影下若隐若现。

"武藏先生——"

"是不是宫本氏？"

年长的藩士们追到武藏的身后，停住了脚步。

听到远处有人呼喊时，武藏曾回头望过一眼，不过因为看着眼生，武藏以为他们是在叫别人。

"嗯？"

见武藏困惑，最年长的老武士说道：

"你忘了吧！也难怪你不记得我们。我叫内海孙兵卫丞，还记得故乡作州竹山城新免家的六人组吗？"

其他人也相继自我介绍道：

"我是香山半太夫。"

"我是井户龟右卫门丞。"

"船曳杢右卫门丞。"

"木南加贺四郎。"

"我们都是你的同乡，内海孙兵卫丞和香山半太夫二老是你父亲新免无二斋的至交好友。"

"哦，很高兴能见到诸位。"

武藏面露笑容，再次点头致意。

仔细听来，他们说话时确实带有那令人怀念的乡音，那乡音让武藏回想起了少年时代，回想起了故乡的土香。

"请恕我未及时报上姓名。鄙人正是宫本村的无二斋之子，幼名武藏。诸位怎么远离故乡来到了这里？"

"关原之战后，正如你所知，主家新免家灭亡，我们也就成了流浪武士，流落至九州。后来来到丰前，曾以做马草鞋为生，幸得细川家三斋公大人收留，现在藩内奉公。"

"是这样啊，没想到能在这里遇到亡父的故友。"

"我们也没想到，真是怀念当时的时光啊！真希望已故的无二斋能看到你现在这般英姿飒爽的模样。"

香山半太夫、井户龟右卫门丞等互相对视怀念往昔，又频频注视武藏。

"哦，差点儿忘了重要的事情。刚刚我们到过家老的府上，听说你刚刚离去，便赶紧追了出来。佐渡大人也说过，你到了小仓后，一定要留你待上一夜，大家一定要设宴好好款待你。"

紧跟着船曳杢右卫门丞，香山半太夫也说：

"哪有说在门口打个招呼扭头就走的道理，跟我们回去吧，无二斋的小子。"

说着恨不得来拽武藏一般一挥手，以父亲友人的身份，不管三七二十一先迈步向回走去。

四

武藏一时难以拒绝，只好先跟着走。

"不，还是不去了，尽管会辜负你们的一片好意！"

这几位听武藏这么一说，赶紧说：

"走吧，好不容易遇到我们这些同乡，我们还打算好好预祝你得胜归来呢！"

"你若不去，难免也辜负佐渡大人的一片热心肠。"

"你怎么还能拒绝呢？"

武藏的推辞似乎伤害到了他们的感情，特别是无二斋生前的莫逆之交内海孙兵卫丞，他瞪着武藏，似乎在说：

"怎么能这样？"

"我绝不是有意辜负大家的好意。"

虽然恭敬道歉，可是光恭敬是没用的，几位不断地逼问武藏为什么，武藏只好解释道：

"虽然街头巷尾的流言蜚语不值得放在心上，可是大家都说在这次比武上，细川家的二位家老，长冈佐渡大人和岩间角兵卫大人在支持谁的问题上站到了对立面上，藩内的家臣也分别聚集于这两股势力下形成了对峙的局面。拥护佐佐木小次郎的一方，越来越仗着君宠意气风发，长冈佐渡大人则在极力地排斥这股势力，培养自己的派系。这些不辨真假的事情在街头巷尾已经传开了。"

"喔喔……"

"街头的风传也许只是百姓的臆测。可是，众口悠悠，我一介武夫是没什么，参与藩政的长冈大人、岩间大人在百姓心中的形象会受此影响的。"

"啊，说的也是！"

老人家们大声应道：

"所以你才忌讳进入家老的府中吗？"

"不，我刚才所说的算是一方面。"

武藏微笑着继续说道：

"其实，真正的原因是我生来便是一粗野之人，自由自在行事惯了。"

"你的心思我们了解了。仔细想想，确实未必无火便不生烟。"

他们了解了武藏的心思。可是真的就此离别的话，又都觉得有些遗憾，最后几位聚在一起商议了一番后，木南加贺四郎站出来替大家说道：

"其实每年的今天，也就是四月十一日，我们同乡六人都会来一场聚会，十年来从未间断。而你作为同乡，我们中又有人是你父亲无二斋先生的挚友，你来参加我们的聚会总没什么奇怪的。刚刚我们商量了一下，虽然也许会给你带来不便，但是请你参加我们的聚会吧。这和留宿家老的府中是两码事，不会招人非议的。"

顿了顿，木南加贺四郎又补充道：

"我们原本打算若是你留在家老的府中的话，我们的聚会就向后延延，刚刚我们去家老的府中就是为了确认你在不在。既然你有意避免留宿那里，今晚就去我们那儿吧！"

五

武藏不好再拒绝。

"既然如此……"

听武藏这么一说，大家都非常高兴。

"那我们就尽早赶过去吧！"

几位又简单商议一番，只留木南加贺四郎陪武藏，其他人道：

"我们随后聚会上见。"

便各自回家去了。

武藏和木南加贺四郎在附近的茶馆等到日暮时分,然后在木南加贺四郎的带领下,披着满天星斗,来到离刚刚的街道小半里远的到津桥畔。

这里靠近城墙,既无藩士的宅邸,又无酒亭之类。桥畔附近为旅者或赶脚人设置的带有乡土气息的酒铺、木质小客栈的灯火、房檐几乎都被杂草湮没。

这里真是奇怪。

武藏不由得起疑。刚刚的香山半太夫、内海孙兵卫丞等,从年龄、仪态上来看,在藩内的地位应该已经不低了,他们一年一度的聚会怎么会选择一个如此不便、荒凉的地方。

哈哈,难道他们将我引来是有什么阴谋。不不,看他们不像是带有什么恶意与杀气的啊。

"武藏先生,已经可以看到大家了。这边请——"

让武藏站在桥畔等候,自己向河滩方向张望的木南加贺四郎边说边先行摸索着堤上的小道走了过去。

"啊——座位设在船中吗?"

武藏为自己的过分多疑而苦笑,跟着木南加贺四郎也向河滩走去,发现那里根本没有什么船。

包括木南加贺四郎在内,六位藩士确实都已经到齐了。

所谓坐席不过是铺在河滩上的两三块草席。香山半太夫、内海孙兵卫丞两位老人以及井户龟右卫门丞、船曳杢右卫门丞、安积八弥太等都正襟危坐。

"这样的坐席,真是失礼啊,碰巧同乡的武藏先生能参加我们的聚会,真是缘分啊。来来,快到这边坐下来休息一下吧!"

说着给武藏让出一块草席,还介绍了刚刚未能见到的安积八弥太。

"这位也是作州流浪武士——现在在细川家做随从。"

大家的殷勤诚恳与在设有壁龛或银拉扇的客厅招待客人没什么区别。

武藏越来越觉得不可思议。

这样做是为了追求风雅情趣还是为了避人耳目呢?不管怎么说,毕竟是客人,武藏恭谨地落座。年长的内海孙兵卫丞道:

"啊呀这位客人,不必拘谨。我们略备了薄酒小菜,不过我们稍后再享用,我们先照惯例做我们聚会要做的事,不会占用太长时间的,请稍等。"

内海孙兵卫丞说罢,只见大家盘腿而坐,各自拿出一束稻草,编起马草鞋来。

圆明之卷

六

虽然编的是马草鞋，可是大家目不斜视，做得非常虔诚认真。

就连他们往手上吐唾液，双手掌间摩擦捻绳的动作都带着几分热情。

"……"

武藏觉得很疑惑，不过倒也没有半点儿觉得这些人怪异或可疑。

他只是同样默不作声，恭谨地看着。

"做好了吗？"

香山半太夫老人望着其他人问道。

老人已经赶做出一双草鞋了。

"做好了。"

木南加贺四郎答道。

"我也做好了。"

紧接着是安积八弥太，他将做好的草鞋递到香山半太夫老人面前。

陆陆续续地六双草鞋终于都完成了。

大家拍去和服裙裤上的尘土，整理好外褂，将六双马草鞋放在白木四角方盘上，摆在六人中央。

另外的一个方盘上则摆上了早已准备好的杯子，并在旁边的盘中坐上酒壶。

"各位——"

长者内海孙兵卫丞郑重地说道：

"庆长五年的关原之战已经过去十三年了，大家能够如此长命已是不易，今天大家又承蒙藩主细川公的庇护，实属有幸。细川公的恩情，我们当世代铭记。"

"是。"

众人微微俯首，正襟听着内海孙兵卫丞的话。

"同时，我们也不能忘记现已灭亡的旧主新免家的代代恩情。包括我们流落至此地后那些落魄的日子。我们每年在此例会聚集，就是为了铭记这些。让我们为今年也能安康相聚庆祝吧！"

"正如内海孙兵卫丞先生所说，承蒙藩公的慈爱，旧主的恩情，我们的生活不再零落。这一切我们没齿难忘。"

其他人也都异口同声地说。

主持这场聚会的内海孙兵卫丞继续说道：

"那么，大家行礼。"

"是。"

六人正姿，双手伏地，向着眼前可望的——璀璨夜空下的——小仓城叩首。

紧接着朝旧主的土地、祖先的土地——作州方向同样行礼。

最后朝着自己做的马草鞋也诚挚而拜。

"武藏先生，我们要去河滩上的土地神神社供上这些草鞋。然后我们便可以开怀畅饮，好好聊聊了，还烦请再等我们一会儿。"

其中一人双手捧举起装有草鞋的方盘，其余五人跟在后面向土地神神社走去。他们将马草鞋挂在神社牌坊前的树上，合掌而拜。

当他们再次回到席间后，酒宴开始。

他们带来了煮山芋、花椒嫩芽配料的笋酱汤、鱼干之类，完全是普通农家的家常便饭。

不过，虽没有山珍海味相伴，大家却把酒言欢，交谈甚欢。

七

待到大家喝酒喝到兴起，打开了话匣子，武藏才问道：

"鄙人刚好赶上这场融洽而又特别的聚会，真是有幸。可是，刚刚我见到大家编马草鞋，并将马草鞋放入方盘内，向乡土、城内及方盘跪拜——这到底是怎么回事？"

"问得好，觉得不可思议是正常的。"

这个问题完全在内海孙兵卫丞的意料之中。

庆长五年，在关原之战中败北的新免家的武士们，大多流落到了九州。

这六个人便是当时的残兵中的一组。

当时他们失去了衣食来源，但仍坚持不低头求人施舍，不饮盗泉之水。他们在这里的桥畔租了一间简陋的仓库，用练枪的手编起了马草鞋，并向马夫贩卖，就这样过了三年艰苦的生活。

这些人有些不同于常人之处。

三年间见过他们的马夫们都多少有这样的感觉。终于，藩内听到了马夫之声，当时的主君，也就是三斋公下令调查。

经调查，三斋公得知他们是旧新免伊贺守的家臣，人称六人组，怀着惜才之心，三斋公将他们再次聘用。

记得当时前来交涉的细川藩的家臣说：

"我们是奉命前来请你们的，俸禄不多，经我们众臣商议，决定给你们六位千石的俸禄，怎么样？"

六个人面对三斋公的仁慈，喜极而泣。作为关原之战中的败亡者，即使被驱逐都是没话说的。现如今竟然用千石聘用他们，真是想也没想到。

可是，井户龟右卫门丞的母亲听说后，却让他们拒绝。

井户龟右卫门丞的母亲认为：

三斋公大人的仁慈聘用，虽然令你们非常感动与高兴，如今以卖马草鞋为生的你们没什么可说不的。可是你们如今虽然落魄，却也是做过新免伊

圆明之卷

1327

贺守大人的旧臣，曾被新免家重用的人。现在若是旁人知道你们因千石的俸禄就无比欣喜地接受了，那你们做马草鞋的这段历史可真要成为卑贱的历史了。而且，为了报答三斋公大人的恩情，你们要做好舍命奉公的准备。像这种受救济一般得来的米，不要接受。若是你们觉得我说的话不对，我儿子是说什么都不能去的。"

于是，他们刚开始并未接受三斋公的聘用。

三斋公得知后，又下令：

重新传达一下，老前辈内海孙兵卫丞千石，其余的人每人各二百石。

就这样，六个人出任为官的事终于定了下来。到了谒见主君，登城的日子，见过他们的贫穷状况的使者提议说：

"不知主君是否先赏赐他们一些钱，估计他们可能没有登城的衣服。"

三斋公听罢笑道：

"你就看你的吧。好不容易迎来良士，我们这边哪有做出这等丢脸的事的道理？"

正如三斋公所料，前来登城的六位武士，虽然卖马草鞋，日子艰辛，穿着上却干净整齐，而且各自佩带了贴身的腰刀。

八

武藏非常认真、有兴致地听内海孙兵卫丞讲述这些。

"在那种状况下，我们六个人能被主君聘用，想来也是拜天地所赐。我们定然是不会忘记祖先之恩、主君之恩的，同时为了提醒自己不要忘记维持了我们短暂生命的马草鞋之恩，我们定于每年的今日举办一场聚会，在草席上缅怀往昔，重感三方恩德，以粗食庆祝我们的今时今日。"

内海孙兵卫丞说罢，向武藏举杯道：

"请原谅光顾着说我们的事情了。虽然没有好酒好菜，可是我们的心意却是诚挚的。后天你就痛痛快快地比一场吧，不要有后顾之忧，若有闪失，身后之事我们来替你办，哈哈哈——"

武藏与内海孙兵卫丞碰杯。

"非常感谢，对于我来说这酒胜过琼瑶佳酿。我会向你们学习的。"

"哪里的话，若是向我们学习，你就也得编马草鞋了。"

有少许夹杂着小石块的尘土从堤坝上滑了下来。众人抬头一望，一个蝙蝠形的人形出现在眼前。

"谁——"

木南加贺四郎跳了起来，又有一人手里提上刀跟了过去。

他们站在堤坝上，向夜色蒙蒙的一端望去，终于放声大笑，对着下面的武藏、朋友们说道：

"该是佐佐木小次郎的门人。他们以为我们将武藏先生请到这样的地方来是为了密谋什么赢取比武的诡计吧。这会儿慌慌张张地跑远了。"

"哈哈哈，也难怪他们这么怀疑！"

这里的每一个人都光明磊落，可是今晚城下是怎样的状况呢，武藏不禁想道。

不宜久坐了。应该替自己的同乡想想，不能让他们无端受到连累。武藏想到这儿，不再多坐片刻，转而向诸位道别，离开愉快的河边宴席飘然而去了。

"飘然"

用这个词来形容武藏的行踪是再恰当不过的。

第二天，已经十二号了。

长冈家派人在小仓城下分头寻找武藏的住所。

"为什么不留住他？"

仆役、守卫都被主人长冈佐渡呵斥了一番。

昨夜，将武藏迎到到津河滩一起饮酒的六名流浪武士也在佐渡的指令下四处寻找。

不过，谁都没能找到武藏。

从十一号夜里离开河滩起，就没人知道武藏的行踪。

"这可如何是好！"

佐渡想到明天就要比武了，急得火烧眉毛。

佐佐木小次郎在这一天则登城接受了藩公们热诚的祝福与致酒，回府时骑着高头大马，很是意气风发。

傍晚时分，城下关于武藏的各种猜测四起。

"是吓得逃了吧？"

"肯定是逃亡了。"

"不管怎么找好像都找不到他啊！"

云云。

日出时分

一

是不是逃了？

肯定是逃了。

看样子是。

在对不见了踪影的武藏的议论中，十三号的天渐渐亮了。

长冈佐渡一夜未眠。

难道是……会有一种人在事到临头时，给人来个出乎意料的转变。

"我该如何面对主君啊？"

佐渡甚至想到了切腹。

是自己推荐的武藏。在以藩之名开设比武场的今天，竟然出了武藏隐匿这档子事，唯有自裁才能谢罪了。就这样，佐渡在忧虑之中迎来了又一个晴好的天气。

"难道是我看错人了？"

佐渡接近失望地叹息，到了清晨打扫室内的时候，佐渡带着伊织来到院中。

"我回来了。"

从昨夜开始便出门寻找武藏住所的年轻武士随从缝殿介一脸疲惫地从横门进入。

"怎么样？"

"找不到，找遍了城下的客栈。"

"也询问过寺院了吗？"

"府中的寺院、町内的练武场等武者聚集的地方，安积先生、内海先生等人都已经分头去找了，那六位先生还没有回来。"

"还没回来。"

佐渡再次愁容满面。

透过庭院的树木可以看到湛蓝的大海。飞卷着白色浪花的海浪直扑到佐渡的胸口。

"……"

佐渡在梅树下默默徘徊。

"没有找到。"

"还是不知踪影。"

"早知这样，前夜分别时问问他要去哪儿就好了。"

井户龟右卫门丞、安积八弥太、木南加贺四郎等，以及夜间出去寻找的一干人都是无精打采地归来。

坐在房檐处，大家你一言我一语，时间一刻一刻地迫近比武。据今早从佐佐木小次郎的门前经过的木南加贺四郎所说，从昨天夜里起那里便聚集了两三百人，门户大开，大门处还缠着龙胆纹样的幕帘，正面是金屏风。到了早晨他的门人们都去城下的三处神社参拜了，祈祷今天佐佐木小次郎必胜，很是热闹。

和那边相比，这边的境况……

大家疲惫不堪地无奈互望。前晚的六位武士也因武藏是同乡觉得很没有颜面。

"算了。再找也来不及了。都回去吧，越慌越无济于事。"

佐渡发话道，欲遣散众人。

"不，我们一定要找到他，即使今天找不到，也早晚有一天要把他揪出来斩了。"

木南加贺四郎、安积八弥太愤然撂下一句话后离开。

佐渡回到已被清扫整洁的室内，在香炉内焚上香。虽然这是佐渡常做的事，缝殿介却心里一紧：

"看来事情到了无可挽回的地步。"

这时，传来了伊织的声音，他仍站在庭院中遥望着大海：

"缝殿介先生，你有没有去下关的船商小林太郎左卫门那里问问。"

二

大人的常识判断总会有盲区，少年的想法却是无拘无束。

听了伊织的话，佐渡和缝殿介都如同发现了灯塔一般，现在除此以外还真想不出武藏还能在哪里。

佐渡眉头舒展：

"缝殿介，我们怎么没想到，说不要慌不要慌的，还是慌晕了头。赶紧去那边看看。"

"是，知道了。伊织，亏你想到了。"

"我也要去。"

"主人，伊织也要一起去。"

"嗯。让他一起去吧。等等，我再给武藏先生写一封信。"

佐渡提笔所写内容包括口头的嘱托如下：

> 比武时刻安排的是辰时上刻，佐佐木小次郎已经乘藩公的船向船岛出发了。
>
> 现在准备出发的话时间还充裕。尊公来府上好好准备一下，然后乘坐我的私船前往如何。

在佐渡的指示下，缝殿介和伊织代表家老乘快舟出发了。

不多时便来到了下关。

佐渡与下关的船商小林太郎左卫门非常熟悉，店里的人说：

"不知是不是有什么事，好像是有位年轻的武士住进了他家。"

"啊，果然在这里。"

缝殿介和伊织相视而笑。小林太郎左卫门的住所紧连着店里的仓库，他们很快便见到了这位店主：

"请问武藏先生在贵府吗？"

"是的，在这里。"

"那就好。你不知道昨天夜里以来家老有多担心，劳烦叫一下武藏先生。"

小林太郎左卫门转身入内室，很快便独自出来了。

"武藏先生还在睡着。"

"什么？"

两个人一愣。

"麻烦叫他起来吧，现在不是睡觉的时候，他总是早晨起很晚吗？"

"不，昨晚我们不知不觉聊得太晚了。"

小林太郎左卫门唤来仆役引缝殿介和伊织先进客厅等候，自己再次入内叫武藏起身。

不多时，武藏终于出现在了客厅，他熟睡过后的双眸如同婴儿的眼睛般炯炯有神。

"呀，早啊。找我有事吗？"

武藏微笑着打着招呼坐下了。

武藏的这声招呼让缝殿介有些泄气，不过他还是赶紧拿出长冈佐渡的信交给武藏，口头上又做了些补充交代。

"这真是让佐渡大人费心了。"

武藏低头拆信。伊织像是要把武藏看穿一般，直盯着武藏看。

"多谢佐渡大人。"

武藏读完整封信后，瞟了一眼伊织，伊织赶紧低下头，因为有泪水从眼眶中涌溢而出。

三

武藏写了封回信：

"详细的情况都写在回信中了，拜托代我转交给佐渡大人。"

同时武藏告诉缝殿介，请佐渡大人不要牵挂，他会留意掌握好去船岛的时间，然后按时从下关这里出发的。

两个人只好拿着信回去了。直到转身离开伊织一句话都没能说出口，武藏也没再对伊织说什么，师徒情尽在无言中。

总算盼到两个人的归来，长冈佐渡拿到武藏的回信松了一口气。

信中写道：

> 听闻大人将派船将鄙人送至船岛，鄙人万分感谢。
>
> 但这次我与佐佐木小次郎是比武的对手，而佐佐木小次郎已搭主君的船只前往，若我再乘坐您派出的船只，恐会给您惹上与主君对立之嫌。故此这次便不再劳烦大人了。
>
> 本应提前告知大人鄙人落脚何处，但恐得不到大人的应允，故

而有所隐瞒，还请见谅。（中略）

我会在此按时乘船，如约赶赴。

此　致

四月十三日　　宫本武藏

佐渡守大人

"……"

佐渡读过后视线依旧久久未能移开纸面。

谦虚之美，设身处地的着想，周到的言辞……信的内容令佐渡非常感动。

面对这封信，佐渡对自己之前的焦躁感到羞愧，愧不该怀疑如此谦逊的武藏。

"缝殿介——"

"是——"

"马上将武藏先生的这封信转交给内海孙兵卫丞等人。"

"好的。"

待缝殿介退下后，等在拉扇后的管家走出来催促道：

"主人，若是您现在没旁的事了的话，您需要准备一下了，今天您是要前去见证比武的。"

佐渡此时已平下心来。

"知道了，现在时间还早吧！"

"虽说还早，可同样作为见证人的岩间角兵卫大人都已经乘船离开了。"

"别人是别人，不用慌——伊织，过来一下。"

"是……您有何吩咐？"

"你是不是男子汉？"

"嗯，嗯。"

"你能不能保证不管发生什么事都不会哭？"

"我不会哭。"

"你若能保证的话，就做我的随从随我一起去船岛吧。此去不能说完全没有需要替武藏先生料理后事的可能性。怎么样，去吗？你能不哭吗？"

"去……我决不会哭的。"

听了他们的对话，缝殿介跑出门外。这时有位穿着寒碜行装的女子在墙阴处叫住了他。

四

"请等一下……长冈大人的家臣。"

那女子背着孩子。

缝殿介正一副火烧火燎的样子，不过看到这位女子风尘仆仆的样子，他

讶异地停住了脚步。

"请问何事？"

"请恕我冒昧，我这样的身份实在不该贸然出现在门口。"

"你在这里等了一会儿了吗？"

"是的……听说今天船岛有场比武，而武藏昨天却逃掉了，町内的人现在都这么说，请问这是真的吗？"

"一派胡言。"

缝殿介将昨夜以来积郁于胸中的郁愤全部吐了出来。

"怎么能这样说武藏先生？武藏先生是那种人吗？到了辰时就都会明白了，刚刚我还见到武藏先生并带回了他的信。"

"啊……见到他了吗，在哪儿？"

"你是？"

"我……"

女子低下了头。

"我和武藏先生是熟人。"

"哦……熟人也还是被无凭无据的谣言蒙蔽了。我现在急着要出去，这是武藏先生的信，给你看看吧，不要再担心了。"

就在缝殿介读信给她听时，有一个泪水盈眶的男子也站在他的身后悄悄看着信上的内容。

缝殿介感觉到身后有人，扭头一看，只见一个男子很不好意思地行礼，慌忙用手拭泪。

"谁？你是谁？"

"我和她是一起的。"

"是吗？是她的丈夫吗？"

"是的，非常感谢。看到武藏兄的这些令人怀念的文字，就如同见到他了一般。是吧，朱实？"

"是啊，这样我们就放心了。我们会远远朝着比武场所祈祷的。纵然隔着海，我们的心是牵挂在岛上的。"

"哦，这样的话，你可以登上那边海岸边的山丘，那里可以遥望海岛——今天天气晴好，也许可以看到船岛的岸边。"

"您还急着赶路，耽搁了您，真是抱歉——那么，我们这就告辞了。"

带着孩子的夫妇加快脚步向城外的松山走去。

"喂，是否方便告知你们的姓名？"

夫妇二人回转身来，再次礼貌行礼。

"我们和武藏同来自于作州——我叫又八。"

"我叫朱实。"

缝殿介点头示意后，便一溜烟地跑开了。

稍稍目送了缝殿介一会儿，夫妻二人互视一眼，默契地继续向城外的那座位于小仓和门司关之间的松山走去。

山正对着船岛，还可以见到其他一些岛屿。就连海峡那边的长门群山的褶皱今天都能看得一清二楚。

两个人将随身携带的荬白铺于山顶，面朝大海并肩坐了下来。

唰、唰……断崖下不断传来海浪声，伴随着浪声起舞的松叶在三人头上盈盈飘落。

朱实给孩子喂奶，又八则抱膝不语，只盯着蓝色的海面出神。

彼人·此人

一

缝殿介急忙赶路。

他要在主人长冈佐渡向船岛出发前赶回去。

他分别向六位武士的家里跑去，传阅武藏的书信报告状况，连喝口茶的工夫都没有。

"佐佐木小次郎的……？"

在回去的途中他停下急行的脚步，躲入暗处。

那边是离海滨奉行的官舍半町远的海边。

一早便有很多藩士从头儿到杂役分成好几组从那里向船岛进发了，他们或是去做比武的见证人，或是去检查周遭环境，防止意外状况发生，准备比武场。

这会儿——

一名担任船夫的藩士正划着一艘崭新的小舟靠近岸边，翘首以待。小舟从甲板到系船的棕榈绳都是崭新的。

缝殿介一望便知这是藩公特意为佐佐木小次郎准备的小舟。

小舟没有什么明显的特征，站在小舟旁的百十来个人或是平日里与佐佐木小次郎来往密切的人，或是一些不常见的人。

"哦，来了！"

"看见了。"

立于小舟的两侧，望向同一方向。

透过海岸的松树，缝殿介也顺着他们的视线望去。

佐佐木小次郎看起来已经在海滨奉行所休息过片刻了。

奉行所的差人们一并出来为佐佐木小次郎送行，佐佐木小次郎将拴在休

息处的爱马托付给这些差人，然后带上关门弟子辰之助，踏着沙地向小舟的方向走去。

"……"

大家自动排成两列，为佐佐木小次郎让出一条道，肃穆地注视着他。

佐佐木小次郎那身尽显英姿的打扮让在场的人望得出了神，但见他身着提花白绢窄袖便服，猩红色无袖和服外挂，下身是葡萄色染革的瘦腿裙裤。

脚上穿着稍有些湿的草鞋，腰间带着他日常佩带的小刀和出仕后为了避嫌久未携带的剑——晒衣竿。这晒衣竿上并无落款，相传是有名的肥前长剑。

剑长三尺有余，一看便知是宝物，在场者无不瞠目。再加上佐佐木小次郎那与长剑极为搭调的身材，猩红的外挂、白皙的面颊和眉宇间的沉着从容，在场的人不由得肃然起敬。

浪声滔滔，再加上时不时传入耳中的风声，缝殿介无法听清那些人包括佐佐木小次郎都说了些什么，不过他可以清晰地看到佐佐木小次郎的脸上毫无即将踏入生死之境的紧张感，有的只是平和的笑容。

佐佐木小次郎极尽所能地将自己的笑容洒向此时身边的知己朋友们，并最终在声援者们的簇拥下登上了这艘崭新的小舟。

弟子辰之助也随之登上小舟。

小舟上有两位做船夫的藩士，一位掌舵，一位摇桨。

另外，他们还带上了雄鹰天弓。辰之助拳头上的天弓，被小舟离岸时众人的欢呼声吓得直扑棱翅膀。

二

海边送行的人们久久不散。

佐佐木小次郎在小舟中扭头回望。

划桨的人也并不着急，只缓缓大幅度地挥动船桨破浪而行。

"是啊，时候不早了，府内的主人也该……"

缝殿介回过神来，觉得自己现在返回要紧。

在转身的同时，他发现离他有六七棵松树距离的地方有一位独自哭泣的女子。

是在佐佐木小次郎安顿在小仓后的这段不长的时光里，在他身边服侍的阿光。

"……"

缝殿介移开视线，为了不使她受惊，尽量放轻脚步向町里的大街小巷走去。

"谁都有内外两面，光华的外表下未必没有一颗忧愁的心。"

缝殿介感怀着。远远地躲在一边独自忧伤的这位女子，再一次回头望向渐渐远去的佐佐木小次郎乘坐的小舟。

岸边的人也开始三三两两地散开了。大家都称赞佐佐木小次郎的沉着,期待着他得胜归来。

"辰之助——"

"在。"

"将天弓交给我。"

佐佐木小次郎伸出左拳。

辰之助将鹰移交到佐佐木小次郎手上,退后一步。

船在船岛和小仓之间行驶着,海峡急流涌动,天气虽是晴好无比,浪头却是一浪高过一浪。

每当四散的浪花迸进船舷,鹰便炸开了毛,做出一副凄怆的姿态。今天被驯服了的这只鹰也是斗志满满的气势。

"回城里吧!"

佐佐木小次郎解开鹰的足环,将鹰放向天空。

鹰就像平时在狩猎场时一般,尽现雄姿,不多时就将前方一只仓皇逃窜的海鸟擒在爪中,海鸟白色的羽毛无助而惨烈地散落了许多根。因为没有听到饲主的呼唤,鹰掠过城的上方、大小岛屿的绿林,最终消失在天际。

佐佐木小次郎没有关注鹰去向了何方。放飞老鹰后佐佐木小次郎马上将自己随身携带的神佛护身符、以往的信件,还有岩国姨母用心为自己缝制的梵文贴身单衣——一切原本不属于自己的东西——都抛入了大海,看着它们随波漂走。

"清爽了。"

佐佐木小次郎自语道。

在赴往生死决斗之时,若是与那个人、这个人还有着感情上的牵绊,只会羁绊自己。

那些人对自己的得胜祝愿等好意都是负担,就连神佛的护身符都是累赘。

人——原本就只有赤裸的自己。

他觉悟到如今能靠的只有自己。

"……"

海风无言地拂过他的面庞。船岛的松树、杂木等绿色一点点迫近。

三

另一方面——

身在对岸赤间关的武藏也在紧迫地进行着相关准备。

早晨——

缝殿介和伊织拿着武藏的回信返回。船商小林太郎左卫门出现在海滨仓库旁的店面处。

"佐助——佐助在不在？"

佐助是众多用人中他非常喜欢的一个年轻人，有空时会让他去店里帮帮忙。

"早上好！"

看到老板走下柜台的掌柜先问了声好。

"您找佐助吗？好的好的，我马上去叫，刚刚还在这里的。"

接着吩咐身旁的年轻人道：

"去叫佐助过来，老板找他，快点。"

然后便自然而然地向老板汇报起店内的大小事务、货物的运输、配船状况等等，没想到小林太郎左卫门像想赶走耳边的蚊子般扭过脸。

"这随后再说，随后再说，有没有人到店里找过武藏先生？"

"这个……啊，您说的是那位客人。今天早晨就有人找过他。"

"是长冈的使者吗？"

"是的。"

"其他呢？"

"其他？"

掌柜低下头，

"我倒是没见到这个人，听说昨晚关门后，有位看似是远道而来的、蓬头垢面、目光锐利的男人拄着橡木拐杖，缓缓找来过，说是来找武藏先生，听说武藏先生在咱们这儿，还在店里待了一会儿。"

"是谁走漏了消息，不是告诉你们要保密的吗？"

"那些小伙子都为家里住了一位参加今日比武的武士而骄傲，情不自禁说漏了嘴——我已经训斥过他们了。"

"总兵卫先生出门应付道他听错了——武藏先生根本就不在这里。最后，那个人走了。有人发现当时大门外还站着两三名女子。"

这时，有人从码头栈桥方向赶来。

"佐助来了，老板，有什么事？"

"啊，佐助啊。也没什么事，今天有项重任拜托给你了，没问题吧？"

"嗯，没问题的。这样的重任船夫一辈子也难得赶上一回，天还没亮我就起床洒水净身，用新漂白的布裹好下腹等着了。"

"昨晚吩咐的船只准备得怎么样了？"

"船只我就从舢板中选了一艘快的、洁净的，然后撒盐驱邪，连船板都清洗了——只要武藏先生准备好了，随时都可以出发。"

四

小林太郎左卫门又问道：

"船拴在哪里了？"

佐助回答说就是码头，小林太郎左卫门想了想道：

"那里太显眼了。武藏先生希望不要太招人耳目，找一个其他的地方吧！"

"明白了。那先把船停哪儿呢？"

"离房子后边两町左右的东边岸边——长有平家松那边的岸边来往的人少些。"

小林太郎左卫门在吩咐这些的时候，心里并不平静。

店里今天放假休息。在子刻过去前海峡的船只一律停止往来。另外，来自对岸的门司关、小仓，包括长门领一带的人都心系这场比武。

大路上，有很多人来来往往，有近藩的武士、流浪武士、儒者风度的人、铁匠、漆器工匠、铠甲工匠等，还包括僧侣、各种各样的町人、百姓等——其中还散发着或戴着头巾或戴着斗笠的女人的香气——所有人都是朝向一个方向。

"快点呀！"

"再哭就把你扔下！"

看起来像是渔夫的妻子们，她们或是背着孩子，或是手里牵着孩子，吵吵嚷嚷地赶着人流看热闹。

"确实，这样子……"

小林太郎左卫门也了解了武藏的心情。

有识之士的褒贬毁誉已是闹得满城风雨，现在又有这么多只关心谁生谁死，谁胜谁负的人兴趣盎然地跑来看热闹。

况且现在离比武还有几刻呢，就已经这样了。

船只已禁止通行了，根本无法到海上，而且无论登上什么山丘，都是无法看清远离并与陆地绝缘的船岛的比武场的情形的。

纵然如此，人们还是趋之若鹜。一拨人带动一拨人地前往。

小林太郎左卫门走到大路旁，感受了一下这气氛，回到居所内。

他的卧室、武藏所住的客房清晨都已经被打扫干净了。

这座海滨房的天花板上的木质纹理间摇摇晃晃地泛着波纹。房后面便是大海。

被海面反射的朝阳透过房间，变成斑驳的光影，在房内游走。

"您回来啦！"

"哦，是阿鹤吗？"

"您去哪里了，到处找您！"

"我在店那边了。"

接过阿鹤奉上的茶，小林太郎左卫门静静地望向外边。

"……"

圆明之卷

阿鹤也默默地朝海边望去。

她是小林太郎左卫门即使揉进眼睛也不觉疼痛的最疼爱的女儿。之前她一直在泉州堺市的店里，武藏来时，她也一同来到了父亲身边。——因为阿鹤以前照顾过伊织，在船上她许是给武藏讲了关于伊织的事情。

五

也可以这么想。

武藏来小林太郎左卫门这里寄身是因为之前知道伊织在这里，来对照料伊织一事道谢时，与小林太郎左卫门一家熟识起来。

总之不管怎样——

武藏逗留时，受父亲的吩咐，阿鹤一直在武藏身边照顾着。

就在昨夜武藏和父亲聊到深夜的那段时间，阿鹤在其他的房内忙着缝东西。因为武藏曾说：

"比武当天不用什么特别准备，只要一件新的平织布内衣和束带就行。"

除了内衣，阿鹤还缝制了黑绢的窄袖便服和腰带，她已经赶在早晨完成了。

倘若——

小林太郎左卫门考虑一下女儿的心情，他也许会想道：

女儿是不是对武藏有了些好感。若真是这样的话，今天早晨阿鹤的这份心意……

只见今早的阿鹤眉宇间确实浮上一层男女间爱恋的忧郁之色。

这会儿也是。

给父亲小林太郎左卫门奉完茶后，见父亲默然望向大海，她也不说话，心事重重地凝视起大海那一望无际的湛蓝。眸中也似海水溢出般噙着泪花。

"阿鹤——"

"是……"

"武藏先生在哪儿，有上过早饭吗？"

"他已经用过了，现在在那边的房内。"

"在准备吗？"

"不，还没有……"

"在做什么？"

"应该是在画画儿。"

"画画儿？"

"是。"

"啊——是吗？我曾顺口要过。有一次说到画时，我提过请武藏先生为我留一幅画。"

"武藏先生说过也要为今天陪他去船岛的佐助留幅画。"

"也给佐助。"

小林太郎左卫门嘀咕道,心中焦躁不安。

"已经到这个时候了,不早了,路上抱着看比武的侥幸希望的人流不断往这边涌。"

"武藏先生像完全忘记了比武一般。"

"现在不是画画儿的时候。阿鹤,你过去劝劝他别再画了。"

"可是……我……"

"劝不了吗?"

小林太郎左卫门这时才清晰了解到阿鹤的心情。父亲和女儿身体里流的血毕竟是相承的,阿鹤的悲伤和痛苦,传进了父亲的心里。

不过,小林太郎左卫门并未表露什么,还喝道:

"傻瓜,你抽搭什么?"

然后自己朝武藏所在的房间走去。

六

房间的房门紧闭。

笔、砚、笔洗摆放在案旁,武藏孤寂地坐着。

已经画好的一幅画卷上画的是柳树莺啼图。

面前的一张纸上还未着一丝墨迹。

武藏似乎在考虑画些什么。

不,应该是在静心。比起思考绘画的构思、理念与技巧,武藏更像是在寻找一种心境。

白纸有如无一物的天地,一滴墨便能是万物之始。笔触所到之处可呼风唤雨,自由自在,笔终画终之时,绘者之心永存画间。心中的邪恶、堕落,或是匠气在画中都会无处遁形。

人的肉体可以消失,墨迹却可以永存。留在纸上的心像总在静静呼吸一样。

武藏想到了这些。

可这样的领悟与想法也是会对那份画心造成妨碍的。武藏想让自己进入白纸般的空无之境。想让握笔的手既不受自己的杂念控制,也不受他人控制,在洁白的天地中随心而动。

"……"

狭小的房间内一片孤寂。

这里没有大路上的喧嚷之声,也似乎没有今日比武一事。

只可望见中庭的矢竹时而簌簌而动。

"打扰了——"

他身后的拉门不知何时被悄悄拉开了一点点。

主人小林太郎左卫门刚刚在那里静静地向屋内窥视，他十分不忍打扰这样的武藏。

"武藏先生，打扰您作画，真是抱歉。"

在他看来，武藏正沉浸在作画的乐趣中。

武藏回过神来：

"哦，是老板啊……快进来，怎么如此客气！"

"今早已经顾不上作画了……时间马上就要到了。"

"我知道。"

"内衣、怀纸、手帕等都已准备好了，放在隔壁房间了。"

"真是十分感谢！"

"若是您想把画送给我们的话，就请停笔吧！等您从船岛归来后再说吧！"

"费心了。今早感觉神清气爽，所以才在此时作画。"

"可是，时间……"

"我会注意的。"

"那您准备走时叫我一声，我就在那边候着。"

"真是过意不去。"

"哪里，没什么。"

就算此时扰乱了他作画的兴致，也是要提醒他一下的，小林太郎左卫门想着转身欲退出。

"啊。老板——"

武藏叫住了小林太郎左卫门问道：

"潮的涨落是在什么时刻，今早是退潮还是涨潮？"

七

潮水涨落与沿岸船商的店有直接关系，所以小林太郎左卫门非常清楚。

"这个时刻，从天明的卯时到辰时，是退潮的时候——很快就又要涨潮了！"

武藏点点头，低声应了一句：

"这样啊！"

然后，就又将心思落在了那一笺白纸上。

小林太郎左卫门轻轻拉上门，回到原来的房间。将武藏的事情当作自己的事情一般上心，不过还是束手无策。

他坐下来，想让自己也静静心，可是还是止不住地着急，总怕会误了时间，无法安然静坐。

于是他终于还是站起身来向海滨房的走廊处走去。海峡的潮水此时奔流不息，直冲上房前的海滩。

"父亲——"

"阿鹤啊……在做什么？"

"已经快到出发的时辰了，我将武藏先生的草鞋放在了庭院门口。"

"武藏先生可能还要等一会儿。"

"怎么了？"

"还在作画……此时还如此悠哉，但愿一切顺利吧！"

"父亲不是去劝过了吗？"

"去了，可是过去一看，总觉得也不好阻止他。"

这时，门外面传来谁的声音：

"小林太郎左卫门老板，小林太郎左卫门老板……"

有一艘细川家的快船停在庭院前的岸上，是快船上站立着的武士唤着小林太郎左卫门。

"哦，是缝殿介先生啊！"

缝殿介没有下船，正好看到小林太郎左卫门他很高兴。

"武藏先生已经出发了吗？"

小林太郎左卫门告诉他还没有，缝殿介有些急了。

"那快点准备一下出发吧，快去跟武藏先生说一下——对手佐佐木小次郎已经乘藩公的船去船岛了，主人长冈佐渡刚刚也出发了。"

"知道了。"

"麻烦您再附带着多说一句，希望武藏先生不会背负卑怯的骂名。"

说罢缝殿介赶路一般迅速将快船掉了个头回去了。

可是，小林太郎左卫门和阿鹤都只是回头望望那靠里的静静的一室，分分秒秒地焦急等待着。

武藏的房门不知何时会开，房里面似乎没有任何声音。

第二次到来的快船上直接跑下来一位藩士，这次所来之人并非长冈家的人，是从船岛直接过来的。

八

随着拉门拉开的声音，武藏睁开了眼睛。这次没用阿鹤特意叫他。

阿鹤告诉武藏已经有人来催过两趟了，武藏微笑着点点头：

"是吗？"

然后默不作声地走了出去，洗涮的地方传来水的声音，是武藏在洗脸、整理略微凌乱的头发。

阿鹤走向武藏坐过的地方，有一张纸已经墨色生香，乍一看感觉像是云彩，仔细端详原来是泼墨山水画。

墨迹还未干。

"阿鹤小姐——"

武藏在隔壁房间唤道：

"那张画请交给老板。还有一张画就随后送给今天划船送我去船岛的佐助。"

"谢谢。"

"承蒙照顾，也没什么可回报的，这画就算是个纪念吧！"

"您一定要平安归来，今晚再和我父亲秉烛夜谈。"

阿鹤在心中也恳切地祈祷着。

那边传来衣物窸窣的声音，想是武藏在整理装束。继而安静了片刻后，远远传来武藏和父亲小林太郎左卫门三言两语的对话声。

阿鹤又走进武藏刚刚更衣的房间，亲手将武藏换下的贴身窄袖便服叠好，放在角落里的杂物箱上。

一种难以言喻的寂寥感袭上阿鹤的心头，她将脸伏在体温犹存的衣服上。

"阿鹤、阿鹤——"

是父亲的声音。

阿鹤在回答前，用手轻轻拭了下湿润的眼眶和面颊：

"阿鹤，在做什么，马上出发了。"

"哎——"

阿鹤赶紧奔了出去。

只见武藏已经穿上草鞋，走到了庭院大门口。他尽量避开人的耳目，佐助的小船就在不远处等他。

店里、家里出来四五个人和小林太郎左卫门一起在门口相送。阿鹤的话哽塞在喉间，什么都没能说，只在与武藏目光相会之时与大家一起低下了头。

"再见了！"

武藏与大家道别。

大家低着头。武藏走到门外轻轻关上柴门，再次道别。

"保重……"

大家抬起头望着武藏迎风向海滩走去。

他会不会回头，小林太郎左卫门以及家中庭院内的所有人目送着武藏，武藏并未回头。

"这才是真正的武士！"

有人低声自语。

阿鹤扭身跑回屋内，小林太郎左卫门也走了回去。

小林太郎左卫门的房子离后面海滩的一棵巨大的松树有两町左右的距离，这一带的人都叫那棵松树平家松。

佐助一早便将船停在那里等着武藏了，此时他终于看到武藏走了过来。

"哦！师傅！"

"武藏——"

突然有两个人大声呼唤了两声。只见来者向这边跑来。

九

今早踏出了这一步的武藏便再也没有回头。

心中的一切都已化作水墨画渲洒在了纸上，一气呵成。

现在要去往船岛。

就像将要进行一趟再平常不过的旅行。今天的这趟旅行是否还有回程，这一步一步是踏向死亡，还是走向漫长的余生——就连这些武藏都不去想。

记得二十二岁的早春，武藏携孤剑拼战的一乘寺古松下的那场决战，若是没有当时那热血迸发的悲壮，想来也不会留有什么感伤。

到底当时那百余个的敌人算是强敌，还是如今这一人算是强敌，比起百余人的乌合之众自然佐佐木小次郎是更可惧的。对于武藏来说，这可能是今生遇到的头等关卡，是一生中的一件大事。

却说现在。

武藏看见在前方等待自己的佐助的小船不由得加快了脚步。叫着师傅、武藏的两个人跑过来，武藏的心顿时不再平静。

"哦……这不是权之助吗？还有婆婆……怎么到这里来了？"

武藏有些讶异。面前是满身旅途尘垢的梦想权之助和阿杉婆，他们跪坐在沙地上，双手伏地。

"今天的比武，是件非同小可的大事。"

权之助开口说道，婆婆也紧接着说，

"我们是来送你的……还有我来也是为我之前做过的事道歉的。"

"啊——婆婆对武藏道歉了！"

"原谅我吧——武藏。长久以来，是婆婆错了。"

"啊——？"

武藏不敢相信似的望着婆婆的脸。

"婆婆，您怎么会突然对我说这些？"

"什么都不说了。"

婆婆将两手合于胸前，表示自己的诚心。

"过去的种种似流水，现在即使忏悔，很多事情也无法挽回了。武藏，原谅我吧。都是……爱子心切，迷失了心智才会如此。"

"……"

听到婆婆讲这些，武藏惶恐地屈膝跪下执婆婆的手深深拜下，良久未抬头——胸中万千感触，眼中噙着泪。

婆婆与武藏的手微微颤抖。

"啊，对于武藏来讲，今天真是吉日啊。听到这些话，就算我死，也可以心无所憾地死了。我相信婆婆，今天的这场比武，我可以更加清爽地上阵了。"

"那你原谅我了吧？"

"您别这么说，很久以前武藏不知该跟婆婆赔多少不是。"

"我真是高兴啊。这样的话我也轻松多了。武藏，在这世上还有一位可怜人，你得救救她。"

婆婆说着，回过头去。

在那边松树的树荫下，有一位如含苞绽放的露草般的弱女子低头坐在那里。

十

不用说，是阿通。阿通来了，终于历尽千辛万苦来到这里了。

她手中拿着斗笠。

带着手杖和病容。

还有即将燃烧的心火。那团火热就藏在她那憔悴的病体中。在武藏见到她的一刹那，武藏便感受到了她的一切。

"啊——阿通——"

武藏凝然地站在了她的面前，恍若梦境般虚步行到了她的面前。权之助和婆婆并没有跟过去，他们甚至恨不得自己消失，只留他们两个人在这细软的海滩上。

"阿通……是你吗？"

武藏努力地说着，这句话仿佛抽带着他的灵魂。

这些年匆匆流转的岁月，不是靠几句话能拼接起来的，里面有太多的哀愁。

此刻时间上也容不得他们多说什么。

"身体好像不是太好……怎么了？"

武藏在千思万绪中终于又说。前后不搭的一句话——就像长诗中攫取的一句。

"……嗯。"

阿通感伤哽咽，不知该如何迎向武藏的目光。在这生离死别的时刻，不能这样，阿通努力使自己冷静下来。

"是一时感冒，还是许久这样了。哪里不舒服？最近一直在哪里？"

"我回到七宝寺了……去年秋天就回去了。"

"什么，回故乡了？"

"嗯……"

阿通终于抬起头来。

如一汪碧湖般湿润的双眸濡湿了睫毛。

"故乡……我这个孤儿哪有所说的故乡。有的只是心里的故乡。"

"刚刚见婆婆如今对你非常体贴,武藏很是放心高兴。一定要好好养病,幸福起来。"

"现在就很幸福。"

"是啊,那我就放心了……阿通。"

武藏屈膝而跪。

因为婆婆和权之助还在那边,阿通拘谨地略微向后退缩,武藏却全然忘了周遭。

"你瘦了。"

他紧紧地抱着阿通,靠近她的面庞,感受着她的呼吸。

"原谅我,原谅我吧。我并非无情之人,我的心中只有你。"

"明、明白。"

"你能谅解我吗?"

"我只要你的一句话……唤我一声妻子吧。"

"你能够懂我,我们心意相通。哪里还用这样的虚言?"

"可是……可是……"

阿通颤抖着呜咽,抓住武藏的手,拼尽了力气的声音迸发而出:

"就算是死,我阿通也会跟着你——就算是死!"

武藏用力点点头,慢慢掰开她纤细的死死握住自己的手,立起身来:

"武士的妻子在武士出阵前是不该哭泣的,应该笑脸相送。面对这种前途未卜的丈夫的出行,更应该这样。"

有其他人在旁边。

可是没人打扰他们短暂的相逢。

"那么……"

武藏将手从她的背上移开,阿通勉强挤出一丝笑意,止住泪水:

"那么……"

也说了同样的话。

武藏起身。

阿通也借助身旁的松树跟踉起身。

"再见——"

武藏说罢大步向岸边走去。

阿通……最终没能说出哽在喉咙的最后一句话,就在武藏转身的一刹那,阿通的泪水还是止不住地决堤而出,模糊了视线。

岸边风很大。

武藏鬓发、衣袂、和服和裙裤被满带着海气的风吹打。

"佐助——"

武藏朝小船的方向叫道。

佐助这才回头。

他知道武藏来了后，特意站在小舟中留意其他方向。

"哦……武藏先生，可以了吗？"

"好了，再将船靠靠。"

"好。"

佐助解开系船的缆绳，用桨支着浅滩。

武藏翻身跳进船内。

"啊——危险，阿通——"

从松树那边传来焦急的呼声。

是城太郎。

是和阿通一同从姬路赶来的青木城太郎。

城太郎也是想再和师傅武藏见见面赶来的，因为刚刚那一幕，他没能与师傅见上面，只是等在了一旁的树下。

就在武藏翻身上船时，阿通突然向海的方向直直跑去，城太郎怕阿通寻短见赶紧叫道：

"危险！"

并追了上去。

城太郎的一声大叫让权之助、婆婆也都吓了一跳。

"啊……去哪儿？"

"没什么过不去的。"

也赶紧从旁追了过去，三个人将阿通拽住。

"不、不——"

阿通静静地摇头。

肩头还在因气喘吁吁而耸动的阿通微笑着说我哪里要寻短见，让抱着她的人放心。

"那……那你想做什么？"

"让我坐下来吧！"

声音也是柔弱平静。

大家这才松开手，阿通跪坐在近离大海的沙地上。

她整理了一下凌乱的衣襟、发髻，跪坐好向着武藏所乘的小船方向双手伏地：

"不要有什么牵挂与顾虑，一路顺风。"

婆婆也跪坐了下来。

权之助——城太郎——也都跟着跪坐下来。

城太郎还没能跟师傅说上一句话,可他想着时间留给了阿通姐,就一点儿都不后悔。

鱼歌水心

一

潮水涨得势头正旺。

海峡的海路因涨潮变得激流奔涌。

风在后面追赶着。

离开了赤间关海岸的小船,在白色浪花的簇拥下前行着。佐助觉得今天划船划得特别顺,从起起落落的桨中都可以感觉到佐助的热情。

"还有挺长一段距离吧!"

眺望着目的地的武藏说道。

他在船中伸腿而坐。

"照这潮流、风速的话,用不了多久就会到的。"

"是吗?"

"可是——我感觉我们还是出发得晚了。"

"哦——"

"辰时早就过去了。"

"是吗?那大概什么时候能到船岛呢?"

"巳时吧。不,得过了巳时了。"

"那正好!"

这一天——

佐佐木小次郎与武藏所仰望的天空晴空万里,一片深碧。只有长门山上有几片白云像旗子一样飘动。

可以清晰地望见门司关的町屋和风师山的山峦。

那一带聚集的明明望不到船岛上的情形却不死心的众人,似蚁群般黑压压一片。

"佐助——"

"哎——

"我能拿走这个吗?"

"什么?"

"船底放的破桨。"

圆明之卷

"那已是无用之物了，您拿它做什么？"

"正好合手。"

武藏一手拿起桨，眼睛沿手腕水平望去。因为桨上浸着几分水汽，所以感觉很有质感。桨有一端裂开了，所以才会被弃放在小船中。

武藏拔出小刀，将破桨放在膝盖上，心无旁骛地削了起来。

连佐助都止不住地频频回头望向赤间关海滩平家松附近，武藏却丝毫不受牵绊的样子。

难道面临比武的人都是如此无牵无挂吗？从佐助这个町人的角度来看，这未免太无情冷淡了些。

桨终于削好了，武藏掸掉裤子、衣袂上的木屑。

"佐助——"

"有没有什么能穿的衣服了，蓑衣也行。"

"您冷吗？"

"不是，总有浪花溅进来，我想披上。"

"我这儿的甲板下有一件棉衣。"

"是吗，借用一下。"

取出佐助的棉衣，武藏披在身上。

船岛还氤氲在朝雾之中。

武藏取出怀纸，开始做纸捻。捻了不知几十根后，又将它们捻作两根，量了量长度，将它们作为了束和服袖子的带子。

常听人们说捻这带子很难，佐助见武藏却做得如此迅速、漂亮，不由得暗自惊讶加佩服。

武藏为避免身上的带子被打湿，再次披上棉衣。

"那就是船岛吧！"

武藏指着近在眼前的岛影问道。

二

"不，那是母岛彦岛。船岛再往前一点儿便是。离彦岛东北方向五六町远的像洲般平坦的岛才是船岛。"

"是吗，这附近有好几个岛屿，我还在想到底是哪一个。"

"有六连、蓝岛、白岛等等——船岛是其中较小的一个岛。伊崎、彦岛之间，是我们通常所说的音渡海峡。"

"西边是丰前的大里海岸吗？"

"是的。"

"我想起来了——这一带的海岸、岛屿是元历时九郎判官殿、平知盛卿等作战的遗址。"

这时说这些好吗，随着自己所划小船的行进，佐助不由得心气昂扬，心中悸动。

又不是自己比武——佐助对自己说，可是还是不由得紧张。

今天的这场比武事关生死。如今船上乘坐的人还会不会平安无事地与自己一同踏上归程。不会到时只是惨死的尸身吧。

佐助无法预知结果。武藏的姿态依旧淡然。

天空中轻然飘过的一朵白云。

水中飘飘行驶而过的舟中之人。

这两者是如此相似。

佐助无法理解武藏，武藏在这段行程中进入了毫无杂念的境界。

武藏从前在生活中从不知无聊是何滋味，此刻却感到些许无聊。

桨也削过了，纸也捻过了，现在已是无事可做。

视线落在了船外那湛蓝的海水之上，海水是那样深，深不见底。

水是灵动无形的，像是有无穷的生命力。被囚禁于形体中的人无法做到这点。真正的生命有无要在形体消失后才见分晓。

眼前的生死都似泡沫。当这种超然的想法掠过脑际，武藏不禁打了一个冷战。

不是因为飞溅而来的冰凉的浪花。

而是心虽脱离了生死，肉体却依然在俗界。只觉筋肉绷紧，身心分离。

当筋肉和毛孔忘记生与死时，武藏的脑里便只剩下了水光云影。

圆明之卷

"能看到了。"

"哦——终于到了。"

那不是船岛。是彦岛的敕使待海岸。

有三四十名武士聚集在渔村旁的海边，望向大海。

他们都是佐佐木小次郎的门人，其中大半以上是细川家的家臣。

小仓城下一竖起告示牌，这些人便赶在当日禁船前渡海，来到了岛上。

万一严流先生不幸败落，也绝不让武藏活着回去。

他们事先密谋，无视藩内的布令，于两天前登上船岛进行埋伏。

没想到今早长冈佐渡、岩间角兵卫等奉行、警卫藩士登岛后很快发现了他们，训斥了他们一番后将他们赶到了临近的彦岛的敕使待海岸来。

三

虽按禁令如此处置了他们，可八成的藩士祈祷同藩的佐佐木小次郎能够得胜，所以心里都很同情这些为了师傅出动的门人。

所以，这些藩士履行职责将他们赶到船岛旁的彦岛后就不闻不问了。

等比武结束后，万一佐佐木小次郎战败，总不好让他们在船岛上对付武藏，离开船岛就不是自己的职责范围了，任他们怎么为师傅佐佐木小次郎报仇雪恨，这都和自己无关了。

——这是这些藩士的算盘。

转移到彦岛上的佐佐木小次郎的门人们对同僚的想法心知肚明。他们到处搜集渔村的小舟，在敕使待海岸聚集了十二三艘。

有人站到山上观看比武状况，一旦发现不妙会马上报告状况。然后这三四十人便会分别乘小舟出海，拦住武藏的归路，将他逼到陆路上追杀。还会伺机打翻他的船只，使他葬身海底。

"是武藏吗？"

"是武藏。"

他们相互提醒着，跑上地势稍高的地方，向灿灿地反射着白日阳光的海面凝望。

"今早就不会再有其他船只通行了，一定是武藏的船。"

"他是一个人吗？"

"一个人。"

"在呆坐呢？"

"下面还戴着护腿呢？"

"快做好准备。"

"监看的人上山了吗？"

"上山了，放心吧！"

"我们去船那边吧！"

为了能随时切断缆绳，三四十人蜂拥向各自的船边躲了起来。

船上还各放了一把长枪。这些人的装束比佐佐木小次郎和武藏还要庄重。

另一个方向。

看到武藏了！

不只在彦岛，船岛那里的人们也同时在声传。

海浪声、松林声、杂木、竹涛声夹杂在一起，整个岛屿从今早起一直静得像没来过人似的。

在这样的环境下，人们口口声传的看到武藏了的声音显得格外清晰。从长门领山铺展过来的白云刚好挡住正空的太阳，当岛暗下去，树木、竹林的窸窣声也蒙上了灰蒙蒙的影子，瞬时，阳光再次变强。

这座岛即使从近处看也是非常狭小。

北边有些稍高的丘陵，长着很多松树。再往南，平地渐渐变为浅滩冲入海面。

从丘陵旁的平地到海岸便是今天的比武场。

奉行以下到杂役在离开海岸有段距离的地方将幕布绕在树与树之间，悄声等待。因佐佐木小次郎是有藩籍者，武藏是流浪武士，所以才围上幕布，以免在阵容上震慑到对方。

已经超过约定的时间一刻多了。

急船也派出过两趟前去催促了，大家在肃静中难免急躁、反感。

"武藏先生！看到了。"

岸边的藩士大叫着朝远处有长凳和幕布的方向跑去。

四

"来了吗？"

岩间角兵卫从长凳上站起身。

他和长冈佐渡都是被派来做见证人的，他今天并不是站在武藏的对立面上的。

不过言情举止之间那份敌对之情自然流露出来。

他身旁的随从、部下也都是同样神色，一起站起身。

"哦！是那艘小船。"

角兵卫作为藩内官员马上意识到自己这边的失态。

"都别乱。"

训诫过周围的人后，角兵卫稳稳坐下。静静斜眼瞟向佐佐木小次郎所在的那边。

不见佐佐木小次郎的踪影，只见四五棵山桃树间张开的带有龙胆纹样的帷幕。

幕角处放着一个带有青竹柄勺子的手提桶。很早便到了岛上的佐佐木小次郎在等迟到对手时，曾在桶边喝水，然后在幕阴下休息，这会儿他却不在那儿了。

幕布旁土坡的对面位置便是长冈佐渡的位置。

数名警卫和作为他的下属、随从的伊织候在一旁。

随着——武藏先生！看到了。——这声叫喊，有人从海岸处跑了过来，进入到警卫之中。伊织的脸、嘴唇也随之变得苍白。

一直正视未动的佐渡微微侧头望着伊织的衣袂低声唤道：

"伊织——"

"是——"

伊织手扶地面，望向笠形盔下的佐渡。

从脚底到全身颤抖着。

"伊织——"

佐渡盯着他的眼睛。

"好好看看，别光顾着发呆。武藏先生同时也是在拼尽性命给你传授武艺。"

"……"

伊织点点头。

眼睛如火炬般望向海岸。

海岸离他们所处之处一町左右。海浪拍击海岸，飞溅的浪花清晰入眼，但因为距离远，那边的人看起来特别小。比武时根本无法看清双方实际的动作。然而其实佐渡让伊织好好看看，并非真是让他看技艺上的一招一式，是为了让他观察到人与天地那微妙的一瞬的糅合。另外，让他经历并体验一下这样的场合、气氛对他日后的成长也是有益的。

草波起伏，青虫跃于其中，纤弱的蝴蝶擦掠而过，不知飞向何方。

"啊——来了。"

伊织也看到了缓缓靠近岸边的小船。时间刚好比规定的时刻晚一刻——大概是巳时下刻（十一时）。

岛内一片寂静，午间的阳光明晃晃地铺满整个海岛。

这时，有人从观战席后边的山丘上下来了，是佐佐木小次郎。看来等得焦急的佐佐木小次郎独自坐在了山丘上。

向左右的观战席行过礼后，佐佐木小次郎静静地踏着青草向海岸走去。

五

日头已近中午。

浅滩处的波涛变得细小起来，看起来清透淡蓝。

"哪边呢？"

划桨的手慢下来，佐助环顾海岸。

岸上不见人影。

武藏脱掉身上的棉衣说道：

"直行——"

船继续行驶着，可是佐助划桨的手怎么也快不起来。岛上太过沉寂，完全不像有人的样子，只听见白头翁高高的啼叫声。

"佐助——"

"哎——"

"这里海真浅啊！"

"到平浅滩了。"

"划时要小心了，别碰到岩石。——潮也退了。"

"……？"

佐助只顾得向岛内的草原张望。

能看到棵瘦长的松树。树荫下有猩红色的无袖外褂的衣角在翻飞。

有人过来了！在那儿等着呢。

佐助刚想指向佐佐木小次郎所站的方向，发现武藏也已经注意到了。

武藏抽出夹在衣带中带来的柿漆染的手帕，折了四下，将凌乱在海风中的头发扎了起来。

小刀带在身前，大刀打算放在船中——为防止被飞沫溅湿，武藏在大刀上盖上了草席。

然后右手握上削好的准备用来做木剑使用的桨，武藏从船上站起身来。

"行了。"

他对佐助说。

然而——

离海岸的沙地还有二十间的距离。佐助听武藏这么一说，加大了划桨的幅度。

船因为猛然激进不小心被咬在了浅滩上，船底似乎是撞上岩石了，发出咚的一声。

已将左右裤脚高高挽起的武藏趁势轻身跳入水中，连水花都几乎不曾激起，水刚好到膝盖。

唰啦！

唰啦！

唰啦……

武藏快步走向海滩。

手中提着的木剑前端划过随着他蹚水时泛起的水纹。

还有十步左右的距离，佐助放下桨恍若自失般地望着武藏的背影，从毛孔到毛发泛起一阵寒气。

突然，佐助几近窒息。松树那边，衣衫像面绯红的旗帜般流动的佐佐木小次郎跑了过来，手中利剑的剑鞘反射着明晃的光线，如一条银狐的尾巴。

……唰、唰、唰。

武藏依旧在海水中行走着。

快点儿！

佐助急也没用，在武藏还没登上海滩时，佐佐木小次郎已经跑到海水边了。

完了——佐助吓得看不下去了，就像自己被砍成了两截一样趴在船底瑟瑟发抖。

六

"武藏吗？"

佐佐木小次郎唤道。

他抢占先机先拦在了海水边。

有股要占领整个大地，一步也不让敌人踏入的气势。

武藏站在海水中，微笑着。

"是小次郎吧。"

海浪冲刷着木剑的剑端。

任水与风擦身而过，武藏手中只握一把木剑。

只是稍稍被扎头布吊起的眼梢已不似往常。

虽不咄咄逼人，武藏的眼睛却有股吸引力。湖水般深不见底的眼睛抽纳着人的活力。

佐佐木小次郎的双眸则如虹般散射着杀气的光彩，直直慑人。

眼如窗口，佐佐木小次郎、武藏的内在表露无遗。

"武藏——"

"……"

"武藏——"

佐佐木小次郎叫了两声。

浪潮声回响，海水在两人脚下涌动。佐佐木小次郎面对没有应答的对手，更是提高了声势。

"胆怯了吗？还是怀着什么鬼胎？我看你是胆怯了吧。约定的时间已经过去一刻多了，我佐佐木小次郎可是守约来此，等你等到不耐烦。"

"……"

"一乘寺那一战，以及三十三间堂那次，你都故意迟到，再趁虚而入，这是你的惯用伎俩吧。这招对我佐佐木小次郎可不管用。为了不让世人耻笑，你最好别再耍什么花招。来吧——武藏！"

说罢佐佐木小次郎手握鞘尾拔出腋下的长剑晒衣竿，同时将左手中的剑鞘投掷浪间。

武藏就像没听到他说什么一样，等他说完了，待冲击岸边的浪声一过，武藏直中要害地说道：

"小次郎，你输了！"

"什么？"

"今天的这场比武结果已有了分晓，你俨然已输了。"

"闭嘴，你凭什么这么说？"

"若是能赢的话，你为什么要丢掉剑鞘？你已丢掉了你的天命。"

"哼，少废话。"

"可惜啊，小次郎，你气数已尽了。"

"过、过来！"

"哦——"

武藏踏水而起。

佐佐木小次郎也踏入浅滩，挥举晒衣竿对着武藏摆好备战架势。

武藏并未正面迎战，而是斜划过水面，唰、唰、唰地踢着浪花，使水面泛起一道白色泡沫朝佐佐木小次郎左手岸边跑去了。

七

见武藏斜冲向岸边，佐佐木小次郎沿着海水边沿追了过去。

武藏的脚一踏上海滩沙地，佐佐木小次郎的长剑——不，还有他飞鱼一般的整个人，"喝"的一声同时向敌人扑去。

在武藏身体还是刚上岸的向前倾的姿势，脚还比较沉重，还没完全进入打斗状态的瞬间，佐佐木小次郎的长剑晒衣竿已经几乎挥舞到了他的头上。

说时迟那时快。

武藏将木剑从右腋下双手横向移向背部方向，横挡在那里。

"……哈！"

武藏无声的气势扑向佐佐木小次郎的脸庞。

从上砍下来的佐佐木小次郎的剑在武藏的头上发出金属的鸣响声，一掠而过，落在武藏的侧旁，佐佐木小次郎自己的身子也一个歪斜。

不可能。

武藏的身子如一块磐石。

"……"

"……"

双方已变换对峙的方向。

武藏还在原处。

他站在离海水两三步距离的地方，背对着大海望向佐佐木小次郎。

佐佐木小次郎直面武藏，对着大海，手举长剑晒衣竿。

"……"

"……"

武藏来时便已心无杂念。

佐佐木小次郎亦无他想。

周遭仿若真空。

除去波涛的翻涌。

在青草漫漫的观战场

无数的人正屏息注目着这真空中的两个生命。

佐佐木小次郎一方有疼惜他、相信他的众人为他祈祷。

武藏那边也有。

岛上有伊织、佐渡等人。

赤间关海滨有阿通、婆婆、权之助等。

小仓的松丘有又八、朱实等。

不管是看得见这里看不见这里的都不住地向上天祈祷。

可是，这里人们的祈祷、泪水都毫无用处。也没有什么侥幸和神助，有的只是公平无私的苍天。

当心境有如苍天般阔达澄澈时才能进入真正的无念无想的境界，这对于有血有肉的人来说是非常难的，更何况是剑锋相对的两个人。

"……"

"……"

突然意识到自我的状态。

全身的毛孔有如被针扎般，完全偏离了自己的心。

筋、肉、四肢、毛发——所有的生命附属，包括睫毛都斗志昂扬，想保住生命的主体。在这样的情况下，想让心与天地同澈，就像想在暴风雨中找到一轮纹丝不动的池中月影一样难。

八

觉得时间过了许久——其实没有——往复的海浪声才只有五六声的时间。

所以称不上"终于"，大喝声划破天际。

佐佐木小次郎、武藏几乎在同时发出声音。

就像拍击岩石的怒涛一般，在两人的气息扬起精神的飞沫的瞬间，就像要劈下正午的太阳一般，长剑晒衣竿划着细虹朝武藏飞来。

武藏的左肩——

向前低下，从腰到上半身由平面弯成弧形的同时，他的右脚向后退了一步。手中的木剑扬起一阵风。这与佐佐木小次郎的长剑对着他的眉心劈下来几乎在同时发生。

"……"

"……"

这一招过后，两个人的呼吸比海岸的波浪还要澎湃。

武藏离浪打上来时的海水有十步左右的距离，他的木剑对准刚刚沿海边迅速后退的佐佐木小次郎。

船桨做成的木剑的剑头对着对方的眼睛，晒衣竿则被高高举起。

两个人的间隔在交锋的瞬间拉远了。远到长剑对木剑也无法袭击到对方的距离。

佐佐木小次郎那第一击连武藏的一根头发都没能斩断。他重新找好属于自己的位置。

武藏背对着海一动不动也是有他的理由的。正午的太阳被海水强烈反射，与面对着大海的佐佐木小次郎比起来，他占据更大的优势。若是就这样以守为攻，对峙下去的话，佐佐木小次郎定会从精神到眼睛上比武藏先疲惫。

好——

调整了位置的佐佐木小次郎觉得已经破了武藏的前卫。

佐佐木小次郎稳步一点点地向前移动。

这样靠近敌人的同时他在观察敌人的死穴，积蓄自己的力量。

武藏没有给他太久机会，大步向前迈了出去。

就像要将那木剑的前端扎进佐佐木小次郎的眼睛一般。

武藏这看似轻率的举动让佐佐木小次郎一惊，他停住了脚步，眼前突然不见武藏的踪影。

木剑已被举起，六尺左右的武藏的身体缩成了四尺左右，他的双脚已离开地面，升腾在了空中。

"啊——"

佐佐木小次郎慌忙用长剑朝头上方一劈。

这一劈劈断了敌人武藏绑在头上的柿色手帕，手帕分成两段缓缓落地。

佐佐木小次郎将它看成是武藏的头颅，仿佛血色中那头颅已在自己的剑下飞落。

佐佐木小次郎的眼睛露出笑意，然而就在这一瞬，他的头盖骨在木剑下瞬时破碎。

佐佐木小次郎倒在了海岸的沙地上，脸上并没有一丝败迹。他的嘴角不断流着鲜血，却凝固着一丝会心的微笑，他一定是认为武藏的头已被自己斩落海中了。

九

"啊，啊——"

"严流先生——"

观战场那边一片骚乱。

大家已然忘我。

岩间角兵卫、周围的人都一副凄惨的神情站起了身——一旁的长冈佐渡、伊织等人依旧自若，岩间角兵卫一干人也赶紧强迫自己镇定下来。

可这无法掩饰的败势已然让相信佐佐木小次郎会胜利的那些人的期待破灭，悲伤失望。

"……？"

他们依旧不敢相信眼前的事实——吞咽着涌上来的慌乱的气息，过了好一阵子才让自己平静些。

岛内鸦雀无声。

无心的松风和草波在感叹人世无常。

武藏——

遥望到天际的一片云彩，恢复了意识。已经一败不起的是敌人佐佐木小次郎。

佐佐木小次郎倒在离他十步远的地方。脸伏在青草中，紧握长剑剑柄的手依旧执着有力。没有痛苦与遗憾的表情，他对自己的倾力善战感觉到了满足。

武藏看到自己那被斩落的柿色手帕，脊背发凉。

"这一生还会遇到这样的敌人吗？"

武藏的心中突然涌出对佐佐木小次郎的爱惜与尊敬。

他虽然是自己的敌人，同时也是自己的恩人。作为一名举剑的武士，佐佐木小次郎是比自己更强的勇者。是佐佐木小次郎让自己能有幸遇上这么强大的对手。

自己是如何取胜的呢？

是技巧还是上天的庇佑？

两者都不是——武藏虽可以肯定地这么说，但若要他再说，他也说不清楚。

含糊来讲是超越了力量与天佑的东西。佐佐木小次郎所依靠的是技巧、力量之剑，武藏所追求的是精神之剑。这是他们之间唯一的不同。

"……"

武藏默默地前行十步，在佐佐木小次郎身体旁屈膝。

左手试了下佐佐木小次郎的鼻息，还有微弱的呼吸。武藏舒眉：

"也许还有救。"

武藏感到一丝欣慰，他并不希望因这一时的比武，失去一个如此珍贵的敌人。

"再见……"

对着佐佐木小次郎。

对着观战场的众人。

武藏双手伏地俯身拜下，然后提着没有沾染上一滴血的木剑快步向北海岸走去，跳入等在那里的小船中。

不知他去了哪里，小船驶向了何方。

埋伏在彦岛的佐佐木小次郎的门人，终究未能在中途拦住武藏替师傅佐佐木小次郎报仇。

人生在世，难免他人的憎恶与爱戴。

时光飞逝中人们的感情之波绵延不绝。在武藏的有生之年，不看好武藏的人不时会热烈地批判一番武藏当时的行为。

"那个时候，武藏仓皇逃走，真是狼狈。从他都忘了给佐佐木小次郎最后的绝命一刺便可以看出他当时慌到什么境地了。"

涛起涛落是世间的常态。

在人世的波涛中，善泳的杂鱼们歌唱、跳跃。可谁能了解那百尺之下的水心，了解水的泓窈呢？